중국양한우언

中國兩漢寓言

최봉원 역주

明文堂

서문

우언(寓言)이란 줄거리를 갖춘 간략한 고사에 우의(寓意)를 기탁하는 방법으로 모종의 도리를 표현하여 권계(勸誡) · 풍유(諷諭) · 교훈(教訓) 작용을 하는 일종의 문학 형식이다. 우리나라에서는 우화(寓話)라는 말로 더 익숙하다.

중국의 우언은 이천 사오백 년 전 선진(先秦)의 여러 전적(典籍)에서 처음으로 출현했다. 고대 그리스에서 기원전 6세기경 아동의 학습에 제공되는 우언집—《이솝(Aesop)우언》이 출현한 것을 보면 중국 우언의 출현은 이와 비슷하거나 약간 뒤의 일이다. 그리고 중국의 우언은 《이솝우언》이나 인도의 《백유경(百喩經)》과 같은 전집(專集) 형태가 아니고 여러 전적의 문장 속에 산견되는 형태로 출현했는데, 이는 당시의 혼란한 시대상황과 밀접한 관계가 있다.

중국은 주(周)나라 말기에 이르러 중앙정권이 날로 쇠약해지면서 제후들이 자기의 역량을 강화하기 위해 내정과 외교방면에서 자기를 보필할 인재가 필요했고, 이를 틈타 제자백가와 책사(策士)들이 우후죽순처럼 출현하여 기발한 설법(說法)으로 제후들에게 유세하거나 정치주장을 펴나갔다. 이때 그들은 자기의 설리(說理)나 주장을 관철하기 위해 우언을 적절히 활용했는데, 그 이유는 우언이 성현(聖賢)의 말이나 역사사실 또는 민간고사를 원용함으로써 상대방에게 신뢰를 주어 강력한 설득력을 지니고 있기 때문이었다. 이 시기에 《관자(管子)》《안자춘추(晏子春秋)》《좌전(左傳)》《묵자(墨子)》《열자(列子)》《맹자(孟子)》《장자(莊子)》《윤문자(尹文子)》《여씨춘추(呂氏春秋)》《한비자(韓非子)》《전국책(戰國策)》 등 선진 제자의 전적에서 대량의 우언이 출현했는데, 이 시기는 그야말로 중국 우언의 효시(嚆矢)인 동시에 중국 우언의 전성기라고 할 수 있다.

양한(兩漢) 우언은 내용면에서는 선진 우언과 분위기를 달리하지만, 제재와 기법은 대체로 선진 우언을 많이 답습했다. 한(漢)이 진(秦)을 멸하고 다시 중국을 통일한 후 사회가 어느 정도 안정 상태로 접어들자, 한무제(漢武帝)는 제자백가를 배척하고 오직 유가(儒家)를 존숭하는 문화정책을 채택하였다. 그리하여 이후 한대는 바야흐로 유가독존(儒家獨尊)의 시대가 전개되었다. 통일과 함께 선진 시기의 제자백가들처럼 열렬한 정치 주장을 전개할 수 있는 환경과 분위기가 소멸됨에 따라, 문인 학자들의 사상도 새로운 출로를 모색하기 보다는 오히려 현실에 안주하며 현상 유지에 신경을 썼다. 따라서 문인들은 봉건사회의 안정과 발전의 필요에 호응하여, 봉건통치자의 인재 임용 · 부국강병(富國强兵) 및 나라의 태평과 생활 안정에 대한 권고, 정의(正義)와 선행(善行)을 존중하고 진리를 추구하는 등 당시의 사회 풍조를 반영함으로써, 내용면에서 철리(哲理)보다는 권계(勸誡) 성격이 짙은 우언이 많이 출현했다. 유향(劉向)의 《설원(說苑)》과 《신서(新序)》에는 특히 그러한 성격의 우언이 많다. 또 양한 우언은 체제와 제재에 있어서 선진 우언을 많이 답습했는데, 예를 들어 《회남자(淮南子)》는 체제상에서 《장자(莊子)》를 많이 답습했고, 《신서(新序)》와 《설원(說苑)》은 체제뿐만 아니라 제재(題材)에 있어서도 선진의 《한비자(韓非子)》·《여씨춘추(呂氏春秋)》를 많이 답습했다.

위진남북조(魏晉南北朝) 시기는 한(漢)나라 말기부터 수(隋)나라가 전국을 통일할 때까지 수백 년에 걸쳐 춘추전국시대를 연상할 만큼 정치·사회적으로 매우 혼란한 국면이 조성되었다. 유학(儒學)을 숭상하던 한왕조(漢王朝)의 해체에 따라 사상을 지배해온 유학이 독존의 지위를 상실하고 노장(老莊)사상과 불교가 매우 성행했다. 문학 방면에서도 일대 변화가 일어나 문학이 역사·철학과 분리되어 순수 문학으로 독립했다. 따라서 문인들의 저술 양상도 변화를 가져왔고, 한대(漢代)까지 여러 전적의 서술 내용 중에 부분적으로 산견되던 우언이 한 토막의 짧은 형식으로 독립하여 출현하기도 했다. 특히 《소림(笑林)》의 출현은 중국 최초의 소화전집(笑話專集)으로, 이후 풍자(諷刺)·해학(諧謔) 우언의 발전에 중요한 역할을 했다. 《소림》 외에 《부자(苻子)》《유자(劉子)》《금루자(金樓子)》《세설신어(世說新語)》《수신기(搜神記)》 등에 비교적 우언이 많은데, 내용은 한대를 답습한 권계 성격의 우언과 소화(笑話)를 통한 풍자 성격의 우언을 포함하고 있다. 이밖에 위진남북조는 불경 번역의 성행으로 인해 불경 우언이 많이 출현했지만, 이는 외국에서 유입된 우언이지 중국의 자생적 우언이 아니다.

당송(唐宋)은 문학이 가장 번영했던 시기이다. 이 시기는 일부 문인 학자들이 의식적으로 우언을 창작하여, 복잡한 정치 투쟁에서 부패한 세력에 대해 폭로하고, 타락한 세상 물정과 인간성을 조소하고 풍자하는 우언을 많이 창작했다. 또한 우언의 체재 형식에서도 현격한 변화가 일어나 한유(韓愈)의 《모영전(毛穎傳)》이나 유종원(柳宗元)의 《삼계(三戒)》와 같이 비록 전(傳)이나 계(戒) 등의 문체 형식을 빌리기는 했지만, 단독 편명(篇名)으로 우언 작품을 창작하고 편폭도 이전에 비해 상당히 길어졌다. 이밖에도 소식(蘇軾)의 《애자잡설(艾子雜說)》은 여러 편의 우언을 수록하여 맹아(萌芽) 단계이기는 하지만 중국우언사에서 최초의 우언 전집으로 평가되고 있다. 유종원(柳宗元)의 《유하동집(柳河東集)》, 피일휴(皮日休)의 《피자문수(皮子文藪)》·육구몽(陸龜蒙)의 《입택총서(笠澤叢書)》, 나은(羅隱)의 《나소간집(羅昭諫集)》, 소식(蘇軾)의 《소식문집(蘇軾文集)》《애자잡설(艾子雜說)》, 악가(岳珂)의 《정사(桯史)》 등에는 인구에 회자되는 우수한 우언 작품을 많이 수록하고 있다.

명청(明清) 시기는 봉건전제 통치가 사람들의 사상과 언론에 대해 보다 엄격한 통제를 가함으로써, 문인들이 감히 어두운 현실에 대해 직설적으로 비난하지 못하고 필화(筆禍)를 피해 가급적 우언의 형식을 이용하여 심각한 사상을 에둘러 표현하는 이른바 해학(諧謔) 우언이 출현했다. 그러나 많은 우언 작품은 그 사상 내용 여하에 관계없이 항상 냉혹한 조소(嘲笑)와 신랄한 풍자를 내포한 소화(笑話) 형태로 출현하여 진리를 표현하고자 했다. 유기(劉基)의 《욱리자(郁離子)》, 송렴(宋濂)의 《연서(燕書)》《용문자응도기(龍門子凝道記)》, 유원경(劉元卿)의 《현혁편(賢奕編)》, 강영과(江盈科)의 《설도해사(雪濤諧史)》, 조남성(趙南星)의 《소찬(笑贊)》, 풍몽룡(馮夢龍)의 《소부(笑府)》 등에 이러한 부류의 우언 작품이 많다.

이상에서 언급한 것처럼 중국의 우언은 선진(先秦)시대의 역사 산문과 제자 산문에 등장한 이래, 부단히 명맥을 이어가면서 후세의 역사 · 철학 · 정치 · 문학 등 모든 분야의 문장에 널리 활용되고, 각종 문장의 서술 기법에 지대한 영향을 주었다. 뿐만 아니라 수많은 전고(典故)와 고사성어(故事成語)를 탄생시키는 등 중국인의 언어생활에도 적잖은 영향을 주었다.

우언은 이처럼 그 나름의 일정한 형식과 체제를 갖추고 오랜 전통을 이어가며 점차 문학형식으로 발전을 거듭하여, 오늘날에는 「우언문학」이 문학의 한 장르로서 확고한 자리매김을 하고 있다. 그리하여 중국과 대만을 비롯한 중화문화권의 학계에서는 이미 오래전부터 연구자의 관심을 불러일으켜 우언문학에 대한 연구가 활발히 진행되어 왔고, 출간된 우언선집도 수십 종에 달하고 있다.

우리나라는 지리적으로 중국과 이웃해 있어 중국 문화의 영향을 많이 받아왔기 때문에 중국의 우언은 자연히 우리나라에 전래되어 우리의 문학과 언어생활에 많은 영향을 주었다. 따라서 우언은 학문적으로 중요한 연구 대상인 동시에, 또한 짤막한 내용이 매우 흥미롭고 우리에게 교훈을 줄 수 있다는 점에서도 일반 독자들의 읽을거리로 충분한 가치를 지니고 있다. 그러나 그간 우리 국내에서는 학계의 일부 연구 영역에서 다루어졌을 뿐 일반 독자들이 직접 우언을 접하기가 쉽지 않았다. 그래서 필자는 우언 연구가들에게 번역된 자료를 제공하는 동시에 일반 독자들에게 중국의 우언을 소개한다는 취지에서 「중국 우언 역주」를 계획하고, 이를 위해 중국·대만·홍콩 등지에서 출간된 여러 우언선집(寓言選集)과 관련 자료들을 수집 정리한 후, 이들 작품을 「선진(先秦) 우언」「양한(兩漢) 우언」「위진남북조(魏晉南北朝) 우언」「당송(唐宋) 우언」「명청(明淸) 우언」의 다섯 부분으로 분류하여 역주 작업을 진행하였다.

역주 방법에 있어서는 한문(漢文) 학습과 우언 연구를 병행할 수 있도록 매 작품마다 '원문 및 주석' '번역문' '해설'의 세 부분으로 나누어 상세히 설명하였고, 우리말 번역은 기본적으로 직역을 원칙으로 하되 원문의 구조상 직역이 매끄럽지 못할 경우 약간의 의역과 동시에 의미 보충을 하여 읽기에 편하도록 하였으며, 주석(注釋)은 인명·지명이나 전고(典故) 등에 대한 풀이 외에도 한문 학습에 필요한 일반 단어에 이르기까지 상세하게 정리하였다.

본서의 집필에 많은 노력과 심혈을 기울였음에도 불구하고 필자의 천학비재(淺學菲才)로 인해 오류가 적지 않을까 우려된다. 이점 독자들의 부단한 관심과 아낌없는 질정(叱正)을 바란다.

2016. 11.

최봉원

일러두기

- 본서에 수록된 우언의 문선(文選)은 근래 중국과 대만 및 홍콩 등지에서 출판된 6종의 우언선집〔《중국역대우언선(中國歷代寓言選)》·《중국우언전집(中國寓言全集)》·《중국고대우언정품상석(中國古代寓言精品賞析)》·《역대우언선(歷代寓言選)》·《신역역대우언선(新譯歷代寓言選)》·《중국철리우언대전(中國哲理寓言大全)》: 본서 참고문헌 참조〕에 수록한 작품을 대상으로 선정하였다. 다만, 양한(兩漢) 우언이 선진(先秦) 우언을 답습하여 선진의 여러 전적에 이미 출현했던 고사들이 한대의 전적에서 재차 출현한 경우가 많은데, 양자 간에 다소 문자 출입이 있고, 또 시대를 달리했다는 점을 감안하여 양한의 우언 작품 선정에서도 이를 수용하였다.
- 본서에 수록된 우언의 원문은 본서 참고문헌의 「원문 교감」 항목에 열거한 판본을 저본으로 교감하였다. 다만 원문을 제외한 문장의 단락 · 구두점의 위치 · 문장부호의 표기 등은 상황에 따라 저본 외에 여러 출판사의 역주본들을 참고하여 필자 나름대로 가장 문의(文意)에 적합하다고 판단되는 방향으로 정리하였으며, 간혹 저본과 기타 판본 간에 나타나는 이자(異字)에 대해서는 각주에 설명을 첨가하였다.
- 본서의 구성은 《공총자(孔叢子)》《신어(新語)》《신서(新書)》《한시외전(韓詩外傳)》… 등 우언 작품이 수록된 원전을 시대순으로 구분하여 소개하고, 매 작품을 '원문 및 주석' '번역문' '해설'의 세 부분으로 나누어 다음과 같은 원칙을 적용하였다.

1. 공통부분

1) 본서의 '번역문', '해설' 부분의 우리말 설명에 한자 표기가 필요할 경우 우리말 뒤의 ( ) 속에 한자를 표기하였다.

예 나의 조부 응침(應郴)께서 급현(汲縣)의 현령을 지내던 시절 어느 하지 날에 주부(主簿) 두선(杜宣)을 초청하여 술을 접대했다.

2) 인용문 또는 드러낼 필요가 있는 문구에 대해서는 「 」『 』를 사용하여 표시하였다.

예 「대저 태산(泰山)은 잔돌을 배척하지 않고, 강과 바다는 작은 물줄기를 배척하지 않았기 때문에, 그래서 웅대한 모습을 이룬 것입니다. 《시경(詩經)》에 이르길 : 『옛날 선현들께서 꼴 베고 나무하는 사람에게도 물어야 한다고 하신 말씀이 있다.』라고 했는데, 이는 널리 여러 의견을 받아들여야 한다는 뜻입니다.」

3) 서명(書名)과 작품은 《 》로 표시하였다.

예 《사기》는 본래 정해진 명칭이 없이 태사공(太史公)이 지었다 하여 《태사공기(太史公記)》 또는 《태사공서(太史公書)》라 하던 것을 《후한서(後漢書) · 반표전(班彪傳)》에 「사마천이 《사기》를 지었다」라 하고,

4) 옛 지명 또는 용어 등에 간단한 해석이 필요할 경우 [ ] 안에 처리하였다.

예 유향(劉向 : B.C. 77 - B.C. 6)은 본명이 경생(更生), 자가 자정(子政)이며 패(沛)[지금의 강소성 패현(沛縣)] 사람으로 한고조(漢高祖) 유방(劉邦)의 배다른 아우인 초원왕(楚元王) 유교(劉交)의 4세손이자 서한 후기의 저명한 경학가 · 문학가이다.

5) 본서에 나오는 인명 · 지명 · 작품명 등은 모두 우리말 발음으로 표기하고 ( ) 속에 한자를 넣되, 같은 단어가 자주 나올 경우 처음에만 한자를 표기하고 나머지는 주로 우리말 발음으로 표기하였다.

예 조간자(趙簡子)의 신하로 윤작(尹綽)과 사궐(赦厥)이 있었다.

조간자가 말했다.

「사궐은 나를 사랑하여 반드시 여러 사람들 앞에서 나에게 간하지 않고, 윤작은 나를 사랑하지 않아 반드시 여러 사람들 앞에서 나에게 간한다.」

6) 중국의 현행 성(省) 이름은 모두 우리말 발음으로 표기하였다.

甘肅省→감숙성 江西省→강서성 江蘇省→강소성 廣東省→광동성
廣西省→광서성 貴州省→귀주성 吉林省→길림성 福建省→복건성
四川省→사천성 山東省→산동성 山西省→산서성 陝西省→섬서성
新疆省→신강성 安徽省→안휘성 寧夏省→영하성 遼寧省→요녕성
雲南省→운남성 浙江省→절강성 青海省→청해성 河南省→하남성
河北省→하북성 湖南省→호남성 湖北省→호북성 黑龍江省→흑룡강성

2. '원문 및 주석' 부분

1) 원문에 한하여 인명 · 지명 등 고유명사는 밑줄 '__'로 표시하였다.

예 孔子過泰山側, 有婦人哭於墓者而哀。夫子式而聽之, 使子路問之, 曰 : 「子之哭也, 壹似重有憂者。」

2) 주석은 각주 형식을 채택하고, 먼저 원문에서 한 문구를 따다가 번역을 한 후, 주석이 필요한 부분을 【 】와 〖 〗로 묶어 설명하였으며, 한자(漢字)는 ( )속에 한글 독음을 달았다.

예 子思喟然曰 : 「鰥雖難得, 貪以死餌; 士雖懷道, 貪以死祿矣。」→ 자사가 탄식하며 말했다 : 「동자개는 비록 낚기가 어려워도, 미끼를 탐하여 죽고; 선비는 비록 큰 뜻을 품어도, 봉록을 탐하여 죽는다.」

【喟然(위연)】: 탄식하는 모양.

【懷道(회도)】: 큰 뜻을 품다. 〖道〗: 큰 뜻, 대지(大志).

3) 인명이나 관직 명칭, 주(州) · 군(郡) · 현(縣) 등의 행정 단위 및 일반 지명, 산이나 강 등의 자연 지명은 명칭 앞에 식별이 용이하지 않을 경우에 한

해 [국명] [인명] [지명] 등을 별도로 표기하여 알기 쉽게 하였다.

예 魯嬰泣衛 → 노(魯)나라의 영(嬰)이 위(衛)나라로 인해 눈물을 흘리다

【魯(노)】: [국명] 지금의 산동성 일대에 있던 周代의 제후국.

【嬰(영)】: [인명] 노나라 성문 문지기의 딸 이름.

4) 보충설명이 필요하다고 여겨지는 경우에는 '※' 표를 사용하여 설명을 추가했다.

예 【燕人祭北門(연인제북문)】: 연(燕)나라 사람이 제(齊)나라의 북문에 와서 제사하다. ※이는 연나라 사람이 제나라의 침입을 두려워하여 제나라의 북문에 와서 복을 비는 것을 말한다.

3. '번역문' 부분

1) 본서의 우리말 번역은 직역을 원칙으로 하되, 직역으로 인해 문맥이 매끄럽지 못할 경우 본래의 뜻을 훼손하지 않는 범위 안에서 약간의 의역을 했다.

2) 원문에 문자의 생략 또는 의미의 함축으로 인해 보충설명이 필요할 경우 ( ) 안에 넣어 문맥을 원활하도록 하였다.

예 바로 큰 도둑을 위해 (재물을) 모아 놓은 것이 아니겠는가?

4. '해설' 부분

'해설' 부분에서는 먼저 작품의 요지를 개괄하고 나서 말미에 우의(寓意)를 설명하였다. 말미의 우의를 설명하는 부분에서는 기본적으로 여러 우언집의 해설 부분을 참고한 후 필자의 관점에 따라 첨삭하여 기술하였다.

차례

《한시외전(韓詩外傳)》 우언

《춘추번로(春秋繁露)》 우언

《회남자(淮南子)》 우언

《설원(說苑)》 우언

《예기(禮記)》 우언

《법언(法言)》 우언

《신론(新論)》 우언

《논형(論衡)》 우언

《한서(漢書)》 우언

《신감(申鑒)》 우언

《풍속통의(風俗通義)》 우언

[부록]

《공총자孔叢子》 우언

공부(孔鮒 : B.C. 264-B.C. 208)는 자가 자어(子魚)이며 공자(孔子)의 8세손으로 위(魏)나라에 거주했다. 진(秦)나라 말기 진승(陳勝)이 영도한 농민봉기에 참석했다가 진승이 화를 당하면서 공부도 함께 피살되었다.

《공총자(孔叢子)》는 공자와 공자의 후손인 공급(孔伋)·공백(孔帛)·공천(孔穿)의 언행을 기술한 책으로 모두 21편이다. 《수서(隋書)·경적지(經籍志)》에는 공부가 지었다고 기록되어 있으나, 송(宋) 주희(朱熹)는 후인들의 위작으로 한대(漢代) 이후라 했고, 오늘날 학계에서는 동한(東漢) 사람이 공부를 가탁하여 지은 것이라 간주하고 있다.

001 대이조대어(大餌釣大魚)

《孔叢子 · 抗志》

원문 및 주석

大餌釣大魚[1]

子思居衛。衛人釣於河, 得鰥魚焉, 其大盈車。[2] 子思問之曰 :「鰥魚, 魚之難得者也。子果何得之?」[3] 對曰 :「吾始下釣, 垂一魴之餌, 鰥過而弗視也。更以豚之半體, 則呑之矣。」[4] 子思喟然曰 :「鰥雖難

1 大餌釣大魚 → 큰 미끼가 큰 물고기를 낚는다
【餌(이)】: 먹이, 미끼.
【釣(조)】: 낚다, 낚시질하다.

2 子思居衛。衛人釣於河, 得鰥魚焉, 其大盈車。→ 자사(子思)는 위(衛)나라에 살았다. 위나라 사람이 황하(黃河)에서 낚시를 하여, 동자개를 잡았는데, 크기가 수레를 가득 채웠다.
【子思(자사)】: [인명] 성은 공(孔), 이름은 급(伋), 자는 자사(子思). 공자(孔子)의 손자. 일찍이 증자(曾子)에게 수학했다.
【衛(위)】: [국명] 지금의 하북성 남부와 하남성 북부 일대에 있던 주대(周代)의 제후국.
【河(하)】: 여기서는 「황하(黃河)」를 가리킨다.
【鰥魚(환어)】: 동자개. 민물고기의 일종으로 일명 감어(鰄魚) 또는 간어(竿魚)라고도 한다. 성질이 사나워 각종 어류를 잡아먹는다.

3 子思問之曰 :「鰥魚, 魚之難得者也。子果何得之?」→ 자사가 물고기를 낚은 사람에게 물었다 :「동자개는 물고기 중에서 잡기가 매우 어려운 놈인데, 당신은 도대체 그것을 어떻게 잡았소?」
【子(자)】: 그대, 당신.
【果(과)】: 도대체.

4 對曰 :「吾始下釣, 垂一魴之餌, 鰥過而弗視也。更以豚之半體, 則呑之矣。」→ 물고기를 낚은

得, 貪以死餌; 士雖懷道, 貪以死祿矣。」[5]

번역문

큰 미끼가 큰 물고기를 낚는다

자사(子思)는 위(衛)나라에 살았다. 위나라 사람이 황하(黃河)에서 낚시를 하여 동자개를 잡았는데 크기가 수레를 가득 채웠다.

자사가 물고기를 낚은 사람에게 물었다.

「동자개는 물고기 중에서 잡기가 매우 어려운 놈인데, 당신은 도대체 그것을 어떻게 잡았소?」

물고기를 낚은 사람이 대답했다.

「내가 처음 낚시를 드리우면서 방어 미끼를 늘어뜨리자 동자개가 지나치며 거들떠보지 않았습니다. (미끼를) 돼지 반 마리로 바꾸었더니 즉시 그것을 삼켜버렸습니다.」

자사가 탄식하며 말했다.

················

사람이 대답했다 : 「내가 처음 낚시를 드리우면서, 방어 미끼를 늘어뜨리자, 동자개가 지나치며 거들떠보지 않았습니다. (미끼를) 돼지 반 마리로 바꾸었더니, 즉시 그것을 삼켜버렸습니다.」

【下釣(하조)】: 낚시를 드리우다.

【垂(수)】: 늘어뜨리다.

【魴(방)】: 방어.

【更(경)】: 바꾸다, 고치다.

【半體(반체)】: 몸의 절반. 여기서는 「반 마리」를 가리킨다.

【呑(탄)】: 삼키다.

5 子思喟然曰 : 「鰥雖難得, 貪以死餌; 士雖懷道, 貪以死祿矣。」→ 자사가 탄식하며 말했다 : 「동자개는 비록 낚기가 어려워도, 미끼를 탐하여 죽고; 선비는 비록 큰 뜻을 품어도, 봉록을 탐하여 죽는다.」

【喟然(위연)】: 탄식하는 모양.

【懷道(회도)】: 큰 뜻을 품다. 〖道〗: 큰 뜻, 대지(大志).

「동자개는 비록 낚기가 어려워도 미끼를 탐하여 죽고, 선비는 비록 큰 뜻을 품어도 봉록을 탐하여 죽는다.」

해설

동자개는 낚시꾼이 방어를 미끼로 삼아 유인할 때는 거들떠보지도 않다가 반 마리의 돼지로 유인하자 즉시 삼켜버렸다.

이 우언은 동자개의 경우를 선비에 비유하여, 본래 큰 뜻을 품은 선비가 후한 봉록의 유혹에 넘어가 파멸의 길로 빠져들 수 있다는 것을 경계한 것이다.

002 위왕원불사(魏王願不死)

《孔叢子 · 陳士義》

원문 및 주석

魏王願不死[1]

魏王曰 :「吾聞道士登華山則長不死, 意亦願之。」[2] 對曰 :「古無是道, 非所願也。」[3] 王曰 :「吾聞信之。」[4] 對曰 :「未審君之所聞, 親

1 魏王願不死 → 위왕(魏王)이 영원히 죽지 않기를 바라다
【魏(위)】: [국명] 지금의 하남성 북부 · 섬서성 동부 · 산서성 서남부 및 하북성 남부에 걸쳐 있던 주대(周代)의 제후국으로, 본래 진(晉)나라에 속했으나 B.C. 375년 조씨(趙氏) · 한씨(韓氏) · 위씨(魏氏)가 진(晉)의 영토를 삼분하여 각기 조(趙) · 한(韓) · 위(魏) 세 나라로 독립했다. 위나라는 개국 초기 안읍(安邑)에 도읍을 정했다가 혜왕(惠王) 때 대량(大梁)으로 천도하고 국호를 양(梁)이라 했다.

2 魏王曰 :「吾聞道士登華山則長不死, 意亦願之。」→ 위왕이 말했다 :「나는 도사가 화산(華山)에 올라 장생불사했다는 말을 들었는데, 나도 그렇게 되기를 원한다.」
【華山(화산)】: 지금의 섬서성에 있는 산으로, 중국 오악(五嶽) 중의 서악(西嶽). ※ 오악은 동악(東嶽) · 서악(西嶽) · 남악(南嶽) · 북악(北嶽) · 중악(中嶽)으로 산동성의 태산(泰山 : 동악), 섬서성의 화산(華山 : 서악), 호남성의 형산(衡山 : 남악), 산서성의 항산(恒山 : 북악), 하남성의 숭산(嵩山 : 중악).
【意(의)】: 생각, 마음.

3 對曰 :「古無是道, 非所願也。」→ (신하가) 대답했다 :「예로부터 그러한 도리는 없고, 원한다고 되는 것이 아닙니다.」
【道(도)】: 도리, 방법.

4 王曰 :「吾聞信之。」→ 왕이 말했다 :「나는 그 말을 확실히 들었다.」
【信(신)】: 확실하다.

聞之於不死者耶? 聞之於傳聞者耶?[5] 君聞之於傳聞者, 妄也。若聞之於不死者, 今安在?[6] 在者, 君學之勿疑; 不在者, 君勿學無疑。」[7]

번역문

위왕(魏王)이 영원히 죽지 않기를 바라다

위왕이 말했다.

「나는 도사가 화산(華山)에 올라 장생불사했다는 말을 들었는데, 나도 그렇게 되기를 원한다.」

(신하가) 대답했다.

「예로부터 그러한 도리는 없고, 원한다고 되는 것이 아닙니다. 」

왕이 말했다.

「나는 그 말을 확실히 들었다.」

(신하가) 대답했다.

5 對曰:「未審君之所聞, 親聞之於不死者耶? 聞之於傳聞者耶? → (신하가) 대답했다:「임금님께서 들으신 것이, 직접 죽지 않는 사람에게 들은 것인지, (아니면) 소문을 전한 사람에게 들은 것인지 잘 모르겠습니다.
【審(심)】: 자세히 알다.
【親聞(친문)】: 직접 듣다.
【傳聞者(전문자)】: 소문을 전한 사람.

6 君聞之於傳聞者, 妄也。若聞之於不死者, 今安在? → 임금님께서 소문을 전한 사람에게 들었다면, 그것은 황당한 거짓입니다. 만일 죽지 않는 사람에게 들었다면, (그가) 지금 어디에 있습니까?
【妄(망)】: 터무니없다, 황당하다.
【若(약)】: 만약.
【安(안)】: 어디.

7 在者, 君學之勿疑; 不在者, 君勿學無疑。」→ (만일 그런 사람이) 세상에 존재한다면, 임금님께서는 주저하지 말고 배우시고; 존재하지 않는다면, 배우지 말기를 주저하지 마십시오.」
【疑(의)】: 주저하다.

「임금님께서 들으신 것이 직접 죽지 않는 사람에게 들은 것인지 (아니면) 소문을 전한 사람에게 들은 것인지 잘 모르겠습니다. 임금님께서 소문을 전한 사람에게 들었다면 그것은 황당한 거짓입니다. 만일 죽지 않는 사람에게 들었다면 (그가) 지금 어디에 있습니까? (만일 그런 사람이) 세상에 존재한다면 임금님께서는 주저하지 말고 배우시고, 존재하지 않는다면 배우지 말기를 주저하지 마십시오.」

해설

생로병사(生老病死)는 인간이 피할 수 없는 자연의 순환법칙이다. 그러나 봉건시대 군주들은 자신이 장생불사하여 영원히 제왕의 자리를 유지하고 싶은 욕망 때문에 도사들의 방술에 현혹되어 신선이 되기를 구하고 불사약을 찾는 등 각종 황당하고 어리석은 일을 자행했다.

이 우언은 자연의 법칙에 순응할 줄 모르고 장생불사를 믿는 봉건군주의 어리석은 행위를 풍자한 것이다.

003 학장생자(學長生者)

《孔叢子 · 陳士義》

원문 및 주석

學長生者[1]

昔人有言能得長生者, 道士聞而欲學之。[2] 比往, 言者死矣。道士高蹈而恨。夫所欲學, 學不死也。[3] 其人已死而猶恨之, 是不知所以爲學也。[4]

1 學長生者 → 장생불사(長生不死)의 방법을 배우다

2 昔人有言能得長生者, 道士聞而欲學之。→ 예전에 장생불사의 방법을 터득할 수 있다고 말한 자가 있어, 도사가 듣고 그것을 배우고자 했다.
【欲(욕)】: …하고자 하다, …하려고 생각하다.

3 比往, 言者死矣。道士高蹈而恨。夫所欲學, 學不死也。→ 그리하여 그를 찾아갔는데, 말을 한 사람이 이미 죽어버렸다. 도사는 펄펄 뛰며 (자기가 늦게 도착한 것을) 원망했다. 도사가 배우고자 하는 것은, 장생불사의 방법이다.
【比往(비왕)】: 가다, 이르다.
【言者(언자)】: (장생불사의 방법을 얻을 수 있다고) 말을 한 사람.
【高蹈(고도)】: 펄펄 뛰다.
【恨(한)】: 원망하다.

4 其人已死而猶恨之, 是不知所以爲學也。→ 그 사람이 이미 죽어버렸는데 (도사는) 여전히 자기가 늦게 도착한 것을 원망하고 있으니, 이는 배우려고 하는 이유를 모르는 것이다.
【猶(유)】: 여전히, 아직도.
【所以爲學(소이위학)】: 배우고자 하는 이유. 〖所以〗: 까닭, 이유.

번역문

장생불사(長生不死)의 방법을 배우다

예전에 장생불사(長生不死)의 방법을 터득할 수 있다고 말한 자가 있어, 도사가 듣고 그것을 배우고자 했다. 그리하여 그를 찾아갔는데 말을 한 사람이 이미 죽어버렸다. 도사는 펄펄 뛰며 (자기가 늦게 도착한 것을) 원망했다. 도사가 배우고자 하는 것은 장생불사의 방법이다. 그 사람이 이미 죽어버렸는데 (도사는) 여전히 자기가 늦게 도착한 것을 원망하고 있으니, 이는 배우려고 하는 이유를 모르는 것이다.

해설

장생불사(長生不死)의 방법을 터득할 수 있다고 장담하던 사람이 죽은 것은 장생불사가 속임수라는 것을 증명한 것인데, 도사는 자기가 방법을 배우기 전에 가르쳐 줄 사람이 죽은 것을 매우 안타깝게 생각했다.

이 우언은 배운다는 사실만 알고 배우는 목적을 모르는 우매한 사람을 풍자한 것이다.

《신어新語》 우언

육가(陸賈 : 생졸연대 미상)는 서한(西漢) 초기의 저명한 정치가로 한고조(漢高祖) 유방(劉邦)의 책사를 지냈다. 구변이 좋고 변론에 능하여 항상 사신의 임무를 띠고 여러 나라를 방문했다. 일찍이 남월왕(南越王) 조타(趙佗)를 설득하여 한(漢)의 봉호를 받도록 함으로써 그 공으로 태중대부(太中大夫)를 배수 받았으나, 후에 한고조 황후 여씨(呂氏) 일당을 제거하고 문제(文帝)를 옹립했다.

《신어(新語)》는 육가가 유방의 요구에 따라 지은 책으로 모두 12편이며, 내용은 한(漢) 이전 여러 왕조의 흥망에 관한 역사 경험과 교훈을 모아 한왕조(漢王朝) 통치자가 인정(仁政)을 시행하여 오래도록 안정을 도모할 수 있는 방법을 찾도록 건의한 것이다. 주석서로 왕리기(王利器)의 《신어교주(新語校注)》가 있다.

004 지록위마(指鹿爲馬)

《新語・辨惑》

원문 및 주석

指鹿爲馬[1]

秦二世之時, 趙高駕鹿而從行, 王曰:「丞相何爲駕鹿?」高曰:「馬也。」[2] 王曰 :「丞相誤也, 以鹿爲馬。」高曰:「陛下以臣言不然, 願問群臣。」[3] 於是乃問群臣, 群臣半言鹿半言馬。[4] 當此之時, 秦王

1 指鹿爲馬 → 사슴을 가리켜 말이라 하다
【指(지)】: 가리키다.

2 秦二世之時, 趙高駕鹿而從行, 王曰:「丞相何爲駕鹿?」高曰:「馬也。」→ 진이세(秦二世) 때, 조고(趙高)가 사슴을 타고 왕을 따라 출행하자, 왕이 말했다:「승상은 어째서 사슴을 타고 있소?」조고가 말했다:「말입니다.」
【秦二世(진이세)】: 진(秦)나라 2대 황제로 이름은 호해(胡亥)이며 4년간(B.C. 210－B.C. 207) 재위했다.
【趙高(조고)】: [인명] 본래 환관이었으나 진이세(秦二世)의 신임을 받아 승상(丞相)이 되었다.
【駕(가)】: 몰다, 타다.
【從行(종행)】: 따라서 출행하다.
【何爲(하위)】: 왜, 어째서.

3 王曰:「丞相誤也, 以鹿爲馬。」高曰:「陛下以臣言不然, 願問群臣。」→ 왕이 말했다:「승상이 틀렸소. 사슴을 말이라 여긴 것이오.」조고가 말했다:「폐하께서 저의 말씀을 그렇지 않다고 여기신다면, 원컨대 여러 신하들에게 물어보십시오.」
【以臣言不然(이신언불연)】: 저의 말을 그렇지 않다고 여기다. 〖以〗: 以爲(이위), …라고 여기다.

4 於是乃問群臣, 群臣半言鹿半言馬。→ 그리하여 곧 여러 신하들에게 물으니, 여러 신하들

不能自信其目, 而從邪臣之說。[5] 夫馬鹿之異形, 衆人所知也, 然不能分別是非也, 況於闇昧之事乎?[6]

번역문

사슴을 가리켜 말이라 하다

진이세(秦二世) 때 조고(趙高)가 사슴을 타고 왕을 따라 출행하자 왕이 말했다.

「승상은 어째서 사슴을 타고 있소?」

조고가 말했다.

「말입니다.」

왕이 말했다.

「승상이 틀렸소. 사슴을 말이라 여긴 것이오.」

조고가 말했다.

「폐하께서 저의 말씀을 그렇지 않다고 여기신다면, 원컨대 여러 신하들

가운데 절반은 사슴이라 하고 절반은 말이라 했다.
【於是(어시)】: 그리하여.
【乃(내)】: 곧, 바로.

5 當此之時, 秦王不能自信其目, 而從邪臣之說。→ 이때, 진왕은 스스로 자신의 눈을 믿지 않고, (사슴을 말이라고 한) 간사한 신하의 말을 따랐다.

6 夫馬鹿之異形, 衆人所知也, 然不能分別是非也, 況於闇昧之事乎? → 대저 말과 사슴의 형상이 서로 다르다는 것은, 일반 사람들 누구나 다 안다. 그러나 이러한 시시비비조차 분별할 줄 모르는데, 하물며 모호한 일에 대해서야 말해 무엇 하겠는가?
【夫(부)】: [발어사] 대저, 무릇.
【異形(이형)】: 형상이 다르다.
【況(황)】: 하물며.
【於(어)】: [개사] …에 대해.
【闇昧之事(암매지사)】: 모호한 일, 분명하지 않은 일.

에게 물어보십시오.」

그리하여 곧 여러 신하들에게 물으니 여러 신하들 가운데 절반은 사슴이라 하고 절반은 말이라 했다. 이때 진왕은 스스로 자신의 눈을 믿지 않고 (사슴을 말이라고 한) 간사한 신하의 말을 따랐다.

대저 말과 사슴의 형상이 서로 다르다는 것은 일반 사람들 누구나 다 안다. 그러나 이러한 시시비비조차 분별할 줄 모르는데, 하물며 모호한 일에 대해서야 말해 무엇 하겠는가?

해설

나라를 통치하는 군주는 스스로 사리를 판단할 줄 아는 능력을 갖추어야 한다. 그러나 진이세(秦二世)는 자기 눈으로 직접 사슴을 보고도 사슴을 말이라고 하는 사악한 신하들의 말을 따를 정도로 어리석다.

이 우언은 어리석은 군주가 간신의 농간에 넘어가 정권을 농락당하여 흑백의 논리가 전도되는 정치현상을 풍자한 것이다.

※ 참고 : 《신어(新語)》의 「지록위마(指鹿爲馬)」는 《사기(史記) · 진시황본기(秦始皇本紀)》에도 보이는데, 내용에 다소 차이가 있는 것으로 미루어 《신어》의 작자가 역사 사실을 개작한 것으로 보인다. 《사기 · 진시황본기》에는 조고(趙高)가 제왕의 자리를 탈취할 생각으로 미리 자기를 지지하지 않는 자들을 가려내 제거하기 위해 사슴을 말이라고 하는 억지 논리로서 신하들의 의중을 떠보는 상황을 서술했다.

《신서新書》 우언

가의(賈誼 : B.C. 200-B.C. 168)는 낙양(洛陽) 사람으로 서한(西漢)의 정론가(政論家)요 문학가(文學家)이다. 어려서부터 재능이 뛰어나 18세 때 하남군수(河南郡守) 오공(吳公)이 그를 불러 문하로 삼았다. 한문제(漢文帝)가 즉위하면서 오공이 정위(廷尉)에 올랐는데, 이때 오공이 가의를 추천하여 불과 20여 세에 박사가 되었다. 매번 황제의 명령으로 의론을 올릴 때마다 원로 박사들이 의견을 제시하지 못했는데, 젊은 가의가 모두 응대하자 한문제는 그를 일약 태중대부(太中大夫)로 승진시켜 약관의 나이에 한문제의 고문이 되었다. 그러나 가의의 뛰어난 재능과 파격적인 승진은 주발(周勃) · 장상여(張相如) 등 중신들의 시기와 질투로 인해 모함을 받아 결국 한문제로부터 소원해지고 이로 인해 장사왕태부(長沙王太傅)로 폄적 되었다. 그는 장사(長沙)에서 3년을 보낸 후 다시 장안(長安)으로 소환되어 문제(文帝)의 아들인 양회왕(梁懷王) 유읍(劉揖)의 태부(太傅)로 임명되었으나, 4년째 되던 해에 양회왕이 낙마(落馬)하여 죽자 가의는 책임을 다하지 못한 죄책감에 빠져 우울하게 지내다가 33세의 젊은 나이로 세상을 떠났다.

뛰어난 정론가인 가의는 농본주의 · 인정애민(仁政愛民) · 외부침략 방어 및 변방 오랑캐 무마 등 많은 정치 주장을 제기했다. 이러한 주장은 한문제에 의해 채택되었을 뿐만 아니라 역대 봉건왕조의 정책으로도 널리 활용되었다.

가의는 정론과 부체(賦體) 문학에 매우 뛰어났는데, 그의 문장은 유향(劉向)이 정리하여 58편으로 엮어 《신서(新書)》라 이름을 붙였다. 오늘날 전하는 《신서》는 10권이며, 주석서로 염진익(閻振益) · 종하(鍾夏)의 《신서교주(新書校注)》와 요동원(饒東原)의 《신역신서독본(新譯新書讀本)》 등이 있다.

005 이비위조(以粃喂鳥)

《新書 · 春秋》

원문 및 주석

以粃喂鳥[1]

鄒穆公有令, 食鳧雁者必以粃, 毋敢以粟。[2] 於是倉無粃而求易於民, 二石粟而易一石粃。[3] 吏請曰 : 「以粃食雁, 爲無費也。今求粃於民, 二石粟而易一石粃, 以粃食雁則費甚矣, 請以粟食之。」[4] 公曰 :

1 以粃喂鳥 → 쭉정이로 새를 사육하다
【以(이)】: …로써, …을 가지고.
【粃(비)】: 秕(비), (곡식의) 쭉정이.
【喂(위)】: 먹이다, 사육하다.

2 鄒穆公有令, 食鳧雁者必以粃, 毋敢以粟。 → 추(鄒)나라 목공(穆公)이 명을 내려, 물오리와 기러기의 사육에 반드시 쭉정이를 사료로 사용하고, 조를 사용하지 못하도록 했다.
【鄒穆公(추목공)】: 추나라의 군주. 〖鄒〗: 지금의 산동성 천현(鄒縣) 일대에 있던 주대(周代)의 제후국.
【食(사)】: [동사] 먹이다, 사육하다.
【鳧雁(부안)】: 물오리와 기러기. ※ 사람들이 애완용 또는 관상용으로 길렀다.
【毋敢(무감)】: …해서는 안 된다, …할 수 없다.
【粟(속)】: ① 조. ② 곡식, 곡물.

3 於是倉無粃而求易於民, 二石粟而易一石粃。 → 그리하여 창고에 쭉정이가 없어 백성들에게 교역을 청하여, 두 섬의 조를 주고 한 섬의 쭉정이와 바꾸었다.
【於是(어시)】: 그리하여.
【求易(구역)】: 교역을 청하다.
【石(석)】: 섬, 석. ※ 1섬은 열 두(斗 : 말).

4 吏請曰 : 「以粃食雁, 爲無費也。今求粃於民, 二石粟而易一石粃, 以粃食雁則費甚矣, 請以粟

「去! 非而所知也。夫百姓煦牛而耕, 曝背而耘, 苦勤而不敢惰者, 豈爲鳥獸也哉?[5] 粟米, 人之上食也, 奈何其以養鳥也? 且汝知小計而不知大計。[6] 周諺曰 : 『囊漏貯中。』而獨弗聞歟?[7] 夫君者, 民之父

食之。」→ 담당 관리가 말했다 : 「쭉정이로 기러기를 사육하는 것은, 낭비를 없게 하기 위한 것입니다. 지금 백성들로부터 쭉정이를 구하는데, 두 섬의 조를 주고 한 섬의 쭉정이와 바꾸니, 쭉정이를 사용하여 기러기를 사육하면 낭비가 심합니다. 청컨대 조를 사용하여 기르도록 해주십시오.」
【無費(무비)】: 낭비를 없게 하다.
【之(지)】: [대명사] 그것, 즉 기러기.

5 公曰 : 「去! 非而所知也。夫百姓煦牛而耕, 曝背而耘, 苦勤而不敢惰者, 豈爲鳥獸也哉? → 목공이 말했다 : 「물러가라! 너는 모른다. 대저 백성들이 소를 먹여 밭을 갈고, 뙤약볕에 등을 드러내고 김을 매는데, 고생을 참고 부지런히 일하며 게으름을 피우지 않는 것이, 어찌 새나 짐승을 위해 하는 일이겠느냐?
【去(거)!】: 물러가라!
【非而所知(비이소지)】: 네가 아는 바가 아니다. 즉, 「너는 모른다」의 뜻. 〖而〗: 너, 당신.
【夫(부)】: [발어사] 대저, 무릇.
【煦牛而耕(후우이경)】: 소를 먹여 밭을 갈다. 〖煦〗: 養(양), 기르다, 먹이다.
【曝背(폭배)】: 폭배(暴背), 뙤약볕에 등을 드러내다.
【耘(운)】: 김매다.
【惰(타)】: 나태하다, 게으름 피다.
【豈(기)】: 어찌.

6 粟米, 人之上食也, 奈何其以養鳥也? 且汝知小計而不知大計。→ 조와 쌀은, 사람들의 고급 양식이다. 어떻게 그것으로 새를 기르느냐? 그리고 너는 작은 것만 알고, 큰 것을 모른다.
【上食(상식)】: 고급 양식.
【奈何(내하)】: 어찌, 어떻게.
【且(차)】: 또한, 그리고.
【汝(여)】: 너, 너희들.
【小計(소계)】: 작은 계산. 여기서는 「작은 것, 부분, 개인」을 가리킨다.

7 周諺曰 : 『囊漏貯中。』而獨弗聞歟? → 주(周)나라 속담에 : 『(창고의) 포대에서 새어 나온 곡식은 (여전히) 창고 안에 저축된다.』라는 말이 있는데, 너는 그래 들어보지도 못했단 말이냐?
【周諺(주언)】: 주(周)나라의 속담.
【囊(낭)】: 포대, 자루. 여기서는 「창고 안의 양식 포대」를 가리킨다.
【貯(저)】: 저축되다, 저장되다.
【中(중)】: 여기서는 「창고 안」을 가리킨다.
【而(이)】: 너, 당신.
【獨(독)…歟(여)?】: 설마 …는 아니겠지? 그래 …란 말인가?

母也。取倉之粟, 移之與民, 此非吾粟乎?[8] 鳥苟食鄒之粃, 不害鄒之粟而已。粟之在倉與其在民, 於吾何擇?」[9] 鄒民聞之, 皆知其私積之與公家爲一體也。[10]

번역문

쭉정이로 새를 사육하다

추(鄒)나라 목공(穆公)이 명을 내려 물오리와 기러기의 사육에 반드시 쭉정이를 사료로 사용하고 조를 사용하지 못하도록 했다. 그리하여 창고에 쭉정이가 없어 백성들에게 교역을 청하여 두 섬의 조를 주고 한 섬의 쭉정이와 바꾸었다.

담당 관리가 말했다.

「쭉정이로 기러기를 사육하는 것은 낭비를 없게 하기 위한 것입니다.

【弗(불)】: 不(불).

8 夫君者, 民之父母也。取倉之粟, 移之與民, 此非吾粟乎? → 대저 임금은, 백성의 부모이다. 나라 창고의 조를 취해, 이를 옮겨다가 백성들에게 준다 하여, 이것이 나의 곡식이 아니겠느냐?

【與(여)】: 주다.

【非(비)…乎(호)?】: …이 아니겠는가?

9 鳥苟食鄒之粃, 不害鄒之粟而已。粟之在倉與其在民, 於吾何擇?」 → 새가 만일 추나라의 쭉정이를 먹는다면, 추나라의 조에 해를 끼치지 않을 뿐이다. 조가 창고에 있든 백성에게 있든, 나에게 무슨 차이가 있겠느냐?」

【苟(구)】: 만일, 만약.

【於吾何擇(어오하택)?】: 나의 입장에서 무슨 선택을 하겠는가? 즉 「나의 입장에서 무슨 차이가 있겠는가?」의 뜻.

10 鄒民聞之, 皆知其私積之與公家爲一體也。 → 추나라 백성들은 이 말을 듣고, 모두가 자기들 개인적으로 축적하고 있는 양식이 나라의 양식과 마찬가지라는 것을 알았다.

【私積(사적)】: 개인적으로 축적하다, 사적(私的)으로 축적하다.

【公家(공가)】: 나라, 국가.

【一體(일체)】: 마찬가지이다, 구별이 없다.

지금 백성들로부터 쭉정이를 구하는데 두 섬의 조를 주고 한 섬의 쭉정이와 바꾸니, 쭉정이를 사용하여 기러기를 사육하면 낭비가 심합니다. 청컨대 조를 사용하여 기르도록 해주십시오.」

목공이 말했다.

「물러가라! 너는 모른다. 대저 백성들이 소를 먹여 밭을 갈고 뙤약볕에 등을 드러내고 김을 매는데, 고생을 참고 부지런히 일하며 게으름을 피우지 않는 것이 어찌 새나 짐승을 위해 하는 일이겠느냐? 조와 쌀은 사람들의 고급 양식이다. 어떻게 그것으로 새를 기르느냐? 그리고 너는 작은 것만 알고 큰 것을 모른다. 주(周)나라 속담에 『(창고의) 포대에서 새어 나온 곡식은 (여전히) 창고 안에 저축된다.』라는 말이 있는데, 너는 그래 들어보지도 못했단 말이냐? 대저 임금은 백성의 부모이다. 나라 창고의 조를 취해 이를 옮겨다가 백성들에게 준다 하여, 이것이 나의 곡식이 아니겠느냐? 새가 만일 추나라의 쭉정이를 먹는다면 추나라의 조에 해를 끼치지 않을 뿐이다. 조가 창고에 있든 백성에게 있든 나에게 무슨 차이가 있겠느냐?」

추나라 백성들은 이 말을 듣고, 모두가 자기들 개인적으로 축적하고 있는 양식이 나라의 양식과 마찬가지라는 것을 알았다.

해설

추목공(鄒穆公)이 물오리와 기러기 사육에 반드시 쭉정이를 사료로 쓰고 조를 쓰지 못하도록 하자 나라의 창고에 쭉정이가 없어 백성들에게 두 섬의 조를 주고 한 섬의 쭉정이와 바꿨다. 이에 대해 담당 관리와 군주가 현격한 관점의 차이를 드러냈다. 담당 관리는 국고의 낭비라 했고, 군주는 조가 나라의 곡식 창고에 비축되어 있거나 백성들이 가지고 있거나 장소만 바뀌었을 뿐 실제로는 아무런 차이가 없다고 여겼다.

이 우언은 백성과 국가의 관계에 대한 추목공의 관점을 통해, 백성이 부유해야 비로소 나라가 강성해질 수 있다는 통치의 기본 원리를 설명한 것이다.

※ 참고 : 본문은 《신서(新序)》에도 같은 내용이 있으나 《신서(新書)》가 시대적으로 앞서기 때문에 본서에서는 《신서(新書)》를 채택했다.

006 장왕선성(莊王先醒)

《新書 · 先醒》

원문 및 주석

莊王先醒[1]

昔楚莊王卽位, 自靜三年, 以講得失。乃退僻邪而進忠正, 能者任事而後在高位。[2] 內領國政, 辟草而施教, 百姓富, 民恆一, 路不拾遺, 國無獄訟。[3] 當是時也, 周室壞微, 天子失制, 宋、鄭無道, 欺昧

1 莊王先醒 → 장왕(莊王)이 사전(事前)에 깨닫다
【莊王(장왕)】: 초장왕(楚莊王). 주 2【楚莊王(초장왕)】 참조.
【醒(성)】: 깨닫다.

2 昔楚莊王卽位, 自靜三年, 以講得失。乃退僻邪而進忠正, 能者任事而後在高位。→ 예전에 초(楚)나라 장왕(莊王)은 즉위한 후, 삼 년 동안 스스로 정신을 가다듬고, (옛사람들의) 득실(得失)을 연구했다. 그리하여 사악한 자를 내치고 충직한 자를 기용하며, 능력이 있는 자는 일을 맡겨 시험한 후에 높은 직위를 주었다.
【楚莊王(초장왕)】: 초(楚)나라의 군주. 23년간(B.C. 613-B.C. 591) 재위했다. 〖楚〗: 지금의 호남성 · 호북성과 강서성 · 절강성 및 하남성 남부에 걸쳐 있던 주대(周代)의 제후국.
【靜(정)】: 정신을 가다듬다.
【講(강)】: 강구하다, 연구하다.
【乃(내)】: 그리하여.
【退(퇴)】: 물리치다, 파면하다, 내치다.
【僻邪(벽사)】: 사악하다, 간사하다.
【忠正(충정)】: 충직하다.
【任事(임사)】: 일을 맡기다.
【而後(이후)】: 이후, 연후.

3 內領國政, 辟草而施敎, 百姓富, 民恆一, 路不拾遺, 國無獄訟。→ 안으로는 나라의 정사를 다

諸侯。[4] 莊王圍宋伐鄭, 鄭伯肉袒牽羊, 奉簪而獻國。[5] 莊王曰 :「古之伐者, 亂則整之, 服則舍之, 非利之也。」 遂弗受。[6] 乃南與晉人戰

스리고, 밖으로는 황무지를 개척하고 교화를 시행하여, 백성들이 부유해지고, 민심이 한결같아, 길에서 남이 분실한 물건을 줍지 않고, 나라에 송사(訟事)가 없었다.

【領(령)】: 다스리다, 관할하다.

【辟草而(벽초이)】: 원문에는 본래 「治而外(치이외)」라 했으나, 여기서는 담본(潭本)을 근거로 「辟草而」라 고쳤다. 〖辟草〗: 황무지를 개척하다.

【施教(시교)】: 교화를 시행하다.

【民恆一(민항일)】: 민심이 변하지 않다. 〖一〗: 한결같다.

【拾遺(습유)】: 남이 잃어버린 물건을 줍다.

【獄訟(옥송)】: 송사, 소송사건.

4 當是時也, 周室壞微, 天子失制, 宋、鄭無道, 欺昧諸侯。→ 그 당시, 주(周)나라 왕실이 쇠락하여, 천자가 통제력을 상실하자, 송(宋)나라와 정(鄭)나라가 도의를 저버리고, 제후들을 속였다.

【當是時(당시시)】: 이때.

【壞微(괴미)】: 쇠락하다.

【失制(실제)】: 통제력을 상실하다.

【宋(송)】: [국명] 지금의 하남성 상구현(商邱縣) 일대에 있던 주대(周代)의 제후국.

【鄭(정)】: [국명] 지금의 하남성 신정현(新鄭縣) 일대에 있던 주대(周代)의 제후국.

【欺昧(기매)】: 기만하다, 속이다.

5 莊王圍宋伐鄭, 鄭伯肉袒牽羊, 奉簪而獻國。→ (이에) 장왕이 송나라를 포위하고 정나라를 공격하니, 정나라 군주가 웃통을 벗고 양을 끌고 와, 두 손으로 비녀를 받들어 올리며 나라를 바쳤다.

【伐(벌)】: 공격하다.

【鄭伯(정백)】: 정나라의 군주. 정나라의 작위가 백작(伯爵)이기 때문에 정나라 군주를 「정백」이라 했다.

【肉袒牽羊(육단견양)】: 웃통을 벗고 양을 끌다. ※ 옛날 전쟁에서 패하여 거행하던 투항 의식으로, 복종의 뜻을 나타낸다.

【奉簪(봉잠)】: 손으로 비녀를 받쳐 들다.

【獻(헌)】: 바치다, 헌상하다.

6 莊王曰 :「古之伐者, 亂則整之, 服則舍之, 非利之也。」 遂弗受。→ 장왕이 말했다 :「예전의 정벌은, (나라가) 혼란하면 이를 바로잡고, 복종하면 그들을 사면했지, 결코 그로부터 이익을 도모하고자 한 것이 아니다.」 그리하여 (정나라 군주의 헌납을) 받아들이지 않았다.

【整(정)】: 바로잡다.

【舍(사)】: 사면하다, 용서하다.

【遂(수)】: 이에, 그리하여.

【弗(불)】: 不(불).

於兩棠, 大克晉人, 會諸侯於漢陽, 申天子之辟禁, 而諸侯說服。[7] 莊王歸, 過申侯之邑。申侯進飯, 日中而王不食。申侯請罪曰:「臣齋而具食, 甚潔。日中而不飯, 臣敢請罪。」[8] 莊王喟然歎曰:「非子之罪也。吾聞之曰:『其君賢君也, 而又有師者, 王其君, 中君也而有師者, 伯其君下君也, 而群臣又莫若者亡。』[9] 今我下君也, 而群臣又

7 乃南與晉人戰於兩棠, 大克晉人, 會諸侯於漢陽, 申天子之辟禁, 而諸侯說服。→ 곧 남쪽으로 내려가 양당(兩棠)에서 진(晉)나라와 결전을 벌여, 진나라를 대파하고, 한양(漢陽)에서 제후들과 회맹하여, 천자의 법령을 공표하니, 제후들이 기꺼이 복종했다.

【乃(내)】: 곧, 바로.

【南(남)】: [동사용법] 남쪽으로 가다.

【晉(진)】: [국명] 지금의 산서성 일대에 있던 주대(周代)의 제후국. B.C. 375년에 조씨(趙氏)·한씨(韓氏)·위씨(魏氏)가 진(晉)의 영토를 삼분하여 각기 조(趙)·한(韓)·위(魏) 세 나라로 독립했다.

【兩棠(양당)】: [지명].

【大克(대극)】: 크게 물리치다, 대파하다.

【會(회)】: 회맹하다.

【漢陽(한양)】: [지명].

【申(신)】: 공표하다.

【辟禁(벽금)】: 법령.

【說服(열복)】: 기꺼이 복종하다.

8 莊王歸, 過申侯之邑。申侯進飯, 日中而王不食。申侯請罪曰:「臣齋而具食, 甚潔。日中而不飯, 臣敢請罪。」→ 장왕은 귀국하는 길에, 신후(申侯)의 도읍을 지나갔다. 신후가 식사를 진상하자, 정오가 되도록 장왕이 식사를 하지 않았다. (이에) 신후가 사죄하며 말했다:「제가 재계(齋戒)하고 식사를 준비하여, 매우 정갈합니다. 정오가 되도록 드시지 않아, 제가 감히 사죄드립니다.」

【申侯(신후)】: 신(申)나라의 군주. 〖申〗: [국명] 지금의 하남성에 있던 주대(周代)의 작은 제후국.

【進飯(진반)】: 식사를 올리다, 드리다, 진상하다.

【日中(일중)】: 정오.

【請罪(청죄)】: 용서를 빌다, 사죄하다.

【齋(재)】: 재계(齋戒)하다.

【具(구)】: 준비하다, 마련하다.

【潔(결)】: 정갈하다, 깨끗하다.

9 莊王喟然歎曰:「非子之罪也。吾聞之曰:『其君賢君也, 而又有師者, 王其君, 中君也而有師

莫若不穀, 不穀恐亡無日也。[10] 吾聞之, 世不絶賢, 天下有賢而我獨不得。若吾生者, 何以食爲?」[11] 故莊王戰服大國, 義從諸侯, 戚然憂恐, 聖智在身而自錯不肖, 思得賢佐, 日中忘飯, 可謂明君矣。[12]

者, 伯其君下君也, 而群臣又莫若者亡。』→ 장왕이 탄식하며 말했다:「그대의 잘못이 아니오. 내가 듣건대 『군주가 현명하고, 또 스승이 있으면, 천하를 통일할 수 있고, 보통의 지혜를 지닌 군주로서 스승이 있으면, 제후의 맹주가 될 수 있지만, 군주의 지혜가 보통 이하이고, 여러 신하들이 또 군주보다 못하면 나라가 망한다.』라고 했소.

【喟然(위연)】: 탄식하는 모양.

【子(자)】: 그대, 당신.

【王其君(왕기군)】: 천하를 통일하다.

【中君(중군)】: 보통의 지혜를 지닌 군주.

【伯其君(패기군)】: 제후의 맹주가 되다. 〖伯〗: 覇(패), 제패하다, 패권을 잡다, 맹주가 되다

【莫若(막약)】: 不如(불여), …만 못하다.

10 今我下君也, 而群臣又莫若不穀, 不穀恐亡無日也。→ 지금 나는 지혜가 보통 이하인 군주인데, 여러 신하들이 또 나보다 못하니, 나는 아마도 망할 날이 머지않았을 것이오.

【不穀(불곡)】: 나. ※군주가 「곡식처럼 백성을 공양하지 못한다」라는 뜻으로 자신을 낮추어 부르는 호칭.

【恐(공)】: 아마도, 어쩌면.

【無日(무일)】: 머지않다, 얼마 남지 않다.

11 吾聞之, 世不絶賢, 天下有賢而我獨不得。若吾生者, 何以食爲?」→ 내가 듣건대, 세상에는 현명한 사람이 끊이질 않는다는데, 천하에 현명한 사람이 있어도 나만 유독 얻지를 못했소. 나처럼 이렇게 살면서, 어찌 식사를 하고 싶겠소?」

【若(약)】: 如(여), …와 같이, …처럼.

【何以(하이)】: 어찌.

12 故莊王戰服大國, 義從諸侯, 戚然憂恐, 聖智在身而自錯不肖, 思得賢佐, 日中忘飯, 可謂明君矣。→ 그래서 장왕은 큰 나라를 무력으로 정복하여, 대의로써 제후들을 복종시키고 나서도, 항상 걱정하고 두려워했으며, 현명한 지혜를 몸에 지니고도 스스로 불초하다고 여겨, 현명한 신하의 보필을 얻고자 생각하며, 정오가 되도록 식사를 잊고 있었으니, 가히 현명한 군주라고 말할 수 있다.

【戰服(전복)】: 무력으로 정복하다.

【從(종)】: [사동용법] 따르게 하다, 복종시키다.

【戚然(척연)】: 걱정하는 모양.

【憂恐(우공)】: 걱정하고 두려워하다.

【聖智(성지)】: 현명한 지혜.

【佐(좌)】: 보좌하다, 보필하다.

【可謂(가위)】: 가히 …라고 말할 수 있다.

謂先寤所以存亡, 此先醒者也。[13]

번역문

장왕(莊王)이 사전(事前)에 깨닫다

예전에 초(楚)나라 장왕(莊王)은 즉위한 후 삼 년 동안 스스로 정신을 가다듬고 (옛사람들의) 득실(得失)을 연구했다. 그리하여 사악한 자를 내치고 충직한 자를 기용하며, 능력이 있는 자는 일을 맡겨 시험한 후에 높은 직위를 주었다. 안으로는 나라의 정사를 다스리고 밖으로는 황무지를 개척하고 교화를 시행하여, 백성들이 부유해지고 민심이 한결같아, 길에서 남이 분실한 물건을 줍지 않고 나라에 송사(訟事)가 없었다. 그 당시 주(周)나라 왕실이 쇠락하여 천자가 통제력을 상실하자 송(宋)나라와 정(鄭)나라가 도의를 저버리고 제후들을 속였다. (이에) 장왕이 송나라를 포위하고 정나라를 공격하니 정나라 군주가 웃통을 벗고 양을 끌고 와, 두 손으로 비녀를 받들어 올리며 나라를 바쳤다.

장왕이 말했다.

「예전의 정벌은 (나라가) 혼란하면 이를 바로잡고 복종하면 그들을 사면했지, 결코 그로부터 이익을 도모하고자 한 것이 아니다.」

그리하여 (정나라 군주의 헌납을) 받아들이지 않았다. 곧 남쪽으로 내려가 양당(兩棠)에서 진(晉)나라와 결전을 벌여 진나라를 대파하고, 한양(漢

【明君(명군)】: 현명한 군주.

13 謂先寤所以存亡, 此先醒者也。→ 이를 일러 미리 존망의 원인을 깨닫는다고 하는데, 이는 사전(事前)에 깨달은 사람이다.

【寤(오)】: 깨닫다.

【所以存亡(소이존망)】: 존망의 원인. 【所以】: 원인, 까닭.

【先醒者(선성자)】: 선각자(先覺者), 사전에 깨달은 사람.

陽)에서 제후들과 회맹하여 천자의 법령을 공표하니 제후들이 기꺼이 복종했다. 장왕은 귀국하는 길에 신후(申侯)의 도읍을 지나갔다. 신후가 식사를 진상하자 정오가 되도록 장왕이 식사를 하지 않았다.

(이에) 신후가 사죄하며 말했다.

「제가 재계(齋戒)하고 식사를 준비하여 매우 정갈합니다. 정오가 되도록 드시지 않아, 제가 감히 사죄드립니다.」

장왕이 탄식하며 말했다.

「그대의 잘못이 아니오. 내가 듣건대 『군주가 현명하고 또 스승이 있으면 천하를 통일할 수 있고, 보통의 지혜를 지닌 군주로서 스승이 있으면 제후의 맹주가 될 수 있지만, 군주의 지혜가 보통 이하이고 여러 신하들이 또 군주보다 못하면 나라가 망한다.』라고 했소. 지금 나는 지혜가 보통 이하인 군주인데 여러 신하들이 또 나보다 못하니 나는 아마도 망할 날이 머지 않았을 것이오. 내가 듣건대 세상에는 현명한 사람이 끊이질 않는다는데, 천하에 현명한 사람이 있어도 나만 유독 얻지를 못했소. 나처럼 이렇게 살면서 어찌 식사를 하고 싶겠소?」

그래서 장왕은 큰 나라를 무력으로 정복하여 대의로써 제후들을 복종시키고 나서도 항상 걱정하고 두려워했으며, 현명한 지혜를 몸에 지니고도 스스로 불초하다고 여겨, 현명한 신하의 보필을 얻고자 생각하며 정오가 되도록 식사를 잊고 있었으니, 가히 현명한 군주라고 말할 수 있다. 이를 일러 미리 존망의 원인을 깨닫는다고 하는데, 이는 사전(事前)에 깨달은 사람이다.

해설

초장왕(楚莊王)은 즉위한 후 옛사람들의 득실 사례를 거울삼아 유능한 인재를 기용하여 국가의 기반을 굳건히 하는 한편, 큰 나라들을 정복하여 제후의 맹주가 된 이후에도 항상 위기의식을 갖고 자신의 부족한 점을 살피며 앞으로 닥칠지도 모르는 위험에 대비하여 경계를 게을리하지 않았다.

이 우언은 일시적인 승리에 도취하여 자만하지 말고, 편안한 처지에 있을 때 항상 앞으로 발생할 수 있는 위험에 대비해야 자신의 입지를 공고히 할 수 있다는 이치를 설명한 것이다.

007 소공후성(昭公後醒)

《新書 · 先醒》

원문 및 주석

昭公後醒[1]

昔宋昭公出亡, 至于境, 喟然歎曰 :「嗚呼! 吾知所以亡矣。[2] 吾被服而立, 侍御者數百人, 無不曰『吾君麗』者;[3] 吾發政擧事, 朝臣千

1 昭公後醒 → 소공(昭公)이 사후(事後)에 깨닫다
【昭公(소공)】: 주 2【宋昭公(송소공)】 참조.
【後醒(후성)】: 사후(事後)에 깨닫다.

2 昔宋昭公出亡, 至于境, 喟然歎曰 :「嗚呼! 吾知所以亡矣。→ 예전에 송(宋)나라 소공(昭公)이 도망하여, 변경에 이르자, 탄식하며 말했다 :「아! 나는 도망한 까닭을 알았다.
【宋昭公(송소공)】: 춘추전국시대의 송(宋)나라에는 두 명의「소공(昭公)」이 있다. 하나는 성공(成公)의 아들 저구(杵臼)로 9년간(B.C. 619-B.C. 611) 재위했고, 하나는 경공(景公)의 아들 특(特)으로 태자를 죽이고 스스로 군주의 자리에 올라 65년간(B.C. 468-B.C. 404) 재위했다. 여기서는 후자를 가리킨다.
【出亡(출망)】: 도망하다, 도주하다.
【境(경)】: 국경, 변경.
【喟然(위연)】: 탄식하는 모양.
【嗚呼(오호)】: [감탄사] 아!
【所以(소이)】: 원인, 까닭, 이유.

3 吾被服而立, 侍御者數百人, 無不曰『吾君麗』者; → 내가 옷을 입고 서 있으면, 수백 명의 시종들이, 모두『우리 임금님 아름답다』라고 말하고;
【被(피)】: 披(피), (옷을) 입다.
【侍御(시어)】: 시종, 임금 곁에서 시중드는 사람.

人, 無不曰『吾君聖』者。[4] 吾外內不聞吾過, 吾是以至此, 吾困宜矣。」[5] 於是革心易行, 衣苴布, 食黐餕, 晝學道而夕講之。[6] 二年, 美聞於宋, 宋人車徒迎而復位, 卒爲賢君, 諡爲昭公。[7] 既亡矣, 而乃寤所以存, 此後醒者也。[8]

4 吾發政擧事, 朝臣千人, 無不曰『吾君聖』者。→ 내가 정사(政事)를 처리하면, 천 명의 조정 신하들이, 모두『우리 임금은 현명하다』라고 말했다.
【發政擧事(발정거사)】: 정사(政事)를 처리하다.

5 吾外內不聞吾過, 吾是以至此, 吾困宜矣。」→ 나는 (조정) 안팎에서 나의 잘못에 대해 말하는 것을 듣지 못했다. 내가 이로 인해 이 지경에 이르렀으니, 나 자신이 곤경을 당하는 것은 당연한 일이다.」
【過(과)】: 과실, 잘못.
【是以(시이)】: 이로 인해, 그래서.
【宜(의)】: 당연하다, 마땅하다.

6 於是革心易行, 衣苴布, 食黐餕, 晝學道而夕講之。→ 그리하여 마음과 행동을 고쳐, 삼베옷을 입고, 거친 음식을 먹으며, 낮에는 성현의 도리를 학습하고 저녁에는 그것을 연습했다.
【於是(어시)】: 이에, 그리하여.
【革心易行(혁심역행)】: 마음과 행동을 고치다.
【衣(의)】: [동사] (옷을) 입다.
【苴布(저포)】: 마포(麻布), 삼베.
【食(식)】: [동사] 먹다.
【黐餕(능준)】: 거친 음식, 또는 찌꺼기. 〖黐(líng)〗: 발음은 凌(líng)과 같다.
【講(강)】: 연습하다.

7 二年, 美聞於宋, 宋人車徒迎而復位, 卒爲賢君, 諡爲昭公。→ 이 년이 지나, 아름다운 명성이 송나라에 전해지자, 송나라 사람들이 병거와 군사를 보내 그를 맞이하여 왕위에 복위했고, 마침내 현명한 군주가 되었다. 사후에 시호를 소공(昭公)이라 했다.
【美(미)】: 아름다움. 여기서는「아름다운 명성」을 가리킨다.
【車徒(거도)】: 병거와 군사.
【卒(졸)】: 마침내.
【諡(시)】: 시호. 죽은 사람의 생전 공덕을 기리어 붙여주는 이름.

8 既亡矣, 而乃寤所以存, 此後醒者也。→ 도망하고 나서, 비로소 국가 존망의 원인을 깨달았으니, 이는 사후(事後)에 깨달은 사람이다.
【既亡(기망)】: 도망한 이후에, 도망하고 나서. 〖既〗: …한 후에, …하고 나서.
【而乃(이내)】: 비로소.
【所以(소이)】: 원인, 이유, 까닭.
【存(존)】: 나라의 존망.

번역문

소공(昭公)이 사후(事後)에 깨닫다

예전에 송(宋)나라 소공(昭公)이 도망하여 변경에 이르자 탄식하며 말했다.

「아! 나는 도망한 까닭을 알았다. 내가 옷을 입고 서 있으면, 수백 명의 시종들이 모두 『우리 임금님 아름답다』라고 말하고, 내가 정사(政事)를 처리하면 천 명의 조정 신하들이 모두 『우리 임금은 현명하다』라고 말했다. 나는 (조정) 안팎에서 나의 잘못에 대해 말하는 것을 듣지 못했다. 내가 이로 인해 이 지경에 이르렀으니 나 자신이 곤경을 당하는 것은 당연한 일이다.」

그리하여 마음과 행동을 고쳐 삼베옷을 입고 거친 음식을 먹으며, 낮에는 성현의 도리를 학습하고 저녁에는 그것을 연습했다. 이 년이 지나 아름다운 명성이 송나라에 전해지자 송나라 사람들이 병거와 군사를 보내 그를 맞이하여 왕위에 복위했고 마침내 현명한 군주가 되었다. 사후에 시호를 소공(昭公)이라 했다. 도망하고 나서 비로소 국가 존망의 원인을 깨달았으니, 이는 사후(事後)에 깨달은 사람이다.

해설

송(宋)나라 소공(昭公)은 당초 무도(無道)한 군주였으나 나라를 잃은 후 존망의 이치를 깨달아 몹시 애를 쓰고 분발하여 마침내 백성들의 신임을 회복하고 현명한 군주가 되었다.

이 우언은 착오를 범하는 것은 물론 안 좋은 일이지만, 만일 잘못을 바로 깨달아 회개하고 자신을 바로잡을 수 있다면 결코 절망적이지 않다는 이치를 설명한 것이다.

008 괵군불성(虢君不醒)

《新書 · 先醒》

원문 및 주석

虢君不醒[1]

昔者虢君驕恣自伐, 諂諛親貴, 諫臣詰逐, 政治踳亂, 國人不服。[2] 晉師伐之, 虢人不守。虢君出走, 至於澤中, 曰:「吾渴而欲飮。」其御乃進清酒。[3] 曰:「吾饑而欲食。」御進腶脯、粱糗。[4] 虢君喜曰:「何

....

1 虢君不醒 → 괵(虢)나라 군주가 깨닫지 못하다
【虢(괵)】: [국명] 주대(周代)의 작은 나라로 동괵(東虢) · 서괵(西虢) · 북괵(北虢)으로 나누어져, 동괵은 지금의 하남성 영양(滎陽) 일대에 있었고, 서괵은 섬서성 보계(寶鷄) 일대, 북괵은 하남성 섬현(陝縣) 일대에 있었는데, 여기서는 북괵을 가리킨다. 북괵은 B.C. 655년 진(晉)나라에 멸망했다.
【醒(성)】: 깨닫다.

2 昔者虢君驕恣自伐, 諂諛親貴, 諫臣詰逐, 政治踳亂, 國人不服。→ 예전에 괵(虢)나라 군주는 교만하고 스스로 잘난 체하며, 아첨하는 사람을 가깝고 소중하게 여기고, (오히려) 충간하는 신하를 질책하고 배척하여, 정치는 문란해지고, 백성들은 복종하지 않았다.
【驕恣(교자)】: 교만하다.
【自伐(자벌)】: 잘난 체하다.
【諂諛(첨유)】: 아첨하다.
【親貴(친귀)】: 가깝고 소중하게 여기다.
【詰逐(힐축)】: 꾸짖고 내쫓다, 질책하고 축출하다.
【踳亂(준란)】: 문란해지다.

3 晉師伐之, 虢人不守。虢君出走, 至於澤中, 曰:「吾渴而欲飮。」其御乃進清酒。→ 진(晉)나라 군사가 괵나라를 공격하자, 괵나라 사람들이 방어하지 않았다. 괵나라 군주가 달아나, 늪에

給也?」御曰:「儲之久矣。」[5] 曰:「何故儲之?」對曰:「爲君出亡而道饑渴也。」[6] 君曰:「知寡人亡邪?」對曰:「知之。」[7] 曰:「知之, 何以不諫?」對曰:「君好諂諛, 而惡至言, 臣願諫, 恐先虢亡。」[8] 虢君

이르러, 말했다:「내가 목이 말라 무엇을 좀 마시고 싶다.」그의 마부가 곧 청주(清酒)를 진상했다.

【師(사)】: 군사.
【伐(벌)】: 공격하다.
【至於(지어)】: …에 이르다.
【欲(욕)】: …하고 싶다.
【御(어)】: 수레를 모는 사람, 마부.
【乃(내)】: 곧, 바로.
【進(진)】: 진상하다, 올리다, 바치다.
【清酒(청주)】: [술 이름] 겨울에 담그는 술로 저장 시간이 비교적 길다.

4 曰:「吾饑而欲食。」御進腶脯、粱糗。→ 괵나라 군주가 말했다:「내가 배가 고파 무엇을 좀 먹고 싶구나.」마부가 말린 고기와 말린 양식을 진상했다.
【饑(기)】: 배고프다, 굶주리다.
【腶脯(단포)】: 생강과 계피를 섞어 말린 고기.
【粱糗(양구)】: 좁쌀을 갈아 만든 말린 양식.

5 虢君喜曰:「何給也?」御曰:「儲之久矣。」→ 괵나라 군주가 기뻐하며 말했다:「어디서 구했느냐?」마부가 말했다:「저장해 둔 지 오래 되었습니다.」
【何給(하급)】: 어디서 났느냐? 어디서 구했느냐? 〖給〗: 공급하다.

6 曰:「何故儲之?」對曰:「爲君出亡而道饑渴也。」→ 괵나라 군주가 말했다:「어째서 그것을 저장해 두었느냐?」마부가 대답했다:「임금님께서 도망가다가 길에서 굶주리고 목마를 때를 위해서 입니다.」
【何故(하고)】: 어째서, 무슨 연고로.
【出亡(출망)】: 도망하다.
【渴(갈)】: 목마르다.

7 君曰:「知寡人亡邪?」對曰:「知之。」→ 괵나라 군주가 말했다:「과인이 도망할 것을 알고 있었느냐?」마부가 대답했다:「알고 있었습니다.」
【寡人(과인)】: 과덕지인(寡德之人)이란 의미로 임금이 자신을 낮추어 부르는 말.

8 曰:「知之, 何以不諫?」對曰:「君好諂諛, 而惡至言, 臣願諫, 恐先虢亡。」→ 괵나라 군주가 말했다:「그것을 알고 있었는데, 왜 간하지 않았느냐?」마부가 대답했다:「임금님께서 아첨을 좋아하고, 지언(至言)을 싫어하시어, 제가 간하고 싶었지만, 괵나라가 망하기에 앞서 제가 먼저 죽을까 두려웠습니다.」
【何以(하이)】: 왜, 어째서.

作色而怒, 御謝曰 : 「臣之言過也。」[9] 爲閒, 君曰 : 「吾之亡者, 誠何也?」[10] 其御曰 : 「君弗知耶? 君之所以亡者, 以大賢也。」[11] 虢君曰 : 「賢, 人之所以存也, 乃亡, 何也?」[12] 對曰 : 「天下之君皆不肖, 夫疾吾君之獨賢也, 故亡。」[13] 虢君喜, 據式而笑曰 : 「嗟! 賢固若是苦耶!」[14] 遂徒行而於山中居, 饑倦, 枕御膝而臥。御以塊自易, 逃行而

【好(호)】 : [동사] 좋아하다.
【惡(오)】 : 싫어하다, 증오하다.
【至言(지언)】 : 지극히 당연한 말, 가장 이치에 맞는 말.
【恐(공)】 : 두려워하다, 무서워하다.

9 虢君作色而怒, 御謝曰 : 「臣之言過也。」 → 괵나라 군주가 정색을 하고 노기를 띠자, 마부가 사죄하며 말했다 : 「제 말이 틀렸습니다.」
【作色(작색)】 : 정색을 하다.
【謝(사)】 : 사과하다, 사죄하다.
【過(과)】 : [동사용법] 잘못되다, 틀리다.

10 爲閒, 君曰 : 「吾之亡者, 誠何也?」 → 잠시 후, 괵나라 군주가 말했다 : 「내가 도망한 것은, 정말 무엇 때문이냐?」
【爲閒(위간)】 : 잠시 후, 조금 지나서. 【閒】 : 間(간).
【誠(성)】 : 정말, 실로.

11 其御曰 : 「君弗知耶? 君之所以亡者, 以大賢也。」 → 마부가 말했다 : 「임금님은 모르십니까? 임금님이 망명한 까닭은, 너무 현명하시기 때문입니다.」
【弗(불)】 : 不(불).
【所以(소이)】 : 까닭, 원인.
【以(이)】 : 因(인), …때문에, …로 말미암아.
【大賢(대현)】 : 지나치게 현명하다, 너무 현명하다.

12 虢君曰 : 「賢, 人之所以存也, 乃亡, 何也?」 → 괵나라 군주가 물었다 : 「현명하다면, 사람이 자리를 보존해야 하는데, 오히려 도망한 것은, 무엇 때문이냐?」
【乃(내)】 : 오히려.

13 對曰 : 「天下之君皆不肖, 夫疾吾君之獨賢也, 故亡。」 → 마부가 대답했다 : 「천하의 군주들은 모두 못나고 어리석어, 그들이 우리 임금님 홀로 현명한 것을 질투했기 때문에, 그래서 망명한 것입니다.」
【不肖(불초)】 : 불초하다, 못나고 어리석다.
【夫(부)】 : [지시대명사] 그, 그들.
【疾(질)】 : 질투하다, 증오하다.

14 虢君喜, 據式而笑曰 : 「嗟! 賢固若是苦耶!」 → 괵나라 군주는 기뻐서, 수레 앞 횡목(橫木)에

去。君遂餓死, 爲禽獸食。[15] 此已亡矣, 猶不寤所以亡, 此不醒者也。[16]

번역문

괵(虢)나라 군주가 깨닫지 못하다

예전에 괵(虢)나라 군주는 교만하고 스스로 잘난 체하며 아첨하는 사람을 가깝고 소중하게 여기고, (오히려) 충간하는 신하를 질책하고 배척하여, 정치는 문란해지고 백성들은 복종하지 않았다. 진(晉)나라 군사가 괵나라를 공격하자 괵나라 사람들이 방어하지 않았다. 괵나라 군주가 달아나 늪에 이르러 말했다.

「내가 목이 말라 무엇을 좀 마시고 싶다.」

....

기대어 웃으며 말했다 : 「아! 현명한 사람은 본래 이처럼 고생스럽다.」
【據(거)】: 기대다, 의지하다.
【式(식)】: 軾(식), 수레의 앞부분에 기댈 수 있도록 만든 횡목(橫木).
【嗟(차)!】: [감탄사] 아!
【固(고)】: 본래.
【若是(약시)】: 이와 같이, 이처럼.

15 遂徒行而於山中居, 饑倦, 枕御膝而臥。御以塊自易, 逃行而去。君遂餓死, 爲禽獸食。→ 그리하여 (수레를 버리고) 걸어서 산속으로 들어가 거처하는데, 배가 고프고 피곤하여, 마부의 무릎을 베고 잠이 들었다. 마부가 흙덩이로 자기의 무릎을 바꿔놓고 도망쳐 버렸다. 임금은 마침내 굶어죽어, 짐승에게 먹혀 버렸다.
【遂(수)】: 그리하여.
【徒行(도행)】: 걷다, 보행하다.
【枕(침)】: (베개를) 베다.
【臥(와)】: 눕다. 여기서는 「잠들다」의 뜻.
【塊(괴)】: 흙덩이.
【自易(자역)】: 자기의 무릎을 바꾸다.
【爲(위)…食(식)】: [피동형] …에게 먹히다.

16 此已亡矣, 猶不寤所以亡, 此不醒者也。→ 이 괵나라 군주는 이미 도망하고 나서도, 여전히 도망한 까닭을 깨닫지 못했으니, 이는 끝내 깨닫지 못하는 사람이다.
【猶(유)】: 아직도, 여전히.

그의 마부가 곧 청주(淸酒)를 진상했다.

괵나라 군주가 말했다.

「내가 배가 고파 무엇을 좀 먹고 싶구나.」

마부가 말린 고기와 말린 양식을 진상했다.

괵나라 군주가 기뻐하며 말했다.

「어디서 구했느냐?」

마부가 말했다.

「저장해 둔 지 오래 되었습니다.」

괵나라 군주가 말했다.

「어째서 그것을 저장해 두었느냐?」

마부가 대답했다.

「임금님께서 도망가다가 길에서 굶주리고 목마를 때를 위해서 입니다.」

괵나라 군주가 말했다.

「과인이 도망할 것을 알고 있었느냐?」

마부가 대답했다.

「알고 있었습니다.」

괵나라 군주가 말했다.

「그것을 알고 있었는데 왜 간하지 않았느냐?」

마부가 대답했다.

「임금님께서 아첨을 좋아하고 지언(至言)을 싫어하시어, 제가 간하고 싶었지만 괵나라가 망하기에 앞서 제가 먼저 죽을까 두려웠습니다.」

괵나라 군주가 정색을 하고 노기를 띠자 마부가 사죄하며 말했다.

「제 말이 틀렸습니다.」

잠시 후 괵나라 군주가 말했다.

「내가 도망한 것은 정말 무엇 때문이냐?」

마부가 말했다.

「임금님은 모르십니까? 임금님이 망명한 까닭은 너무 현명하시기 때문입니다.」

괵나라 군주가 물었다.

「현명하다면 사람이 자리를 보존해야 하는데, 오히려 도망한 것은 무엇 때문이냐?」

마부가 대답했다.

「천하의 군주들은 모두 못나고 어리석어, 그들이 우리 임금님 홀로 현명한 것을 질투했기 때문에, 그래서 망명한 것입니다.」

괵나라 군주는 기뻐서 수레 앞 횡목(橫木)에 기대어 웃으며 말했다.

「아! 현명한 사람은 본래 이처럼 고생스럽다.」

그리하여 (수레를 버리고) 걸어서 산속으로 들어가 거처하는데, 배가 고프고 피곤하여 마부의 무릎을 베고 잠이 들었다. 마부가 흙덩이로 자기의 무릎을 바꿔놓고 도망쳐 버렸다. 임금은 마침내 굶어죽어 짐승에게 먹혀 버렸다.

이 괵나라 군주는 도망하고 나서도 여전히 도망한 까닭을 깨닫지 못했으니, 이는 끝내 깨닫지 못하는 사람이다.

해설

사람은 누구나 실패와 좌절을 당할 수 있지만 총명한 사람은 실패와 좌절을 통해 스스로 반성하고 각성하여 심기일전의 기회로 삼는다. 그런데 괵나라의 군주는 아첨을 좋아하다가 민심을 잃어 외세의 침략을 막지 못하고 달아난 후에도 여전히 교만을 떨다가 끝내 황야에서 굶어죽어 짐승의 먹이가 되고 말았다.

이 우언은 시종일관 자신의 잘못을 깨닫지 못함으로 인해 국가 사직을 망치고 객사한 괵나라 군주의 우매하고 무능한 행위를 풍자한 것이다.

009 초소왕습구(楚昭王拾屨)

《新書 · 論誠》

원문 및 주석

楚昭王拾屨[1]

昔楚昭王與吳人戰, 楚軍敗。昭王走, 屨決眦而行失之, 行三十步, 復旋取屨。[2] 及至於隨, 左右問曰 : 「王何曾惜一踦屨乎?」[3] 昭王

....

1 楚昭王拾屨 → 초(楚)나라 소왕(昭王)이 신발을 줍다
【楚昭王(초소왕)】: 춘추시대 초나라의 군주로 27년간(B.C. 515 - B.C. 489) 재위했다. 【楚】: 지금의 호남성 · 호북성과 강서성 · 절강성 및 하남성 남부에 걸쳐 있던 주대(周代)의 제후국.
【拾(습)】: 줍다.
【屨(리)】: 신발.

2 昔楚昭王與吳人戰, 楚軍敗。昭王走, 屨決眦而行失之, 行三十步, 復旋取屨。→ 예전에 초(楚)나라 소왕(昭王)과 오(吳)나라가 싸워, 초나라가 패했다. 소왕이 달아나다가, 한쪽 신발이 찢어져 떨어뜨렸는데, 삼십 보를 가다가, 다시 돌아와 신발을 주웠다.
※ 초소왕(楚昭王) 10년(B.C. 506) 오왕(吳王) 합려(闔閭)가 초나라를 공격하여 초나라 군사가 대패하고 초나라의 도읍 영(郢)이 점령되자 소왕이 수(隨)나라로 도주했다. 다행히 진(秦)나라가 초나라를 도와 오나라를 물리쳐 소왕이 다시 초나라로 돌아왔다.
【吳(오)】: [국명] 지금의 강소성 일대에 있던 춘추시대의 제후국.
【走(주)】: 달아나다, 도망가다.
【決眦(결자)】: 찢어지다, 갈라지다.
【失(실)】: 잃다. 여기서는 「땅에 떨어뜨리다」의 뜻.
【旋(선)】: 돌아오다.

3 及至於隨, 左右問曰 : 「王何曾惜一踦屨乎?」→ 수(隨)나라에 이르러, 측근 신하들이 물었다 : 「임금님께서 언제 신발 한쪽을 아까워하신 적이 있었습니까?」

曰 :「楚國雖貧, 豈愛一踦屨哉? 思與偕反也。」[4] 自是之後, 楚國之俗無相棄者。[5]

번역문

초(楚)나라 소왕(昭王)이 신발을 줍다

예전에 초(楚)나라 소왕(昭王)이 오(吳)나라와 싸워 초나라가 패했다. 소왕이 달아나다가 한쪽 신발이 찢어져 떨어뜨렸는데, 삼십 보를 가다가 다시 돌아와 신발을 주웠다. 수(隨)나라에 이르러 측근 신하들이 물었다.

「임금님께서 언제 신발 한쪽을 아까워하신 적이 있었습니까?」

소왕이 말했다.

「초나라가 비록 가난하지만 어찌 신발 한쪽을 아끼겠는가? 신발과 함께 돌아가고자 생각했을 뿐이다.」

이후부터 초나라의 풍속에는 사람들 간에 서로 저버리는 일이 없어졌다.

【及至於(급지어)…】: …에 이르다. 【於】: [개사] …에.
【隨(수)】: [국명] 지금의 호북성 수현(隨縣) 일대에 있던 주대(周代)의 제후국.
【左右(좌우)】: 측근 신하들, 주변 사람들.
【何曾(하증)…乎(호)?】: 何嘗(하상), 언제 …한 적이 있었는가?
【惜(석)】: 아까워하다.
【踦屨(기구)】: 한쪽 신발.

4 昭王曰 :「楚國雖貧, 豈愛一踦屨哉? 思與偕反也。」→ 소왕이 말했다 :「초나라가 비록 가난하지만, 어찌 신발 한쪽을 아끼겠는가? 신발과 함께 돌아가고자 생각했을 뿐이다.」
【豈(기)】: 어찌.
【愛(애)】: 아끼다.
【偕(해)】: 함께.
【反(반)】: 返(반), 돌아가다.

5 自是之後, 楚國之俗無相棄者。→ 이후부터, 초나라의 풍속에는 사람들 간에 서로 저버리는 일이 없어졌다.
【相棄(상기)】: 서로 저버리다, 서로 포기하다.

해설

초(楚)나라 소왕(昭王)이 패전하여 달아나던 도중 찢어져 땅에 떨어진 신발을 주워가지고 왔다. 그 이유를 묻는 측근들에게 소왕이 대답한 말은 「초나라가 비록 가난하지만 어찌 한쪽 신발을 아끼겠는가? 신발과 함께 돌아가고자 생각했을 뿐이다.」라는 것이었다.

이 우언은 하찮은 신변의 물건조차 버리지 않는다는 것을 통해, 환난을 당했을 때 함께 동고동락한 사람을 버리지 말아야 한다는 인륜의 도리를 강조한 것이다.

010 송취관과(宋就灌瓜)

《新書·退讓》

원문 및 주석

宋就灌瓜[1]

梁大夫宋就者爲邊縣令, 與楚鄰界。梁之邊亭與楚之邊亭皆種瓜, 各有數。[2] 梁之邊亭劬力而數灌, 其瓜美; 楚窳而希灌, 其瓜惡。[3]

1 宋就灌瓜 → 송취(宋就)가 오이에 물을 주다
【宋就(송취)】: [인명] 위(魏)나라의 대부.
【灌(관)】: 물을 주다.

2 梁大夫宋就者爲邊縣令, 與楚鄰界。梁之邊亭與楚之邊亭皆種瓜, 各有數。→ 양(梁)나라 대부 송취(宋就)가 변경 지방의 현령을 지내는데, 초(楚)나라와 국경이 인접하고 있었다. 양나라의 변정(邊亭)과 초나라의 변정이 모두 오이를 심었는데, 각기 다른 생각을 지니고 있었다.
【梁(양)】: [국명] 위(魏)나라. 위나라는 지금의 하남성 북부와 섬서성 동부·산서성 서남부·하북성 남부에 걸쳐 있던 주대(周代)의 제후국으로, 본래 진(晉)나라에 속했으나 B.C. 375년에 조씨(趙氏)·한씨(韓氏)·위씨(魏氏)가 진(晉)의 영토를 삼분하여 각기 조(趙)·한(韓)·위(魏) 세 나라로 독립했다. 위(魏)나라는 초기에 안읍(安邑)에 도읍을 정했다가 강대한 진(秦)나라를 두려워하여 혜왕(惠王) 때 도읍을 대량(大梁)으로 옮기고 국호를 양(梁)으로 바꾸었다.
【邊(변)】: 변경, 변방.
【鄰界(인계)】: 경계가 인접하다. 즉「국경이 인접하다」의 뜻.
【亭(정)】: [행정단위] 전국시대에 정(亭)을 두었는데 10리(里)를 1정(亭), 10정(亭)을 1향(鄕)이라 했으며, 정장(亭長)이 치안을 관장했다.
【各有數(각유수)】: 각기 다른 생각을 지니다.

3 梁之邊亭劬力而數灌, 其瓜美; 楚窳而希灌, 其瓜惡。→ 양나라의 변정은 힘을 쏟아 자주 물을 주어, 오이의 상태가 좋았고; 초나라는 게을리 가끔 물을 주어, 오이의 상태가 나빴다.

楚令固以梁瓜之美, 怒其亭瓜之惡也。[4] 楚亭惡梁瓜之賢己, 因夜往, 竊搔梁亭之瓜, 皆有死焦者矣。[5] 梁亭覺之, 因請其尉, 亦欲竊往, 報搔楚亭之瓜。[6] 尉以請, 宋就曰 : 「惡! 是何言也? 是講怨召禍之道也。[7] 惡! 何稱之甚也! 若我敎子, 必每暮令人往, 竊爲楚亭夜

················

【劬力(구력)】: 힘을 쏟다, 진력하다.
【數(삭)】: 자주, 여러 번.
【美(미)】: 아름답다. 여기서는 「상태가 좋다, 잘 자라다」의 뜻.
【窳(유)】: 나태하다, 게으르다.
【希(희)】: 稀(희), 가끔, 드물게.

4 楚令固以梁瓜之美, 怒其亭瓜之惡也。→ 초나라 현령은 양나라 오이의 상태가 좋기 때문에, 자기 변정의 오이 상태가 나쁜 것에 대해 화가 났다.
【令(령)】: 현령(縣令).
【固(고)】: 본래, 원래.
【以(이)】: …로 인해, …때문에, …까닭에.

5 楚亭惡梁瓜之賢己, 因夜往, 竊搔梁亭之瓜, 皆有死焦者矣。→ 초나라 변정 사람들은 양나라 오이가 자기들보다 좋은 것을 증오하여, 밤을 틈타 건너가서, 몰래 양나라 변정의 오이를 긁어 놓아, 모두 말라 죽게 했다.
【惡(오)】: 증오하다, 미워하다, 시기하다.
【賢己(현기)】: 자기보다 좋다.
【因(인)】: (기회를) 틈타다.
【竊(절)】: 몰래.
【搔(소)】: (손톱 등으로) 긁다.
【死焦(사초)】: 말라 죽다.

6 梁亭覺之, 因請其尉, 亦欲竊往, 報搔楚亭之瓜。→ 양나라 변정은 그것을 감지하고, 곧 정위(亭尉)에게, 자기들 또한 몰래 가서, 초나라 변정의 오이를 긁어 보복하고자 지시를 청했다.
【覺(각)】: 알아차리다, 감지하다.
【因(인)】: 그리하여, 곧, 이로 인해.
【尉(위)】: 정위(亭尉). 정장(亭長)을 도와 치안을 관리하는 사람.
【欲(욕)】: …하고자 하다, …하려고 생각하다.
【報(보)】: 보복하다.

7 尉以請, 宋就曰 : 「惡! 是何言也? 是講怨召禍之道也。→ (양나라) 정위가 (현령 송취에게) 지시를 청하자, 송취가 말했다 : 「어! 이게 무슨 말인가? 이는 원한을 맺어 화를 부르는 방법이야.

善灌其瓜, 令勿知也。」[8] 於是梁亭乃每夜往, 竊灌楚亭之瓜。楚亭旦而行瓜, 則此已灌矣。[9] 瓜日以美, 楚亭怪而察之, 則乃梁亭也。楚令聞之, 大悅, 具以聞。[10] 楚王聞之, 惄然醜以志自惛也, 告吏曰:「微搔瓜, 得無他罪乎?」[11] 說梁之陰讓也, 乃謝以重幣, 而請交於梁

【惡(오)】: [놀라 탄식하는 소리] 어! 아니!
【是(시)】: 이, 이것.
【講怨(강원)】: 원한을 맺다. ※ 혹자는 「講」을 「構(구)」의 가차로 보아 「講怨」을 「構怨」 즉 「원한을 맺다」라고 풀이했다.
【道(도)】: 길, 방법.

8 惡! 何稱之甚也! 若我敎子, 必每暮令人往, 竊爲楚亭夜善灌其瓜, 令勿知也。」→ 아니! 어째서 그렇게 심한 말을 하는가! 만일 내가 그대들을 가르친다면, 반드시 매일 저녁 사람이 가서, 몰래 초나라 변정을 위해 밤중에 그들의 오이 밭에 물을 잘 주게 하고, (그들이) 알지 못하게 할 것이야.」
【若(약)…必(필)…】: 만일 …라면 반드시 …일(할) 것이다.
【子(자)】: 그대, 당신.
【令(령)】: …하게 하다, …을 시키다.
【竊(절)】: 몰래, 슬그머니.
【善灌(선관)】: 물을 잘 주다.
【令勿(영물)】: …로 하여금 …하지 못하게 하다.

9 於是梁亭乃每夜往, 竊灌楚亭之瓜。楚亭旦而行瓜, 則此已灌矣。→ 그리하여 양나라 변정 사람들이 마침내 매일 밤중에 가서, 몰래 초나라 변정의 오이 밭에 물을 주었다. 초나라 변정 사람들이 이른 아침에 오이를 살피러 가보니, 모두 이미 물을 주었다.
【於是(어시)】: 이에, 그리하여.
【乃(내)】: 마침내.
【梁亭(양정)】: 양나라 변정. 여기서는 「양나라 변정 사람들이 물을 준 것」을 의미한다.
【行瓜(행과)】: 오이를 살피러 가다.
【此(차)】: 《독제자찰기(讀諸子札記)》에는 「此」를 「皆(개)」의 잘못된 글자라 했다.

10 瓜日以美, 楚亭怪而察之, 則乃梁亭也。楚令聞之, 大悅, 具以聞。→ 오이가 날마다 잘 자라자, 초나라 변정 사람들이 그것을 이상히 여겨 몰래 살펴보니, 바로 양나라 변정 사람들이 물을 준 것이었다. 초나라 현령은 이 말을 듣고, 매우 기뻐하며, 모두 (상부에) 보고했다.
【以(이)】: 因(인), …로 인해.
【怪(괴)】: 이상히 여기다.
【乃(내)】: 바로 …이다.
【梁亭(양정)】: 양나라 변정. 여기서는 「양나라 변정 사람들이 준 것」을 가리킨다.
【具以聞(구이문)】: 모두 보고하다. 【具】: 모두, 낱낱이.

11 楚王聞之, 惄然醜以志自惛也, 告吏曰:「微搔瓜, 得無他罪乎?」→ 초왕은 이 소식을 듣고,

王。[12] 楚王時則稱說, 梁王以爲信。故梁、楚之歡由宋就始。[13] 語曰 : 「轉敗而爲功, 因禍而爲福。」 老子曰 : 「報怨以德。」此之謂乎。[14] 夫人旣不善, 胡足效哉?[15]

매우 부끄러워하며 자신이 어리석었다는 뜻을 표하고, 관리에게 물었다 : 「오이를 긁어놓은 것 말고, 다른 죄를 지은 것은 없겠지?」
【愳然(서연)】: 부끄러워하는 모양
【醜(추)】: 부끄러워하다.
【志(지)】: (뜻을) 표하다.
【惛(혼)】: 어리석다, 흐리멍덩하다.
【微(미)】: …을 제외하고, …말고.
【得無(득무)…乎(호)?】: …하지는 않았겠지? …한 것은 없겠지?

12 說梁之陰讓也, 乃謝以重幣, 而請交於梁王。→ (초왕은) 양나라가 몰래 양보한 것을 매우 기뻐했다. 그리하여 후한 선물로 사의를 표하고, 양왕에게 친교를 청했다.
【說(열)】: 열(悅), 기뻐하다.
【陰讓(음양)】: 몰래 양보하다.
【乃(내)】: 이에, 그리하여.
【謝(사)】: 사의를 표하다, 감사의 뜻을 표하다.
【重幣(중폐)】: 후한 선물.
【請交(청교)】: 친교를 청하다.

13 楚王時則稱說, 梁王以爲信。故梁、楚之歡由宋就始。→ (이후) 초왕은 항상 (양왕을) 칭찬했고, 양왕은 (초왕을) 진실하다고 여겼다. 그래서 양나라와 초나라의 우호관계는 송취로부터 비롯되었다.
【時(시)】: 항상.
【稱說(칭설)】: 칭찬하다.
【以爲(이위)】: …라고 여기다, …라고 생각하다.
【信(신)】: 진실하다, 성실하다.
【歡(환)】: 우호관계.
【由(유)…始(시)】: …로부터 비롯되다.

14 語曰 : 「轉敗而爲功, 因禍而爲福。」 老子曰 : 「報怨以德。」 此之謂乎。→ 속담에 : 「실패가 성공으로 바뀌고, 화가 복이 된다.」라 하고, 노자(老子)가 : 「원한을 덕으로 갚는다.」라고 한 것은, 바로 이를 두고 한 말이다.
【因禍而爲福(인화이위복)】: 因禍爲福, 화로 인해 복을 얻다, 화가 복이 되다. ※ 닥친 화를 잘 대처함으로 인해 화가 오히려 복으로 바뀐 것을 말한다.
【此之謂(차지위)…】: 이는 …을 두고 한 말이다.

15 夫人旣不善, 胡足效哉? → 대저 다른 사람의 행위가 착하지 않다면, 어찌 족히 본받을 수가 있겠는가?

번역문

송취(宋就)가 오이에 물을 주다

양(梁)나라 대부 송취(宋就)가 변경 지방의 현령을 지내는데 초(楚)나라와 국경이 인접하고 있었다. 양나라의 변정(邊亭)과 초나라의 변정이 모두 오이를 심었는데 각기 다른 생각을 지니고 있었다. 양나라의 변정은 힘을 쏟아 자주 물을 주어 오이의 상태가 좋았고, 초나라는 게을리 가끔 물을 주어 오이의 상태가 나빴다. 초나라 현령은 양나라 오이의 상태가 좋기 때문에 자기 변정의 오이 상태가 나쁜 것에 대해 화가 났다. 초나라 변정 사람들은 양나라 오이가 자기들보다 좋은 것을 증오하여, 밤을 틈타 건너가서 몰래 양나라 변정의 오이를 긁어 놓아 모두 말라 죽게 했다. 양나라 변정은 그것을 감지하고 곧 정위(亭尉)에게 자기들 또한 몰래 가서 초나라 변정의 오이를 긁어 보복하고자 지시를 청했다. (양나라) 정위가 (현령 송취에게) 지시를 청하자 송취가 말했다.

「어! 이게 무슨 말인가? 이는 원한을 맺어 화를 부르는 방법이야. 아니! 어째서 그렇게 심한 말을 하는가! 만일 내가 그대들을 가르친다면, 반드시 매일 저녁 사람이 가서 몰래 초나라 변정을 위해 밤중에 그들의 오이 밭에 물을 잘 주게 하고 (그들이) 알지 못하게 할 것이야.」

그리하여 양나라 변정 사람들이 마침내 매일 밤중에 가서 몰래 초나라 변정의 오이 밭에 물을 주었다. 초나라 변정 사람들이 이른 아침에 오이를 살피러 가보니 모두 이미 물을 주었다. 오이가 날마다 잘 자라자 초나라 변정 사람들이 그것을 이상히 여겨 몰래 살펴보니 바로 양나라 변정 사람

【夫(부)】: [발어사] 대저, 무릇.
【胡足(호족)】: 何足(하족), 어찌 …하기에 족하겠는가? 어찌 족히 …할 수 있는가?
【效(효)】: 본받다.

들이 물을 준 것이었다. 초나라 현령은 이 말을 듣고 매우 기뻐하며 모두 (상부에) 보고했다. 초왕은 이 소식을 듣고 매우 부끄러워하며 자신이 어리석었다는 뜻을 표하고, 관리에게 물었다.

「오이를 긁어놓은 것 말고 다른 죄를 지은 것은 없겠지?」

(초왕은) 양나라가 몰래 양보한 것을 매우 기뻐했다. 그리하여 후한 선물로 사의를 표하고 양왕에게 친교를 청했다. (이후) 초왕은 항상 (양왕을) 칭찬했고 양왕은 (초왕을) 진실하다고 여겼다. 그래서 양나라와 초나라의 우호관계는 송취로부터 비롯되었다.

속담에 「실패가 성공으로 바뀌고, 화가 복이 된다.」라 하고, 노자(老子)가 「원한을 덕으로 갚는다.」라고 한 것은 바로 이를 두고 한 말이다. 대저 다른 사람의 행위가 착하지 않다면 어찌 족히 본받을 수가 있겠는가?

해설

사람과 사람 사이에는 이런 저런 충돌이 있을 수 있다. 이를 「눈에는 눈, 이에는 이」로써 날카롭게 대할 것인가, 아니면 참고 양보하며 덕으로 원수를 대할 것인가? 이는 확연히 다른 두 가지 방법이다. 양(梁)나라 대부 송취(宋就)는 후자를 택하여 초(楚)나라 사람들로부터 존경과 신임을 얻고 양국 관계를 개선함으로써 일거양득의 효과를 거두었다.

이 우언은 모순과 충돌을 해결하기 위해서는 투쟁하여 피차 손실을 초래하는 것보다 참고 양보하여 상대방을 감화시키는 것이 오히려 서로에게 득이 된다는 교훈을 제시한 것이다.

《한시외전 韓詩外傳》 우언

한영(韓嬰 : 생졸연대 미상)은 연(燕) 사람으로 서한(西漢)의 문제(文帝) 때 박사가 되었고 경제(景帝) 때 상산왕태부(常山王太傅)를 지냈다. 그는 《시경(詩經)》에 정통하여 하나의 종파를 이루었으며 제(齊)의 원고(轅固), 노(魯)의 신배소(申培所)와 더불어 삼가시(三家詩)라 불리었다. 그의 저서로는 《한시내전(韓詩內傳)》과 《한시외전(韓詩外傳)》이 있는데 《한시내전(韓詩內傳)》은 이미 실전되었고, 현재 《한시외전》 10권이 전한다. 《한시외전》은 고금의 역사고사를 원용하여 《시경》의 본의를 해석한 책으로 내용이 광범하고 많은 고사를 보존하고 있어 《시경》 연구의 중요한 참고자료로 평가받고 있다.

011 노영읍위(魯嬰泣衛)

《韓詩外傳 · 卷二》

원문 및 주석

魯嬰泣衛[1]

魯監門之女嬰相從績, 中夜而泣涕。[2] 其偶曰 :「何謂而泣也?」嬰曰 :「吾聞衛世子不肖, 所以泣也。」[3] 其偶曰 :「衛世子不肖, 諸侯之

1 魯嬰泣衛 → 노(魯)나라의 영(嬰)이 위(衛)나라로 인해 눈물을 흘리다
【魯(노)】: [국명] 지금의 산동성 일대에 있던 주대(周代)의 제후국.
【嬰(영)】: [인명] 노(魯)나라 성문 문지기의 딸 이름.
【衛(위)】: [국명] 지금의 하북성 남부와 하남성 북부 일대에 있던 주대(周代)의 제후국. 주무왕(周武王)이 자기의 아우 강숙(康叔)을 위(衛)에 봉했다.

2 魯監門之女嬰相從績, 中夜而泣涕。→ 노(魯)나라 성문 문지기의 딸 영(嬰)이 다른 여자들과 함께 길쌈을 하다가, 한밤중이 되자 흐느껴 울었다.
【監門(감문)】: [관직] 성문을 지키는 낮은 벼슬, 성문지기.
【相從(상종)】: 여럿과 함께 어울리다.
【績(적)】: 길쌈을 하다.
【中夜(중야)】: 한밤중.
【泣涕(읍체)】: 흐느껴 울다.

3 其偶曰 :「何謂而泣也?」嬰曰 :「吾聞衛世子不肖, 所以泣也。」→ 동료가 물었다 :「왜 울어?」 영이 대답했다 :「나는 위(衛)나라의 세자가 어질지 못하다는 말을 들어서, 그래.」
【偶(우)】: 동료.
【何謂(하위)】: 何爲(하위), 왜, 어째서.
【不肖(불초)】: 현명하지 못하다.
【所以(소이)】: 그래서.

憂也, 子曷爲泣也?」[4] 嬰曰 : 「吾聞之異乎子之言也。[5] 昔者, 宋之桓司馬得罪於宋君, 出於魯, 其馬佚而驏吾園, 而食吾園之葵, 是歲, 吾聞園人亡利之半。[6] 越王勾踐起兵而攻吳, 諸侯畏其威, 魯往獻女, 吾姊與焉, 兄往視之, 道畏而死。[7] 越兵威者, 吳也, 兄死者, 我

4 其偶曰 : 「衛世子不肖, 諸侯之憂也, 子曷爲泣也?」 → 동료가 말했다 : 「위나라의 세자가 어질지 못한 것은, 제후가 걱정할 일인데, 왜 네가 울어?」
【子(자)】 : 너, 당신, 그대.
【曷爲(갈위)】 : 何爲(하위), 왜, 어째서.

5 嬰曰 : 「吾聞之異乎子之言也。 → 영이 말했다 : 「내가 들은 것은 네가 말한 것과 달라.
【異乎(이호)】 : …와 다르다. 【乎】 : [개사] 於(어), …에, …와.

6 昔者, 宋之桓司馬得罪於宋君, 出於魯, 其馬佚而驏吾園, 而食吾園之葵, 是歲, 吾聞園人亡利之半。 → 예전에 송(宋)나라의 환사마(桓司馬)가 군주에게 죄를 지어, 노(魯)나라로 도망쳐왔는데, 그의 말이 달아나 내 채소밭에서 나뒹굴며, 채소밭의 아욱을 다 먹어치웠어. 이 해에, 나는 다른 채소밭 사람들도 이익의 절반을 잃었다고 들었어.
【宋(송)】 : [국명] 지금의 하남성 상구현(商邱縣) 일대에 있던 주대(周代)의 제후국.
【桓司馬(환사마)】 : 환퇴(桓魋). 송(宋)나라 사람으로 군대의 업무를 관장하는 직책인 사마(司馬)를 지냈다.
【出(출)】 : 도망치다.
【佚(일)】 : 逸(일), 달아나다, 내빼다, 도주하다.
【驏(전)】 : 나뒹굴다.
【葵(규)】 : [채소] 아욱.
【亡(망)】 : 잃다, 손해보다.

7 越王勾踐起兵而攻吳, 諸侯畏其威, 魯往獻女, 吾姊與焉, 兄往視之, 道畏而死。 → 그리고 월왕(越王) 구천(勾踐)이 군사를 일으켜 오(吳)나라를 공략하자, (각국의) 제후들이 그의 위세를 두려워했어. 이때 노나라가 (월왕에게) 여자를 헌상했는데, 그중에 나의 언니가 들어 있어, 오라버니가 언니를 보러 가다가, 길에서 흉사를 만나 죽었어.
【越(월)】 : [국명] 춘추시대 주(周)나라 초기의 제후국. 사씨(姒氏) 성.
【勾踐(구천)】 : [인명] 구천. 춘추시대 월(越)나라의 군주. ※ 구천은 부친 윤상(允常)이 오왕(吳王) 합려(闔閭)에게 패하여 죽자, 자신이 즉위한 후 취리(檇李)에서 오(吳)나라 군사를 크게 물리치고 합려에게 부상을 입혀 죽게 함으로써 아버지의 원수를 갚았다. 그러나 그 후 회계산(會稽山)의 전투에서 합려의 아들인 오왕 부차(夫差)에게 패하여 부차의 신하노릇을 했다. 갖은 수모를 참아가며 충성을 다해 가까스로 풀려난 구천은 월나라로 돌아온 후, 20년 동안 와신상담(臥薪嘗膽)하며 부국강병에 힘써 마침내 오나라를 공격해 부차를 죽이고 회계산의 치욕을 씻었다.
【起兵(기병)】 : 군사를 일으키다.

也。由是觀之, 禍與福相反也。[8] 今衛世子甚不肖, 好兵, 吾男弟三人, 能無憂乎?」[9]

번역문

노(魯)나라의 영(嬰)이 위(衛)나라로 인해 눈물을 흘리다

노(魯)나라 성문지기의 딸 영(嬰)이 다른 여자들과 함께 길쌈을 하다가 한밤중이 되자 흐느껴 울었다.

동료가 물었다.

「왜 울어?」

영이 대답했다.

「나는 위(衛)나라의 세자가 어질지 못하다는 말을 들어서 그래.」

동료가 말했다.

「위나라의 세자가 어질지 못한 것은 제후가 걱정할 일인데 왜 네가 울어?」

영이 말했다.

【吳(오)】: 춘추시대 주(周)나라 초기의 제후국. 희씨(姬氏) 성.
【與(여)】: 참여하다. 여기서는 「들어있다, 포함되다」의 뜻.
【道畏(도외)】: 길에서 흉사를 만나다.

8 越兵威者, 吳也, 兄死者, 我也。由是觀之, 禍與福相反也。→ 월나라 군사가 위협하는 대상은, 오나라인데, 오라버니가 죽은 것은, (오히려) 나야. 이로 미루어 볼 때, (사람의) 화(禍)와 복(福)은 서로 관련되어 있어.
【由是觀之(유시관지)】: 이로 미루어 보아.
【反(반)】: 《조회옥교본(趙懷玉校本)》은 「反」을 「及(급)」의 오류라 했다. 「及」은 「미치다, 관련되다」의 뜻.

9 今衛世子甚不肖, 好兵, 吾男弟三人, 能無憂乎?」→ 지금 위나라 세자가 매우 어질지 못하여, 전쟁을 좋아하는데, 세 명의 남동생이 있는 내가, (어찌) 걱정이 없을 수 있겠어?」
【好(호)】: [동사] 좋아하다.

「내가 들은 것은 네가 말한 것과 달라. 예전에 송(宋)나라의 환사마(桓司馬)가 군주에게 죄를 지어 노(魯)나라로 도망쳐왔는데, 그의 말이 달아나 내 채소밭에서 나뒹굴며 채소밭의 아욱을 다 먹어치웠어. 이 해에, 나는 다른 채소밭 사람들도 이익의 절반을 잃었다고 들었어. 그리고 월왕(越王) 구천(勾踐)이 군사를 일으켜 오(吳)나라를 공략하자 (각국의) 제후들이 그의 위세를 두려워했어. 이때 노나라가 (월왕에게) 여자를 헌상했는데, 그중에 나의 언니가 들어 있어 오라버니가 언니를 보러 가다가 길에서 흉사를 만나 죽었어. 월나라 군사가 위협하는 대상은 오나라인데 오라버니가 죽은 것은 (오히려) 나야. 이로 미루어 볼 때 (사람의) 화(禍)와 복(福)은 서로 관련되어 있어. 지금 위나라의 세자가 매우 어질지 못하여 전쟁을 좋아하는데, 세 명의 남동생이 있는 내가 (어찌) 걱정이 없을 수 있겠어?」

해설

송(宋)나라의 환사마(桓司馬)가 자기 군주에게 죄를 지은 것과 월(越)나라가 오(吳)나라를 위협하는 것은, 본래 노(魯)나라 성문지기의 딸인 영(嬰)과는 아무런 관련이 없는 듯하다. 그러나 영은 이들로 인해 상당한 피해를 입었다. 그리하여 영은 자기 집안의 쓰라린 경험을 통해 전체 사회의 동요 국면이 무언가에 의해 서로 연계되고, 이를 근거로 화(禍)와 복(福)이 서로 관련을 갖는다는 이치를 터득했다. 그래서 위(衛)나라의 세자가 어질지 못해 전쟁을 좋아하는 것도 어떤 계기로 자기와 연계될지 몰라 불안해하는 것이다.

이 우언은 우리가 생활하는 가운데 이러한 이치를 간파하지 못하면, 필연적으로 세상물정에 어둡고 식견이 좁은 사람이 된다는 것을 비유한 것이다.

012 정료구현(庭燎求賢)

《韓詩外傳 · 卷三》

원문 및 주석

庭燎求賢[1]

齊桓公設庭燎, 爲便人欲造見者, 朞年而士不至。[2] 於是東野有以九九見者, 桓公使戲之曰 :「九九足以見乎?」[3] 鄙人曰 :「臣聞君設

1 庭燎求賢 → 정료(庭燎)를 설치하여 어진 선비를 구하다
【庭燎(정료)】: 국가의 대사가 있을 때 밤중에 입궐하는 신하들을 위해 조정의 뜰 앞에 설치한 횃불.
【賢(현)】: [명사] 현인, 어진 선비.

2 齊桓公設庭燎, 爲便人欲造見者, 朞年而士不至。→ 제(齊)나라 환공(桓公)이 정료를 설치하여, 밤중에 알현하려는 사람들에게 편리하도록 했으나, 일 년이 되어도 선비들이 찾아오지 않았다.
【齊桓公(제환공)】: 춘추시대 제나라의 군주. 제희공(齊僖公)의 아들로 이름은 소백(小白)이며, 43년간(B.C. 685-B.C. 643) 재위했다. 진문공(晉文公) · 진목공(秦穆公) · 송양공(宋襄公) · 초장왕(楚莊王)과 더불어 춘추오패(春秋五霸)의 하나. 〖齊〗: 지금의 산동성 북부와 하북성 남부에 걸쳐 있던 주대(周代)의 제후국.
【欲(욕)】: …하고자 하다, …하기를 바라다.
【造見(조현)】: 뵙다, 알현하다.
【朞年(기년)】: 期年(기년), 만 일 년.

3 於是東野鄙人有以九九見者, 桓公使戲之曰 :「九九足以見乎?」→ 이때 동쪽 교외의 시골 사람으로 구구법을 가지고 (환공을) 알현하려는 자가 있어, 환공이 사람을 보내 그를 희롱하여 말했다 :「(겨우) 구구법을 가지고 족히 (군주를) 알현할 수 있느냐?」
【於是(어시)】: 이때.
【東野(동야)】: 동쪽 교외.

庭燎以待士, 朞年而士不至。[4] 夫士之所以不至者, 君, 天下之賢君也, 四方之士皆自以不及君, 故不至也。[5] 夫九九, 薄能耳, 而君猶禮之, 況賢於九九者乎?[6] 夫太山不讓礫石, 江海不辭小流, 所以成其大也。[7] 《詩》曰 : 『先民有言, 詢于芻蕘。』 博謀也。」[8] 桓公曰 : 「善。」

【鄙人(비인)】: 시골 사람, 촌사람.
【九九(구구)】: [셈법] 구구법.
【使(사)】: 보내다, 파견하다. ※「使」 다음의 목적어가 생략된 형태.
【戲(희)】: 희롱하다.
【足以(족이)】: 족히 …할 수 있다, …하기에 충분하다.

4 鄙人曰 : 「臣聞君設庭燎以待士, 朞年而士不至。→ 시골 사람이 말했다 : 「저는 임금님께서 정료를 설치하고 선비를 기다렸으나, 일 년이 되어도 선비가 찾아오지 않았다고 들었습니다.

5 夫士之所以不至者, 君, 天下之賢君也, 四方之士皆自以不及君, 故不至也。→ 대저 선비가 찾아오지 않는 까닭은, 임금님이, 천하의 현군이시어, 천하 사방의 선비들이 모두 자기가 임금님보다 못하다고 생각하기 때문에, 그래서 찾아오지 않는 것입니다.
【夫(부)】: [발어사] 무릇, 대저.
【所以(소이)】: 까닭, 이유.
【以(이)】: 以爲(이위), …라고 생각하다, …라고 여기다.
【不及(불급)】: …보다 못하다, …에 미치지 못하다.

6 夫九九, 薄能耳, 而君猶禮之, 況賢於九九者乎? → 구구법이, 하찮은 기능일 뿐인데도, 임금님께서 여전히 이를 예우하시는데, 하물며 구구법보다 훌륭한 선비들의 재능이야 어떻겠습니까?
【薄能(박능)】: 보잘 것 없는 기능, 하찮은 기능.
【耳(이)】: …뿐.
【猶(유)】: 여전히, 그래도.
【況(황)】: 하물며.
【賢於(현어)…】: …보다 훌륭하다, …을 능가하다. 『於』: [비교] …에 비해, …보다.

7 夫太山不讓礫石, 江海不辭小流, 所以成其大也。→ 대저 태산(泰山)은 잔돌을 배척하지 않고, 강과 바다는 작은 물줄기를 배척하지 않았기 때문에, 그래서 웅대한 모습을 이룬 것입니다.
【太山(태산)】: [산 이름] 태산(泰山). 지금의 산동성에 있는 산으로, 중국 오악(五嶽) 중의 동악(東嶽). ※ 오악은 동악(東嶽)・서악(西嶽)・남악(南嶽)・북악(北嶽)・중악(中嶽)으로 산동성의 태산(泰山 : 동악), 섬서성의 화산(華山 : 서악), 호남성의 형산(衡山 : 남악), 산서성의 항산(恒山 : 북악), 하남성의 숭산(嵩山 : 중악).
【讓(양)】: 사양하다, 거절하다, 배척하다.
【礫石(역석)】: 조약돌, 잔돌.

乃固禮之。朞月，四方之士相導而至矣。[9]

번역문

정료(庭燎)를 설치하여 어진 선비를 구하다

제(齊)나라 환공(桓公)이 정료를 설치하여 밤중에 알현하려는 사람들에게 편리하도록 했으나, 일 년이 되어도 선비들이 찾아오지 않았다. 이때 동쪽 교외의 시골 사람으로 구구법을 가지고 (환공을) 알현하려는 자가 있어, 환공이 사람을 보내 그를 희롱하여 말했다.

「(겨우) 구구법을 가지고 족히 (군주를) 알현할 수 있느냐?」

시골 사람이 말했다.

「저는 임금님께서 정료를 설치하고 선비를 기다렸으나 일 년이 되어도 선비가 찾아오지 않았다고 들었습니다. 대저 선비가 찾아오지 않는 까닭

【所以(소이)】: 그래서.

8 《詩》曰:『先民有言, 詢于芻蕘。』博謀也。」→《시경(詩經)》에 이르길:『옛 선현께서 꼴 베고 나무하는 사람에게도 물어야 한다고 하신 말씀이 있다.』라고 했는데, 이는 널리 여러 의견을 받아들여야 한다는 뜻입니다.」

【《詩》曰(《시》왈)】: 이 말은《시경(詩經)·대아(大雅)·생민지십(生民之什)·판(板)》에 보인다.

【先民(선민)】: 옛 선현.

【詢(순)】: 묻다.

【芻蕘(추요)】: 꼴꾼과 나무꾼.

【博謀(박모)】: 널리 의견을 받아들이다.

9 桓公曰:「善。」乃固禮之。朞月, 四方之士相導而至矣。→ 환공이 말했다:「좋소.」그리하여 (환공은) 시골 사람을 후하게 예우했다. 한 달이 지나자, 천하 사방에서 선비들이 서로 인도(引導)하여 (제나라를) 찾아왔다.

【乃(내)】: 이에, 그리하여.

【固禮(고례)】: 厚禮(후례), 후하게 예우하다.

【朞月(기월)】: 한 달.

【相導(상도)】: 서로 인도하다.

은 임금님이 천하의 현군이시어 천하 사방의 선비들이 모두 자기가 임금님보다 못하다고 생각하기 때문에, 그래서 찾아오지 않는 것입니다. 구구법이 하찮은 기능일 뿐인데도 임금님께서 여전히 이를 예우하신다면, 하물며 구구법보다 훌륭한 선비들의 재능이야 어떻겠습니까? 대저 태산(泰山)은 잔돌을 배척하지 않고 강과 바다는 작은 물줄기를 배척하지 않았기 때문에, 그래서 웅대한 모습을 이룬 것입니다. 《시경(詩經)》에 이르길 『옛 선현께서 꼴 베고 나무하는 사람에게도 물어야 한다고 하신 말씀이 있다.』 라고 했는데, 이는 널리 많은 의견을 들어야 한다는 뜻입니다.」

환공이 말했다.

「좋소.」

그리하여 (환공은) 시골 사람을 후하게 예우했다. 한 달이 지나자 천하 사방에서 선비들이 서로 인도(引導)하여 (제나라를) 찾아왔다.

해설

구구법은 본래 작은 기능이고 나라를 다스리는 일과 전혀 무관하다. 그리하여 시골 사람이 구구법을 가지고 알현을 청했을 때 제환공(齊桓公)은 시골 사람을 희롱했다. 그러나 시골 사람은 제환공에게 구구법과 같이 하찮은 재능을 중시해야 큰 재능을 지닌 현인들이 소문을 듣고 찾아온다는 이치를 깨닫게 했다.

이 우언은 작은 것을 소홀히 여기지 않아야 큰일을 이룰 수 있다는 이치를 설명한 것이다.

013 청화석의(請火釋疑)

《韓詩外傳 · 卷七》

원문 및 주석

請火釋疑[1]

里婦與里母相善, 婦見疑盜肉, 其姑去之, 恨而告于里母, 里母曰 :「安行, 今令姑呼汝。」[2] 卽束蘊請火, 去婦之家, 曰 :「吾犬爭肉相殺, 請火治之。」姑乃直使人追去婦還之。[3]

1 請火釋疑 → 불씨를 동냥하여 의심을 풀다
【請火(청화)】: 불씨를 동냥하다, 불씨를 요구하다.
【釋(석)】: 풀다.

2 里婦與里母相善, 婦見疑盜肉, 其姑去之, 恨而告于里母, 里母曰 :「安行, 今令姑呼汝。」→ 마을의 젊은 부인과 노부인은 서로 친한 사이였다. 젊은 부인이 (시어머니로부터) 고기를 훔쳤다고 의심을 받아, 시어머니가 그녀를 내쫓았다. 젊은 부인이 이를 원망하며 노부인에게 말하자, 노부인이 (젊은 부인에게) 말했다 :「천천히 걸어가고 있어요. 지금 시어머니로 하여금 당신을 부르도록 할 테니까.」
【里母(이모)】: 마을의 노부인(老婦人).
【相善(상선)】: 서로 친하다, 서로 사이가 좋다.
【見疑(견의)】: 의심을 받다. ※ 見+동사=피동형.
【姑(고)】: 시어머니.
【去(거)】: 내쫓다.
【恨(한)】: 원망하다.
【安行(안행)】: 천천히 걷다.
【令(령)】: …로 하여금 …하게 하다.

3 卽束蘊請火, 去婦之家, 曰 :「吾犬爭肉相殺, 請火治之。」姑乃直使人追去婦還之。→ (노부인

번역문

불씨를 동냥하여 의심을 풀다

마을의 젊은 부인과 노부인은 서로 친한 사이였다. 젊은 부인이 (시어머니로부터) 고기를 훔쳤다고 의심을 받아 시어머니가 그녀를 내쫓았다. 젊은 부인이 이를 원망하며 노부인에게 말하자 노부인이 (젊은 부인에게) 말했다.

「천천히 걸어가고 있어요. 지금 시어머니로 하여금 당신을 부르도록 할 테니까.」

(노부인이) 즉시 난마(亂麻)를 묶어 가지고 불씨를 동냥하러 젊은 부인의 집으로 가서 말했다.

「우리 개들이 고기를 다투다가 한 마리가 물려 죽었는데, 불씨를 동냥해다가 죽은 개를 구워 먹어야겠어요.」

시어머니는 (이 말을 듣고) 바로 사람을 시켜 며느리를 쫓아가 집으로 돌아오도록 했다.

....

이) 즉시 난마(亂麻)를 묶어 가지고 불씨를 동냥하러, 젊은 부인의 집으로 가서, 말했다 :「우리 개들이 고기를 다투다가 한 마리가 물려 죽었는데, 불씨를 동냥해다가 죽은 개를 구워 먹어야겠어요.」 시어머니는 (이 말을 듣고) 바로 사람을 시켜 며느리를 쫓아가 집으로 돌아오도록 했다.

【卽(즉)】: (말하고 나서) 즉시.

【束(속)】: 묶다.

【蘊(온)】: 난마(亂麻), 엉클어진 삼.

【乃直(내직)】: 곧, 바로.

【使(사)】: …로 하여금 …하도록 하다, …를 시켜 …하게 하다.

【追去(추거)】: 쫓아가다.

해설

사람들은 통상 다른 사람을 설득할 때 가능한 많은 이유를 열거한다. 이는 결코 고명한 방법이 아니다. 만일 상대방이 어느 정도 이해할 수 있는 능력을 지닌 사람이라면, 적당히 암시만 해도 기대하는 효과를 거둘 수 있다.

마을의 노부인이 난마(亂麻)를 묶어 가지고 젊은 부인의 집에 불씨를 얻으러 가서 자기 집 개들이 고기를 다투었다고 말한 것은, 바로 자기 집 개가 고기를 훔쳤다는 것을 암시한 것이다. 그리하여 젊은 부인의 시어머니로 하여금 며느리를 의심한 행위가 잘못이라는 것을 지적하여 시어머니를 뉘우치게 했다.

이 우언은 어떤 난관에 봉착했을 때 문제의 핵심을 잘 포착하여 방법을 모색하면 의외로 문제를 쉽게 풀 수 있다는 이치를 설명한 것이다.

※ 참고 : 이 고사는 같은 내용이 《한서(漢書) · 괴오강식부전(蒯伍江息夫傳)》에도 보이는데, 《한시외전(韓詩外傳)》이 《한서》보다 시대적으로 앞서기 때문에 본서에서는 《한시외전》을 채택하였다.

014 택인이수(擇人而樹)

《韓詩外傳 · 卷七》

원문 및 주석

擇人而樹[1]

魏文侯之時, 子質仕而獲罪焉, 去而北遊, 謂簡主曰:「從今已後, 吾不復樹德於人矣。」[2] 簡主曰:「何以也?」 質曰:「吾所樹堂上之士半, 吾所樹朝廷之大夫半, 吾所樹邊境之人亦半。[3] 今堂上之士惡我

1 擇人而樹 → 사람을 골라 심다
【擇(택)】: 선택하다, 고르다, 가리다.
【樹(수)】: [동사] 심다.

2 魏文侯之時, 子質仕而獲罪焉, 去而北遊, 謂簡主曰:「從今已後, 吾不復樹德於人矣。」→ 위문후(魏文侯) 시절에, 자질(子質)이 벼슬을 하다가 죄를 짓고, (위나라를) 떠나 북쪽 지방으로 가서, 간주(簡主)를 만나 말했다:「지금부터, 나는 다시는 사람들에게 덕을 베풀지 않을 것입니다.」
【魏文侯(위문후)】: 전국시대 위(魏)나라의 건립자. 이름은 사(斯)이며 38년간(B.C. 445 - B.C. 396) 재위했다.
【子質(자질)】: [인명] 생애사적 미상.
【仕(사)】: 벼슬하다.
【簡主(간주)】: 일반적으로는「조간자(趙簡子)」를 가리킨다. 그러나《사기(史記) · 육국년표(六國年表)》에 의하면 위문후는 조간자가 죽고 나서 33년 후에 즉위했다. 따라서 여기서 말하는 간주(簡主)가 실제로 누구를 가리키는 것인지 알 수 없다.
【去(거)】: 떠나다.
【從今以後(종금이후)】: 지금부터. 〖從〗: …로 부터. 〖已後〗: 以後(이후).
【樹德(수덕)】: 덕을 심다, 덕을 베풀다.

3 簡主曰:「何以也?」 質曰:「吾所樹堂上之士半, 吾所樹朝廷之大夫半, 吾所樹邊境之人亦半。

於君, 朝廷之大夫恐我以法, 邊境之人刧我以兵, 是以不樹德於人也。」[4] 簡主曰 :「噫! 子之言過矣。夫春樹桃李, 夏得陰其下, 秋得食其實。[5] 春樹蒺藜, 夏不可採其葉, 秋得其刺焉。[6] 由此觀之, 在所樹也。今子所樹, 非其人也。故君子先擇而後種也。」[7]

→ 간주가 물었다 :「어째서요?」 자질이 대답했다 :「내가 관아에 심어 놓은 관리가 (전체 관리의) 절반을 차지하고, 내가 조정에 심어 놓은 대부가 (전체 대부의) 절반을 차지하며, 내가 변방에 심어 놓은 사람 또한 (변방 전체의) 절반을 차지합니다.

【何以(하이)】: 왜, 어째서, 무슨 까닭으로.

【堂上(당상)】: 관아.

【士(사)】: 사인(士人). 여기서는 「관리」를 가리킨다.

4 今堂上之士惡我於君, 朝廷之大夫恐我以法, 邊境之人刧我以兵, 是以不樹德於人也。」→ (그런데) 지금 관아의 관리들은 임금에게 나를 비방하고, 조정의 대부들은 법령으로 나를 겁주고, 변방 사람들은 군대로 나를 위협합니다. 그래서 다시는 다른 사람에게 덕을 베풀지 않을 것입니다.」

【惡(오)】: 비방하다, 비난하다.

【恐(공)】: 겁주다, 두렵게 하다.

【刧(겁)】: 위협하다. ※판본에 따라서는 「去刃」을 「劫(겁)」이라 했다.

【是以(시이)】: 그래서, 이로 인해.

5 簡主曰 :「噫! 子之言過矣。夫春樹桃李, 夏得陰其下, 秋得食其實。→ 간주가 말했다 :「아! 당신의 말은 틀렸습니다. 무릇 봄에 복숭아와 오얏을 심으면, 여름에 그 나무 아래를 그늘지게 할 수 있고, 가을에 그 열매를 먹을 수 있습니다.

【子(자)】: 당신, 그대.

【過(과)】: [동사용법] 잘못이다, 틀렸다.

【得(득)】: 能(능), …할 수 있다.

【陰(음)】: 蔭(음), 그늘지게 하다, 그늘을 만들다.

【食(식)】: [동사] 먹다.

6 春樹蒺藜, 夏不可採其葉, 秋得其刺焉。→ (그러나) 봄에 남가새를 심으면, 여름에 잎을 채취할 수 없고, 가을에 가시를 얻습니다.

【蒺藜(질려)】: [식물] 남가새.

【採(채)】: 채취하다.

7 由此觀之, 在所樹也。今子所樹, 非其人也。故君子先擇而後種也。」→ 이로 미루어보건대, 무엇을 심느냐에 달려 있습니다. 지금 당신이 심은 것은, 덕망 있는 사람이 아닙니다. 그래서 군자는 먼저 (사람을) 고르고 난 이후에 심습니다.」

【由此觀之(유차관지)】: 이로 미루어 보건대, 이로 미루어 보면.

【其人(기인)】: 그러한 사람, 즉 「덕 있는 사람」.

번역문

사람을 골라 심다

위문후(魏文侯) 시절에 자질(子質)이 벼슬을 하다가 죄를 짓고 (위나라를) 떠나 북쪽 지방으로 가서 간주(簡主)를 만나 말했다.

「지금부터 나는 다시는 사람들에게 덕을 베풀지 않을 것입니다.」

간주가 물었다.

「어째서요?」

자질이 대답했다.

「내가 관아에 심어 놓은 관리가 (전체 관리의) 절반을 차지하고, 내가 조정에 심어 놓은 대부가 (전체 대부의) 절반을 차지하며, 내가 변방에 심어 놓은 사람 또한 (변방 전체의) 절반을 차지합니다. (그런데) 지금 관아의 관리들은 임금에게 나를 비방하고, 조정의 대부들은 법령으로 나를 겁주고, 변방 사람들은 군대로 나를 위협합니다. 그래서 다시는 다른 사람에게 덕을 베풀지 않을 것입니다.」

간주가 말했다.

「아! 당신의 말은 틀렸습니다. 무릇 봄에 복숭아와 오얏을 심으면 여름에 그 나무 아래를 그늘지게 할 수 있고 가을에 그 열매를 먹을 수 있습니다. (그러나) 봄에 남가새를 심으면 여름에 잎을 채취할 수 없고 가을에 가시를 얻습니다. 이로 미루어보건대, 무엇을 심느냐에 달려 있습니다. 지금 당신이 심은 것은 덕망 있는 사람이 아닙니다. 그래서 군자는 먼저 사람을 고르고 난 이후에 심습니다.」

....

【而後(이후)】: 이후, 연후.
【種(종)】: 심다.

해설

자질(子質)은 자기가 심어 놓은 관리들이 모두 자기를 배신하자 다시는 사람들에게 덕을 베풀지 않을 것이라고 다짐했다. 그러나 간주(簡主)의 생각은 다르다. 기왕 심으려면 심기 전에 먼저 종자를 선택해야 콩 심은 데 콩 나고 팥 심은 데 팥 난다. 그러나 자질이 심어 놓은 사람들은 모두 덕망 있는 자들이 아니다. 그래서 자기가 심어 놓은 사람들에게 배신당하는 결과를 자초한 것이다.

이 우언은 사람과 교제하거나 사람을 기용할 때는 먼저 대상을 신중히 관찰하여 선악을 구별할 수 있어야 결과에 대해 후회하거나 후환이 없다는 이치를 설명한 것이다.

015 맹모교자(孟母教子)

《韓詩外傳 · 卷九》

원문 및 주석

孟母教子[1]

孟子少時誦, 其母方織。[2] 孟輟然中止, 乃復進, 其母知其諠也, 呼而問之曰 :「何爲中止?」 對曰 :「有所失復得。」[3] 其母引刀裂其織,

....

1 孟母教子 → 맹자(孟子)의 어머니가 아들을 가르치다
【孟母(맹모)】: 맹자의 어머니. 〖孟〗: 여기서는 「맹자(孟子)」를 가리킨다. 맹자는 전국시대 유가(儒家)학파의 대표적 인물로 이름은 가(軻), 자는 자여(子輿) 또는 자거(子車)이며, 노(魯)나라 사람이다. 어려서 어머니로부터 「삼천지교(三遷之教)」의 교화를 받아 학문적 기초를 다지고, 공자(孔子)의 손자인 자사(子思)의 문하생에게 학문을 전수받아 증자(曾子) · 자사(子思)의 계승자가 되었다.

2 孟子少時誦, 其母方織。 → 맹자(孟子)가 어렸을 때 책을 암송하는데, 어머니가 마침 베를 짜고 있었다.
【誦(송)】: 외우다, 암송하다.
【方(방)】: 마침.
【織(직)】: 베를 짜다.

3 孟輟然中止, 乃復進, 其母知其諠也, 呼而問之曰 :「何爲中止?」 對曰 :「有所失復得。」 → 맹자가 갑자기 멈추었다가, 곧 다시 읽어나가자, 어머니는 그가 잊었다는 것을 알고, 맹자를 불러 물었다 :「어째서 멈추었느냐?」맹자가 대답했다 :「잊어버렸다가 다시 생각이 났어요.」
【輟然(철연)】: 갑자기 멈추는 모양.
【乃(내)】: 곧, 이내.
【復進(부진)】: 다시 읽어나가다.
【諠(훤)】: 잊다.

以此誡之, 自是之後, <u>孟子</u>不復諠矣。[4] <u>孟子</u>少時, 東家殺豚, <u>孟子</u>問其母曰 :「東家殺豚, 何爲?」 母曰 :「欲啖汝。」[5] 其母自悔而言曰 :「吾懷妊是子, 席不止不坐; 割不正不食; 胎教之也。今適有知而欺之, 是教之不信也。」[6] 乃買東家豚肉以食之, 明不欺也。[7]

【何爲(하위)】: 어째서, 왜.
【失(실)】: 기억을 상실하다, 잊어버리다.
【復得(부득)】: 다시 얻다. 즉「다시 생각나다」의 뜻.

4 其母引刀裂其織, 以此誡之, 自是之後, 孟子不復諠矣。→ 맹자 어머니가 칼을 집어 들어 베를 잘라, 이로써 아들을 훈계하니, 이후부터, 맹자는 다시 잊어버리지 않았다.
【引(인)】: 집어 들다, 가지다.
【裂(열)】: 자르다.
【織(직)】: [명사] 베.
【誡(계)】: 훈계하다.
【自是(자시)】: 이로부터.

5 孟子少時, 東家殺豚, 孟子問其母曰 :「東家殺豚, 何爲?」 母曰 :「欲啖汝。」→ (또) 맹자가 어렸을 때, 동쪽 이웃집에서 돼지를 잡자, 맹자가 어머니에게 물었다 :「동쪽 이웃집에서 돼지를 잡는데, 무엇을 하려고 그래요?」 어머니가 말했다 :「너에게 먹여주려고 그래.」
【殺豚(살돈)】: 돼지를 잡다.
【欲(욕)】: …하고자 하다, …하려고 하다.
【啖(담)】: [사동용법] 먹이다.
【汝(여)】: 너, 당신.

6 其母自悔而言曰 :「吾懷妊是子, 席不止不坐; 割不正不食; 胎教之也。今適有知而欺之, 是教之不信也。」→ 맹자 어머니가 스스로 후회하며 말했다 :「나는 이 아들을 회임했을 때, 자리가 똑바로 펴있지 않으면 앉지를 않고, 음식을 자른 것이 바르지 않으면 먹지를 않으며, 뱃속 아이에게 태교를 했다.」 (아이가) 이제 막 알기 시작했는데 속인다면, 이는 아이를 가르치는 데 성실하지 못한 것이다.」
【是(시)】: 이, 이것.
【不止(부지)】: 바르지 않다. 〖止〗: 正(정)의 오류로 보인다.
【割(할)】: 자르다, 절단하다.
【適(적)】: 막, 방금.
【信(신)】: 성실하다.

7 乃買東家豚肉以食之, 明不欺也。→ 그리하여 동쪽 이웃집의 고기를 사다가 맹자에게 먹여주고, 속이지 않았다는 것을 표명했다.
【乃(내)】: 이에, 그리하여.
【明(명)】: 표명하다, 밝히다.

번역문

맹자(孟子)의 어머니가 아들을 가르치다

맹자(孟子)가 어렸을 때 책을 암송하는데 어머니가 마침 베를 짜고 있었다. 맹자가 갑자기 멈추었다가 곧 다시 읽어나가자, 어머니는 그가 잊었다는 것을 알고 맹자를 불러 물었다.

「어째서 멈추었느냐?」

맹자가 대답했다.

「잊어버렸다가 다시 생각이 났어요.」

맹자 어머니가 칼을 집어 들어 베를 잘라 이로써 아들을 훈계하니, 이후부터 맹자는 다시 잊어버리지 않았다.

(또) 맹자가 어렸을 때, 동쪽 이웃집에서 돼지를 잡자 맹자가 어머니에게 물었다.

「동쪽 이웃집에서 돼지를 잡는데 무엇을 하려고 그래요?」

어머니가 말했다.

「너에게 먹여주려고 그래.」

맹자 어머니가 스스로 후회하며 말했다.

「나는 이 아들을 회임했을 때, 자리가 똑바로 펴있지 않으면 앉지를 않고 음식을 자른 것이 바르지 않으면 먹지를 않으며 뱃속 아이에게 태교를 했다.」(아이가) 이제 막 알기 시작했는데 속인다면, 이는 아이를 가르치는데 성실하지 못한 것이다.」

그리하여 동쪽 이웃집의 고기를 사다가 맹자에게 먹여주고 속이지 않았다는 것을 표명했다.

해설

맹자(孟子)의 어머니는 아들이 책을 암송하다가 갑자기 주춤하는 것을 보고, 자기가 애써 짜 놓은 베를 과감히 잘라 아들을 훈계하는가 하면, 자신이 실수로 한 말에 대해서도 아들을 속이지 않겠다는 생각에 고기를 사다가 먹여주며 성실히 책임을 다하는 모습을 보여주었다.

이 우언은 자식 교육을 위해 헌신한 맹자 어머니의 사례를 통해 모든 부모들의 자식 교육에 대한 책임과 열정을 권계한 것이다.

016 대택중치(大澤中雉)

《韓詩外傳 · 卷九》

원문 및 주석

大澤中雉[1]

「君不見大澤中雉乎?[2] 五步一噣, 終日乃飽, 羽毛悅澤, 光照於日月; 奮翼爭鳴, 聲響於陵澤者何? 彼樂其志也。[3] 援置之囷倉中, 常

1 大澤中雉 → 큰 늪지 속의 꿩
【雉(치)】: 꿩.

2 「君不見大澤中雉乎? → 임금님께서는 큰 늪지 속의 꿩을 보지 못하셨습니까?

3 五步一噣, 終日乃飽, 羽毛悅澤, 光照於日月; 奮翼爭鳴, 聲響於陵澤者何? 彼樂其志也。→ 다섯 걸음을 걷고 한 번 쪼아 먹으니, 하루 종일 먹어야 비로소 배가 부르지만, 깃털은 아름답고 윤기가 나서, 해와 달을 향해 비추고; 날개를 펴고 크게 소리 내어 울면, 그 소리가 구릉과 연못에 울려퍼지는데, 무슨 까닭이겠습니까? 꿩이 자기의 뜻에 따라 즐겁게 생활하기 때문입니다.
【噣(주)】: 啄(탁), (모이를) 쪼다, 쪼아 먹다.
【乃(내)】: 비로소, 겨우.
【悅澤(열택)】: 아름답고 윤기가 나다.
【光照(광조)】: 비추다.
【奮翼(분익)】: 날개를 펴다.
【爭鳴(쟁명)】: 울음을 다투다. 즉 「크게 소리 내어 울다」의 뜻.
【陵澤(능택)】: 구릉과 연못.
【何(하)】: 왜, 어째서, 무슨 까닭.
【彼(피)】: [대명사] 저것, 그것, 즉 「꿩」.

囑粱粟, 不旦時而飽, 然猶羽毛憔悴, 志氣益下, 低頭不鳴。[4] 夫食豈不善哉? 彼不得其志故也。」[5]

번역문

큰 늪지 속의 꿩

「임금님께서는 큰 늪지 속의 꿩을 보지 못하셨습니까? 다섯 걸음을 걷고 한 번 쪼아 먹으니 하루 종일 먹어야 비로소 배가 부르지만, 깃털은 아름답고 윤기가 나서 해와 달을 향해 비추고, 날개를 펴고 크게 소리 내어 울면 그 소리가 구릉과 연못에 울려 퍼지는데 무슨 까닭이겠습니까? 꿩이 자기의 뜻에 따라 즐겁게 생활하기 때문입니다. 꿩을 잡아다가 곡식창고에 놓아두면 항상 곡식을 쪼아 먹어 금방 배가 부르지만, 그래도 깃털은 초

4 援置之囷倉中, 常囑粱粟, 不旦時而飽, 然猶羽毛憔悴, 志氣益下, 低頭不鳴。→ 꿩을 잡아다가 곡식창고에 놓아두면, 항상 곡식을 쪼아 먹어, 금방 배가 부르지만, 그래도 깃털은 초췌하고, 정신이 더욱 쇠약해져, 머리를 숙이고 울지 않습니다.
【援(원)】: 잡다, 나포하다.
【置(치)】: 두다, 놓다, 놓아두다.
【囷倉(균창)】: 곡식창고.
【粱粟(양속)】: 기장과 조.
【不旦時(부단시)】: 얼마 안가서, 금방.
【然猶(연유)】: 그래도.
【志氣(지기)】: 정신
【益下(익하)】: 더욱 쇠약해지다.

5 夫食豈不善哉? 彼不得其志故也。」→ 그 먹이가 어찌 좋지 않아서 그렇겠습니까? 꿩이 자기의 뜻에 따라 생활할 수 없기 때문입니다.」
【夫(부)】: 그.
【食(식)】: [명사] 먹이.
【彼(피)】: [대명사] 그것, 저것, 즉「꿩」.
【不得(부득)】: 不能(불능), …할 수 없다.
【故(고)】: …때문.

췌하고 정신이 더욱 쇠약해져 머리를 숙이고 울지 않습니다. 그 먹이가 어찌 좋지 않아서 그렇겠습니까? 꿩이 자기의 뜻에 따라 생활할 수 없기 때문입니다.」

해설

꿩이 늪 속에서 살면 먹이를 찾는 데 힘은 들지만 마음껏 자유를 누릴 수 있어 활기가 넘친다. 반면에 꿩을 잡아다가 곡식창고에 살게 하면, 먹을 것은 많아도 자기의 뜻에 따라 생활할 수 없기 때문에 초췌해지고 활기가 없어진다.

이 우언은 꿩의 고사를 통해, 인간이 행복한 삶을 추구하기 위해서는 물질적인 풍요보다 정신적인 자유가 더욱 중요하다는 이치를 설명한 것이다.

017 도우토사혼(屠牛吐辭婚)

《韓詩外傳 · 卷九》

원문 및 주석

屠牛吐辭婚[1]

齊王厚送女, 欲妻屠牛吐, 屠牛吐辭以疾。[2] 其友曰 :「子終死腥臭之肆而已乎, 何爲辭之?」 吐應之曰 :「其女醜。」[3] 其友曰 :「子何

1 屠牛吐辭婚 → 백정 토(吐)가 혼인을 거절하다
【屠牛吐(도우토)】: 백정 토. 토라는 이름의 백정.
【辭(사)】: 거절하다, 사양하다.

2 齊王厚送女, 欲妻屠牛吐, 屠牛吐辭以疾。→ 제(齊)나라 왕이 자기 딸에게 풍성한 재물을 주어, 백정 토(吐)에게 시집을 보내려 했으나, 백정 토가 병을 핑계로 거절했다.
【齊王(제왕)】: 제(齊)나라의 군주. 〖齊〗: 지금의 산동성 북부와 하북성 남부 일대에 걸쳐 있던 주대(周代)의 제후국.
【厚送(후송)】: 풍성한 예물을 주다.
【欲(욕)】: …하고자 하다, …하려고 하다.
【妻(처)】: [동사용법] 시집보내다.
【以疾(이질)】: 병을 핑계 삼다.

3 其友曰 :「子終死腥臭之肆而已乎, 何爲辭之?」 吐應之曰 :「其女醜。」 → 토의 친구가 물었다 :「당신은 비린내 나는 푸줏간에서 늙어죽을 뿐인데, 어째서 거절했어?」 토가 대답했다 :「제나라 왕의 딸은 못생겼어.」
【子(자)】: 당신, 그대.
【終死(종사)】: 늙어죽다, 생을 마치다.
【腥臭(성취)】: 비린내 (나다).
【肆(사)】: 가게, 저포. 여기서는 「푸줏간」을 가리킨다.
【而已(이이)】: …뿐.

以知之?」吐曰:「以吾屠知之。」[4] 其友曰:「何謂也?」吐曰:「吾肉善, 如量而去苦少耳。吾肉不善, 雖以吾附益之, 尙猶賈不售。今厚送子, 子醜故耳。」[5] 其友後見之, 果醜。[6]

번역문

백정 토(吐)가 혼인을 거절하다

제(齊)나라 왕이 자기 딸에게 풍성한 재물을 주어 백정 토(吐)에게 시집을 보내려 했으나 백정 토가 병을 핑계로 거절했다.

토의 친구가 물었다.

【何爲(하위)】: 왜, 어째서.
【醜(추)】: 못생기다.

4 其友曰:「子何以知之?」吐曰:「以吾屠知之。」→ 토의 친구가 물었다:「네가 그것을 어떻게 알아?」토가 말했다:「나의 백정 경험을 근거로 아는 거야.」
【何以(하이)】: 어떻게.
【以(이)】: …을 근거로, …에 의거하여.
【屠(도)】: 백정. 여기서는「백정 경험」을 가리킨다.

5 其友曰:「何謂也?」吐曰:「吾肉善, 如量而去苦少耳。吾肉不善, 雖以吾附益之, 尙猶賈不售。今厚送子, 子醜故耳。」→ 토의 친구가 물었다:「무슨 말이야?」토가 말했다:「나의 고기가 질이 좋으면, 평소의 분량대로 팔아도 물량이 부족해서 더 팔지 못하는 것을 걱정할 뿐이야. 만일 나의 고기가 질이 나쁘면, 비록 고기를 더 얹어준다 해도, 여전히 팔리지 않아. 지금 자식에게 풍성한 재물을 주는 것은, 자식이 못생겼기 때문이야.」
【如量而去(여량이거)】: 평소의 분량대로 팔다.
【苦(고)】: 걱정하다, 고민하다.
【少(소)】: 적다. 여기서는「물량이 부족해서 더 팔지 못하는 것」을 가리킨다.
【附益(부익)】: 덧붙이다, 첨가하다, 얹어주다.
【尙猶(상유)】: 여전히, 그래도.
【賈不售(고불수)】: 팔지 못하다.〖賈〗: 賣(매), 팔다.

6 其友後見之, 果醜。→ 토의 친구가 후에 제나라 왕의 딸을 보니, 과연 못생긴 여자였다.
【之(지)】: [대명사] 그, 즉「제나라 왕의 딸」.
【果(과)】: 과연, 실로.

「너는 비린내 나는 푸줏간에서 늙어죽을 뿐인데 어째서 거절했어?」

토가 대답했다.

「제나라 왕의 딸은 못생겼어.」

토의 친구가 물었다.

「네가 그것을 어떻게 알아?」

토가 말했다.

「나의 백정 경험을 근거로 아는 거야.」

토의 친구가 물었다.

「무슨 말이야?」

토가 말했다.

「나의 고기가 질이 좋으면 평소의 분량대로 팔아도 물량이 부족해서 더 팔지 못하는 것을 걱정할 뿐이야. 만일 나의 고기가 질이 나쁘면 비록 고기를 더 얹어준다 해도 여전히 팔리지 않아. 지금 자식에게 풍성한 재물을 주는 것은 자식이 못생겼기 때문이야.」

토의 친구가 후에 제나라 왕의 딸을 보니 과연 못생긴 여자였다.

해설

토(吐)라는 백정은 자신이 고기를 팔아온 경험으로부터 하나의 도리를 깨달았다. 그리하여 제(齊)나라 왕이 자기 딸에게 풍성한 재물을 주어 토에게 시집보내려 할 때, 감히 백정의 비천한 신분으로 풍성한 재물까지 마다하며 혼사를 거절했고, 후에 확인한 결과 과연 그의 예측이 적중했다.

이 우언은 사물이란 직접 눈으로 보지 않았다 해도 서로 간에 반드시 모종의 관련이 있기 때문에 유추(類推) 방법을 통해 사리를 판단할 수 있다는 이치를 설명한 것이다.

018 국보(國寶)

《韓詩外傳 · 卷十》

원문 및 주석

國寶[1]

齊宣王與魏惠王會田於郊。魏王曰：「亦有寶乎?」齊王曰：「無有。」[2] 魏王曰：「若寡人之小國也, 尙有徑寸之珠, 照車前後十二乘者十枚, 奈何以萬乘之國無寶乎?」[3] 齊王曰：「寡人之所以爲寶與

1 國寶 → 나라의 보물

2 齊宣王與魏惠王會田於郊。魏王曰：「亦有寶乎?」齊王曰：「無有。」→ 제(齊)나라 선왕(宣王)과 위(魏)나라 혜왕(惠王)이 회동하여 교외에서 사냥을 했다. 혜왕이 물었다：「대왕께서도 보물을 가지고 계시지요?」 제왕이 대답했다：「없습니다.」
【齊宣王(제선왕)】: 제(齊)나라의 군주로 19년간(B.C. 332-B.C. 314) 재위했다. 〖齊〗: 지금의 산동성 북부와 하북성 남부 일대에 걸쳐 있던 주대(周代)의 제후국.
【魏惠王(위혜왕)】: 위(魏)나라의 군주. 양혜왕(梁惠王)이라고도 하며 36년간(B.C. 370-B.C. 334) 재위했다. 〖魏〗: 지금의 하남성 북부 · 섬서성 동부 · 산서성 서남부 및 하북성 남부에 걸쳐있던 주대(周代)의 제후국. 본래 진(晉)나라에 속했으나 B.C. 375년 조씨(趙氏) · 한씨(韓氏) · 위씨(魏氏)가 진(晉)의 영토를 삼분하여 각기 조(趙) · 한(韓) · 위(魏) 세 나라로 독립했다. 위(魏)나라는 본래 안읍(安邑)에 도읍을 정했다가 혜왕(惠王) 때 대량(大梁)으로 천도하여 국호를 양(梁)이라 했다.
【會(회)】: 회합하다, 회동하다, 만나다.
【田(전)】: 사냥하다.
【郊(교)】: 교외.

3 魏王曰：「若寡人之小國也, 尙有徑寸之珠, 照車前後十二乘者十枚, 奈何以萬乘之國無寶乎?」→ 위왕이 물었다：「과인과 같은 작은 나라도, 또한 수레 앞뒤 열두 대를 비칠 수 있는

王異。[4] 吾臣有檀子者, 使之守南城, 則楚人不敢爲寇, 泗水上有十二諸侯皆來朝;[5] 吾臣有盼子者, 使之守高唐, 則趙人不敢東漁於河;[6] 吾臣有黔夫者, 使之守徐州, 則燕人祭北門, 趙人祭西門, 從而

직경 한 치의 구슬 열 개가 있는데, 어찌 만승지국(萬乘之國)으로써 보물이 없습니까?」

【若(약)】: …와 같은.

【寡人(과인)】: 과덕지인(寡德之人)이란 의미로 임금이 자신을 낮추어 부르는 말.

【尙(상)】: 또한.

【徑寸(경촌)】: 직경 한 치.

【乘(승)】: [양사] 대, 량.

【十枚(십매)】: 열 개. 〖枚〗: [양사] 개.

【奈何(내하)】: 어찌, 어떻게.

【萬乘之國(만승지국)】: 만 대의 병거(兵車)를 가진 나라. 본래 천자(天子)의 나라를 가리키나, 여기서는 「강대국」이란 의미로 쓰였다.

4 齊王曰: 「寡人之所以爲寶與王異。→ 제왕이 대답했다: 「과인이 보물이라 여기는 것은 대왕과 다릅니다.

【以爲(이위)】: …라 여기다, …라고 생각하다.

5 吾臣有檀子者, 使之守南城, 則楚人不敢爲寇, 泗水上有十二諸侯皆來朝; → 나는 단자(檀子)라는 신하가 있어, 그로 하여금 남성(南城)을 지키게 하면, 초(楚)나라 사람이 감히 침범하지 못하고, 사수(泗水) 일대의 열두 제후가 모두 와서 알현합니다.

【檀子(단자)】: [인명] 단(檀)은 성, 자(子)는 남자에 대한 미칭이며, 이름은 알 수 없다.

【使(사)】: …로 하여금 …하게 하다.

【南城(남성)】: 춘추시대 노(魯)나라의 무성읍(武城邑). 지금의 산동성 비현(費縣) 서남쪽 90리 지점에 옛 성터가 있다.

【楚(초)】: [국명] 지금의 호남성·호북성과 강서성·절강성 및 하남성 남부에 걸쳐 있던 주대(周代)의 제후국.

【爲寇(위구)】: 침범하다, 침략하다.

【泗水(사수)】: [강 이름] 사하(泗河)라고도 하며, 산동성 사수현(泗水縣) 배미산(陪尾山)에서 발원한다.

【來朝(내조)】: (다른 나라의 제후나 사신 등이) 와서 알현하다.

6 吾臣有盼子者, 使之守高唐, 則趙人不敢東漁於河; → 나는 또 반자(盼子)라는 신하가 있어, 그로 하여금 고당(高唐)을 지키게 하면, 조(趙)나라 사람이 감히 동쪽으로 황하(黃河)에 와서 어로를 하지 못하고;

【盼子(반자)】: [인명] 전반(田肦). ※「盼」은 「肦(반)」의 오류. 《사기·전경중완세가(史記·田敬仲完世家)》 참조.

【高唐(고당)】: [지명] 춘추시대 제(齊)나라의 읍(邑). 지금의 산동성 고성현(禹城縣) 서남쪽.

【趙(조)】: [국명] 지금의 산서성 북부·중부와 하북성 서부·남부에 있던 주대(周代)의 제후

歸之者七千餘家;[7] 吾臣有種首者, 使之備盜賊, 而道不拾遺。吾將以照千里之外, 豈特十二乘哉!」[8] 魏王慙, 不懌而去。[9]

国. 본래 진(晉)나라에 속했으나 B.C. 375년 조씨(趙氏)·한씨(韓氏)·위씨(魏氏)가 진(晉)의 영토를 삼분하여 각기 조(趙)·한(韓)·위(魏) 세 나라로 독립했다.

【漁(어)】: [동사] 어로하다, 물고기를 잡다.

【河(하)】: 황하(黃河).

7 吾臣有黔夫者, 使之守徐州, 則燕人祭北門, 趙人祭西門, 從而歸之者七千餘家; → 또 나는 검부(黔夫)라는 신하가 있어, 그로 하여금 서주(徐州)를 지키게 하면, 연(燕)나라 사람이 북문에 와서 제사하고, 조(趙)나라 사람이 서문에 와서 제사하는데, 검부를 좇아 귀순한 자가 칠천 여 가구에 이릅니다.

【黔夫(검부)】: [인명].

【徐州(서주)】: [지명] 옛 전국 구주(九州)의 하나. 지금의 강소성 서북부의 동산현(銅山縣)·풍현(豐縣)·패현(沛縣)·소현(蕭縣)과 산동성 남부의 자양현(滋陽縣)·정현(鄭縣)·등현(滕縣) 및 안휘성 북동부의 숙현(宿縣)·사현(泗縣) 등을 포함한 지역.

【燕人祭北門(연인제북문)】: 연(燕)나라 사람이 제(齊)나라의 북문에 와서 제사하다. ※ 이는 연나라 사람이 제나라의 침입을 두려워하여 제나라의 북문에 와서 복을 비는 것을 말한다. 〖燕〗: [국명] 지금의 하북성 북부와 요녕성 남부에 있던 주대(周代)의 제후국. 〖祭〗: 제사하다. 〖北門〗: 제(齊)나라의 북문.

【歸(귀)】: 귀순하다.

【七(칠)】: ※ 원문에는 「十(십)으로 되어 있으나, 여기서는 《사기(史記)·전경중완세가(田敬仲完世家)》를 근거로 고쳤다.

8 吾臣有種首者, 使之備盜賊, 而道不拾遺。吾將以照千里之外, 豈特十二乘哉!」 → 또 나는 종수(種首)라는 신하가 있는데, 그로 하여금 도적을 방비하게 하면, 길에 물건이 떨어져 있어도 줍지 않습니다. 내가 장차 이들로써 천 리 밖을 비춘다면, 어찌 다만 열두 대를 비출 뿐이겠습니까!」

【種首(종수)】: [인명].

【備(비)】: 방비하다.

【道不拾遺(도불습유)】: 길에 물건이 떨어져 있어도 줍지 않다. ※ 세상이 매우 안정된 모습을 형용한 말이다.

【將(장)】: 장차.

【以(이)】: 以之(이지), 이들로써, 이들을 가지고.

【特(특)】: 다만.

9 魏王慙, 不懌而去。→ 위왕은 부끄러워서, 즐겁지 않은 표정으로 떠나버렸다.

【慙(참)】: 부끄러워하다.

【懌(역)】: 기뻐하다, 즐거워하다.

번역문

나라의 보물

제(齊)나라 선왕(宣王)과 위(魏)나라 혜왕(惠王)이 회동하여 교외에서 사냥을 했다.

혜왕이 물었다.

「대왕께서도 보물을 가지고 계시지요?」

제왕이 대답했다.

「없습니다.」

위왕이 물었다.

「과인과 같은 작은 나라도 또한 수레 앞뒤 열두 대를 비칠 수 있는 직경 한 치의 구슬 열 개가 있는데, 어찌 만승지국(萬乘之國)으로써 보물이 없습니까?」

제왕이 대답했다.

「과인이 보물이라 여기는 것은 대왕과 다릅니다. 나는 단자(檀子)라는 신하가 있어 그로 하여금 남성(南城)을 지키게 하면 초(楚)나라 사람이 감히 침범하지 못하고 사수(泗水) 일대의 열두 제후가 모두 와서 알현합니다. 나는 또 반자(盼子)라는 신하가 있어 그로 하여금 고당(高唐)을 지키게 하면 조(趙)나라 사람이 감히 동쪽으로 황하(黃河)에 와서 어로를 하지 못하고, 또 나는 검부(黔夫)라는 신하가 있어 그로 하여금 서주(徐州)를 지키게 하면 연(燕)나라 사람이 북문에 와서 제사하고 조(趙)나라 사람이 서문에 와서 제사하는데, 검부를 좇아 귀순한 자가 칠천 여 가구에 이릅니다. 또 나는 종수(種首)라는 신하가 있는데 그로 하여금 도적을 방비하게 하면 길에 물건이 떨어져 있어도 줍지 않습니다. 내가 장차 이들로써 천 리 밖을 비춘다면 어찌 다만 열두 대를 비출 뿐이겠습니까!」

위왕은 부끄러워서 즐겁지 않은 표정으로 떠나버렸다.

해설

위(魏)나라 혜왕(惠王)은 진주를 나라의 보물로 여기고, 제(齊)나라 선왕(宣王)은 학식과 능력을 겸비하여 나라를 잘 다스릴 수 있는 인재를 보물로 여겼다. 위나라가 약소국이고 제나라가 강대국인 이유를 알만 하다.

이 우언은 군주의 입장에서 볼 때, 진귀한 보석보다는 마땅히 군주를 보필할 수 있는 유능한 인재를 존중하고 귀하게 여겨야 한다는 이치를 설명한 것이다.

019 당랑포선(螳螂捕蟬)

《韓詩外傳 · 卷十》

원문 및 주석

螳螂捕蟬[1]

園中有楡, 其上有蟬。[2] 蟬方奮翼悲鳴, 欲飮淸露, 不知螳螂之在後, 曲其頸, 欲攫而食之也;[3] 螳螂方欲食蟬, 而不知黃雀在後, 擧其頸, 欲啄而食之也;[4] 黃雀方欲食螳螂, 不知童挾彈丸在下, 迎而欲

1 螳螂捕蟬 → 사마귀가 매미를 잡으려 하다
【螳螂(당랑)】: [곤충] 사마귀.
【捕(포)】: 잡다, 포획하다.
【蟬(선)】: [곤충] 매미.

2 園中有楡, 其上有蟬。 → 정원에 느릅나무가 있는데, 그 나무 위에 매미가 앉아 있었다.
【楡(유)】: 느릅나무.

3 蟬方奮翼悲鳴, 欲飮淸露, 不知螳螂之在後, 曲其頸, 欲攫而食之也; → 매미는 마침 날개를 진동하여 큰소리로 맴맴 거리며, 맑은 이슬을 마시려는 생각에 사마귀가 뒤에서, 목을 구부려, 자기를 잡아먹으려 한다는 것을 알지 못했고;
【方(방)】: 마침.
【奮翼(분익)】: 날개를 진동하다.
【悲鳴(비명)】: 큰소리로 울다.
【欲(욕)】: …하고자 하다, …하려고 하다.
【曲(곡)】: 구부리다.
【頸(경)】: 목.
【攫(확)】: 잡다, 낚아채다.
【食(식)】: [동사] 먹다.

4 螳螂方欲食蟬, 而不知黃雀在後, 擧其頸, 欲啄而食之也; → 사마귀는 마침 매미를 잡아먹으

彈之;[5] 童子方欲彈黃雀, 不知前有深坑, 後有窟也。[6] 此皆言前之利, 而不顧後害者也。[7]

번역문

사마귀가 매미를 잡으려 하다

정원에 느릅나무가 있는데 그 나무 위에 매미가 앉아 있었다. 매미는 마침 날개를 진동하여 큰소리로 맴맴 거리며 맑은 이슬을 마시려는 생각에 사마귀가 뒤에서 목을 구부려 자기를 잡아먹으려 한다는 것을 알지 못했고, 사마귀는 마침 매미를 잡아먹으려는 생각에 참새가 뒤에서 목을 치켜들고 자기를 쪼아 먹으려 한다는 것을 알지 못했고, 참새는 마침 사마귀를

려는 생각에 참새가 뒤에서 목을 치켜들고, 자기를 쪼아 먹으려 한다는 것을 알지 못했고;
【黃雀(황작)】: 참새.
【擧(거)】: 치켜들다.
【啄(탁)】: (부리로) 쪼다.

5 黃雀方欲食螳螂, 不知童挾彈丸在下, 迎而欲彈之; → 참새는 마침 사마귀를 잡아먹으려는 생각에, 동자가 나무 아래에서 탄궁과 탄환을 가지고, 머리를 들어 자기를 쏘려 한다는 것을 알지 못했고;
【挾(협)】: 가지다, 지참하다.
【迎(영)】: 仰(앙), 머리를 들다. ※《태평어람(太平御覽)》 권 350에 「仰」이라 했다.
【彈(탄)】: [동사] 쏘다.

6 童子方欲彈黃雀, 不知前有深坑, 後有窟也。 → 동자는 마침 참새를 쏘려는 생각에, 앞에 깊은 구덩이가 있고, 뒤에 굴이 있다는 것을 알지 못했다.
【深坑(심갱)】: 깊은 구덩이.
【窟(굴)】: 굴.

7 此皆言前之利, 而不顧後害者也。 → 이는 모두 눈앞의 이익을 탐하여, 뒤의 재해를 고려하지 않은 것이다.
【言(언)】: 《태평어람(太平御覽)》에는 「言」을 「貪(탐)」이라 했고, 판본에 따라서는 「見(견)」이라고도 했다.
【顧(고)】: 돌아보다, 고려하다.

잡아먹으려는 생각에 동자가 나무 아래에서 탄궁과 탄환을 가지고 머리를 들어 자기를 쏘려 한다는 것을 알지 못했고, 동자는 마침 참새를 쏘려는 생각에 앞에 깊은 구덩이가 있고 뒤에 굴이 있다는 것을 알지 못했다. 이는 모두 눈앞의 이익을 탐하여 뒤의 재해를 고려하지 않은 것이다.

해설

자연계에서 생물들은 서로 먹고 먹히는 관계이다. 사마귀가 매미를 잡으려 할 때 사마귀는 참새에게 잡아먹히는 위험에 직면해 있다. 따라서 생존을 위해서는 먹이를 추구하는 것과 위험으로부터 자신을 보호하는 것이 동시에 중요하다.

이 우언은 자연계의 현상을 인류사회에 적용시켜, 눈앞의 이익에 미혹되어 자신의 위기를 보지 못하는 어리석은 행위를 경계한 것이다.

※ 참고 : 매미와 사마귀에 관한 고사는 최초로 선진의 《장자(莊子) · 산목(山木)》에 보이고, 한(漢) 유향(劉向)의 《설원(說苑) · 정간(正諫)》에도 수록되어 있다. 매미와 사마귀를 등장시켰다는 공통점은 있으나 서로 문자상의 출입이 매우 많아, 마치 매미와 사마귀를 가지고 각기 다른 고사를 연출한 듯하다. 한대(漢代)에서는 《한시외전(韓詩外傳)》의 연대가 《설원》에 비해 앞서기 때문에 본서에서는 《한시외전》을 채택했다.

020 소보이하(燒寶而賀)

《韓詩外傳 · 卷十》

원문 및 주석

燒寶而賀[1]

晉平公之時, 藏寶之臺燒, 士大夫聞, 皆趨車馳馬救火, 三日三夜乃勝之。[2] 公子晏子獨束帛而賀曰:「甚善矣!」[3] 平公勃然作色, 曰

1 燒寶而賀 → 보물이 불타버린 것을 축하하다

2 晉平公之時, 藏寶之臺燒, 士大夫聞, 皆趨車馳馬救火, 三日三夜乃勝之。→ 진평공(晉平公) 때, 보물을 저장하는 누대에 화재가 발생하자, 사대부들이 이 소식을 듣고, 모두 급히 거마를 몰고 달려와 불을 꺼서, 삼 일 밤낮 만에 겨우 불길을 잡았다.

【晉平公(진평공)】: 춘추시대 진(晉)나라의 군주. 진도공(晉悼公)의 아들로 이름은 표(彪)이며 26년간(B.C. 557-B.C. 532) 재위했다. 〖晉〗: 지금의 산서성 일대에 있던 주대(周代)의 제후국. B.C. 375년 조씨(趙氏) · 한씨(韓氏) · 위씨(魏氏)가 진(晉)의 영토를 삼분하여 각기 조(趙) · 한(韓) · 위(魏) 세 나라로 독립했다.

【燒(소)】: 불에 타다.

【趨車(추거)】: 급히 수레를 몰다.

【馳馬(치마)】: 말을 몰아 달리다.

【乃(내)】: 비로소, 겨우.

【勝(승)】: 제압하다. 즉 「불길을 잡다」의 뜻.

3 公子晏子獨束帛而賀曰:「甚善矣!」→ (이때) 공자(公子) 안(晏) 홀로 다섯 필의 비단을 가지고 와서 축하하며 말했다:「정말 잘됐습니다!」

【公子晏子(공자안자)】:《초학기(初學記)》 권24와 《태평어람(太平御覽)》 권191 · 192에는 《한시외전(韓詩外傳)》을 인용한 구절에서 「公子晏子」를 「公子晏」이라 했다. 여기서는 《초학기》와 《태평어람》을 따랐다.

【獨(독)】: 홀로, 혼자서.

:「珠玉之所藏也, 國之重寶也,[4] 而天火之, 士大夫皆趨車走馬而救之, 子獨束帛而賀, 何也? 有說則生, 無說則死。」[5] 公子晏子曰 :「何敢無說? 臣聞之 : 王者藏於天下, 諸侯藏於百姓, 商賈藏於篋匱。[6] 今百姓之於外, 短褐不蔽形, 糟糠不充口, 虛秏而賦斂無已, 收太半而藏之臺, 是以天火之。[7] 且臣聞之 : 昔者桀殘賊海內, 賦歛而無

················

【束帛(속백)】: 다섯 필의 비단. 〖束〗: 비단 다섯 필을 1속(束)이라 한다.

4 平公勃然作色, 曰 :「珠玉之所藏也, 國之重寶也, → 평공이 화가 나서 정색을 하고 말했다 : 「저장해 둔 주옥은, 나라의 귀중한 보물이다.
【勃然(발연)】: 화내는 모양.
【作色(작색)】: 정색을 하다, 안색이 변하다.

5 而天火之, 士大夫皆趨車走馬而救之, 子獨束帛而賀, 何也? 有說則生, 無說則死。」 → 하늘이 그것을 태워, 사대부들이 모두 수레와 말을 몰고 달려와 불을 끄는데, 너 혼자 다섯 필의 비단을 가지고 와서 축하하는 것은, 무슨 까닭이냐? 이치에 합당하면 살려 주겠지만, 이치에 합당하지 않으면 죽여 버릴 것이다.」
【火(화)】: [동사용법] 불태우다.
【子(자)】: 그대, 너, 당신.
【有說(유설)】: 이치에 합당하다.
【無說(무설)】: 이치에 합당하지 않다, 이치에 맞지 않다.

6 公子晏子曰 :「何敢無說? 臣聞之 : 王者藏於天下, 諸侯藏於百姓, 商賈藏於篋匱。 → 공자 안이 말했다 :「어찌 감히 이치에 합당하지 않겠습니까? 제가 듣건대, 천자는 (재물을) 천하 사람들에게 저장하고, 제후는 백성들에게 저장하고, 상인은 궤짝에 저장한다고 합니다.
【王者(왕자)】: 군왕, 즉 천자.
【商賈(상고)】: 상인.
【篋匱(협궤)】: 상자, 궤짝.

7 今百姓之於外, 短褐不蔽形, 糟糠不充口, 虛秏而賦斂無已, 收太半而藏之臺, 是以天火之。→ 지금 백성들은 밖에서, 짧은 베옷으로 몸을 가리지도 못하고, 지게미와 쌀겨로 배를 채우지도 못하며, 가진 것이 아무것도 없습니다. 그런데도 부세를 끝없이 징수하고, 징수한 것 태반을 누대에 저장하기 때문에, 그래서 하늘이 그것을 불살라버린 것입니다.
【褐(갈)】: 베옷.
【蔽形(폐형)】: 몸을 가리다. 〖蔽〗: 가리다. 〖形〗: 몸, 육체.
【糟糠(조강)】: 지게미와 쌀겨. 즉 「거친 음식」을 가리킨다.
【充口(충구)】: 배를 채우다.
【虛秏(허모)】: 텅 비도록 다 써버리다. 즉 「가진 것이 없다」의 뜻.

度, 萬民甚苦, 是故湯誅之, 爲天下戮笑。[8] 今皇天降災於藏臺, 是君之福也, 而不自知變悟, 亦恐君之爲鄰國笑矣。」[9] 公曰 : 「善! 自今已往, 請藏於百姓之間。」[10]

【賦斂(부렴)】: 부세 징수.
【無已(무이)】: 끝이 없다.
【收(수)】: 징수한 것.

8 且臣聞之 : 昔者桀殘賊海內, 賦斂而無度, 萬民甚苦, 是故湯誅之, 爲天下戮笑。→ 또 제가 듣건대, 옛날 걸왕(桀王)은 천하의 백성들을 잔인하게 해치고, 무절제하게 부세를 징수하여, 모든 백성이 매우 고통을 받았습니다. 그리하여 탕왕(湯王)에게 살해되고, 천하 사람들에게 멸시와 조소를 당했습니다.
【且(차)】: 또.
【桀(걸)】: 걸왕(桀王). 상고시대 하(夏)나라의 폭군.
【殘賊(잔적)】: 잔인하게 해치다.
【海內(해내)】: 국내, 천하. 여기서는 「천하 사람들」을 가리킨다.
【無度(무도)】: 절도(節度)가 없다, 무절제하다.
【是故(시고)】: 그래서, 이로 인해.
【湯(탕)】: 상고시대 상(商)나라의 건립자.
【誅(주)】: 죽이다.
【戮笑(육소)】: 멸시하고 조소하다

9 今皇天降災於藏臺, 是君之福也, 而不自知變悟, 亦恐君之爲鄰國笑矣。」→ 지금 하늘이 보물을 저장한 누대에 재앙을 내렸는데, 이는 임금님의 복입니다. 그러나 스스로 깨닫지 못하신다면, 아마도 임금님 역시 이웃나라에게 조소를 당할 것입니다.」
【皇天(황천)】: 하늘.
【降災(강재)】: 재앙을 내리다.
【是(시)】: 이, 이것.
【變悟(변오)】: 깨닫다.
【恐(공)】: 아마도.
【爲(위)…笑(소)】: [피동형] …에게 조소를 당하다, …에게 비웃음을 사다.

10 公曰 : 「善! 自今已往, 請藏於百姓之間。」→ 평공이 말했다 : 「좋다. 지금 이후부터, (재물을) 백성들에게 저장할 것이다.」
【已往(이왕)】: 이후.
【請(청)】: [겸어] 실제로는 자기의 의지대로 하면서 형식적으로 남의 허락을 요청하는 중국인들의 표현방식.

번역문

보물이 불타버린 것을 축하하다

진평공(晉平公) 때, 보물을 저장하는 누대에 화재가 발생하자 사대부들이 이 소식을 듣고 모두 급히 거마를 몰고 달려와 불을 꺼서 삼 일 밤낮 만에 겨우 불길을 잡았다. (이때) 공자(公子) 안(晏)이 홀로 다섯 필의 비단을 가지고 와서 축하하며 말했다.

「정말 잘됐습니다!」

평공이 화가 나서 정색을 하고 말했다.

「저장해 둔 주옥은 나라의 귀중한 보물이다. 하늘이 그것을 태워 사대부들이 모두 수레와 말을 몰고 달려와 불을 끄는데, 너 혼자 다섯 필의 비단을 가지고 와서 축하하는 것은 무슨 까닭이냐? 이치에 합당하면 살려 주겠지만 이치에 합당하지 않으면 죽여 버릴 것이다.」

공자 안이 말했다.

「어찌 감히 이치에 합당하지 않겠습니까? 제가 듣건대 천자는 (재물을) 천하 사람들에게 저장하고, 제후는 백성들에게 저장하고, 상인은 궤짝에 저장한다고 합니다. 지금 백성들은 밖에서 짧은 베옷으로 몸을 가리지도 못하고 지게미와 쌀겨로 배를 채우지도 못하며 가진 것이 아무것도 없습니다. 그런데도 부세를 끝없이 징수하고 징수한 것 태반을 누대에 저장하기 때문에, 그래서 하늘이 그것을 불살라버린 것입니다. 또 제가 듣건대 옛날 걸왕(桀王)은 천하의 백성들을 잔인하게 해치고 무절제하게 부세를 징수하여 모든 백성이 매우 고통을 받았습니다. 그리하여 탕왕(湯王)에게 살해되고 천하 사람들에게 멸시와 조소를 당했습니다. 지금 하늘이 보물을 저장한 누대에 재앙을 내렸는데, 이는 임금님의 복입니다. 그러나 스스로 깨닫지 못하신다면 아마도 임금님 역시 이웃나라에게 조소를 당할 것입니다.」

평공이 말했다.

「좋다. 지금 이후부터 (재물을) 백성들에게 저장할 것이다.」

해설

진평공(晉平公)은 백성들이 짧은 베옷으로 몸을 가리지도 못하고 지게미와 쌀겨로 배를 채우지도 못하며 고통을 당하는 상황에서도, 부세를 끝없이 징수하여 값진 보물을 누대에 저장해 두었다가 화재를 당해 보물을 잃었다.

이때 공자(公子) 안(晏)이 진평공에게 화재로 보물을 잃은 것에 대해 축하의 뜻을 표하자, 진평공이 대노하여 축하할 만한 합당한 근거를 대지 못할 경우 공자 안을 죽이겠다고 협박했다. 이에 공자 안은 「누대의 보물이 불타버린 것은 백성에게 저장해야 하는 부(富)를 진평공이 누대에 저장함으로써 하늘의 뜻을 거역했기 때문에 재앙을 내린 것이며, 걸왕(桀王)과 달리 목숨을 보존하였으니 이는 진평공의 복이다.」라는 논리를 펴 진평공으로 하여금 자신의 잘못을 깨닫도록 했다.

이 우언은 통치자의 치부(致富)와 가난한 백성 간의 이율배반적인 양극화 현상을 폭로하는 동시에 통치자로 하여금 백성을 위한 통치를 하도록 권계한 것이다.

《춘추번로春秋繁露》 우언

동중서(董仲舒 : B.C. 179-B.C. 104)는 광천(廣川)[지금의 하북성 조강(棗强)] 사람으로 호는 계암자(桂巖子)이며 서한(西漢)의 저명한 경학가(經學家)이다. 춘추공양학(春秋公羊學)에 능하여 한경제(漢景帝) 때 박사가 되었고, 한무제(漢武帝) 때 조칙을 내려 현량(賢良)과 문학(文學)의 선비를 천거하도록 하자 동중서가 이에 응시하여 현량 문학에 천거되었다. 그리하여 세 번에 걸쳐 천자의 책문(策問)과 동중서의 대책문(對策問)이 진행되었는데, 이때 동중서가 제자백가와 이단사설을 배척하고 유학(儒學)을 국가 교육의 근간으로 삼을 것을 간하여 무제가 받아들임으로써 한대(漢代)가 유교(儒教)를 국교로 삼는 계기가 되었다.

이후 동중서는 강도왕(江都王)의 재상과 교서왕(膠西王)의 재상을 지내기도 했으나 그 후 병을 핑계로 돌아와 오로지 저술에만 전념했다. 그의 저술로는 《춘추번로(春秋繁露)》 17권과 후인들이 모아 엮은 《동교서집(董膠西集)》 1권이 있는데, 《춘추번로》의 주석서로는 청(淸) 소여(蘇輿)의 《춘추번로의증(春秋繁露義證)》이 비교적 상세하다.

021 조여착금(棗與錯金)

《春秋繁露 · 身之養重御於義》

원문 및 주석

棗與錯金[1]

今握棗與錯金以示嬰兒，嬰兒必取棗而不取金也；[2] 握一斤金與千萬之珠，以示野人，野人必取金而不取珠也。[3] 故物之於人，小者易知也，其於大者難見也。[4]

1 棗與錯金 → 대추와 착도(錯刀)
【棗(조)】: 대추.
【錯金(착금)】: 착도(錯刀), 즉 옛날 화폐의 명칭. ※ 혹자는 「錯金」을 「황금을 섞어 장식한 물건」이라 풀이했다.

2 今握棗與錯金以示嬰兒，嬰兒必取棗而不取金也；→ 지금 대추와 착도(錯刀)를 가지고 어린아이에게 보여주면, 어린아이는 반드시 대추를 취하고 착도를 버릴 것이다.
【握(악)】: 잡다, 쥐다, 가지다.
【嬰兒(영아)】: 어린아이.

3 握一斤金與千萬之珠，以示野人，野人必取金而不取珠也。→ 한 근의 황금과 천만 금의 가치를 지닌 구슬을 가지고, 시골 사람에게 보여주면, 시골 사람은 반드시 황금을 취하고 구슬을 취하지 않을 것이다.
【野人(야인)】: 시골 사람, 촌사람.

4 故物之於人，小者易知也，其於大者難見也。→ 그래서 사람은 사물(事物)에 대해, 작은 것은 이해하기 쉬워도, 큰 것은 이해하기 어렵다.
【易知(이지)】: 이해하기 쉽다.
【難見(난견)】: 이해하기 어렵다.

번역문

대추와 착도(錯刀)

지금 대추와 착도(錯刀)를 가지고 어린아이에게 보여주면 어린아이는 반드시 대추를 취하고 착도를 버릴 것이다. 한 근의 황금과 천만 금의 가치를 지닌 구슬을 가지고 시골 사람에게 보여주면 시골 사람은 반드시 황금을 취하고 구슬을 취하지 않을 것이다. 그래서 사람은 사물(事物)에 대해 작은 것은 이해하기 쉬워도 큰 것은 이해하기 어렵다.

해설

어린아이가 착도(錯刀)보다 대추를 더 좋아하고, 시골 사람이 천만 금의 가치를 지닌 구슬보다 한 근의 황금을 더 좋아하는 것은 사물에 대한 인식의 한계 때문이다.

이 우언은 사람의 지적 능력에 따라 사물에 대한 가치 판단과 취사 선택이 달라질 수 있다는 이치를 설명한 것이다.

《회남자(淮南子)》 우언

유안(劉安 : B.C. 179-B.C. 122)은 한고조(漢高祖) 유방(劉邦)의 서손(庶孫)이며 회남(淮南) 여왕(厲王)의 장자(長子)로 서한(西漢)의 사상가이자 문학가이다. 여왕이 역모를 꾀하다가 서촉(西蜀)으로 유배되어 객사한 후, 한문제(漢文帝)가 그 유족을 거두고 유안을 회남왕(淮南王)에 봉했다.

유안은 독서를 좋아하고 문장에 뛰어났을 뿐만 아니라 창작 구상이 민첩하여 한무제(漢武帝)의 명을 받아 《이소전(離騷傳)》을 지었고, 또 빈객과 도사(道士) 수천 명을 초치하여 《홍렬(鴻烈)》을 지었는데, 후세에 이를 일러 《회남홍렬(淮南鴻烈)》 또는 《회남자(淮南子)》라 칭했다.

《회남자》의 내용은 도가(道家)의 자연무도관(自然無道觀)을 중심으로 하고 있는데, 선진(先秦)의 도(道)·법(法)·음양(陰陽) 등 제가(諸家)의 사상을 근거로 도를 해석하여, 도는 천지를 뒤덮고 높이가 끝이 없으며 깊이를 헤아릴 수 없는 존재로서 우주 만물이 도(道)로부터 파생되었다고 여겼으며, 정치적으로는 「무위이치(無爲而治)」를 주장하여 인위적인 통치행위가 없어야 나라가 잘 다스려진다고 주장하였다. 유안(劉安)은 후에 모반사건으로 자살했는데, 이에 연루된 자가 수천 명에 달했다.

022 복자논과(宓子論過)

《淮南子 · 齊俗訓》

원문 및 주석

宓子論過[1]

賓有見人於宓子者。賓出, 宓子曰 :「子之賓獨有三過。[2] 望我而笑, 是攓也; 談語而不稱師, 是返也; 交淺而言深, 是亂也。」[3] 賓曰 :「望君而笑, 是公也; 談語而不稱師, 是通也; 交淺而言深, 是忠

1 宓子論過 → 복자(宓子)가 허물을 논하다
【宓子(복자)】: [인명] 복부제(宓不齊). 춘추시대 노(魯)나라 사람으로 자는 자천(子賤)이며 공자(孔子)의 제자로 일찍이 선부현(單父縣)의 현령을 지냈다.
【過(과)】: 과실, 허물, 잘못.

2 賓有見人於宓子者。賓出, 宓子曰 :「子之賓獨有三過。→ (복자의) 빈객 중에 손님 한 사람을 복자에게 소개한 자가 있었다. 그 손님이 나간 후, 복자가 말했다 :「당신이 데리고 온 손님은 세 가지 허물이 있소.
【賓(빈)】: 빈객, 손님. ※판본에 따라서는「賓」을「客(객)」이라 했다.
【見(견)】: 소개하다.
【獨有(독유)】: 독자적으로 …을 지니다.

3 望我而笑, 是攓也; 談語而不稱師, 是返也; 交淺而言深, 是亂也。」→ 나를 바라보고 웃는 것은, 경망스런 행동이고; 이야기를 나누면서 스승을 칭찬하지 않는 것은, 스승을 배반하는 행동이며; 교분이 얕은데 깊은 이야기를 하는 것은, 혼란을 일으키는 행동이오.」
【攓(건)】: 경망스럽다, 경박하다.
【是(시)】: 이, 이것.
【稱(칭)】: 칭찬하다.
【返(반)】: 배반하다, 거역하다. ※판본에 따라서는「返」을「反(반)」이라 했다.

也。」[4] 故賓之容, 一體也, 或以爲君子, 或以爲小人, 所自視之異也。[5]

번역문

복자(宓子)가 허물을 논하다

(복자의) 빈객 중에 손님 한 사람을 복자에게 소개한 자가 있었다. 그 손님이 나간 후 복자가 말했다.

「당신이 데리고 온 손님은 세 가지 허물이 있소. 나를 바라보고 웃는 것은 경망스런 행동이고, 이야기를 나누면서 스승을 칭찬하지 않는 것은 스승을 배반하는 행동이며, 교분이 얕은데 깊은 이야기를 하는 것은 혼란을 일으키는 행동이오.」

(복자의) 빈객이 말했다.

「선생을 보고 웃은 것은 공평무사함을 표현한 것이고, 이야기를 나누면서 스승을 칭찬하지 않은 것은 사리에 통달했음을 표현한 것이며, 교분이

【交淺(교천)】: 교분이 얕다.

4 賓曰 :「望君而笑, 是公也; 談語而不稱師, 是通也; 交淺而言深, 是忠也。」→ (복자의) 빈객이 말했다 :「선생을 보고 웃은 것은, 공평무사함을 표현한 것이고; 이야기를 나누면서 스승을 칭찬하지 않은 것은, 사리에 통달했음을 표현한 것이며; 교분이 얕은데 깊은 이야기를 한 것은, 충정(忠正)을 표현한 것입니다.」
【公(공)】: 공평무사하다.
【通(통)】: 사리에 통달하다.

5 故賓之容, 一體也, 或以爲君子, 或以爲小人, 所自視之異也。→ 그 손님의 행동거지는, 변한 것이 없는데, 어떤 사람은 그를 군자라 여기고, 어떤 사람은 그를 소인이라 여긴다. 이는 사물을 보는 각자의 관점이 서로 다르기 때문이다.
【故賓(고빈)】: 이전 그 손님.
【容(용)】: 용태, 행동거지.
【一體(일체)】: 한 몸. 여기서는「변한 것이 없다」의 뜻.
【所自視(소자시)】: 각자의 관점. ※판본에 따라서는「視」를「見(견)」이라 했다.

얕은데 깊은 이야기를 한 것은 충정(忠正)을 표현한 것입니다.」

그 손님의 행동거지는 변한 것이 없는데, 어떤 사람은 그를 군자라 여기고 어떤 사람은 그를 소인이라 여긴다. 이는 사물을 보는 각자의 관점이 서로 다르기 때문이다.

해설

동일한 사람의 행동거지에 대해 복자(宓子)는 부정적인 평가를 하고, 복자의 빈객은 긍정적인 평가를 하여 서로 상반된 견해를 드러내고 있다.

이 우언은 고사의 말미에서 말했듯이 사물을 보는 각자의 관점에 따라 평가가 달라질 수 있다는 이치를 설명한 것이다.

023 위사직인수(爲社稷忍羞)

《淮南子 · 道應訓》

원문 및 주석

爲社稷忍羞[1]

趙簡子以襄子爲後, 董閼于曰 : 「無卹賤, 今以爲後, 何也?」[2] 簡

1 爲社稷忍羞 → 사직(社稷)을 위해 치욕을 참다
【社稷(사직)】: 국가, 조정. ※본래 천자나 제후가 나라를 세운 후 제사를 지내던 지신(地神)과 곡신(穀神)을 가리키나, 후에는 국가를 상징하는 말로 사용했다. 〖社〗: 지신. 〖稷〗: 곡신.
【羞(수)】: 수치, 치욕.

2 趙簡子以襄子爲後, 董閼于曰 : 「無卹賤, 今以爲後, 何也?」 → 조간자(趙簡子)가 양자(襄子)를 후계자로 삼자, 동알우(董閼于)가 말했다 : 「무휼(無卹 : 양자의 이름)은 비천한데, 지금 그를 후계자로 삼는 것은, 무슨 까닭입니까?」
【趙簡子(조간자)】: [인명] 조앙(趙鞅). 춘추시대 말기 진(晉)나라의 집정대신.
【以(이)…爲(위)…】: …을 …로 삼다.
【襄子(양자)】: [인명] 조양자(趙襄子). 조간자(趙簡子)의 서자(庶子)로 이름은 무휼(無卹)이며 진(晉)나라의 경(卿). ※《사기(史記) · 자객열전(刺客列傳)》에 의하면, 조양자는 한강자(韓康子) · 위환자(魏桓子)와 공모하여 지백(知伯)의 군대를 멸하고 지백과 그 자손을 죽인 다음 지백의 토지를 나누어 가졌다.
【後(후)】: 뒤, 후. 여기서는 「후계자」를 가리킨다.
【董閼于(동알우)】: [인명] 조간자(趙簡子)의 가신으로 권모술수에 능했다. 진경(晉卿) 4인의 투쟁 중 조간자를 보전하기 위해 스스로 목숨을 끊었다.
【無卹(무휼)】: [인명] 양자(襄子)의 이름.
【賤(천)】: 비천하다, 신분이 낮다. ※무휼이 정실 소생의 적자가 아니고 서자 출신이기 때문에 천하다고 말한 것이다.
【以爲(이위)】: 이를 …로 삼다.

子曰 :「是爲人也, 能爲社稷忍羞。」[3] 異日, 知伯與襄子飮, 而批襄子之首。[4] 大夫請殺之, 襄子曰 :「先君之立我也, 曰 :『能爲社稷忍羞』, 豈曰能刺人哉?」[5] 處十月, 知伯圍襄子於晉陽, 襄子疏隊而擊之, 大敗知伯, 破其首以爲飮器。[6]

번역문

사직(社稷)을 위해 치욕을 참다

조간자(趙簡子)가 양자(襄子)를 후계자로 삼자 동알우(董閼于)가 말했다.

3 簡子曰 :「是爲人也, 能爲社稷忍羞。」→ 조간자가 말했다 :「무휼의 사람됨은, 능히 사직을 위해 치욕을 참을 수 있다.」
【是(시)】: 이 사람. 즉 「무휼」.

4 異日, 知伯與襄子飮, 而批襄子之首。→ 훗날, 지백(知伯)이 양자와 함께 술을 마시다가, 양자의 뺨을 손으로 후려쳤다.
【異日(이일)】: 다른 날, 훗날.
【知伯(지백)】: 성은 순(荀), 이름은 요(瑤). 춘추전국시대 진(晉)나라의 경(卿). 진나라의 육경(六卿) 중 세력이 가장 컸다.
【批(비)】: 손으로 치다.

5 大夫請殺之, 襄子曰 :「先君之立我也, 曰 :『能爲社稷忍羞』, 豈曰能刺人哉?」→ (양자 수하의) 대부가 지백을 죽이라고 청하자, 양자가 말했다 :「선왕(先王)께서 나를 임금으로 세우실 때 :『사직을 위해 능히 치욕을 참을 수 있어야 한다』라고 말씀하셨는데, (내가) 어찌 사람을 죽이라고 말하겠는가?」
【大夫(대부)】: 여기서는 「양자(襄子) 수하의 대부」를 가리킨다.
【先君(선군)】: 선왕(先王). 여기서는 「조간자」를 가리킨다.
【刺(자)】: 찌르다, 살해하다.

6 處十月, 知伯圍襄子於晉陽, 襄子疏隊而擊之, 大敗知伯, 破其首以爲飮器。→ 열 달이 지나, 지백이 진양(晉陽)에서 양자를 포위하자, 양자가 군대의 대오를 나누어 지백을 공격하여, 지백을 크게 물리친 후, 지백의 머리뼈를 쪼개서 술그릇을 만들었다.
【處(처)】: 살다, 거주하다. 여기서는 「지나다, 경과하다」의 뜻.
【晉陽(진양)】: [지명] 지금의 산서성 태원(太原).
【疏(소)】: 가르다, 나누다. ※판본에 따라서는 「疏」를 「蹠(소)」라 했다.
【以爲(이위)…】: 이로써 …을 만들다.
【飮器(음기)】: 주기(酒器), 술그릇.

「무휼(無卹 : 양자의 이름)은 비천한데, 지금 그를 후계자로 삼는 것은 무슨 까닭입니까?」

조간자가 말했다.

「무휼의 사람됨은 능히 사직을 위해 치욕을 참을 수 있다.」

훗날 지백(知伯)이 양자와 함께 술을 마시다가 양자의 뺨을 손으로 후려쳤다. (양자 수하의) 대부가 지백을 죽이라고 청하자 양자가 말했다.

「선왕께서 나를 임금으로 세우실 때 『사직을 위해 능히 치욕을 참을 수 있어야 한다』라고 말씀하셨는데 (내가) 어찌 사람을 죽이라고 말하겠는가?」

열 달이 지나 지백이 진양(晉陽)에서 양자를 포위하자 양자가 군대의 대오를 나누어 지백을 공격하여 지백을 크게 물리친 후 지백의 머리뼈를 쪼개서 술그릇을 만들었다.

해설

외유내강(外柔內剛)은 본래 도가(道家)의 처세 철학으로 적(敵)에 대응하는 일종의 책략이라고 할 수 있다. 조양자(趙襄子)는 국가 사직을 위해 치욕을 참을 수 있어야 한다는 조간자(趙簡子)의 충고를 마음에 새겨, 지백(知伯)에게 뺨을 얻어맞는 모욕을 당하고도 이를 잘 참고 견뎠다. 그러다가 후에 기회가 오자 지백을 죽여 지백의 두개골로 술그릇을 만드는 등 처절한 앙갚음을 했다.

이 우언은 큰일을 도모하기 위해 작은 일을 희생하는 이른바 「이 보 전진을 위한 일 보 후퇴」의 이치를 설명한 것이다.

024 왕수분서(王壽焚書)

《淮南子 · 道應訓》

원문 및 주석

王壽焚書[1]

王壽負書而行, 見徐馮於周塗。[2] 徐馮曰 :「事者, 應變而動。變生於時, 故知時者無常行。[3] 書者, 言之所出也。言出於知者, 知者不

1 王壽焚書 → 왕수(王壽)가 책을 불사르다
【王壽(왕수)】: [인명] 옛날에 책을 좋아하던 선비.
【焚(분)】: 태우다, 불사르다.

2 王壽負書而行, 見徐馮於周塗。→ 왕수(王壽)가 책을 짊어지고 가다가, 주(周)나라의 노상(路上)에서 서빙(徐馮)을 만났다.
【負(부)】: (등에) 짊어지다.
【徐馮(서빙)】: [인명] 전국시대 양(梁)나라 혜왕(惠王) 때의 학자. ※ 양(梁)은 위(魏)나라를 말한다. 위나라는 지금의 하남성 북부와 섬서성 동부 · 산서성 서남부 · 하북성 남부에 걸쳐 있던 주대(周代)의 제후국으로, 본래 진(晉)나라에 속했으나 B.C. 375년 조씨(趙氏) · 한씨(韓氏) · 위씨(魏氏)가 진(晉)의 영토를 삼분하여 각기 조(趙) · 한(韓) · 위(魏) 세 나라로 독립했다. 위나라는 개국 초기 안읍(安邑)에 도읍을 정했다가 혜왕(惠王) 때 대량(大梁)으로 천도하고 국호를 「양(梁)」이라 했다.
【周(주)】: 주(周)나라 지역.
【塗(도)】: 길. ※ 원문에는 「塗」자가 없으나, 여기서는 유월(兪越)의 설에 따라 보충하였다.

3 徐馮曰 :「事者, 應變而動。變生於時, 故知時者無常行。→ 서빙이 말했다 :「일이란, 상황의 변화에 따라 취하는 행동이고, 상황의 변화는 시간의 흐름에서 발생합니다. 그래서 시간의 특징을 아는 사람은 고정불변의 행위가 없습니다.
【應變而動(응변이동)】: 상황의 변화에 따라 행동하다.
【時者(시자)】: 적절한 때.

藏書。」於是王壽乃焚其書而舞之。[4]

번역문

왕수(王壽)가 책을 불사르다

왕수(王壽)가 책을 짊어지고 가다가 주(周)나라의 노상(路上)에서 서빙(徐馮)을 만났다.

서빙이 말했다.

「일이란 상황의 변화에 따라 취하는 행동이고, 상황의 변화는 시간의 흐름에서 발생합니다. 그래서 시간의 특징을 아는 사람은 고정불변의 행위가 없습니다. 책이란 언어에서 나오고 언어는 지혜로운 사람에게서 나오는데, 지혜로운 사람은 책을 간직하지 않습니다.」

그리하여 왕수는 곧 책을 불살라 버리고 좋아서 춤을 추었다.

해설

왕수(王壽)는 책을 짊어지고 길을 가다가 서빙(徐馮)으로부터 지혜로운 사람은 책을 간직하지 않는다는 말을 듣고 책을 모두 불살라 버렸다.

【常行(상행)】: 고정불변의 행위.

4 書者, 言之所出也。言出於知者, 知者不藏書。」於是王壽乃焚其書而舞之。→ 책이란, 언어에서 나오고, 언어는 지혜로운 사람에게서 나오는데, 지혜로운 사람은 책을 간직하지 않습니다.」 그리하여 왕수는 곧 책을 불살라 버리고 좋아서 춤을 추었다.
【知(지)】: 智(지), 지혜.
【藏(장)】: 간직하다, 수장하다.
【於是(어시)】: 이에, 그리하여.
【乃(내)】: 곧, 바로.
【其(기)】: ※ 원문에는 「其」자가 없으나, 여기서는 왕염손(王念孫)의 설에 따라 보충하였다.

이 우언은 지식의 근원이 실천에서 비롯된다는 것을 근거로, 사사건건 경전(經典)에 의존할 경우 적극적인 창조정신을 상실할 수 있다는 의미에서 실천의 중요성을 강조한 것이다.

그러나 책은 사람들이 역사와 현실 사이를 인식하는 교량 역할을 해왔기 때문에 만일 책이 없다면 과거의 경험이나 교훈에 대한 기록이 있을 수 없고, 이전 사람들의 지식이나 경험을 이어받을 수도 없다는 점에서 볼 때 지나치게 견강부회한 느낌이 있다.

※ 참고 : 이 고사는 본래 선진(先秦)의 《한비자(韓非子)·유로(喩老)》에 보이는데, 《회남자(淮南子)》와 비교할 때 기본 내용은 같고, 다만 문자상에서 약간의 출입이 있다.

025 선호자(善呼者)

《淮南子 · 道應訓》

원문 및 주석

善呼者[1]

公孫龍在趙之時, 謂弟子曰 :「人而無能者, 龍不能與遊。」[2] 有客衣褐帶索而見曰 :「臣能呼。」[3] 公孫龍顧謂弟子曰 :「門下故有能呼

1 善呼者 → 소리를 잘 지르는 사람
【善呼(선호)】: 소리를 잘 지르다.

2 公孫龍在趙之時, 謂弟子曰 :「人而無能者, 龍不能與遊。」 → 공손룡(公孫龍)이 조(趙)나라에 있을 때, 제자들에게 말했다 :「능력이 없는 사람은, 내가 제자로 받아들일 수 없다.」
【公孫龍(공손룡)】: [인명] 전국시대 조(趙)나라 사람으로 명가(名家)의 대표적 인물. 저서로 《공손룡자(公孫龍子)》가 있다.
【趙(조)】: [국명] 금의 산서성 북부와 중부 및 하북성 서부와 남부 지역에 있던 주대(周代)의 제후국. 본래 진(晉)나라에 속했으나 B.C. 375년 조씨(趙氏) · 한씨(韓氏) · 위씨(魏氏)가 진(晉)의 영토를 삼분하여 각기 조(趙) · 한(韓) · 위(魏) 세 나라로 독립했다.
【龍(룡)】: 공손룡이 「나」라는 의미로 자기의 이름을 사용한 것.
【不能與遊(불능여유)】: 더불어 교유할 수 없다. 여기서는 「제자로 받아들일 수 없다」의 뜻.

3 有客衣褐帶索而見曰 :「臣能呼。」 → (어느 날) 어떤 베옷을 입고 밧줄로 허리띠를 맨 사람이 공손룡을 찾아뵙고 말했다 :「저는 소리를 잘 지를 수 있습니다.」
【衣(의)】: [동사] (옷을) 입다.
【褐(갈)】: 베옷.
【帶(대)】: 허리띠를 매다.
【索(삭)】: 밧줄.
【臣(신)】: [겸어] 본래 임금에 대한 신하나 백성의 자칭이나, 여기서는 「저」라는 의미의 겸칭이다.

者乎?」對曰 :「無有。」[4] 公孫龍曰 :「與之弟子之籍。」[5] 後數日, 往說燕王, 至於河上, 而航在一汜。使善呼者呼之, 一呼而航來。[6]

번역문

소리를 잘 지르는 사람

공손룡(公孫龍)이 조(趙)나라에 있을 때 제자들에게 말했다.

「능력이 없는 사람은 내가 제자로 받아들일 수 없다.」

(어느 날) 어떤 베옷을 입고 밧줄로 허리띠를 맨 사람이 공손룡을 찾아 뵙고 말했다.

「저는 소리를 잘 지를 수 있습니다.」

공손룡이 뒤를 돌아보며 제자에게 물었다.

···············

4 公孫龍顧謂弟子曰 :「門下故有能呼者乎?」 對曰 :「無有。」 → 공손룡이 뒤를 돌아보며 제자에게 물었다 :「(나의) 문하에 본래 소리를 잘 지르는 사람이 있느냐?」 (제자가) 대답했다 :「없습니다.」

【顧(고)】: 돌아보다.

【故(고)】: 본래, 원래.

5 公孫龍曰 :「與之弟子之籍。」 → 공손룡이 말했다 :「이 사람에게 제자의 자격을 주겠다.」

【與(여)】: 주다.

【之(지)】: 앞의 「之」는 대명사, 뒤의 「之」는 조사.

【籍(적)】: 호적, 병적, 학적 등 사람의 소속 · 신분을 밝히는 기록이나, 여기서는 「자격」을 가리킨다.

6 後數日, 往說燕王, 至於河上, 而航在一汜。使善呼者呼之, 一呼而航來。 → 며칠 후, (공손룡이) 연왕(燕王)에게 유세하러 가는 길에, 강가에 이르렀는데, 도선(渡船)이 마침 맞은편 대안(對岸)에 있었다. 소리를 잘 지르는 제자에게 그 배를 부르게 하니, 한번 부르자마자 도선이 바로 왔다.

【往說(왕세)】: 유세하러 가다.

【燕(연)】: [국명] 지금의 하북성 대흥현(大興縣) 일대에 있던 주대(周代)의 제후국.

【航(항)】: 도선, 나룻배.

【汜(사)】: 涘(사), 물가. 여기서는 「맞은편 대안」을 가리킨다.

【使(사)】: …에게 …하게 하다, …로 하여금 …하도록 시키다.

「(나의) 문하에 본래 소리를 잘 지르는 사람이 있느냐?」

(제자가) 대답했다.

「없습니다.」

공손룡이 말했다.

「이 사람에게 제자의 자격을 주겠다.」

며칠 후, (공손룡이) 연왕(燕王)에게 유세하러 가는 길에 강가에 이르렀는데, 도선(渡船)이 마침 맞은편 대안(對岸)에 있었다. 소리를 잘 지르는 제자에게 그 배를 부르게 하니 한번 부르자마자 도선이 바로 왔다.

해설

공손룡(公孫龍)은 소리를 잘 지르는 것을 재능이라 여겨 제자로 받아들이고, 강에 도착하여 건너편 대안에 있는 도선(渡船)을 부르는 일에 그를 활용하였다.

이 우언은 일반사람들이 인정하지 않고 간과할 수 있는 하찮은 재능이라도 경시하지 않고 예리한 관찰력으로 식별하여 적재적소에 활용하면 나름대로 독특한 작용을 할 수 있다는 이치를 설명하 것이다.

026 구방인상마(九方堙相馬)

《淮南子 · 道應訓》

원문 및 주석

九方堙相馬[1]

秦穆公謂伯樂曰：「子之年長矣, 子姓有可使求馬者乎?」[2] 對曰：「良馬者, 可以形容筋骨相也。相天下之馬者, 若滅若失, 若亡其一。[3] 若此馬者, 絶塵弭轍。臣之子皆下才也, 可告以良馬, 而不可

1 九方堙相馬 → 구방인(九方堙)이 말을 관찰하다
【九方堙(구방인)】: [인명].
【相(상)】: 살피다, 관찰하다.

2 秦穆公謂伯樂曰：「子之年長矣, 子姓有可使求馬者乎?」 → 진목공(秦穆公)이 백락(伯樂)에게 말했다 :「그대의 나이가 연로한데, 자손 중에 좋은 말을 구하러 파견할 수 있는 사람이 있습니까?」
【秦穆公(진목공)】: 진(秦)나라의 군주로 39년간(B.C. 659 - B.C. 621) 재위했다. 제환공(齊桓公) · 진문공(晉文公) · 초장왕(楚莊王) · 송양공(宋襄公)과 더불어 춘추오패(春秋五霸)의 하나.
〖秦〗: 지금의 섬서성과 감숙성 일대에 있던 주대(周代)의 제후국이었으나 B.C. 221년 진시황 때 전국을 통일하여 진왕조를 건립했다.
【伯樂(백락)】: [인명] 성은 손(孫), 이름은 양(陽)이며, 자는 백락(伯樂)이다. 진목공(秦穆公) 때 사람으로 말의 우열을 가리는데 능하여 이름이 났다. 백락이란 본래 천마(天馬)를 관장하는 별자리 이름인데, 손양이 말을 살피는 데 능하여 백락이라 불렀다.
【子(자)】: 그대, 당신.
【年長(연장)】: 나이가 많다, 연로하다.
【子姓(자성)】: 자손.
【可使求馬者(가사구마자)】: (좋은) 말을 구하러 파견할 수 있는 사람.

3 對曰：「良馬者, 可以形容筋骨相也。相天下之馬者, 若滅若失, 若亡其一。 → 백락이 대답했다 :「좋은 말은, 그 외모와 근골의 특징만 가지고도 살필 수가 있습니다. 그런데 천하의 명

告以天下之馬。[4] 臣有所與共儋纆采薪者九方堙, 此其於馬, 非臣之下也。請見之。」 穆公見之, 使之求馬。[5] 三月而反, 報曰 :「已得馬矣, 在於沙丘。」[6] 穆公曰 :「何馬也?」 對曰 :「牡而黃。」[7] 使人往取

마를 관찰해 보면, 그 특징이 잘 드러나지 않습니다.

【可以形容筋骨相(가이형용근골상)】: 형체 · 용모와 근육 · 뼈대로 살필 수 있다. 즉 「외모와 근골의 특징만으로도 살필 수 있다」의 뜻. 〖形容〗: 형체와 용모, 즉 외모.

【天下之馬(천하지마)】: 천하의 명마.

【若滅若失, 若亡其一(약멸약실, 약망기일)】: (특징이) 멸몰한 듯하고, 망실한 듯하다. 즉 「잘 보이지 않다, 잘 드러나지 않다」의 뜻.

4 若此馬者, 絶塵弭轍。臣之子皆下才也, 可告以良馬, 而不可告以天下之馬。→ 이와 같은 말은, 달리면서 먼지를 일으키지 않고 수레바퀴 자국을 남기지 않습니다. 저의 자식들은 모두 재능이 모자라, 좋은 말은 알려 드릴 수 있어도, 천하의 명마는 알려 드릴 수가 없습니다.

【若(약)】: …와 같다.

【絶塵弭轍(절진미철)】: 달리면서 먼지를 일으키지 않고, 수레바퀴 자국을 남기지 않다. ※ 이는 명마가 지극히 경쾌하게 달리는 모습을 형용한 말이다. 〖絶塵〗: 먼지를 일으키지 않다. 〖弭〗: 제거하다. 즉 「남기지 않다」의 뜻. 〖轍〗: 수레바퀴 자국.

【下才(하재)】: 둔재, 재능이 부족한 사람.

5 臣有所與共儋纆采薪者九方堙, 此其於馬, 非臣之下也。請見之。」 穆公見之, 使之求馬。→ 저와 함께 밧줄을 짊어지고 나무하러 다니던 구방인(九方堙)이라는 자가 있는데, 그의 말 관찰 능력은, 결코 저보다 못하지 않습니다. 청컨대 그를 만나 보십시오.」 목공이 그를 접견한 후, 그로 하여금 가서 말을 찾아보도록 했다.

【臣(신)】: 신, 저. ※ 군주에 대한 신하나 백성의 자칭.

【與共(여공)】: …와 함께.

【儋(담)】: 메다, 짊어지다.

【纆(묵)】: 노끈, 밧줄.

【采薪(채신)】: 나무하다. 〖采〗: 採(채), 채취하다. 〖薪〗: 땔감, 땔나무.

【於馬(어마)】: 말을 살피는 능력에 있어서.

【非臣之下(비신지하)】: 저의 아래가 아니다. 즉 「저보다 못하지 않다」의 뜻.

【使(사)】: …하여금 …하게 하다, …하도록 시키다.

6 三月而反, 報曰 : 「已得馬矣, 在於沙丘。」 → (구방인이) 석 달 만에 돌아와, 보고했다 : 「이미 말을 찾았는데, 지금 사구(沙丘)에 있습니다.」

【反(반)】: 返(반), 돌아오다.

【得(득)】: 찾아내다.

【在於(재어)】: …에 있다.

【沙丘(사구)】: [지명] 지금의 하북성 평향현(平鄕縣) 동남쪽. ※ 일설에는 지금의 하북성 광종현(廣宗縣) 북쪽이라 했다.

7 穆公曰 : 「何馬也?」 對曰 : 「牡而黃。」 → 목공이 물었다 : 「어떤 말이오?」 구방인이 대답했다

之, 牝而驪。[8] 穆公不說, 召伯樂而問之曰 :「敗矣! 子之所使求者, 毛物、牝牡弗能知, 又何馬之能知?」[9] 伯樂喟然大息曰 :「一至此乎! 是乃其所以千萬臣而無數者也。[10] 若堙之所觀者, 天機也。得其精而忘其粗, 在其內而忘其外 ;[11] 見其所見而不見其所不見, 視其

:「수컷이고 누런색입니다.」
【何馬(하마)】: 어떤 말, 어떻게 생긴 말.
【牡(모)】: 수컷.

8 使人往取之, 牝而驪。→ 목공이 사람을 파견하여 그 말을 데려와 보니, 암컷에 검은색 말이었다.
【使(사)】: 보내다, 파견하다.
【往取(왕취)】: 가서 데려오다.
【牝(빈)】: 암컷.
【驪(려)】: 검은 말.

9 穆公不說, 召伯樂而問之曰 :「敗矣! 子之所使求者, 毛物、牝牡弗能知, 又何馬之能知?」→ 목공이 불쾌하여, 백락을 불러 물었다 :「일을 망쳤소! 그대가 추천하여 보낸 말 찾는 사람은, 색깔과 암수의 구별도 못하는데, 또 어찌 말의 능력을 알겠소?」
【說(열)】: 悅(열), 기뻐하다.
【召(소)】: 부르다, 소환하다.
【敗(패)】: 망치다, 틀리다, 실패하다.
【毛物(모물)】: 순색과 잡색. 〖毛〗: 순색. 〖物〗: 잡색.
【弗(불)】: 不(불).
【何馬之能知(하마지능지)】: 何知馬之能의 도치 형태.

10 伯樂喟然大息曰 :「一至此乎! 是乃其所以千萬臣而無數者也。→ 백락이 길게 탄식하며 말했다 :「마침내 이러한 경지에 도달했군요! 이것이 바로 그가 저를 천만 배 능가하여 헤아릴 수 없는 까닭입니다.
【喟然(위연)】: 탄식하는 모양.
【大息(태식)】: 탄식하다. 〖大〗: 太(태).
【一至此乎(일지차호)!】: 마침내 이러한 경지에 이르렀군요!
【是乃(시내)】: 이것이 바로 …이다.
【所以(소이)】: 까닭, 이유, 원인.
【數(수)】: 헤아리다, 계산하다, 세다.

11 若堙之所觀者, 天機也。得其精而忘其粗, 在其內而忘其外 ; → 구방인과 같은 관찰 능력은 천부적인 오성(悟性)입니다. 정교한 것을 포착하고 조잡한 것을 소홀히 하며, 내실을 장악하고 외형을 소홀히 합니다;
【若(약)】: …와 같다.
【天機(천기)】: 천부적인 지력(智力), 천부적인 오성(悟性).

所視而遺其所不視。若彼之所相者, 乃有貴乎馬者。」[12] 馬至, 而果千里之馬。[13]

번역문

구방인(九方堙)이 말을 관찰하다

진목공(秦穆公)이 백락(伯樂)에게 말했다.

「그대의 나이가 연로한데 자손 중에 좋은 말을 구하러 파견할 수 있는 사람이 있습니까?」

백락이 대답했다.

「좋은 말은 그 외모와 근골의 특징만 가지고도 살필 수가 있습니다. 그런데 천하의 명마를 관찰해 보면 그 특징이 잘 드러나지 않습니다.」 이와

【得(득)】: 얻다, 즉 「잡다, 포착하다」의 뜻.
【精(정)】: 정교함. 즉 「중요한 것」을 말한다.
【忘(망)】: 잊어버리다, 즉 「소홀히 하다」의 뜻.
【粗(추)】: 조잡한 것. 즉 「중요하지 않은 것」을 말한다.
【在(재)】: 장악하다, 배려하다.

12 見其所見而不見其所不見, 視其所視而遺其所不視。若彼之所相者, 乃有貴乎馬者。」→ 또한 볼 필요가 있는 것을 보고, 볼 필요가 없는 것을 보지 않으며, 상세히 관찰할 필요가 있는 것을 상세히 관찰하고, 상세히 관찰할 필요가 없는 것을 버립니다. 구방인과 같은 그러한 관찰 방법은, 오히려 명마보다도 더 고귀한 것입니다.」
【所見(소견)】: 볼 필요가 있는 것.
【所不見(소불견)】: 볼 필요가 없는 것.
【視(시)】: 깊이 관찰하다.
【所視(소시)】: 깊이 관찰할 필요가 있는 것.
【遺(유)】: 버리다.
【若(약)】: …와 같은.
【乃(내)】: 오히려.
【乎(호)】: [개사] 於(어), …보다, …에 비해.

13 馬至, 而果千里之馬。→ 말이 도착하여 보니, 과연 천하의 명마였다.
【果(과)】: 과연, 정말.

같은 말은, 달리면서 먼지를 일으키지 않고 수레바퀴 자국을 남기지 않습니다. 저의 자식들은 모두 재능이 모자라 좋은 말은 알려 드릴 수 있어도 천하의 명마는 알려 드릴 수가 없습니다. 저와 함께 밧줄을 짊어지고 나무하러 다니던 구방인(九方堙)이라는 자가 있는데, 그의 말 관찰 능력은 결코 저보다 못하지 않습니다. 청컨대 그를 만나 보십시오.」

목공이 그를 접견한 후 그로 하여금 가서 말을 찾아보도록 했다.

(구방인이) 석 달 만에 돌아와 보고했다.

「이미 말을 찾았는데 지금 사구(沙丘)에 있습니다.」

목공이 물었다.

「어떤 말이오?」

구방인이 대답했다.

「수컷이고 누런색입니다.」

목공이 사람을 파견하여 그 말을 데려와 보니 암컷에 검은색 말이었다.

목공이 불쾌하여 백락을 불러 물었다.

「일을 망쳤소! 그대가 추천하여 보낸 말 찾는 사람은 색깔과 암수의 구별도 못하는데 또 어찌 말의 능력을 알겠소?」

백락이 길게 탄식하며 말했다.

「마침내 이러한 경지에 도달했군요! 이것이 바로 그가 저를 천만 배 능가하여 헤아릴 수 없는 까닭입니다. 구방인과 같은 관찰 능력은 천부적인 오성(悟性)입니다. 정교한 것을 포착하고 조잡한 것을 소홀히 하며 내실을 장악하고 외형을 소홀히 합니다. 또한 볼 필요가 있는 것을 보고 볼 필요가 없는 것을 보지 않으며, 상세히 관찰할 필요가 있는 것을 상세히 관찰하고 상세히 관찰할 필요가 없는 것을 버립니다. 구방인과 같은 그러한 관찰 방법은 오히려 명마보다도 더 고귀한 것입니다.」

말이 도착하여 보니 과연 천하의 명마였다.

해설

진목공(秦穆公)이 백락(伯樂)의 연로한 모습을 보고 백락의 자손 중에 대를 이을 만한 사람이 있는가를 묻자, 백락은 자식을 제쳐놓고 자기와 함께 나무하러 다니던 구방인(九方堙)을 강력히 추천했다. 이에 진목공이 구방인을 파견하여 명마를 찾아오도록 하여, 구방인이 석 달 만에 돌아와 누런색 수컷이 사구(沙丘)라는 곳에 있다고 보고했다. 목공이 사람을 보내 말을 끌고 와보니 구방고의 말과 달리 검은색의 암컷이었다.

목공이 불쾌하여 백락을 불러 말의 색깔조차 구별하지 못하는 사람을 추천했다고 질책했다. 그러나 백락은 오히려 구방인의 관찰 능력에 탄복하며 그를 극찬했다. 구방인의 관찰 방법은 필요한 실속은 반드시 포착하여 챙기되 불필요한 외형(外形)은 소홀히 취급하여 잊어버린다는 것이다. 따라서 백락이 생각하는 구방인의 관점은 누런색 수컷이든 검은색 암컷이든 그것은 별로 중요하지 않은 외형일 뿐이다. 실제로 그 말을 목공과 백락 앞에 끌고 와서 보니 과연 천하의 명마였다.

이 우언은 구방인의 관찰 방법을 통해, 모든 사물은 본질을 정확히 포착하여 바르게 처리하는 것이 중요하며, 본질이 아닌 문제를 위해 필요 이상의 힘을 들일 필요가 없다는 것을 비유한 것이다.

※ 참고 : 이 고사는 선진(先秦)의 《열자(列子) · 설부(說符)》에 보이는데, 《회남자》와 비교할 때 약간 차이가 있다. 즉 《열자》의 「구방고(九方皐)」를 《한비자》에서는 「구방인(九方堙)」이라 했고, 《열자》에 「누런색 암컷, 검은색 수컷」이라 한 말을 《한비자》에는 「누런색 수컷, 검은색 암컷」이라 했다. 이밖에 문자상에서 약간의 출입이 있으나 진목공과 백락의 대화 줄거리는 완전히 일치한다.

027 공의휴기어(公儀休嗜魚)

《淮南子 · 道應訓》

원문 및 주석

公儀休嗜魚[1]

公儀休相魯而嗜魚, 一國獻魚, 公儀子弗受。[2] 其弟子諫曰 : 「夫子嗜魚, 弗受, 何也?」[3] 答曰 : 「夫唯嗜魚, 故弗受。夫受魚而免於相, 雖嗜魚, 不能自給魚。毋受魚而不免於相, 則能長自給魚。」[4]

1 公儀休嗜魚 → 공의휴(公儀休)가 생선을 좋아하다
【公儀休(공의휴)】 : [인명] 춘추전국시대 노(魯)나라의 재상.
【嗜(기)】 : 좋아하다, 즐기다.

2 公儀休相魯而嗜魚, 一國獻魚, 公儀子弗受。 → 공의휴(公儀休)가 노(魯)나라 재상을 지내는데 생선을 매우 좋아하여, 온 나라 사람들이 생선을 바쳤으나, 공의휴가 받지 않았다.
【相魯(상로)】 : 노(魯)나라의 재상을 지내다. 〖相〗 : [동사용법] 재상을 지내다. 〖魯〗 : [국명] 지금의 산동성 일대에 있던 주대(周代)의 제후국.
【一國(일국)】 : 온 나라, 전국. 여기서는 「온 나라 사람들」을 가리킨다.
【獻(헌)】 : 바치다, 헌상하다.
【公儀子(공의자)】 : 공의휴. 〖子〗 : 학문과 덕망이 있는 남자에 대한 존칭.
【弗(불)】 : 不(불).

3 其弟子諫曰 : 「夫子嗜魚, 弗受, 何也?」 → 그의 제자가 간했다 : 「선생님은 생선을 좋아하시는데, 받지 않는 것은, 무슨 까닭입니까?」
【諫(간)】 : 간하다.

4 答曰 : 「夫唯嗜魚, 故弗受。夫受魚而免於相, 雖嗜魚, 不能自給魚。毋受魚而不免於相, 則能長自給魚。」 → 공의휴가 대답했다 : 「바로 생선을 좋아하기 때문에, 그래서 받지 않는 것이다. 생선을 받고 재상에서 면직되면, 비록 생선을 좋아한다 해도, 생선을 자급할 수 없다.

번역문

공의휴(公儀休)가 생선을 좋아하다

공의휴(公儀休)가 노(魯)나라 재상을 지내는데 생선을 매우 좋아하여 온 나라 사람들이 생선을 바쳤으나 공의휴가 받지 않았다.

그의 제자가 간했다.

「선생님은 생선을 좋아하시는데 받지 않는 것은 무슨 까닭입니까?」

공의휴가 대답했다.

「바로 생선을 좋아하기 때문에 그래서 받지 않는 것이다. 생선을 받고 재상에서 면직되면 비록 생선을 좋아한다 해도 생선을 자급할 수 없다. 생선을 받지 않아 재상에서 면직되지 않으면 오래도록 생선을 자급할 수 있다.」

해설

노(魯)나라의 재상 공의휴(公儀休)가 생선을 좋아한다는 것을 알고 사람들이 다투어 생선을 사다가 바치자, 공의휴는 공직자의 청렴을 내세워 절대로 받지 않았다. 공의휴의 뜻은, 만일 그것을 받았다가 적발되어 재상의 자리에서 물러나면 사람들이 생선을 보내오지 않을 것이 자명하고, 봉록도 없어 자기가 생선을 좋아한다 해도 자급(自給)할 능력이 없을 것이지만, 그것을 받지 않으면 재상의 자리에서 물러나지 않고, 봉록이 있어 좋아하는 생선을 항상 자급할 수 있을 것이라 했다.

생선을 받지 않아 재상에서 면직되지 않으면, 오래도록 생선을 자급할 수 있다.」

【夫唯(부유)…故(고)】: 바로 …때문에 그래서.

【夫(부)】: [어조사].

【毋(무)】: 無(무).

이 우언은 공의휴와 같이 높은 자리에서 나라의 녹을 먹는 자는 마땅히 솔선수범하여 공무(公務)를 중시하고 법을 준수하며 절대로 자기의 지위를 이용하여 탐욕을 부리지 말아야 한다는 공직자의 도리를 강조한 것이다.

※ 참고 : 이 고사는 선진(先秦)의 《한비자(韓非子) · 외저설우하(外儲說右下)》에 보이는데, 《회남자(淮南子)》와 비교할 때 《한비자》의 고사 내용이 더욱 상세하다.

028 시투헌기(市偸獻技)

《淮南子 · 道應訓》

원문 및 주석

市偸獻技[1]

楚將子發好求技道之士。[2] 楚有善爲偸者, 往見曰:「聞君求技道之士, 臣楚市偸也, 願以技齎一卒。」[3] 子發聞之, 衣不給帶, 冠不暇

1 市偸獻技 → 저자의 도둑이 재주를 헌상하다
【偸(투)】: [명사] 도둑.
【獻(헌)】: 바치다, 헌상하다.
【技(기)】: 기예, 재주, 재능.

2 楚將子發好求技道之士。→ 초(楚)나라 장수 자발(子發)은 재주를 지닌 사람을 구하길 좋아했다.
【楚(초)】: [국명] 지금의 호남성 · 호북성과 강서성 · 절강성 및 하남성 남부에 걸쳐 있던 주대(周代)의 제후국.
【子發(자발)】: [인명] 초(楚)나라의 장수.
【好(호)】: [동사] 좋아하다.
【技道之士(기도지사)】: 재주를 지닌 사람.

3 楚有善爲偸者, 往見曰:「聞君求技道之士, 臣楚市偸也, 願以技齎一卒。」→ 초나라에 도둑질을 잘하는 자가 있었는데, (자발을) 찾아가 말했다:「재주를 지닌 사람을 구한다고 들었습니다. 저는 초나라 저자의 도둑인데, 훔치는 재주를 가지고 병졸의 한 사람으로 충원되길 원합니다.」
【善爲偸(선위투)】: 도둑질을 잘하다.
【楚市(초시)】: 초나라 저자. ※ 원문에는「楚市」두 글자가 없으나, 여기서는 왕염손(王念孫)의 설을 근거로 보충하였다.

正, 出見而禮之。[4] 左右諫曰 :「偸者, 天下之盜也, 何爲之禮?」 君曰 :「此非左右之所得與。」[5] 後無幾何, 齊興兵伐楚, 子發將師以當之, 兵三卻。[6] 楚賢良大夫, 皆盡其計而悉其誠, 齊師愈强。[7] 於是市偸進請曰 :「臣有薄技, 願爲君行之。」 子發曰 :「諾。」[8] 不問其辭而遣之。

【齎(재)】: 備(비), 비축되다, 충원되다.

4 子發聞之, 衣不給帶, 冠不暇正, 出見而禮之。→ 자발은 이 말을 듣자, 옷은 미처 허리띠를 매지도 못하고, 관모는 바로 쓸 여유도 없이, 나아가 만나 그에게 예를 갖추었다.
【不給(불급)】: …할 여유가 없다.
【帶(대)】: 띠, 벨트. 여기서는 동사용법으로 「허리띠를 매다」의 뜻,
【不暇(불가)】: …할 겨를이 없다.
【禮(예)】: [동사용법] 예를 갖추다.

5 左右諫曰 :「偸者, 天下之盜也, 何爲之禮?」 君曰 :「此非左右之所得與。」→ 주변 사람들이 간했다 :「그 자는, 천하에 이름난 도둑인데, 어째서 그에게 예를 갖추십니까?」 자발이 말했다 :「이것은 주변 사람들이 관여할 바가 아니오.」
【所得與(소득여)】: 관여할 수 있는 바. 〖得〗: 能(능), …할 수 있다. 〖與〗: 참여하다, 관여하다.

6 後無幾何, 齊興兵伐楚, 子發將師以當之, 兵三卻。→ 그 후 얼마 안 가서, 제(齊)나라가 군사를 일으켜 초나라를 공격해 와서, 자발이 군사를 이끌고 대적했으나, 세 번을 싸워 세 번을 모두 패했다.
【齊(제)】: [국명] 지금의 산동성 북부와 하북성 남부 일대에 걸쳐 있던 주대(周代)의 제후국.
【伐(벌)】: 공격하다.
【將(장)】: 이끌다, 통솔하다.
【師(사)】: 군사, 군대.
【當(당)】: 擋(당), 막다. 여기서는 「대항하다, 대적하다」의 뜻.
【兵三卻(병삼각)】: 병사들이 세 번을 퇴각하다. 즉 「세 번을 싸워 모두 패하다」의 뜻. 〖卻〗: 물러나다, 퇴각하다.

7 楚賢良大夫, 皆盡其計而悉其誠, 齊師愈强。→ 초나라의 덕행과 재능을 겸비한 대부들이, 모두 계략을 다 짜내고 성심을 다했으나, 제나라 군사는 더욱더 강성해졌다.
【賢良大夫(현량대부)】: 덕행과 재능을 겸비한 대부.
【盡(진)】: [동사] 다하다.
【悉(실)】: [동사] 다하다.
【愈(유)】: 더욱더.

8 於是市偸進請曰 :「臣有薄技, 願爲君行之。」 子發曰 :「諾。」→ 이때 저자의 도둑이 들어와 자발에게 청했다 :「저는 하찮은 재주를 지니고 있는데, 장군을 위해 그것을 실행해 보겠습니다.」 자발이 말했다 :「좋소.」

偸則夜出解齊將軍之幬帳而獻之。[9] 子發因使人歸之, 曰 :「卒有出薪者, 得將軍之帷, 使歸之於執事。」[10] 明夕復往取其枕, 子發又使人歸之。[11] 明夕復往取其簪, 子發又使歸之。[12] 齊師聞之, 大駭。將軍與軍吏謀曰 :「今日不去, 楚君恐取吾頭。」乃還師而去。[13]

【於是(어시)】: 이때.
【薄技(박기)】: 하찮은 재주.
【行(행)】: 실행하다.
【諾(락)】: 좋소, 알겠소.

9 不問其辭而遣之。偸則夜出解齊將軍之幬帳而獻之。→ 두말할 나위 없이 그를 파견했다. 도둑은 곧 밤중에 나가 제나라 장군의 수레에 두른 휘장을 풀어다가 자발에게 바쳤다.
【不問其辭(불문기사)】: 그 말을 캐묻지 않다. 즉 「두말할 나위 없다」의 뜻.
【遣(견)】: 파견하다.
【夜出(야출)】: 밤중에 나가다. ※ 원문에는 「出」자가 없으나, 여기서는 왕염손(王念孫)의 설을 근거로 보충하였다.
【幬帳(주장)】: 수레의 휘장.

10 子發因使人歸之, 曰 :「卒有出薪者, 得將軍之帷, 使歸之於執事。」→ 자발은 이 기회를 틈타 사람을 파견하여 휘장을 (제나라 진영에) 돌려주고, 말했다 :「(우리) 병사 중에 밖에 나가 나무를 해온 자가 있는데, 장군의 휘장을 주워 와서, 사람을 보내 그것을 장군에게 돌려드립니다.」
【因(인)】: 기회를 틈타다, 기회를 이용하다.
【使(사)】: 보내다, 파견하다.
【歸(귀)】: 돌려주다.
【薪(신)】: [동사용법] 나무하다.
【執事(집사)】: 정사(政事)를 주관하는 사람. 여기서는 장군에 대한 존칭으로 사용했다.

11 明夕復往取其枕, 子發又使人歸之。→ 다음날 저녁에 또 가서 제나라 장군의 베개를 훔쳐 와, 자발이 또 사람을 파견하여 그것을 돌려주었다.
【明夕(명석)】: 다음날 저녁. ※ 원문에는 「明又(명우)」라 했으나, 여기서는 왕염손(王念孫)의 설을 근거로 「明夕」으로 고쳤다.

12 明夕復往取其簪, 子發又使歸之。→ 그 다음날 저녁, 또 가서 제나라 장군의 비녀를 훔쳐 와, 자발이 또 사람을 보내 그것을 돌려주었다.
【明夕(명석)】: 다음날 저녁. ※ 원문에는 「明日又(명일우)」라 했으나, 여기서는 왕염손(王念孫)의 설을 근거로 「明夕」으로 고쳤다.
【簪(잠)】: 비녀.

13 齊師聞之, 大駭。將軍與軍吏謀曰 :「今日不去, 楚君恐取吾頭。」乃還師而去。→ 제나라 군사는 이 말을 듣고, 대경실색했다. 제나라 장군이 군 간부들과 상의하고 나서 말했다 :「오

번역문

저자의 도둑이 재주를 헌상하다

초(楚)나라 장수 자발(子發)은 재주를 지닌 사람을 구하길 좋아했다. 초나라에 도둑질을 잘하는 자가 있었는데 (자발을) 찾아가 말했다.

「재주를 지닌 사람을 구한다고 들었습니다. 저는 초나라 저자의 도둑인데 훔치는 재주를 가지고 병졸의 한 사람으로 충원되길 원합니다.」

자발은 이 말을 듣자 옷은 미처 허리띠를 매지도 못하고 관모는 바로 쓸 여유도 없이 나아가 만나 그에게 예를 갖추었다.

주변 사람들이 간했다.

「그 자는 천하에 이름난 도둑인데 어째서 그에게 예를 갖추십니까?」

자발이 말했다.

「이것은 주변 사람들이 관여할 바가 아니오.」

그 후 얼마 안 가 제(齊)나라가 군사를 일으켜 초나라를 공격해 와서 자발이 군사를 이끌고 대적했으나 세 번을 싸워 세 번을 모두 패했다. 초나라의 현능한 신하들이 모두 계략을 다 짜내고 성심을 다했으나 제나라 군사는 더욱더 강성해졌다. 이때 저자의 도둑이 들어와 자발에게 청했다.

「저는 하찮은 재주를 지니고 있는데 장군을 위해 그것을 실행해 보겠습

늘 철수하지 않으면, 초나라 군주가 아마도 나의 머리를 가져갈 것이다.」 그리하여 군사를 돌려 철수했다.

【大駭(대해)】: 대경실색하다, 매우 놀라다.

【軍吏(군리)】: 군 간부.

【謀(모)】: 상의하다.

【去(거)】: 떠나다. 여기서는 「철수하다」의 뜻.

【恐(공)】: 아마도, 어쩌면.

【乃(내)】: 이에, 그리하여.

【還師(환사)】: 회군하다, 군사를 돌리다.

니다.」

자발이 말했다.

「좋소.」

두말할 나위 없이 그를 파견했다. 도둑은 곧 밤중에 나가 제나라 장군의 수레에 두른 휘장을 풀어다가 자발에게 바쳤다. 자발은 이 기회를 틈타 사람을 파견하여 휘장을 (제나라 진영에) 돌려주고 말했다.

「(우리) 병사 중에 밖에 나가 나무를 해온 자가 있는데 장군의 휘장을 주워 와서 사람을 보내 그것을 장군에게 돌려드립니다.」

다음날 저녁 또 가서 제나라 장군의 베개를 훔쳐와 자발이 또 사람을 파견하여 그것을 돌려주었다. 그 다음날 저녁 또 가서 제나라 장군의 비녀를 훔쳐와 자발이 또 사람을 보내 그것을 돌려주었다. 제나라 군사는 이 말을 듣고 대경실색했다. 제나라 장군이 군 간부들과 상의하고 나서 말했다.

「오늘 철수하지 않으면 초나라 군주가 아마도 나의 머리를 가져갈 것이다.」

그리하여 군사를 돌려 철수했다.

해설

초(楚)나라 장수 자발(子發)은 제(齊)나라와의 전쟁에서 연전연패한 후, 도둑의 도움으로 제나라 장수의 간담을 써늘하게 하여 제나라 군사를 철군하도록 유도함으로써 초나라를 풍전등화의 위기에서 구출하였다.

이 우언은 비록 하찮은 재능을 지닌 사람이라도 필요에 따라 적재적소에 활용하면 결정적인 작용을 할 수 있다는 이치를 설명한 것이다.

029 목공실마(穆公失馬)

《淮南子 · 氾論訓》

원문 및 주석

穆公失馬[1]

秦穆公出游而車敗, 右服失, 野人得之。[2] 穆公追而及之岐山之陽, 野人方屠而食之。[3] 穆公曰 :「夫食駿馬之肉, 而不還飮酒者, 傷

1 穆公失馬 → 목공(穆公)이 말을 잃어버리다
【穆公(목공)】: 진목공(秦穆公). 춘추시대 진(秦)나라의 군주로 12개국을 멸하고 서융(西戎)을 제압하였으며 39년간(B.C. 659-B.C. 621) 재위했다. 제환공(齊桓公) · 진문공(晉文公) · 초장왕(楚莊王) · 송양공(宋襄公)과 더불어 춘추오패(春秋五霸)의 하나.

2 秦穆公出游而車敗, 右服失, 野人得之。→ 진(秦)나라 목공(穆公)이 외유 중에 수레가 망가져, 오른쪽 복마를 잃었는데, 시골 사람이 그 말을 잡아갔다.
【出游(출유)】: 외유하다, 외출하다.
【敗(패)】: 망가지다, 부서지다.
【右服失(우복실)】: 오른쪽 복마(服馬)를 잃다. ※마차를 끄는 네 마리의 말 가운데 끌채 안쪽의 두 마리 말을 복마(服馬)라 하고 바깥쪽의 두 마리 말을 참마(驂馬)라 하며, 복마 중 왼쪽을 좌복(左服), 오른쪽을 우복(右服)이라 한다. ※원문에는「右服失馬(우복실마)」라 했으나, 여기서는 왕염손(王念孫)의 설을 근거로「右服失」이라 고쳤다.
【野人(야인)】: 시골 사람.

3 穆公追而及之岐山之陽, 野人方屠而食之。→ 목공이 말의 뒤를 좇아 기산(岐山)의 남쪽에 이르렀을 때, 시골 사람들이 마침 그 말을 잡아서 (삶아) 먹고 있었다.
【及(급)】: 이르다, 도달하다.
【岐山(기산)】: [산 이름] 지금의 섬서성 기산현(岐山縣) 동북쪽에 위치.
【陽(양)】: 남쪽. ※산의 남쪽과 강의 북쪽을 양(陽)이라 하고, 산의 북쪽과 강의 남쪽을 음(陰)이라 한다.

人。吾恐其傷汝等。」遍飮而去之。[4] 處一年, 與晉惠公爲韓之戰, 晉師圍穆公之車, 梁由靡扣穆公之驂, 將獲之。[5] 食馬肉者三百餘人, 皆出死, 爲穆公戰於車下, 遂克晉, 虜惠公以歸。[6]

【方(방)】: 마침.
【屠(도)】: 잡다, 도살하다.
【食(식)】: [동사] 먹다.

4 穆公曰:「夫食駿馬之肉, 而不還飮酒者, 傷人。吾恐其傷汝等。」遍飮而去之。→ 목공이 말했다:「무릇 준마의 고기를 먹으면서, 바로 술을 마시지 않으면, 사람의 몸을 해칠 수 있소. 나는 그것이 당신들의 몸을 해칠까 걱정이오.」(진목공은) 사람들이 빠짐없이 골고루 다 술을 마시고나자 비로소 그 자리를 떠났다.
【夫(부)】: [발어사] 대저, 무릇.
【還(환)】: 바로, 즉시.
【汝等(여등)】: 당신들.
【恐(공)】: 걱정하다.
【遍(편)】: 두루두루, 빠짐없이 골고루.
【去(거)】: 떠나다.

5 處一年, 與晉惠公爲韓之戰, 晉師圍穆公之車, 梁由靡扣穆公之驂, 將獲之。→ 일 년이 지나, (진목공이) 진혜공(晉惠公)과 한원(韓原)의 전쟁을 벌였는데, 진(晉)나라 군사가 진목공의 수레를 포위하고, 진(晉)의 대부 양유미(梁由靡)가 진목공의 참마를 잡아당겨, 막 진목공을 포획하려 했다.
【處(처)】: 살다, 거주하다. 여기서는「지나다, 경과하다」의 뜻.
【晉惠公(진혜공)】: 춘추시대 진(晉)나라의 군주로 이름은 이오(夷吾)이며 14년간(B.C. 650-B.C. 637) 재위했다.
【爲韓之戰(위한지전)】: 한원(韓原)의 전쟁을 벌이다. 〖韓〗: [지명] 韓原(한원). 지금의 산서성 영하현(榮河縣) 동북. ※ 이오(夷吾)가 망명 중 진목공(秦穆公)에게 한 약속을 지키지 않자, B.C. 645 진목공이 진(晉)을 공격하여, 한원(韓原)의 전투에서 진혜공(晉惠公)을 사로잡아 돌아갔다. 이때 진목공이 진혜공을 죽이려 하자 주(周)의 천자(天子)가 만류하고 진목공의 부인인 혜공의 누이가 죽기로 투쟁하여 진(秦)나라가 마침내 혜공을 석방하고, 그 대신 진(晉)의 태자 어(圉)를 인질로 데려갔다.
【師(사)】: 군사, 군대
【梁由靡(양유미)】: [인명] 진(晉)나라의 대부.
【扣(구)】: 끌어당기다.
【驂(참)】: 驂馬(참마).
【將獲之(장획지)】: 막 진목공을 포획하려 하다. 〖將〗: 막 …하려 하다. 〖之〗: [대명사] 그, 즉「진목공」.

6 食馬肉者三百餘人, 皆出死, 爲穆公戰於車下, 遂克晉, 虜惠公以歸。→ (이때) 말고기를 먹었

번역문

목공(穆公)이 말을 잃어버리다

진(秦)나라 목공(穆公)이 외유 중에 수레가 망가져 오른쪽 복마를 잃었는데 시골 사람이 그 말을 잡아갔다. 목공이 말의 뒤를 쫓아 기산(岐山)의 남쪽에 이르렀을 때, 시골 사람들이 마침 그 말을 잡아서 (삶아) 먹고 있었다.

목공이 말했다.

「무릇 준마의 고기를 먹으면서 바로 술을 마시지 않으면 사람의 몸을 해칠 수 있소. 나는 그것이 당신들의 몸을 해칠까 걱정이오.」

(진목공은) 사람들이 빠짐없이 골고루 다 술을 마시고 나자 비로소 그 자리를 떠났다. 일 년이 지나 (진목공이) 진혜공(晉惠公)과 한원(韓原)의 전쟁을 벌였는데, 진(晉)나라 군사가 진목공의 수레를 포위하고 진(晉)의 대부 양유미(梁由靡)가 진목공의 참마를 잡아당겨 막 진목공을 포획하려 했다. (이때) 말고기를 먹었던 사람 삼백여 명이 모두 필사적으로 진목공을 위해 수레 아래에서 싸워, 마침내 진(晉)나라 군사를 물리치고 진혜공을 포로로 잡아 돌아갔다.

해설

진목공(秦穆公)은 자기가 잃어버린 말을 잡아 삶아먹은 사람들을 문책하지 않고, 오히려 그들에게 술을 곁들여 유흥을 즐기도록 베풀었다. 그 후

던 사람 삼백여 명이, 모두 필사적으로, 진목공을 위해 수레 아래에서 싸워, 마침내 진(晉)나라 군사를 물리치고, 진혜공을 포로로 잡아 돌아갔다.

【遂(수)】: 마침내.

【克(극)】: 물리치다.

【虜(로)】: 포로로 잡다.

진목공이 진혜공(晉惠公)과 벌인 한원(韓原)의 전쟁에서 위기에 처했을 때, 진목공의 말고기를 먹었던 사람들이 결사적으로 싸워 진목공을 구출하고, 진혜공을 사로잡았다.

이 우언은 진목공의 사례를 통해, 통치자가 백성들에게 호의를 베풀면 백성들이 반드시 보답한다는 이른바 「덕불고(德不孤 : 덕이 있는 사람은 사람을 감화시켜 따르게 하므로 결코 외롭지 않다)의 이치를 설명한 것이다.

030 임협면난(任俠免難)

《淮南子 · 氾論訓》

원문 및 주석

任俠免難[1]

北楚有任俠者, 其子孫數諫而止之, 不聽也。[2] 縣有賊, 大搜其廬, 事果發覺, 夜驚而走, 追道及之。其所施德者皆爲之戰, 得免而遂反。[3] 語其子曰 :「汝數止吾爲俠, 今有難, 果賴而免身, 而諫我不可

1 任俠免難 → 의협(義俠) 행위로 재난을 면하다
【任俠(임협)】: 의협 행위. 강자에게 억압당하는 약자를 돕는 행위.
【難(난)】: 재난, 환난.

2 北楚有任俠者, 其子孫數諫而止之, 不聽也。→ 초(楚)나라 북쪽 지방에 의협 행위를 좋아하는 자가 있었는데, 그의 자손들이 그것을 그만두도록 수차 권했으나, 듣지 않았다.
【北楚(북초)】: 초(楚)나라 북부. 〖楚〗: [국명] 지금의 호남성 · 호북성과 강서성 · 절강성 및 하남성 남부에 걸쳐 있던 주대(周代)의 제후국.
【諫(간)】: 간하다, 권하다, 권고하다.

3 縣有賊, 大搜其廬, 事果發覺, 夜驚而走, 追道及之。其所施德者皆爲之戰, 得免而遂反。→ 현(縣)에 도적 사건이 발생하여, 그의 집을 샅샅이 수색하자, 과연 일이 발각되었다. 그가 밤중에 놀라 달아났으나, (관리가) 길을 뒤쫓아 그를 따라잡았다. (이때) 그가 덕을 베푼 사람들이 모두 함께 그를 도와 일전을 벌여, 화를 모면하고 마침내 집에 돌아올 수 있었다.
【大搜(대수)】: 샅샅이 수색하다.
【廬(려)】: 집.
【及(급)】: 따라잡다.
【得免(득면)】: 화를 모면하다.
【遂(수)】: 마침내.
【反(반)】: 返(반), 돌아오다.

用也。」[4] 知所以免於難, 而不知所以無難, 論事如此, 豈不惑哉![5]

번역문

의협(義俠) 행위로 재난을 면하다

초(楚)나라 북쪽 지방에 의협(義俠) 행위를 좋아하는 자가 있었는데, 그의 자손들이 그것을 그만두도록 수차 권했으나 듣지 않았다. 현(縣)에 도적사건이 발생하여 그의 집을 샅샅이 수색하자 과연 일이 발각되었다. (그가) 밤중에 놀라 달아났으나 (관리가) 길을 뒤쫓아 그를 따라잡았다. (이때) 그가 덕을 베푼 사람들이 모두 함께 그를 도와 일전을 벌여 화를 모면하고 마침내 집에 돌아올 수 있었다. (그리하여) 자기 아들에게 말했다.

「너희들이 수차 나의 의협 행위를 못하도록 제지했지만, 오늘 재난을 만나자 과연 내가 의협 행위로 구해준 사람들에게 의지하여 화를 면했다. 그러니 너희들이 나에게 권고한 것은 받아들일 수가 없다.」

화를 면하는 방법은 알지만 화를 없애는 방법은 모른다. 사리를 논함이

4 語其子曰:「汝數止吾爲俠, 今有難, 果賴而免身, 而諫我不可用也。」→ (그리하여) 자기 아들에게 말했다:「너희들이 수차 나의 의협 행위를 못하도록 제지했지만, 오늘 재난을 만나자, 과연 내가 의협 행위로 구해준 사람들에게 의지하여 화를 면했다. 그러니 너희들이 나에게 권고한 것은 받아들일 수가 없다.」
【汝(여)】: 너, 너희.
【賴(뢰)】: 힘입다, 의지하다. ※여기서는 자신이 의협 행위로 구해준 사람들에게 의지한 것을 가리킨다.
【免身(면신)】: 화를 면하다.
【諫(간)】: 간하다.
【不可用(불가용)】: 채용할 수 없다. 즉 「받아들일 수가 없다」의 뜻.

5 知所以免於難, 而不知所以無難, 論事如此, 豈不惑哉! → 화를 면하는 방법은 알지만, 화를 없애는 방법은 모른다. 사리를 논함이 이와 같으니, 어찌 어리석다 하지 않겠는가!
【所以(소이)…】: …하는 방법.
【惑(혹)】: 어리석다, 멍청하다.

이와 같으니 어찌 어리석다 하지 않겠는가!

해설

개인의 의협(義俠) 행위는 비록 강자에게 억압당하는 약자를 도왔다 해도 원칙적으로 불법에 해당하고, 이와 반대로 도움을 받은 약자의 입장에서는 은혜를 입은 것이다. 따라서 의협 행위는 불법과 시은(施恩)이라는 양자 사이에서 질타의 대상이 되기도 하고 찬양의 대상이 되기도 한다.

초나라 사람은 자신의 의협 행위가 탄로나 위기에 처했을 때, 지난 날 자신이 덕을 베푼 사람들로부터 도움을 받아 위기를 모면했다는 사실을 근거로, 자신의 의협 행위를 정당하다고 주장했다.

이 우언은 고사의 말미에서 「화를 면하는 방법은 알지만 화를 없애는 방법은 모른다」라고 말했듯이, 하나만 알고 둘을 모르는 어리석은 행위를 풍자한 것이다.

031 곡모불애(哭母不哀)

《淮南子 · 說山訓》

원문 및 주석

哭母不哀[1]

東家母死, 其子哭之不哀。[2] 西家子見之, 歸謂其母曰 :「社何憂? 速死, 吾必悲哭社。」[3] 夫欲其母之死者, 雖死, 亦不能悲哭矣。[4]

1 哭母不哀 → 어머니 상(喪)을 당해 곡(哭)을 하며 슬퍼하지 않다

2 東家母死, 其子哭之不哀。→ 동쪽 집의 어머니가 죽자, 그 아들이 곡(哭)을 하면서 슬퍼하지 않았다.

3 西家子見之, 歸謂其母曰 :「社何憂? 速死, 吾必悲哭社。」→ 서쪽 집의 아들이 그 모습을 보고, 집에 돌아와 자기 어머니에게 말했다 :「어머니는 무엇을 걱정하세요? 속히 돌아가시면, 제가 반드시 슬프게 곡을 할 것입니다.」
【社(사)】: 어머니. ※ 고대 초(楚)지방 사람들의 방언은 「母(모)」를 「社」라 했다.
【憂(우)】: 아까워하다. ※ 원문에는 본래 「愛(애)」라 했으나, 여기서는 유문전(劉文典) 《회남홍열집해(淮南鴻烈集解)》를 근거로 「憂」로 고쳤다.

4 夫欲其母之死者, 雖死, 亦不能悲哭矣。→ 대저 자기 어머니가 죽기를 바라는 자는, 설사 어머니가 죽는다 해도, 역시 슬프게 곡을 할 리가 없다.
【夫(부)】: [발어사] 대저, 무릇.
【欲(욕)】: …을 바라다.

번역문

어머니 상(喪)을 당해 곡(哭)을 하며 슬퍼하지 않다

동쪽 집의 어머니가 죽자 그 아들이 곡(哭)을 하면서 슬퍼하지 않았다. 서쪽 집의 아들이 그 모습을 보고 집에 돌아와 자기 어머니에게 말했다.

「어머니는 무엇을 걱정하세요? 속히 돌아가시면 제가 반드시 슬프게 곡을 할 것입니다.」

대저 자기 어머니가 죽기를 바라는 자는 설사 어머니가 죽는다 해도 역시 슬프게 곡을 할 리가 없다.

해설

서쪽 집 아들은 동쪽 집 아들이 어머니 상(喪)을 당해 곡(哭)은 하면서 슬퍼하지 않는 것을 보고 돌아와, 자기 어머니에게 자기는 어머니가 속히 죽으면 반드시 슬프게 곡을 할 것이라 했다. 바보 천치가 아니면 어떻게 이러한 말을 할 수 있겠는가?

이 우언은 효행을 빙자한 사이비 효자의 음흉한 심성을 꾸짖어 풍자한 것이다.

032 벽맹호조(躄盲互助)

《淮南子 · 說山訓》

원문 및 주석

躄盲互助[1]

寇難至, 躄者告盲者, 盲者負而走。[2] 兩人皆活, 得其所能也。故使盲者語, 使躄者走, 失其所也。[3]

1 躄盲互助 → 앉은뱅이와 소경이 서로 돕다
【躄(벽)】: 앉은뱅이.
【盲(맹)】: 소경.

2 寇難至, 躄者告盲者, 盲者負而走。→ 적이 침입하는 재난이 닥치자, 앉은뱅이가 소경에게 (길을) 알려주어, 소경이 앉은뱅이를 등에 업고 도망쳤다.
【寇難(구난)】: 적이 침입하는 재난. ※「강도의 재난」이라 풀이하기도 한다.
【負(부)】: 등에 업다.
【走(주)】: 달아나다, 도망치다.

3 兩人皆活, 得其所能也。故使盲者語, 使躄者走, 失其所也。→ 두 사람이 모두 살아남은 것은, 각자의 재능을 발휘했기 때문이다. 만일 소경으로 하여금 (길을) 일러주게 하고, 앉은뱅이로 하여금 (업고) 달리게 했다면, 각자의 장점을 상실했을 것이다.
【故(고)】: 만일, 만약.
【使(사)】: …로 하여금 …하게 하다.
【失其所(실기소)】: 각자의 장점을 상실하다. ※앞의「得其所能(득기소능)」으로 보아「失其所能(실기소능)」의「能」이 빠진 것으로 보인다.

번역문

앉은뱅이와 소경이 서로 돕다

적이 침입하는 재난이 닥치자 앉은뱅이가 소경에게 (길을) 알려주어 소경이 앉은뱅이를 등에 업고 도망쳤다. 두 사람이 모두 살아남은 것은 각자의 재능을 발휘했기 때문이다. 만일 소경으로 하여금 (길을) 일러주게 하고 앉은뱅이로 하여금 (업고) 달리게 했다면 각자의 장점을 상실했을 것이다.

해설

사람은 누구나 장점과 단점을 지니고 있다. 우리가 각자의 장점을 필요에 따라 잘 조화시켜 적재적소에 활용한다면 상상을 초월하는 큰 효과를 거둘 수 있다. 앉은뱅이와 소경이 위기에 닥쳐 살아남을 수 있었던 것도 그들이 각자 자기의 장점을 발휘하여 서로 도울 수 있었기 때문에 가능했던 것이다.

이 우언은 사람들이 각자의 장점을 취해 단점을 보완하여 서로 조화를 이룬다면 서로에게 이익이 된다는 이치를 설명한 것이다.

033 영인육모(郢人鬻母)

《淮南子 · 說山訓》

원문 및 주석

郢人鬻母[1]

郢人有鬻其母, 爲請於買者曰:「此母老矣, 幸善食之而勿苦。」[2] 此行大不義而欲爲小義者。[3]

1 郢人鬻母 → 영(郢) 사람이 자기 어머니를 팔다
【郢(영)】: [지명] 춘추시대 초(楚)나라의 도읍. 지금의 호북성 강릉현(江陵縣) 일대.
【鬻(육)】: 賣(매), 팔다.

2 郢人有鬻其母, 爲請於買者曰:「此母老矣, 幸善食之而勿苦。」 → 영(郢) 사람으로 자기 어머니를 파는 자가 있었는데, 살 사람에게 간청하며 말했다:「우리 어머니는 늙었으니, 잘 봉양하여 고생시키지 말기 바랍니다.」
【幸(행)】: 바라다, 희망하다.
【善食(선식)】: 善養(선양), 잘 봉양하다.
【勿(물)】: …하지 말다.

3 此行大不義而欲爲小義者。 → 이는 큰 불의를 자행하면서, 작은 선심을 쓰려는 것이다.
【行(행)】: 자행하다.
【欲(욕)】: …하려고 하다, …하고자 하다.
【小義(소의)】: 조그만 선심.

번역문

영(郢) 사람이 자기 어머니를 팔다

영(郢) 사람으로 자기 어머니를 파는 자가 있었는데, 살 사람에게 간청하며 말했다.

「우리 어머니는 늙었으니 잘 봉양하여 고생시키지 말기 바랍니다.」

이는 큰 불의를 자행하면서 작은 선심을 쓰려는 것이다.

해설

자기의 어머니를 파는 사람이 살 사람에게 잘 봉양해 달라고 말하는 것을 과연 어떻게 해석해야 하는가?

이 우언은 크나큰 악행을 저지르면서도 마치 인정을 베푸는 것처럼 보이려는 당시 사회의 극악무도하고 교활한 사람들의 몰염치한 행위를 폭로하고 풍자한 것이다.

034 양호란로(陽虎亂魯)

《淮南子 · 人間訓》

원문 및 주석

陽虎亂魯[1]

陽虎爲亂於魯, 魯君令人閉城門而捕之, 得者有重賞, 失者有重罪。[2] 圍三帀, 而陽虎將擧劍而伯頤。[3] 門者止之曰 :「天下探之不窮,

1 陽虎亂魯 → 양호(陽虎)가 노(魯)나라를 어지럽히다
【陽虎(양호)】: [인명] 노(魯)나라 대부 계씨(季氏)의 가신. 일찍이 계씨를 협박하여 정권을 장악한 후, 노나라 환공(桓公)의 후손인 삼환(三桓)[맹손(孟孫) · 숙손(叔孫) · 계손(季孫)]을 폐하려다 실패하여 양관(陽關)으로 도주했다.
【亂(란)】: 어지럽히다.
【魯(노)】: [국명] 지금의 산동성 일대에 있던 주대(周代)의 제후국.

2 陽虎爲亂於魯, 魯君令人閉城門而捕之, 得者有重賞, 失者有重罪。→ 양호(陽虎)가 노(魯)나라에서 난을 일으키자, 노나라 군주가 사람들로 하여금 성문을 닫고 그를 체포하도록 하고, 잡는 사람은 큰상을 내리되, 놓치는 사람은 중벌을 내리게 했다.
【爲亂(위란)】: 난을 일으키다.
【魯君(노군)】: 노(魯)나라의 군주. 여기서는 「노정공(魯定公)」을 가리킨다.
【令(령)】: …로 하여금 …하도록 하다.
【捕(포)】: 붙잡다, 체포하다.

3 圍三帀, 而陽虎將擧劍而伯頤。→ 세 겹을 에워싸자, 양호는 칼을 들어 턱에 가까이대고 자살하려 했다.
【帀(잡)】: 둘레, 바퀴, 겹.
【將(장)】: (곧) …하려 하다.
【伯(백)】: 迫(박), 가까이 대다.
【頤(이)】: 턱.

我將出子。」[4] 陽虎因赴圍而逐, 揚劍提戈而走。[5] 門者出之, 顧反取其出之者, 以戈推之, 攘袪薄腋。[6] 出之者怨之曰 :「我非故與子反也, 爲之蒙死被罪, 而乃反傷我。宜矣其有此難也!」[7] 魯君聞陽虎失, 大怒, 問所出之門, 使有司拘之, 以爲傷者, 戰鬪者也; 不傷者, 爲縱之者。傷者受大賞, 而不傷者被重罪。[8] 此所謂害之而反利之者

4 門者止之曰 :「天下探之不窮, 我將出子。」→ 성문지기가 그를 제지하며 말했다 :「천하는 한없이 넓어서 길을 찾으면 얼마든지 있소. 내가 곧 당신을 탈출시킬 것이오.」
【門者(문자)】: 성문지기.
【止(지)】: 제지하다.
【天下探之不窮(천하탐지불궁)】: 천하는 한없이 넓어서 길을 찾으면 얼마든지 있다.
【出(출)】: [사동용법] 탈출시키다.
【子(자)】: 너, 당신, 그대.

5 陽虎因赴圍而逐, 揚劍提戈而走。→ 양호는 이 기회를 틈타 포위하고 있는 사람들에게 달려가 그들을 쫓아버리고, 칼과 창을 들고 달렸다.
【因(인)】: (기회를) 틈타다.
【赴圍而逐(부위이축)】: 포위하고 있는 사람들 쪽으로 가서 그들을 쫓아버리다.
【揚劍提戈(양검제과)】: 칼과 창을 들다.

6 門者出之, 顧反取其出之者, 以戈推之, 攘袪薄腋。→ 성문지기가 양호를 탈출시키자, (양호는) 몸을 돌려 오히려 자기를 탈출시킨 사람을 붙잡아, 창으로 밀어제치고, 소매를 향해 찔러 (창끝이) 겨드랑이 가까이 들어갔다.
【顧反(고반)】: 몸을 돌리다.
【取(취)】: 붙잡다.
【推(추)】: 밀다.
【攘袪薄腋(양거박액)】: 소매를 향해 찔러 겨드랑이 가까이 들어가다. 〖攘〗: 찌르다. 〖袪〗: 소매. 〖薄〗: 迫(박), 가까이 다가가다, 접근하다. 〖腋〗: 겨드랑이.

7 出之者怨之曰 :「我非故與子反也, 爲之蒙死被罪, 而乃反傷我。宜矣其有此難也!」→ 양호를 탈출시킨 사람이 양호를 원망하며 말했다 :「나는 본래 당신과 함께 모반한 사이가 아닌데도, 당신을 위해 죽을죄를 무릅썼는데, 당신은 오히려 나를 해치다니. 당신이 이런 재난을 당하는 것은 당연한 일이야!」
【怨(원)】: 원망하다.
【故(고)】: 본래, 원래.
【與子反(여자반)】: 당신과 함께 모반하다. 〖子〗: 당신, 그대. 〖反〗: 모반하다.
【蒙死被罪(몽사피죄)】: 죽을죄를 무릅쓰다.
【而(이)】: 너, 당신.
【乃反(내반)】: 오히려, 반대로.

8 魯君聞陽虎失, 大怒, 問所出之門, 使有司拘之, 以爲傷者, 戰鬪者也; 不傷者, 爲縱之者。傷者

也。[9]

번역문

양호(陽虎)가 노(魯)나라를 어지럽히다

양호(陽虎)가 노(魯)나라에서 난을 일으키자 노나라 군주가 사람들로 하여금 성문을 닫고 그를 체포하도록 하고, 잡는 사람은 큰상을 내리되 놓치는 사람은 중벌을 내리게 했다. 세 겹을 에워싸자 양호는 칼을 들어 턱에 가까이대고 자살하려 했다. 성문지기가 그를 제지하며 말했다.

「천하는 한없이 넓어서 길을 찾으면 얼마든지 있소. 내가 곧 당신을 탈출시킬 것이오.」

양호는 이 기회를 틈타 포위하고 있는 사람들에게 달려가 그들을 쫓아버리고 칼과 창을 들고 달렸다. 성문지기가 양호를 탈출시키자 (양호는) 몸을 돌려 오히려 자기를 탈출시킨 사람을 붙잡아 창으로 밀어제치고 소매를 향해 찔러 (창끝이) 겨드랑이 가까이 들어갔다.

受大賞, 而不傷者被重罪。→ 노나라 군주는 양호가 달아났다는 말을 듣고, 매우 화를 내며, 어느 성문으로 달아났는지를 물어, 관리를 보내 성문을 지킨 사람들을 잡아들인 다음, 다친 사람은 양호와 싸움을 벌인 사람이라 여기고, 다치지 않은 사람은 양호를 놓아 준 사람이라 여겼다. (그리하여) 다친 사람은 큰상을 받고, 다치지 않은 사람은 중벌을 받았다.

【大怒(대노)】: 매우 화를 내다.
【使(사)】: 파견하다, 보내다.
【有司(유사)】: 관리.
【拘(구)】: 체포하다, 잡다.
【以爲(이위)】: …라고 여기다, …라고 생각하다.
【被重罪(피중죄)】: 중벌을 받다. 〖被〗: 받다, 입다, 당하다.

9 此所謂害之而反利之者也。→ 이것이 이른바 남을 해치려다 오히려 남을 이롭게 한 경우이다.

【反(반)】: 반대로, 오히려.
【利之(이지)】: 남을 이롭게 하다. ※ 원문에는 본래 「之」자가 없으나 여기서는 왕염손(王念孫)의 설을 근거로 보충하였다.

양호를 탈출시킨 사람이 양호를 원망하며 말했다.

「나는 본래 당신과 함께 모반한 사이가 아닌데도 당신을 위해 죽을죄를 무릅썼는데, 당신은 오히려 나를 해치다니. 당신이 이런 재난을 당하는 것은 당연한 일이야!」

노나라 군주는 양호가 달아났다는 말을 듣고 매우 화를 내며 어느 성문으로 달아났는지를 물어 관리를 보내 성문을 지킨 사람들을 잡아들인 다음, 다친 사람은 양호와 싸움을 벌인 사람이라 여기고 다치지 않은 사람은 양호를 놓아 준 사람이라 여겼다. (그리하여) 다친 사람은 큰상을 받고 다치지 않은 사람은 중벌을 받았다.

이것이 이른바 남을 해치려다 오히려 남을 이롭게 한 경우이다.

해설

노(魯)나라 군주는 난을 일으킨 양호(陽虎)를 잡아오는 사람에게 큰상을 내리고 놓치는 사람에게 중벌을 내린다는 방침을 세웠으나, 양호가 달아났다는 말을 듣자 화가 나서 성문을 지키던 사람들을 모두 잡아들인 후, 다친 사람에게는 상을 내리고 다치지 않은 사람에게는 중벌을 내리도록 했다. 이는 노나라 군주가 다친 사람에 대해 양호를 잡으려다 다친 것으로 섣불리 판단했기 때문이다. 그리하여 양호의 탈출을 도와주고 양호의 창에 찔려 상처를 입은 사람은 상을 받고, 멀쩡한 사람은 오히려 벌을 받아야 하는 황당한 일이 벌어지게 되었다.

이 우언은 우둔한 노나라 군주의 행위를 통해, 백성을 좌지우지하는 통치자가 사건을 처리함에 있어서 세밀하게 관찰하여 시시비비를 분명히 가리지 못하고, 자기 멋대로 섣불리 판단하여 처리함으로써 본말이 전도되고 억울한 일이 발생하는 황당한 현상을 풍자한 것이다.

035 애인여해인(愛人與害人)

《淮南子 · 人間訓》

원문 및 주석

愛人與害人[1]

楚恭王與晉人戰於鄢陵, 戰酣, 恭王傷而休。[2] 司馬子反渴而求飮, 豎陽穀奉酒而進之。[3] 子反之爲人也, 嗜酒而甘之, 不能絶於口,

1 愛人與害人 → 사람을 사랑하는 것과 사람을 해치는 것

2 楚恭王與晉人戰於鄢陵, 戰酣, 恭王傷而休。 → 초(楚)나라 공왕(恭王)이 언릉(鄢陵)에서 진(晉)나라와 전쟁을 벌여, 전투가 절정에 달했을 때, 공왕이 부상을 당해 전투를 멈추었다.

【楚恭王(초공왕)】: 초(楚)나라의 군주로 초공왕(楚共王)이라고도 하며, 31년간(B.C. 590 - B.C. 560) 재위했다. 〖楚〗: 지금의 호남성 · 호북성과 강서성 · 절강성 및 하남성 남부에 걸쳐 있던 주대(周代)의 제후국.

【晉(진)】: [국명] 지금의 산서성 일대에 있던 주대(周代)의 제후국. B.C. 375년 조씨(趙氏) · 한씨(韓氏) · 위씨(魏氏)가 진(晉)의 영토를 삼분하여 각기 조(趙) · 한(韓) · 위(魏) 세 나라로 독립했다.

【鄢陵(언릉)】: [지명] 지금의 하남성 언릉현(鄢陵縣) 서북쪽. 진(晉)나라는 이곳에서 초(楚)나라에게 대패했다.

【酣(감)】: 무르익다, 절정에 달하다.

【傷(상)】: 다치다, 부상을 당하다. ※ 여기서는 B.C. 575 언릉(鄢陵)전쟁에서 초공왕(楚恭王)이 진(晉)나라 장수 위기(魏錡)가 쏜 화살에 왼쪽 눈을 맞아 실명한 것을 말한다.

【休(휴)】: 멈추다, 정지하다, 그만두다.

3 司馬子反渴而求飮, 豎陽穀奉酒而進之。 → 사마자반(司馬子反)이 갈증을 느껴 마실 것을 찾자, (그의 하인) 수양곡(豎陽穀)이 술을 받들고 와서 그에게 진상했다.

【司馬子反(사마자반)】: [인명] 초(楚)나라의 장수.

【渴(갈)】: 목마르다, 갈증나다.

【豎陽穀(수양곡)】: [인명] 사마자반의 하인.

遂醉而臥。[4] 恭王欲復戰, 使人召司馬子反, 辭以心疾。[5] 王駕而往視之, 入幄中而聞酒臭。[6] 恭王大怒曰 :「今日之戰, 不穀親傷, 所恃者司馬也, 而司馬又若此, 是亡楚國之社稷, 而不率吾衆也。不穀無與復戰矣。」[7] 於是罷師而去之, 斬司馬子反以爲僇。[8]

【進(진)】: 바치다, 올리다, 진상하다.

4 子反之爲人也, 嗜酒而甘之, 不能絶於口, 遂醉而臥。→ 사마자반이란 사람은, 술을 너무 좋아하여 감미로운 맛을 느끼자, 입에서 거절하지 못하고, 마침내 대취하여 드러누웠다.
【爲人(위인)】: 사람됨.
【嗜(기)】: 좋아하다, 즐기다.
【遂(수)】: 마침내.

5 恭王欲復戰, 使人召司馬子反, 辭以心疾。→ 공왕은 다시 전쟁을 할 생각으로, 사람을 보내 사마자반을 불러오도록 했으나, (사마자반이) 속병을 이유로 거절했다.
【欲(욕)】: …하려고 하다, …하고자 하다.
【復(부)】: 다시.
【使(사)】: 보내다, 파견하다.
【辭(사)】: 거절하다, 사양하다.
【心疾(심질)】: 속병. ※ 원문에는 본래 「心痛(심통)」이라 했으나 여기서는 왕염손(王念孫)의 설을 근거로 고쳤다.

6 王駕而往視之, 入幄中而聞酒臭。→ 공왕이 몸소 수레를 몰고 그를 문병하러 가서, 장막 안으로 들어서니 술 냄새가 진동했다.
【駕(가)】: 수레를 몰다.
【往視(왕시)】: 보러 가다. 여기서는 「문병하러 가다」의 뜻.
【幄(악)】: 장막, 휘장.
【聞(문)】: 냄새를 맡다.
【臭(취)】: 냄새.

7 恭王大怒曰 :「今日之戰, 不穀親傷, 所恃者司馬也, 而司馬又若此, 是亡楚國之社稷, 而不率吾衆也。不穀無與復戰矣。」→ 공왕이 대노하여 말했다 :「오늘의 전쟁은, 내가 부상을 당해, 믿는 사람이 사마뿐인데, 사마가 또 이 모양이니, 이래서는 초나라의 사직을 망치고, 우리 군사를 통솔하지 못한다. 나는 (진나라와) 다시 전쟁을 하지 않겠다.」
【不穀(불곡)】: 나. ※ 군주가 「곡식처럼 백성을 공양하지 못한다」라는 뜻으로 자신을 낮추어 부르는 호칭.
【恃(시)】: 믿다, 기대다, 의지하다.
【亡(망)】: 망치다.
【率(솔)】: 통솔하다, 이끌다.
【衆(중)】: 군사.

번역문

사람을 사랑하는 것과 사람을 해치는 것

초(楚)나라 공왕(恭王)이 언릉(鄢陵)에서 진(晉)나라와 전쟁을 벌여 전투가 절정에 달했을 때 공왕이 부상을 당해 전투를 멈추었다. 사마자반(司馬子反)이 갈증을 느껴 마실 것을 찾자 (그의 하인) 수양곡(豎陽穀)이 술을 받들고 와서 그에게 진상했다. 사마자반이란 사람은 술을 너무 좋아하여 감미로운 맛을 느끼자 입에서 거절하지 못하고 마침내 대취하여 드러누웠다. 공왕은 다시 전쟁을 할 생각으로 사람을 보내 사마자반을 불러오도록 했으나 (사마자반이) 속병을 이유로 거절했다. 공왕이 몸소 수레를 몰고 그를 문병하러 가서 장막 안으로 들어서니 술 냄새가 진동했다.

공왕이 대노하여 말했다.

「오늘의 전쟁은 내가 부상을 당해 믿는 사람이 사마뿐인데 사마가 또 이 모양이니, 이래서는 초나라의 사직을 망치고 우리 군사를 통솔하지 못한다. 나는 (진나라와) 다시 전쟁을 하지 않겠다.」

그리하여 전쟁을 포기하고 철군한 후 사마자반을 베어 사형으로 다스렸다.

················

【無與(무여)】: …와 …하지 못하다.

8 於是罷師而去之, 斬司馬子反以爲僇。→ 그리하여 전쟁을 포기하고 철군한 후, 사마자반을 베어 사형으로 다스렸다.

【於是(어시)】: 이에, 그리하여.

【罷師(파사)】: 전쟁을 포기하다. 〖罷〗: 그만두다, 중지하다, 포기하다. 〖師〗: 군사. 여기서는 「작전, 전쟁」을 뜻한다.

【斬(참)】: 베다.

【以爲(이위)】: 원문에는 본래 「以」자가 없으나 여기서는 왕염손(王念孫)의 설을 근거로 첨가했다.

【僇(륙)】: 戮(륙), 사형에 처하다.

해설

사마자반(司馬子反)이 군율을 위반하여 유리한 전투를 패전으로 몰고 간 것은 주인에게 술을 바친 수양곡(豎陽穀)에게 일차적인 책임이 있다. 수양곡은 전쟁의 긴박함을 분명히 알면서도 심대한 후과(後果)가 발생한다는 것을 전혀 고려하지 않고, 오로지 자기 주인이 술을 좋아한다는 생각만으로 주인의 피로한 심기를 자극했다. 이로 인해 초(楚)나라는 전쟁을 포기해야 했고 사마자반은 사형을 당하는 비참한 결과를 초래했다. 따라서 호의를 베푸는 일은 언제나 때와 장소, 처한 환경과 조건에 맞아야 효과가 발생하며 이를 거스르면 오히려 역효과를 초래한다.

이 우언은 하나만 알고 둘을 모르는 무지몽매한 사람의 어리석은 행동을 풍자한 것이다.

036 서파석예(西巴釋麑)

《淮南子・人間訓》

원문 및 주석

西巴釋麑[1]

孟孫獵而得麑, 使秦西巴持歸烹之, 麑母隨之而嗁, 秦西巴弗忍, 縱而予之。[2] 孟孫歸, 求麑安在, 秦西巴對曰 :「其母隨而嗁, 臣誠弗

1 西巴釋麑 → 서파(西巴)가 어린 사슴을 놓아주다
【西巴(서파)】: 주 2 참조.
【釋(석)】: 풀어주다.
【麑(예)】: 어린 사슴.

2 孟孫獵而得麑, 使秦西巴持歸烹之, 麑母隨之而嗁, 秦西巴弗忍, 縱而予之。→ 맹손(孟孫)이 사냥을 나가 어린 사슴을 잡아, 진서파(秦西巴)로 하여금 가지고 돌아가 삶도록 했는데, 어린 사슴의 어미가 따라오며 울자, 진서파가 차마 뿌리치지 못하고, 풀어 놓아 어미에게 돌려주었다.
【孟孫(맹손)】: [인명] 노(魯)나라 환공(桓公)의 손자. ※ 맹손의 아버지 경보(慶父)는 일찍이 사람을 파견하여 두 임금을 살해하고 자살했는데, 노희공(魯僖公)이 공손오(公孫敖)로 하여금 경보의 지위를 계승토록 하고 맹손씨(孟孫氏)라 불렀다.
【獵(렵)】: 사냥하다, 수렵하다.
【使(사)】: …로 하여금 …하게 하다.
【秦西巴(진서파)】: [인명] 맹손의 문객.
【烹(팽)】: 삶다, 끓이다.
【麑母(예모)】: 어린 사슴의 어미.
【隨(수)】: (…의 뒤를) 따르다, 좇다.
【嗁(제)】: 啼(제), 울다.
【弗忍(불인)】: 차마 뿌리치지 못하다. 〖弗〗: 不(불).
【縱(종)】: 풀어 주다, 놓아주다.

忍, 竊縱而予之。」[3] 孟孫怒, 逐秦西巴。居一年, 取以爲子傅。[4] 左右曰 :「秦西巴有罪於君, 今以爲子傅, 何也?」[5] 孟孫曰 :「夫一麑而不忍, 又何況於人乎?」[6]

번역문

서파(西巴)가 어린 사슴을 놓아주다

맹손(孟孫)이 사냥을 나가 어린 사슴을 잡아 진서파(秦西巴)로 하여금 가지고 돌아가 삶도록 했는데, 어린 사슴의 어미가 따라오며 울자 진서파가 차마 뿌리치지 못하고 풀어 놓아 어미에게 돌려주었다. 맹손이 돌아와 어린 사슴이 어디에 있는지 찾자 진서파가 대답했다.

【予(여)】: 주다.

3 孟孫歸, 求麑安在, 秦西巴對曰 :「其母隨而啼, 臣誠弗忍, 竊縱而予之。」→ 맹손이 돌아와, 어린 사슴이 어디에 있는지 찾자, 진서파가 대답했다 :「어린 사슴의 어미가 따라오며 울어서, 제가 정말 차마 뿌리치지 못해, 제맘대로 풀어 어미에게 돌려주었습니다.」
【安(안)】: 어디.
【誠(성)】: 실로, 정말.
【竊(절)】: 제멋대로.

4 孟孫怒, 逐秦西巴。居一年, 取以爲子傅。→ 맹손이 화가 나서, 진서파를 (궁에서) 내쫓아 버렸다. 그 후 일 년이 지나자, 다시 진서파를 불러들여 태자의 사부로 삼았다.
【逐(축)】: 내쫓다.
【居一年(거일년)】: 일 년이 지나서.
【取(취)】: 취하다. 여기서는「청해오다, 불러오다」의 뜻.
【以爲(이위)…】: 以之爲(이지위)…, 그를 …로 삼다.
【傅(부)】: 사부, 스승.

5 左右曰 :「秦西巴有罪於君, 今以爲子傅, 何也?」→ 주변 사람들이 말했다 :「진서파는 임금님께 죄를 지었는데, 지금 그를 태자의 사부로 삼는 것은, 무슨 까닭입니까?」

6 孟孫曰 :「夫一麑而不忍, 又何況於人乎?」→ 맹손이 말했다 :「무릇 한 마리의 어린 사슴조차 차마 뿌리치지 못하는데, 또 하물며 사람에 대해서는 어찌 하겠는가?」
【夫(부)】: [발어사] 대저, 무릇.
【何況(하황)】: 하물며.

「어린 사슴의 어미가 따라오며 울어서 제가 정말 차마 뿌리치지 못해 제맘대로 풀어 어미에게 돌려주었습니다.」

맹손이 화가 나서 진서파를 (궁에서) 내쫓아 버렸다. 그 후 일 년이 지나자 다시 진서파를 불러들여 태자의 사부로 삼았다.

주변 사람들이 말했다.

「진서파는 임금님께 죄를 지었는데 지금 그를 태자의 사부로 삼는 것은 무슨 까닭입니까?」

맹손이 말했다.

「무릇 한 마리의 어린 사슴조차 차마 뿌리치지 못하는데, 또 하물며 사람에 대해서는 어찌 하겠는가?」

해설

진서파(秦西巴)는 맹손(孟孫)의 분부를 어기고 어린 사슴을 풀어주어 어미 사슴에게 돌려보냈다. 그리하여 맹손의 노여움을 사서 궁에서 쫓겨났다. 그런데 맹손은 자기의 아들이 자라서 아들을 가르칠 스승이 필요하자 자기가 쫓아냈던 진서파를 다시 불러들여 아들의 스승으로 삼았다.

진서파의 사람됨은 동정심이 많다는 한 가지 특징뿐인데, 그것이 동물에 적용될 때는 윗사람을 거역한 행동으로 간주되고, 맹손의 아들에게 적용될 때는 사랑으로 간주되었다.

이 우언은 하나의 특징이 어디에 적용되느냐에 따라 가치가 확연히 달라질 수 있다는 이치를 설명한 것이다.

037 송인맹목(宋人盲目)

《淮南子 · 人間訓》

원문 및 주석

宋人盲目[1]

昔者宋人有好善者, 三世不解。[2] 家無故而黑牛生白犢, 以問先生, 先生曰 : 「此吉祥也, 以饗鬼神。」[3] 居一年, 其父無故而盲, 牛又復生白犢。其父又復使其子以問先生。[4] 其子曰 : 「前聽先生言而失

1 宋人盲目 → 송(宋)나라 사람의 눈이 멀다
【宋(송)】: [국명] 지금의 하남성 상구현(商邱縣) 일대에 있던 주대(周代)의 제후국.

2 昔者宋人有好善者, 三世不解。→ 옛날에 송(宋)나라 사람으로 선행(善行)을 좋아하는 자가 있었는데, 삼대(三代) 동안을 게을리 하지 않았다.
【好善(호선)】: 선행을 좋아하다.
【三世(삼세)】: 삼대(三代).
【解(해)】: 懈(해), 게으르다, 게으름을 피우다.

3 家無故而黑牛生白犢, 以問先生, 先生曰 : 「此吉祥也, 以饗鬼神。」→ 그 집에 아무 까닭도 없이 검은 소가 흰 송아지를 낳아, 이를 (동네) 어른에게 물었다. 어른이 말했다 : 「이는 상서로운 징조이니, 그것을 가지고 귀신에게 제사를 지내도록 하게.」
【無故(무고)】: 아무 까닭 없이.
【犢(독)】: 송아지.
【先生(선생)】: 선생. 여기서는 「어른」을 가리킨다.
【也(야)】: 원문에는 본래 이 글자가 없으나 여기서는 유월(兪樾)의 설을 근거로 보충하였다.
【饗(향)】: 제사 지내다.

4 居一年, 其父無故而盲, 牛又復生白犢。其父又復使其子以問先生。→ 일 년이 지나, 그 집 아버지가 아무 까닭 없이 눈이 멀고, 소가 또 다시 흰 송아지를 낳았다. 그 집 아버지가 또다

明, 今又復問之, 奈何?」[5] 其父曰 :「聖人之言, 先忤而後合。其事未究, 固試往復問之。」[6] 其子又復問先生, 先生曰 :「此吉祥也, 復以饗鬼神。」[7] 歸致命其父, 其父曰 :「行先生之言也。」[8] 居一年, 其子又無故而盲。其後楚攻宋, 圍其城。[9] 當此之時, 易子而食, 析骸而炊, 丁壯者死, 老病童兒皆上城, 牢守而不下。[10] 楚王大怒, 城已破, 諸

시 아들로 하여금 이를 어른에게 물어보도록 했다.
【居(거)】: 살다, 거처하다. 여기서는「지나다, 경과하다」의 뜻.
【又復(우부)】: 또다시.
【使(사)】: …로 하여금 …하게 하다.

5 其子曰 :「前聽先生言而失明, 今又復問之, 奈何?」→ 그 집 아들이 말했다 :「전에 어른의 말을 들었다가 눈이 멀었는데, 지금 또다시 그에게 물으면, 어떻게 합니까?」
【奈何(내하)】: 어떻게 하다.

6 其父曰 :「聖人之言, 先忤而後合。其事未究, 固試往復問之。」→ 그 집 아버지가 말했다 :「현명한 사람의 말은, 먼저 어긋나고 나중에 들어맞는다. 그 일은 아직 구명되지 않았으니, 우선 시험 삼아 가서 다시 한 번 물어 보도록 해라.」
【聖人(성인)】: 여기서는「현명한 사람」을 가리킨다.
【忤(오)】: 어긋나다, 거스르다.
【未究(미구)】: 아직 구명되지 않다.
【固(고)】: 姑(고), 잠시, 우선.
【試(시)】: 시험 삼아 해보다.

7 其子又復問先生, 先生曰 :「此吉祥也, 復以饗鬼神。」→ 그 집 아들이 또다시 어른에게 묻자, 어른이 말했다 :「이는 상서로운 징조이니, 다시 그것을 가지고 귀신에게 제사를 지내도록 하게.」

8 歸致命其父, 其父曰 :「行先生之言也。」→ 집에 돌아와 자기 아버지에게 보고하자, 아버지가 말했다 :「어른의 말대로 시행해라.」
【致命(치명)】: (결과를) 보고하다, 전하다.
【行(행)】: 시행하다, 실행하다.

9 居一年, 其子又無故而盲。其後楚攻宋, 圍其城。→ 일 년이 지나, 그 집 아들이 또 아무 까닭 없이 눈이 멀었다. 그 후 초(楚)나라가 송나라를 공격하여, 송나라의 성을 포위했다.
【楚攻宋(초공송)】: 초나라가 송나라를 공격하다. ※《좌전(左傳) · 선공십사년(宣公十四年)》의 기록에 의하면 초장왕(楚莊王)이 송나라의 도성을 9개월 동안 포위했다. 【楚】: 지금의 호남성 · 호북성과 강서성 · 절강성 및 하남성 남부에 걸쳐 있던 주대(周代)의 제후국.

10 當此之時, 易子而食, 析骸而炊, 丁壯者死, 老病童兒皆上城, 牢守而不下。→ 당시에는, 서로 자식을 바꾸어 잡아먹고, 뼈를 부러뜨려 땔감으로 쓰는가 하면, 장정들은 죽고, 노약자

城守者皆屠之。此獨以父子盲之故，得無乘城。[11] 軍罷圍解，則父子俱視。夫禍福之轉而相生，其變難見也。[12]

번역문

송(宋)나라 사람의 눈이 멀다

옛날에 송(宋)나라 사람으로 선행(善行)을 좋아하는 자가 있었는데 삼대(三代) 동안을 게을리 하지 않았다. 그 집에 아무 까닭도 없이 검은 소가 흰 송아지를 낳아 이를 (동네) 어른에게 물었다.

어른이 말했다.

「이는 상서로운 징조이니 그것을 가지고 귀신에게 제사를 지내도록 하게.」

와 아이들은 모두 성에 올라가, 굳게 지키며 내려오지 못했다.
【易子而食(역자이식)】: 서로 자식을 바꾸어 잡아먹다.
【析骸而炊(석해이취)】: 뼈를 부러뜨려 땔감으로 쓰다.
【牢守(뇌수)】: 굳게 지키다, 단단히 지키다.

11 楚王大怒，城已破，諸城守者皆屠之。此獨以父子盲之故，得無乘城。→ 초나라 왕이 대노하여, (송나라) 성을 파괴한 후, 성을 지키던 사람들을 모두 다 죽여 버렸다. 이들만 유독 부자가 눈이 멀었다는 연고로 인해, 성에 올라가지 않았다.
【已破(이파)】: 파괴한 후, 파괴된 후.
【獨(독)】: 유독, 홀로.
【以(이)…之故(지고)】: …라는 연고로 인해. 〖以〗: …로 인해. 〖故〗: 연고, 이유, 까닭.
【乘城(승성)】: 성에 올라가다.

12 軍罷圍解，則父子俱視。夫禍福之轉而相生，其變難見也。→ 전쟁이 끝나고 포위가 풀리자, 아버지와 아들 모두 시력을 회복했다. 대저 화(禍)와 복(福)은 서로 바뀌가며 출현하기 때문에, 그 변화를 예견하기가 매우 어렵다.
【軍罷(군파)】: 전쟁이 끝나다.
【俱(구)】: 모두.
【視(시)】: 시력을 회복하다.
【轉而相生(전이상생)】: 서로 바뀌가며 출현하다.
【難見(난견)】: 예견하기 어렵다.

일 년이 지나 그 집 아버지가 아무 까닭 없이 눈이 멀고 소가 또다시 흰 송아지를 낳았다. 그 집 아버지가 또다시 아들로 하여금 이를 어른에게 물어보도록 했다.

그 집 아들이 말했다.

「전에 어른의 말을 들었다가 눈이 멀었는데 지금 또다시 그에게 물으면 어떻게 합니까?」

그 집 아버지가 말했다.

「현명한 사람의 말은 먼저 어긋나고 나중에 들어맞는다. 그 일은 아직 구명(究明)되지 않았으니 우선 시험 삼아 가서 다시 한 번 물어 보도록 해라.」

그 집 아들이 또다시 어른에게 묻자 어른이 말했다.

「이는 상서로운 징조이니 다시 그것을 가지고 귀신에게 제사를 지내도록 하게.」

집에 돌아와 자기 아버지에게 보고하자 아버지가 말했다.

「어른의 말대로 시행해라.」

일 년이 지나 그 집 아들이 또 아무 까닭 없이 눈이 멀었다. 그 후 초(楚)나라가 송나라를 공격하여 송나라의 성을 포위했다. 당시에는 서로 자식을 바꾸어 잡아먹고 뼈를 부러뜨려 땔감으로 쓰는가 하면, 장정들은 죽고 노약자와 아이들은 모두 성에 올라가 굳게 지키며 내려오지 못했다. 초나라 왕이 대노하여 (송나라) 성을 파괴한 후 성을 지키던 사람들을 모두 다 죽여 버렸다. 이들만 유독 부자가 눈이 멀었다는 연고로 인해 성에 올라가지 않았다. 전쟁이 끝나고 포위가 풀리자 아버지와 아들 모두 시력을 회복했다.

대저 화(禍)와 복(福)은 서로 바뀌가며 출현하기 때문에 그 변화를 예견하기가 매우 어렵다.

해설

검은 소가 흰 송아지를 낳은 것은 본래 길흉과 무관한 일이다. 그러나 옛사람들의 미신은 흰 송아지가 제수(祭需) 용품으로 적합하고, 또 귀신에게 제사지내는 것을 덕을 쌓고 선을 행하는 일이라 여겼다. 그리하여 이를 선행이라 믿고 실행에 옮겼던 부자(父子)가 실명하는 액운을 당하자 마치 선행과 보답이 서로 무관한 듯했다. 그런데 마침 초(楚)나라가 쳐들어와 노인 병자 아이들 할 것 없이 모두 전쟁에 동원되어 목숨을 잃을 때, 이들 부자는 실명(失明)으로 인해 전쟁에 동원되지 않아 마침내 목숨을 보전할 수 있었다.

이 우언은 사람들로 하여금 선행을 베풀면 반드시 그에 상응하는 보답을 받을 수 있다는 선유선보(善有善報)의 이치를 설명한 것이다.

038 새옹실마(塞翁失馬)

《淮南子 · 人間訓》

원문 및 주석

塞翁失馬[1]

近塞上之人有善術者, 馬無故亡而入胡。[2] 人皆弔之, 其父曰 : 「此何遽不能爲福乎?」[3] 居數月, 其馬將胡駿馬而歸。[4] 人皆賀之, 其

1 塞翁失馬 → 새옹(塞翁)이 말을 잃다
【塞翁(새옹)】: 변방에 사는 노인. 〖塞〗: 변방, 변경 지방. 〖翁〗: 노인, 늙은이.

2 近塞上之人有善術者, 馬無故亡而入胡。→ 변방 가까이 사는 사람으로 술수에 정통한 자가 있었는데, (그 집의) 말이 아무런 까닭 없이 달아나 오랑캐 지역으로 들어갔다.
【塞上(새상)】: 변방, 국경지대.
【善術者(선술자)】: 술수에 정통한 사람. 여기서는 「새옹」을 가리킨다. 〖術〗: 관상 · 점복 등 길흉화복을 헤아려 아는 술법.
【無故(무고)】: 까닭 없이, 이유 없이.
【亡(망)】: 달아나다, 도망하다.
【胡(호)】: 오랑캐. ※ 옛날 중국 북방과 서방의 소수민족에 대한 호칭.

3 人皆弔之, 其父曰 : 「此何遽不能爲福乎?」→ 사람들이 모두 그를 위로하자, 새옹(塞翁)이 말했다 : 「이 어찌 머지않아 복으로 변하지 않을 수 있겠는가?」
【弔(조)】: 위로하다.
【之(지)】: [대명사] 그 사람, 즉 「새옹」.
【其父(기부)】: 그 아버지. 즉, 술수에 정통한 「새옹」을 가리킨다. 신분이 그 집의 가장(家長)인 「아버지」이기 때문에 「其父」라 한 것이다.
【何(하)】: 어찌.
【遽(거)】: 곧, 바로, 머지않아.
【能(능)】: 원문에는 본래 이 글자가 없으나 여기서는 왕염손(王念孫)의 설을 근거로 보충하였다.

父曰:「此何遽不能爲禍乎?」[5] 家富良馬, 其子好騎, 墮而折其髀。[6] 人皆弔之, 其父曰:「此何遽不爲福乎?」居一年, 胡人大入塞, 丁壯者控弦而戰。[7] 塞上之人, 死者十九, 此獨以跛之故, 父子相保。[8]

·················

【爲(위)】: …가 되다, …으로 변하다.

4 居數月, 其馬將胡駿馬而歸。→ 몇 달이 지나, 그 말이 오랑캐의 준마를 데리고 돌아왔다.
【居(거)】: 경과하다, 지나다.
【將(장)】: 데리다, 인솔하다.

5 人皆賀之, 其父曰:「此何遽不能爲禍乎?」→ 사람들이 모두 그에게 축하를 보내자, 새옹이 말했다:「이 어찌 머지않아 화로 변하지 않을 수 있겠는가?」

6 家富良馬, 其子好騎, 墮而折其髀。→ 집에 좋은 말이 많고, 새옹의 아들이 말 타기를 좋아했는데, (어느 날) 말에서 떨어져 넓적다리뼈가 부러졌다.
【富(부)】: 많다, 풍부하다.
【其子(기자)】: 그 아들. 즉「새옹의 아들」을 가리킨다. 신분이 그 집의 아들이기 때문에「其子」라 한 것이다.
【好(호)】: [동사] 좋아하다.
【墮(타)】: 떨어지다.
【折(절)】: 부러지다.
【髀(비)】: 대퇴골, 넓적다리뼈.

7 人皆弔之, 其父曰:「此何遽不爲福乎?」居一年, 胡人大入塞, 丁壯者控弦而戰。→ 사람들이 모두 그를 위로하자, 새옹이 말했다:「이 어찌 머지않아 복으로 변하지 않겠는가?」일 년이 지나, 오랑캐가 대거 변방을 침입하여, 장정들이 모두 활시위를 당겨 적과 싸웠다.
【丁壯(정장)】: 장정, 청년 남자.
【控弦而戰(공현이전)】: 활시위를 당겨 적과 싸우다. 【控】: (활을) 당기다. 【弦】: 활 줄.
※ 원문에는 본래「引弦而戰(인현이전)」이라 했으나 여기서는 왕염손(王念孫)의 설을 근거로 고쳤다.

8 塞上之人, 死者十九, 此獨以跛之故, 父子相保。→ 변방의 사람들은, 죽은 자가 십중팔구였으나, 이들만 유독 (아들이) 다리를 저는 까닭에, 부자가 서로 목숨을 보전할 수 있었다.
【塞上(새상)】: ※ 원문에는 본래「近塞(근새)」라 했으나 여기서는 왕염손(王念孫)과 유월(兪樾)의 설을 근거로 고쳤다.
【十九(십구)】: 9할, 열중의 아홉. ※ 옛날「九」는 대체로 절대 다수의 많은 수를 가리킨다.
【此(차)】: 이 사람, 즉 새옹의 아들.
【獨(독)】: 유독, 홀로.
【以(이)】: …로 인하여, …로 말미암아.
【跛(파)】: 다리를 절다.
【故(고)】: 연고, 까닭, 이유.
【相保(상보)】: 서로 생명을 보전하다.

번역문

새옹(塞翁)이 말을 잃다

변방 가까이 사는 사람으로 술수에 정통한 자가 있었는데 (그 집의) 말이 아무런 까닭 없이 달아나 오랑캐 지역으로 들어갔다. 사람들이 모두 그를 위로하자 새옹(塞翁)이 말했다.

「이 어찌 머지않아 복으로 변하지 않을 수 있겠는가?」

몇 달이 지나 그 말이 오랑캐의 준마를 데리고 돌아왔다. 사람들이 모두 그에게 축하를 보내자 새옹이 말했다.

「이 어찌 머지않아 화로 변하지 않을 수 있겠는가?」

집에 좋은 말이 많고 새옹의 아들이 말 타기를 좋아했는데, (어느 날) 말에서 떨어져 넓적다리뼈가 부러졌다. 사람들이 모두 그를 위로하자 새옹이 말했다.

「이 어찌 머지않아 복으로 변하지 않겠는가?」

일 년이 지나 오랑캐가 대거 변방을 침입하여 장정들이 모두 활시위를 당겨 적과 싸웠다. 변방의 사람들은 죽은 자가 십중팔구였으나 이들만 유독 (아들이) 다리를 저는 까닭에 부자가 서로 목숨을 보전할 수 있었다.

해설

새옹(塞翁)은 자기 집의 말이 도망했다 하여 이를 재앙으로 여기지 않고, 도망했던 말이 다른 말을 데리고 들어왔다 하여 축복이라 여기지 않았으며, 아들이 낙마하여 다리가 부러졌어도 재앙이라 여기지 않는 등, 모든 실(失)과 득(得)을 수시로 변화할 수 있는 일시적인 현상으로 인식하여, 재앙으로 인해 근심하지 않고 축복으로 인해 기뻐하지 않는 일사불란한 태도를 견지했다.

이 우언은 새옹의 인식세계를 통해 세상만사란 환경이나 조건에 따라 화(禍)가 복(福)이 되기도 하고 복이 화가 되기도 한다는 이른바 대립적인 사물이 상호 전화(轉化)하는 이치를 설명한 것이다.

039 정곽군장성설(靖郭君將城薛)

《淮南子 · 人間訓》

원문 및 주석

靖郭君將城薛[1]

靖郭君將城薛, 賓客多止之, 弗聽。靖郭君謂謁者曰:「無爲賓通言。」[2] 齊人有請見者曰:「臣請道三言而已。過三言, 請烹。」[3] 靖郭

1 靖郭君將城薛 → 정곽군(靖郭君)이 설(薛)에 성을 쌓으려 하다
【靖郭君(정곽군)】: 제(齊)나라 위왕(威王)의 아들이자 선왕(宣王)의 서제(庶弟)인 전영(田嬰). 설(薛)지방에 봉해졌다.
【將(장)】: 장차 …하려 하다.
【城(성)】: [동사용법] 성을 쌓다.
【薛(설)】: [지명] 지금의 산동성 등현(滕縣) 동남쪽.

2 靖郭君將城薛, 賓客多止之, 弗聽。靖郭君謂謁者曰:「無爲賓通言。」→ 정곽군(靖郭君)이 (자기의 봉지인) 설(薛) 지방에 성을 쌓으려 하여, 빈객들 대다수가 제지했으나, 듣지 않았다. 정곽군이 알자(謁者)에게 말했다:「빈객들에게 알리지 마시오.」
【多(다)】: 대다수, 대부분.
【止(지)】: 제지하다, 저지하다, 그만두도록 하다.
【弗(불)】: 不(불).
【謁者(알자)】: 손님 접대에 관한 일을 관장하던 관리.
【無爲(무위)…】: …에게 하지 말라.
【通言(통언)】: 알리다.

3 齊人有請見者曰:「臣請道三言而已。過三言, 請烹。」→ 제(齊)나라 사람으로 접견을 청하는 자가 정곽군에게 말했다:「제가 여쭙고자 청하는 것은 단지 세 글자뿐입니다. 세 글자를 초과하면, 저를 팽형(烹刑)에 처하십시오.」
【齊(제)】: [국명] 지금의 산동성 북부와 하북성 남부 일대에 걸쳐 있던 주대(周代)의 제후국.

君聞而見之, 賓趨而進, 再拜而興, 因稱曰 : 「海大魚。」 則反走。[4] 靖郭君止之曰 : 「願聞其說。」 賓曰 : 「臣不敢以死爲熙。」[5] 靖郭君曰 : 「先生不遠道而至此, 爲寡人稱之。」[6] 賓曰 : 「海大魚, 網弗能止也, 釣弗能牽也, 蕩而失水則螻螘皆得志焉。[7] 今夫齊, 君之海也。君失

【請見者(청견자)】: 접견을 청하는 자.
【臣(신)】: 신, 저. ※신하나 백성이 임금에 대해 자신을 낮추어 부르는 호칭.
【道三言(도삼언)】: 세 글자를 말하다. 〖道〗: 說(설), 말하다.
【而已(이이)】: …뿐이다.
【烹(팽)】: 삶다. 여기서는 「팽형(烹刑)」 즉 「삶아 죽이는 형벌」을 말한다.

4 靖郭君聞而見之, 賓趨而進, 再拜而興, 因稱曰 : 「海大魚。」 則反走。 → 정곽군이 이 말을 듣고 그의 접견을 허락하자, 빈객이 빠른 걸음으로 들어가, 재배하고 일어나, 「해대어(海大魚)」라고 말한 후, 즉시 몸을 돌려 달아났다.
【趨(추)】: 빨리 걸어가다.
【興(흥)】: 일어나다, 몸을 일으키다.
【因(인)】: 곧, 바로.
【反走(반주)】: 몸을 돌려 가버리다.

5 靖郭君止之曰 : 「願聞其說。」 賓曰 : 「臣不敢以死爲熙。」 → 정곽군이 그를 멈추게 하고 말했다 : 「그 말의 뜻을 듣고 싶소.」 빈객이 말했다 : 「저는 감히 죽음을 장난으로 간주하지 못합니다.」
【以(이)…爲(위)…】: …을 …로 여기다, …을 …으로 삼다.
【熙(희)】: 戲(희), 장난, 유희.

6 靖郭君曰 : 「先生不遠道而至此, 爲寡人稱之。」 → 정곽군이 말했다 : 「선생은 불원천리하고 여기에 왔으니, 과인에게 그 뜻을 말해주시오.」
【不遠道(불원도)】: 불원천리하다.
【寡人(과인)】: 과덕지인(寡德之人)이란 의미로 임금이 자신을 낮추어 부르는 말.
【稱(칭)】: 說(설), 말하다.

7 賓曰 : 「海大魚, 網弗能止也, 釣弗能牽也, 蕩而失水則螻螘皆得志焉。 → 빈객이 말했다 : 「바다의 큰 물고기는, 그물로도 잡을 수 없고, 낚시로 끌어당길 수도 없지만, 스스로 방종하다가 물을 떠나면 땅강아지나 개미조차 함부로 대합니다.
【弗能(불능)】: 不能(불능), …할 수 없다.
【止(지)】: 제지하다. 여기서는 「잡다」의 뜻.
【釣(조)】: 낚시.
【牽(견)】: 끌어당기다.
【蕩(탕)】: 방종하다.

齊, 則薛能自存乎?」[8] 靖郭君曰 :「善。」乃止不城薛。[9]

번역문

정곽군(靖郭君)이 설(薛)에 성을 쌓으려 하다

정곽군(靖郭君)이 (자기의 봉지인) 설(薛) 지방에 성을 쌓으려 하여 빈객들 대다수가 제지했으나 듣지 않았다. 정곽군이 알자(謁者)에게 말했다.

「빈객들에게 알리지 마시오.」

제(齊)나라 사람으로 접견을 청하는 자가 정곽군에게 말했다.

「제가 여쭙고자 청하는 것은 단지 세 글자뿐입니다. 세 글자를 초과하면 저를 팽형(烹刑)에 처하십시오.」

정곽군이 이 말을 듣고 그의 접견을 허락하자 빈객이 빠른 걸음으로 들어가 재배하고 일어나 「해대어(海大魚)」라고 말한 후 즉시 몸을 돌려 달아났다.

【失水(실수)】: 물을 잃다, 즉 「물을 떠나다, 물이 없는 곳에 이르다」의 뜻.
【螻(루)】: 땅강아지.
【蟻(의)】: 개미.
【得志(득지)】: 득의만만하다. 즉 「함부로 대하다」의 뜻.

8 今夫齊, 君之海也。君失齊, 則薛能自存乎?」→ 제나라는, 정곽군의 바다입니다. 정곽군께서 제나라를 잃게 되면, 설이 스스로 보존할 수 있습니까?」
【今夫(금부)】: [발어사].
【海(해)】: 원문에는 본래 「淵(연)」이라 했으나, 본문은 양수달(楊樹達)의 설을 근거로 고쳤다.
【自存(자존)】: 스스로 보존하다.

9 靖郭君曰 :「善。」乃止不城薛。→ 정곽군이 말했다 :「좋소.」 그리하여 설에 성 쌓는 것을 그만두었다.
【乃(내)】: 그리하여.
【止(지)】: 멈추다. 그만두다. 여기서는 「성을 쌓으려던 본래의 생각을 그만두다」의 뜻.
【不城(불성)】: [동사용법] 성을 쌓지 않다.

정곽군이 그를 멈추게 하고 말했다.

「그 말의 뜻을 듣고 싶소.」

빈객이 말했다.

「저는 감히 죽음을 장난으로 간주하지 못합니다.」

정곽군이 말했다.

「선생은 불원천리하고 여기에 왔으니 과인에게 그 뜻을 말해주시오.」

빈객이 말했다.

「바다의 큰 물고기는 그물로도 잡을 수 없고 낚시로 끌어당길 수도 없지만, 스스로 방종하다가 물을 떠나면 땅강아지나 개미조차 함부로 대합니다. 제나라는 정곽군의 바다입니다. 정곽군께서 제나라를 잃게 되면, 설이 스스로 보존할 수 있습니까?」

정곽군이 말했다.

「좋소.」

그리하여 설에 성 쌓는 것을 그만두었다.

해설

제(齊)나라의 정곽군(靖郭君)이 자기의 봉지(封地)인 설(薛)에 성을 쌓으려 하자, 빈객이 정곽군을 바다의 큰 물고기에 비유하면서, 큰 물고기가 바다에 있을 때는 그물로도 잡지 못하고 낚시로도 당길 수 없을 정도로 위세가 당당하지만, 물을 떠나 뭍에 있으면 땅강아지나 개미에게 조차 무시를 당하듯이, 정곽군도 제나라를 잃으면 물을 떠난 물고기와 다를 바 없기 때문에 군이 설에 성 쌓는 일로 제나라의 국력을 소모해서 위기를 자초하면 안 된다는 논리로 정곽군을 설득하여, 정곽군으로 하여금 성 쌓는 일을 포기하도록 했다.

이 우언은 전체와 부분의 이해관계가 대립하는 국면에서 전체의 이익이 부분보다 절대적으로 우선한다는 이치를 설명한 것이다.

※ 참고 : 이 고사는 선진(先秦)의 《전국책(戰國策) · 제책일(齊策一)》과 《한비자(韓非子) · 설림하(說林下)》에도 보이는데, 고사의 줄거리는 비슷하고, 다만 문자상에서 약간의 출입이 있을 뿐이다.

040 우결우도(牛缺遇盜)

《淮南子 · 人間訓》

원문 및 주석

牛缺遇盜[1]

秦牛缺徑於山中而遇盜, 奪之車馬, 解其橐笥, 拖其衣被。[2] 盜還反顧之, 無懼色憂志, 驩然有以自得也。[3] 盜遂問之曰 :「吾奪子財

1 牛缺遇盜 → 우결(牛缺)이 강도를 만나다
【牛缺(우결)】: [인명] 전국시대 후기 진(秦)나라 사람. ※ 일설에는 은사(隱士)라 하고, 일설에는 대유(大儒)라 했다.
【遇(우)】: 만나다.

2 秦牛缺徑於山中而遇盜, 奪之車馬, 解其橐笥, 拖其衣被。→ 진(秦)나라의 우결(牛缺)이 산속을 지나다가 강도를 만나, 거마를 빼앗기고, 전대와 상자를 풀어주고, 의복과 침구를 빼앗겼다.
【徑(경)】: 지나가다.
【奪(탈)】: 빼앗다.
【之(지)】: 其(기), 그, 그의.
【橐笥(탁사)】: 전대와 상자.
【拖(타)】: 奪(탈), 빼앗다.
【衣被(의피)】: 의복과 침구.

3 盜還反顧之, 無懼色憂志, 驩然有以自得也。→ 강도가 고개를 돌려 우결을 바라보니, 두려워하는 기색이나 걱정하는 마음이 전혀 없이, 오히려 즐거워하며 득의한 모습이었다.
【還反(환반)】: 고개를 돌리다.
【顧(고)】: 바라보다.
【懼色(구색)】: 두려워하는 기색.
【憂志(우지)】: 걱정하는 마음.

貨, 劫子以刀, 而志不動, 何也?」[4] 秦牛缺曰:「車馬所以載身也, 衣服所以揜形也, 聖人不以所養害其養。」[5] 盜相視而笑曰:「夫不以欲傷生, 不以利累形者, 世之聖人也。以此而見王者, 必且以我爲事也。」還反殺之。[6]

....

【驩然(환연)】: 즐거워하는 모양. 〖驩〗: 歡(환), 기뻐하다, 즐거워하다.

【自得(자득)】: 득의하다.

4 盜遂問之曰:「吾奪子財貨, 劫子以刀, 而志不動, 何也?」→ 그리하여 강도가 우결에게 물었다:「우리가 당신의 재물을 빼앗고, 칼로 당신을 위협하는데도, 마음이 동요하지 않는 것은, 무슨 까닭이오?」

【遂(수)】: 그리하여.

【子(자)】: 너, 그대, 당신.

【劫(겁)】: 위협하다.

5 秦牛缺曰:「車馬所以載身也, 衣服所以揜形也, 聖人不以所養害其養。」→ 진나라의 우결이 대답했다:「거마는 몸을 싣기 위해 사용하는 것이고, 의복은 몸을 가리기 위해 사용하는 것인데, 성인(聖人)은 양생(養生)을 위해 사용하는 물건으로 말미암아 자기의 수양(修養)을 해치지 않습니다.」

【所以(소이)】: …을 위해 사용하다.

【載(재)】: 싣다, 적재하다.

【揜形(엄형)】: 몸을 가리다.

【以所養害其養(이소양해기양)】: 양생을 위해 사용하는 물건으로 인해 자기의 수양을 해치다. 〖以〗: 因(인), …으로 인해, …으로 말미암아. 〖所養〗: 양생을 위해 사용하는 물건. 〖養〗: 수양, 덕행.

6 盜相視而笑曰:「夫不以欲傷生, 不以利累形者, 世之聖人也。以此而見王者, 必且以我爲事也。」還反殺之。→ 강도들은 서로 쳐다보고 웃으며 말하길:「대저 욕망으로 인해 생명을 상해하지 않고, 이익으로 인해 몸에 누를 끼치지 않는 자는, 세상의 성인이다. 이러한 모습으로 가서 왕을 접견하면, 반드시 장차 우리를 사단(事端)으로 간주하여 처벌할 것이다.」라 하고, 되돌아 와서 우결을 살해했다.

【相視(상시)】: 서로 쳐다보다.

【夫(부)】: [발어사] 무릇, 대저.

【以欲傷生(이욕상생)】: 욕망으로 인해 생명을 상해하다.

【以利累形(이리누형)】: 이익으로 인해 몸에 누를 끼치다.

【以此(이차)】: 이러한 모습으로, 이런 꼴로.

【且(차)】: 장차.

【以(이)…爲(위)…】: …을 …으로 여기다.

【爲事(위사)】: 사단(事端)으로 간주하다. 여기서는 「사단으로 간주하여 처벌하다」의 뜻.

번역문

우결(牛缺)이 강도를 만나다

진(秦)나라의 우결(牛缺)이 산속을 지나다가 강도를 만나, 거마를 빼앗기고 전대와 상자를 풀어주고 의복과 침구를 빼앗겼다. 강도가 고개를 돌려 우결을 바라보니 두려워하는 기색이나 걱정하는 마음이 전혀 없이 오히려 즐거워하며 득의한 모습이었다. 그리하여 강도가 우결에게 물었다.

「우리가 당신의 재물을 빼앗고 칼로 당신을 위협하는데도 마음이 동요하지 않는 것은 무슨 까닭이오?」

진나라의 우결이 대답했다.

「거마는 몸을 싣기 위해 사용하는 것이고 의복은 몸을 가리기 위해 사용하는 것인데, 성인(聖人)은 양생(養生)을 위해 사용하는 물건으로 말미암아 자기의 수양(修養)을 해치지 않습니다.」

강도들은 서로 쳐다보고 웃으며 말하길 「대저 욕망으로 인해 생명을 상해하지 않고 이익으로 인해 몸에 누를 끼치지 않는 자는 세상의 성인이다. 이러한 모습으로 가서 왕을 접견하면, 반드시 장차 우리를 사단(事端)으로 간주하여 처벌할 것이다.」라 하고, 되돌아 와서 우결을 살해했다.

해설

우결(牛缺)은 강도가 요구하는 대로 가지고 있는 것을 모두 다 주었다. 그러나 강도들은 그를 유명한 인물로 보아, 반드시 자기들에게 후환이 있을 것이라 여겨 자신들의 행위를 은폐하기 위해 우결을 쫓아가 살해했다. 우결이 강도에게 살해된 주요 원인은 결국 재물 때문이 아니라 유명한 인물로 보여 보복이 두려웠기 때문이다.

이 우언은 어떠한 경우에도 남이 자신을 오인하여 화를 초래하지 않도록 자신의 신분을 드러내거나 과시하는 언행을 삼가도록 경계한 것이다.

※ 참고 : 이 고사는 선진(先秦)의 《여씨춘추(呂氏春秋) · 필기(必己)》에도 보이는데, 《회남자》와 비교할 때 우결(牛缺)이 강도를 만나 가지고 있는 모든 물건을 빼앗기고 살해되는 기본 줄거리는 같으나 고사를 전개하는 과정은 다소 차이가 있다.

041 작소부지(鵲巢扶枝)

《淮南子 · 人間訓》

원문 및 주석

鵲巢扶枝[1]

夫鵲先識歲之多風也, 去高木而巢扶枝。[2] 大人過之則探鷇, 嬰兒過之則挑其卵。[3] 知備遠難而忘近患。[4]

1 鵲巢扶枝 → 까치가 낮은 나뭇가지에 둥지를 틀다
【鵲(작)】: 까치.
【巢(소)】: [동사] 둥지를 틀다.
【扶枝(부지)】: 곁가지, 옆에서 뻗어 나온 낮은 나뭇가지.

2 夫鵲先識歲之多風也, 去高木而巢扶枝。→ 무릇 까치는 연중 바람이 많은 시기를 미리 알고, 높은 나뭇가지를 벗어나 낮은 곁가지에 둥지를 튼다.
【夫(부)】: [발어사] 대저, 무릇.
【識(식)】: 알다.
【歲之多風(세지다풍)】: 연중 바람이 많은 시기. 【歲】: 연중, 한 해 동안.
【去(거)】: 떠나다, 벗어나다, 떨어지다.

3 大人過之則探鷇, 嬰兒過之則挑其卵。→ 어른들은 이곳을 지나가면 어린 새끼를 잡아가고, 아이들은 이곳을 지나가면 알을 꺼내간다.
【過(과)】: 지나가다.
【探(탐)】: 잡아가다.
【鷇(구)】: 어린 새끼.
【嬰兒(영아)】: 여기서는 「아이」를 가리킨다.
【挑(도)】: 끄집어내다, 꺼내다.

4 知備遠難而忘近患。→ 멀리 떨어진 재난에 대해서는 대비할 줄 알면서 가까이 있는 재난을 소홀히 한다.

번역문

까치가 낮은 나뭇가지에 둥지를 틀다

무릇 까치는 연중 바람이 많은 시기를 미리 알고, 높은 나뭇가지를 벗어나 낮은 곁가지에 둥지를 튼다. 어른들은 이곳을 지나가면 어린 새끼를 잡아가고, 아이들은 이곳을 지나가면 알을 꺼내간다. 멀리 떨어진 재난에 대해서는 대비할 줄 알면서 가까이 있는 재난을 소홀히 한다.

해설

까치가 둥지를 틀 때 바람을 피하기 위해서는 높은 나뭇가지보다는 낮은 나뭇가지가 유리하다. 그러나 낮은 나뭇가지는 사람의 손이 닿을 수 있어 더 큰 피해를 볼 수 있다.

이 우언은 여러 방면을 두루 살피지 않고 오직 한쪽의 위험을 피하려는 생각에 다른 쪽의 위험한 상황을 소홀히 한다면 더욱 큰 위험이 초래될 수 있다는 치우침을 경계한 것이다.

【備(비)】: 대비하다, 방비하다.
【忘(망)】: 소홀히 하다, 경시하다.

042 전자방견노마(田子方見老馬)

《淮南子 · 人間訓》

원문 및 주석

田子方見老馬[1]

田子方見老馬於道, 喟然有志焉, 以問其御曰 :「此何馬也?」[2] 其御曰 :「此故公家畜也, 老罷而不爲用, 出而鬻之。」[3] 田子方曰 :「少而貪其力, 老而棄其身, 仁者弗爲也。」束帛以贖之。[4] 罷武聞之, 知

1 田子方見老馬 → 전자방(田子方)이 늙은 말을 만나다
【田子方(전자방)】: [인명] 전국시대 사람으로 위(魏)나라의 건립자 위문후(魏文侯)의 스승. 일찍이 공자(孔子)의 제자인 자공(子貢)에게 배웠다.

2 田子方見老馬於道, 喟然有志焉, 以問其御曰 :「此何馬也?」 → 전자방(田子方)이 길에서 늙은 말을 만나, 탄식하며 마음에 느끼는 바가 있어, 마부에게 물었다 :「이 말은 어떤 말이오?」
【喟然(위연)】: 탄식하는 모양.
【有志(유지)】: 마음에 느끼는 바가 있다.
【御(어)】: 마부.

3 其御曰 :「此故公家畜也, 老罷而不爲用, 出而鬻之。」 → 마부가 말했다 :「이는 본래 당신 집에서 기르던 말인데, 노쇠하여 쓸모가 없어져, 내다 팔았습니다.」
【故(고)】: 본래, 원래.
【公(공)】: [남자에 대한 존칭] 여기서는 「전자방」을 가리킨다.
【老罷(노피)】: 노쇠하다. 【罷】: 疲(피), 지치다, 쇠약하다.
【不爲用(불위용)】: 쓸모가 없다.
【鬻(육)】: 賣(매), 팔다.

4 田子方曰 :「少而貪其力, 老而棄其身, 仁者弗爲也。」束帛以贖之。 → 전자방이 말했다 :「젊어

所歸心矣。[5]

번역문

전자방(田子方)이 늙은 말을 만나다

전자방(田子方)이 길에서 늙은 말을 만나 탄식하며 마음에 느끼는 바가 있어 마부에게 물었다.

「이 말은 어떤 말이오?」

마부가 말했다.

「이는 본래 당신 집에서 기르던 말인데 노쇠하여 쓸모가 없어져 내다 팔았습니다.」

전자방이 말했다.

「젊어서 건장할 때 그 힘을 탐하고, 늙어서 힘이 없을 때 내다버리는 일을, 어진 사람은 하지 않는다.」

그리하여 다섯 필의 비단으로 값을 보상하고 말을 도로 찾아왔다. 노쇠한 병사들은 이 말을 듣고 자기의 마음이 돌아갈 곳을 알았다.

서 건장할 때 그 힘을 탐하고, 늙어서 힘이 없을 때 내다버리는 일을, 어진 사람은 하지 않는다.」 그리하여 다섯 필의 비단으로 값을 보상하고 말을 도로 찾아왔다.

【弗(불)】: 不(불).

【束(속)】: 다섯 필.

【贖(속)】: 값을 보상하고 도로 찾다.

5 罷武聞之, 知所歸心矣。→ 노쇠한 병사들은 이 말을 듣고, 자기의 마음이 돌아갈 곳을 알았다.

【罷武(피무)】: 노쇠한 병사. 〖罷〗: 疲(피), 고달프다, 지치다. 여기서는 노쇠하여 힘이 없는 것을 말한다. 〖武〗: 병사.

【歸心(귀심)】: 마음이 돌아갈 곳.

해설

전자방(田子方)은 길에서 만난 늙은 말이 본래 자기 집에서 기르다가 늙어 쓸모가 없어져 내다 판 것이라는 마부의 말을 듣자, 어진 사람은 그러한 일을 하지 않는다며 즉시 다섯 필의 비단으로 비싼 대가를 치르고 그 말을 도로 찾아왔다.

이 우언은 주인을 위해 봉사하던 말을 인재(人才)와 공신(功臣)에 비유하여 나라와 군주를 위해 헌신하던 인재와 공신을 배려하지 않고 오히려 박해하는 봉건 군주의 정치 행위를 꼬집어 풍자한 것이다.

043 당랑박륜(螳螂搏輪)

《淮南子 · 人間訓》

원문 및 주석

螳螂搏輪[1]

齊莊公出獵, 有一蟲擧足將搏其輪, 問其御曰 :「此何蟲也?」[2] 對曰 :「此所謂螳螂者也。其爲蟲也, 知進而不知卻, 不量力而輕敵。」[3]

1 螳螂搏輪 → 사마귀가 수레바퀴를 공격하다
【螳螂(당랑)】: [곤충] 사마귀.
【搏(박)】: 擊(격), 공격하다.
【輪(륜)】: 수레바퀴.

2 齊莊公出獵, 有一蟲擧足將搏其輪, 問其御曰 :「此何蟲也?」→ 제(齊)나라 장공(莊公)이 사냥을 나갔는데, 벌레 한 마리가 다리를 들고 수레바퀴를 공격하려 하자, 마부에게 물었다 :「이것이 무슨 벌레인가?」
【齊莊公(제장공)】: 제(齊)나라의 군주. 6년간(B.C. 553-B.C. 548) 재위했다. 〖齊〗: 지금의 산동성 북부와 하북성 남부 일대에 걸쳐 있던 주대(周代)의 제후국.
【出獵(출렵)】: 사냥을 나가다.
【擧(거)】: 들다, 들어 올리다.
【將(장)】: 곧 …하려하다.
【御(어)】: 마부.

3 對曰 :「此所謂螳螂者也。其爲蟲也, 知進而不知卻, 不量力而輕敵。」→ 마부가 대답했다 :「이것은 이른바 사마귀란 놈입니다. 이 벌레의 성질은, 앞으로 나아갈 줄만 알고 물러설 줄을 모르며, 자기의 힘을 헤아리지 않고 적을 얕잡아 봅니다.」
【爲蟲(위충)】: 벌레의 됨됨이. 벌레의 성질.
【卻(각)】: 却(각), 물러서다.
【量力(양력)】: 자기의 역량을 헤아리다.

莊公曰 :「此爲人而必爲天下勇武矣!」 迴車而避之。[4]

번역문

사마귀가 수레바퀴를 공격하다

제(齊)나라 장공(莊公)이 사냥을 나갔는데 벌레 한 마리가 다리를 들고 수레바퀴를 공격하려 하자 마부에게 물었다.

「이것이 무슨 벌레인가?」

마부가 대답했다.

「이것은 이른바 사마귀란 놈입니다. 이 벌레의 성질은 앞으로 나아갈 줄만 알고 물러설 줄을 모르며, 자기의 힘을 헤아리지 않고 적을 얕잡아 봅니다.」

장공이 말했다.

「이 놈이 사람이었다면 반드시 천하의 용사가 되었으리라!」

그리하여 수레를 돌려 사마귀를 피했다.

해설

제장공(齊莊公)은 마부로부터 사마귀가 앞으로 나아갈 줄만 알고 물러설 줄을 모르며 자신의 힘을 헤아리지 않고 적을 얕잡아 보는 성질을 지니고

【輕(경)】: 경시하다, 깔보다, 얕잡아 보다.

4 莊公曰 :「此爲人而必爲天下勇武矣!」 迴車而避之。→ 장공이 말했다 :「이 놈이 사람이었다면 반드시 천하의 용사가 되었으리라!」 그리하여 수레를 돌려 사마귀를 피했다.
【勇武(용무)】: 용사, 용감한 사람.
【迴(회)】: 回(회), 돌리다, 방향을 바꾸다.
【之(지)】: [대명사] 그것, 즉「사마귀」.

있다는 말을 듣자, 이를 용맹한 사람에 비유하여 칭찬하며 수레를 돌려 수레바퀴를 공격하려던 사마귀를 피해 주었다.

이 우언은 사마귀의 행동을 보고 용감한 사람을 생각하는 제장공의 관찰력을 통해, 작은 것으로부터 큰 것을 깨닫고, 사물의 미세한 조짐을 보고 발전 추세를 미루어 아는 「견미지저(見微知著)」의 이치를 설명한 것이다.

《사기史記》 우언

사마천(司馬遷 : B.C. 145 - B.C. 90?)은 하양(夏陽)[지금의 섬서성 한성(韓城) 남쪽] 사람으로 고대 중국의 걸출한 사학가요 문인이다. 부친 사마담(司馬談)이 박학다식하여 한무제(漢武帝) 초기에 태사령(太史令)에 임명되었는데, 이로 인해 사마천은 어려서부터 고대 문헌을 읽을 수 있는 기회가 많았다. 열 살 때 부친을 따라 장안(長安)에 와서 경학(經學)의 대가인 공안국(孔安國)·동중서(董仲舒)에게 고대 문헌을 배웠고, 20세 이후에는 강산대천을 자유롭게 유람하면서 각지의 인정풍토와 사적들을 고찰하고 역사 자료를 수집하는 등 이후 저술을 위한 견고한 기초를 확립했다. 부친이 죽은 후 무제(武帝) 원봉(元封) 4년(B.C. 108) 부친의 직책을 이어받아 태사령(太史令)이 되어, 그로부터 3년 뒤 《사기》를 집필하기 시작했는데, 천한(天漢) 2년(B.C. 99) 이릉(李陵)이 흉노에 항복한 것을 변호했다가 예기치 않게 무제의 노여움을 사서 궁형(宮刑)이라는 중벌을 받았다. 그러나 그는 시종 저술에 대한 집념을 포기하지 않고 감옥에서 나와 중서령(中書令)에 임명된 후 오직 집필에 몰두하여 45세 때 마침내 거작 《사기》를 완성했다.

《사기》는 본래 정해진 명칭이 없이 태사공(太史公)이 지었다 하여 《태사공기(太史公記)》 또는 《태사공서(太史公書)》라 하던 것을 《후한서(後漢書)·반표전(班彪傳)》에 「사마천이 《사기》를 지었다」라 하고, 오균(吳均)의 《서경잡기(西京雜記)》에 「사마천이 발분하여 《사기》를 지었다」라고 말함으로써 비로소 《사기》라는 명칭이 생겨났다.

《사기》는 중국 제일의 기전체(紀傳體) 통사(通史)로 전설적인 황제(黃帝)로부터 한무제(漢武帝)에 이르기까지 약 3천 년간의 역사를 기록했다. 전서(全書)는 12본기(本紀), 10표(表), 8서(書), 30세가(世家), 70열전(列傳) 등 모두 130편으로 구성되어 있는데, 그중 「본기」는 역대 제왕의 사적을 기술한 것이고, 「표」는 각 시기의 큰 사건을 표로써 열거한 것이고, 「서」는 천문(天文)·지리(地理)와 전장제도(典章制度)를 기술한 것이고, 「세가」는 선진 제후들과 이에 버금가는 인물들의 사적을 기술한 것이고, 「열전」은 역대 명인들의 사적을 기술한 것이다.

044 이하습리(圯下拾履)

《史記 · 留侯世家》

원문 및 주석

圯下拾履[1]

良嘗閒從容步游下邳圯上, 有一老父, 衣褐, 至良所, 直墮其履圯下, 顧謂良曰:「孺子, 下取履!」[2] 良鄂然, 欲毆之。爲其老, 彊忍,

1 圯下拾履 → 다리 밑에서 신발을 주워오다
【圯(이)】: 다리.
【拾(습)】: 줍다.
【履(리)】: 신발.

2 良嘗閒從容步游下邳圯上, 有一老父, 衣褐, 至良所, 直墮其履圯下, 顧謂良曰:「孺子, 下取履!」 → 장량(張良)이 일찍이 한가로이 하비(下邳)의 다리 위를 산보하고 있는데, 털옷을 입은 어느 한 노인이, 장량이 있는 곳으로 와서, 일부러 자기 신발을 다리 아래로 떨어뜨리더니, 돌아보며 장량에게 말했다:「젊은이, 내려가서 신발을 주워오게!」
【良(량)】: [인명] 장량(張良). 한(漢) 고조(高祖) 때의 충신으로 자는 자방(子房).
【嘗(상)】: 일찍이.
【閒(한)】: 閑(한), 한가하다.
【從容(종용)】: 여유롭다.
【步游(보유)】: 산보하다.
【下邳(하비)】: [지명] 지금의 강소성 비현(邳縣) 동쪽.
【老父(노부)】: 노인. 〖父〗: 노인에 대한 존칭.
【衣褐(의갈)】: 털옷을 입다. 〖衣〗: [동사] 입다. 〖褐〗: 털옷.
【直(직)】: 고의로, 일부러.
【墮(타)】: 떨어뜨리다.
【顧(고)】: 돌아보다.

下取履。[3] 父曰 :「履我!」良業爲取履, 因長跪履之。[4] 父以足受, 笑而去。良殊大驚, 隨目之。[5] 父去里所, 復還, 曰 :「孺子可教矣。後五日平明, 與我會此。」[6] 良因怪之, 跪曰 :「諾。」五日平明, 良往。[7] 父已先在, 怒曰 :「與老人期, 後, 何也?」去, 曰 :「後五日早會。」[8] 五

....

【孺子(유자)】: 아이. 여기서는 「젊은이」의 뜻.

3 良鄂然, 欲毆之。爲其老, 彊忍, 下取履。→ 장량이 깜짝 놀라, 그를 때려주고 싶었으나, 노인이기 때문에, 억지로 참고, 내려가 신발을 주워다주었다.
【鄂然(악연)】: 깜짝 놀라는 모양.
【欲(욕)】: …하고자 하다, …하고 싶어 하다.
【毆(구)】: 때리다, 구타하다.
【爲(위)】: …때문에, …로 인해.
【彊忍(강인)】: 억지로 참다. 〖彊〗: 强(강), 억지로, 애써.

4 父曰 :「履我!」良業爲取履, 因長跪履之。→ 노인이 말했다 :「나에게 신발을 신겨 주게!」 장량은 기왕 노인을 위해 신발을 주워다주었기에 노인의 요구를 들어주고자 마음먹었다. 그리하여 무릎을 꿇고 노인에게 신발을 신겨 주었다.
【業(업)】: 이미.
【因(인)】: 그리하여.
【長跪(장궤)】: (윗몸을 세우고) 무릎을 꿇다.

5 父以足受, 笑而去。良殊大驚, 隨目之。→ 노인은 다리를 뻗어 장량으로 하여금 신발을 신기도록 하고 나서, 웃으며 떠나버렸다. 장량은 매우 놀라, 노인이 가는 곳을 좇아 바라보고 있었다.
【以足受(이족수)】: 다리를 뻗어 신발을 신기도록 하다.
【殊(수)】: 매우, 몹시.
【目(목)】: [동사] 바라보다.
【之(지)】: [대명사] 그, 즉 「노인」.

6 父去里所, 復還, 曰 :「孺子可教矣。後五日平明, 與我會此。」→ 노인은 1리 남짓 가다가, 다시 돌아와, 말했다 :「젊은이 가르칠 만하군. 닷새 후 새벽에, 나하고 여기서 만나세.」
【里所(이소)】: 1리 남짓. 〖所〗: 가량, 남짓.
【平明(평명)】: 새벽.

7 良因怪之, 跪曰 :「諾。」五日平明, 良往。→ 장량은 이를 이상히 여겨, 무릎을 꿇고 대답했다 :「예, 알았습니다.」 닷새 후 새벽에, 장량이 (약속한 장소에) 갔다.
【怪(괴)】: 이상히 여기다.
【諾(락)】: [대답, 동의를 표하는 소리] 예, 응, 그래, 좋아.

8 父已先在, 怒曰 :「與老人期, 後, 何也?」去, 曰 :「後五日早會。」→ 노인이 이미 먼저 도착하

日雞鳴, 良往。父又先在, 復怒曰 :「後, 何也?」去, 曰 :「後五日復早來。」[9] 五日, 良夜未半往。有頃, 父亦來, 喜曰 :「當如是。」[10] 出一編書, 曰 :「讀此則爲王者師矣。後十年興。十三年孺子見我濟北, 穀城山下黃石卽我矣。」[11] 遂去, 無他言, 不復見。旦日視其書, 乃《太公兵法》也。良因異之, 常習誦讀之。[12]

여, 화를 내며 말했다 :「노인과 약속을 하고, 늦게 오면, 어쩌나?」 노인이 떠나면서, 말했다 :「닷새 후 아침 일찍 만나세.」

【期(기)】: 약속하다.

【早會(조회)】: 일찍 만나다.

9 五日雞鳴, 良往。父又先在, 復怒曰 :「後, 何也?」去, 曰 :「後五日復早來。」→ 닷새 되던 날 닭이 울자, 장량이 (약속한 장소에) 갔다. 노인이 또 먼저 와서, 화를 내며 말했다 :「늦게 오면, 어쩌나?」 노인이 떠나면서, 말했다 :「닷새 후에 다시 일찍 오게.」

10 五日, 良夜未半往。有頃, 父亦來, 喜曰 :「當如是。」→ 닷새가 되던 날, 장량은 한밤중이 되기 전에 서둘러 나갔다. 잠시 후, 노인도 도착했는데, 기뻐하며 말했다 :「당연히 이렇게 해야지.」

【夜未半(야미반)】: 밤이 깊어지기 전에, 한밤중이 되기 전에.

【有頃(유경)】: 잠시 후, 조금 있다가.

【如是(여시)】: 이와 같다.

11 出一編書, 曰 :「讀此則爲王者師矣。後十年興。十三年孺子見我濟北, 穀城山下黃石卽我矣。」→ 노인이 한 두루마리의 책을 꺼내 주며, 말했다 :「이 책을 읽으면 왕의 스승이 될 수 있고, 십 년 후에는 성공할 것이네. 십삼 년 후에 제북(濟北)으로 나를 보러 오게. 곡성산(穀城山) 아래의 황석(黃石)이 바로 나일세.」

【編(편)】: [양사] 篇(편), 두루마리. ※ 옛날에는 죽간에 글을 새긴 후, 여러 죽간을 한데 엮어 책을 만들었다.

【興(흥)】: 흥성하다. 즉「성취하다, 성공하다.」

【孺子(유자)】: 어린아이. 여기서는 노인이 장량을「너, 자네」 정도로 아이 대하듯이 부른 말.

【濟北(제북)】: [지명] 지금의 산동성 치평현(茌平縣).

【穀城山(곡성산)】: 제북(濟北)에 있는 산 이름.

12 遂去, 無他言, 不復見。旦日視其書, 乃《太公兵法》也。良因異之, 常習誦讀之。→ 노인은 말을 마치자 즉시 떠났고, 다른 말은 한마디도 없었다. 그 후 장량은 다시 노인을 만나지 못했다. 아침에 날이 밝아 그 책을 자세히 살펴보니, 바로《태공병법(太公兵法)》이었다. 그리하여 장량은 이 책을 기이하게 여기며, 항상 학습하고 소리 내어 읽었다.

【遂(수)】: 곧, 즉시, 바로.

번역문

다리 밑에서 신발을 주워오다

장량(張良)이 일찍이 한가로이 하비(下邳)의 다리 위를 산보하고 있는데, 털옷을 입은 어느 한 노인이 장량이 있는 곳으로 와서 일부러 자기 신발을 다리 아래로 떨어뜨리더니 돌아보며 장량에게 말했다.

「젊은이, 내려가서 신발을 주워오게!」

장량이 깜짝 놀라 그를 때려주고 싶었으나, 노인이기 때문에 억지로 참고 내려가 신발을 주워다주었다.

노인이 말했다.

「나에게 신발을 신겨 주게!」

장량은 기왕 노인을 위해 신발을 주워다주었기에 노인의 요구를 들어주고자 마음먹었다. 그리하여 무릎을 꿇고 노인에게 신발을 신겨 주었다. 노인은 다리를 뻗어 장량으로 하여금 신발을 신기도록 하고 나서 웃으며 떠나버렸다. 장량은 매우 놀라 노인이 가는 곳을 좇아 바라보고 있었다. 노인은 1리 남짓 가다가 다시 돌아와 말했다.

「젊은이 가르칠 만하군. 닷새 후 새벽에 나하고 여기서 만나세.」

장량은 이를 이상히 여겨 무릎을 꿇고 대답했다.

「예, 알았습니다.」

닷새 후 새벽에 장량이 (약속한 장소에) 갔다. 노인이 이미 먼저 도착하여 화를 내며 말했다.

【旦日(단일)】: 아침 밝을 때.

【太公(태공)】: 여상(呂尙). 태공망(太公望) 또는 강태공(姜太公)이라고 불린다. ※주문왕(周文王)의 스승으로 주무왕(周武王)을 도와 은(殷)의 주왕(紂王)을 물리치고 주(周)나라를 세운 공으로 제(齊)지방에 봉해져 제(齊)나라의 시조가 되었다.

「노인과 약속을 하고 늦게 오면 어쩌나?」

노인이 떠나면서 말했다.

「닷새 후 아침 일찍 만나세.」

닷새 되던 날 닭이 울자 장량이 (약속한 장소에) 갔다. 노인이 또 먼저 와서 화를 내며 말했다.

「늦게 오면 어쩌나?」

노인이 떠나면서 말했다.

「닷새 후에 다시 일찍 오게.」

닷새가 되던 날 장량은 한밤중이 되기 전에 서둘러 나갔다. 잠시 후 노인도 도착했는데, 기뻐하며 말했다.

「당연히 이렇게 해야지.」

노인이 한 두루마리의 책을 꺼내 주며 말했다.

「이 책을 읽으면 왕의 스승이 될 수 있고 십 년 후에는 성공할 것이네. 십삼 년 후에 제북(濟北)으로 나를 보러 오게. 곡성산(穀城山) 아래의 황석(黃石)이 바로 나일세.」

노인은 말을 마치자 즉시 떠났고, 다른 말은 한마디도 없었다. 그 후 장량은 다시 노인을 만나지 못했다. 아침에 날이 밝아 그 책을 자세히 살펴보니 바로 《태공병법(太公兵法)》이었다. 그리하여 장량은 이 책을 기이하게 여기며 항상 학습하고 소리 내어 읽었다.

해설

진(秦)나라 말기의 농민전쟁에서 장량(張良)은 유방(劉邦)을 도와 유방이 한(漢) 왕조를 건립하고 천하를 통일하는 데 대단히 중요한 역할을 했다. 장량이 다리 밑에서 신발을 주워온 사건은 바로 장량으로 하여금 황석공

(黃石公)의 시험을 통과하고 일생 사업을 펼쳐나갈 수 있는 하나의 계기를 마련해준 것이었다.

이로 미루어 볼 때, 일상생활 속에서의 좌절 · 굴욕 또는 역경이 결코 나쁜 일만은 아니며, 왕왕 개인의 의지를 배양하고 강인한 성격을 만들어내기도 한다.

이 우언은 노인의 무례한 지시를 감내하며 끝까지 공손하고 성실한 태도를 견지한 장량의 비범한 행동을 통해, 모욕이 사람의 성격과 수양을 계도(啓導)할 수 있다는 이치를 설명한 것이다.

045 손자엄수군율(孫子嚴守軍律)

《史記 · 孫子吳起列傳》

원문 및 주석

孫子嚴守軍律[1]

孫子武者, 齊人也, 以兵法見於吳王闔廬。[2] 闔廬曰 :「子之十三篇, 吾盡觀之矣, 可以小試勒兵乎?」對曰 :「可。」[3] 闔廬曰 :「可試

1 孫子嚴守軍律 → 손자(孫子)가 군율(軍律)을 엄히 지키다

2 孫子武者, 齊人也, 以兵法見於吳王闔廬。→ 손무(孫武)는, 제(齊)나라 사람으로, 병법을 가지고 오왕(吳王) 합려(闔廬)를 접견했다.
【孫子武(손자무)】: 손자(孫子). 춘추시대 제(齊)나라 사람으로 성은 손(孫), 이름은 무(武), 자는 장경(長卿)이며 당시의 저명한 군사 전략가이다. 저서로《손자병법(孫子兵法)》이 있다.
〖子〗: 옛날 학문과 덕망이 있는 남자에 대한 존칭.
【齊(제)】: [국명] 지금의 산동성 북부와 하북성 남부 일대에 걸쳐 있던 주대(周代)의 제후국.
【吳(오)】: [국명] 지금의 강소성 일대에 있던 춘추시대의 제후국.
【闔廬(합려)】: 춘추시대 오(吳)나라의 군주.

3 闔廬曰 :「子之十三篇, 吾盡觀之矣, 可以小試勒兵乎?」對曰 :「可。」→ 합려가 물었다 :「선생의 병법 13편을, 내가 모두 읽었는데, 한번 시험 삼아 군대를 조련해 볼 수 있겠소?」손무가 대답했다 :「할 수 있습니다.」
【子(자)】: 당신, 그대, 선생.
【十三篇(십삼편)】:《손자병법(孫子兵法)》을 가리킨다. 이 책은 모두 13편으로 구성되어 있다.
【盡觀(진관)】: 모두 읽다.
【小試(소시)】: 조금 시험해 보다.
【勒兵(늑병)】: 군대를 조련하다.

以婦人乎?」曰:「可。」於是許之, 出宮中美女, 得百八十人。[4] 孫子分爲二隊, 以王之寵姬二人各爲隊長, 皆令持戟。[5] 令之曰:「汝知而心與左右手背乎?」婦人曰:「知之。」[6] 孫子曰:「前, 則視心; 左, 視左手; 右, 視右手; 後, 卽視背。」婦人曰:「諾。」[7] 約束旣布, 乃設鈇鉞, 卽三令五申之。於是鼓之右, 婦人大笑。[8] 孫子曰:「約束不明,

4 闔廬曰:「可試以婦人乎?」曰:「可。」於是許之, 出宮中美女, 得百八十人。→ 합려가 말했다:「여자들로 시험할 수도 있소?」 손무가 대답했다:「할 수 있습니다.」 그리하여 (합려가) 이를 허락하고, 궁중의 미녀들을 호출하여, 모두 백팔십 명을 집합시켰다.
【於是(어시)】: 이에, 그리하여.

5 孫子分爲二隊, 以王之寵姬二人各爲隊長, 皆令持戟。→ 손무는 (이들을) 두 대(隊)로 나누어, 왕의 총희 두 명을 각기 대장(隊長)으로 삼고, 모두 창을 지니도록 했다.
【以(이)… 爲(위)…】: …을 …으로 삼다.
【寵姬(총희)】: 총애를 받는 여자.
【令(령)】: …하게 하다.
【持(지)】: 가지다, 잡다, 지니다.
【戟(극)】: 창.

6 令之曰:「汝知而心與左右手背乎?」婦人曰:「知之。」→ (손무가) 그들에게 명령을 내렸다:「너희들은 너희들 자신의 가슴과 왼손 · 오른손 · 등을 아는가?」 여자들이 대답했다:「압니다.」
【汝(여)】: 너, 너희들.
【令(령)】: 명령하다.
【而(이)】: 너, 너희들.
【心(심)】: 가슴.
【背(배)】: 등.

7 孫子曰:「前, 則視心; 左, 視左手; 右, 視右手; 後, 卽視背。」婦人曰:「諾。」→ 손자가 말했다:「『앞으로』라고 명령을 내리면, 가슴 쪽을 향하고; 『좌향좌』라고 명령을 내리면, 왼손 쪽을 향해 방향을 돌리고; 『우향우』라고 명령을 내리면 오른손 쪽을 향해 방향을 돌리고; 『뒤로 돌아』라고 명령을 내리면, 등 쪽을 향해 방향을 돌린다.」 부녀자들이 대답했다:「예.」
【視(시)】: (…을 향해) 바라보다. 여기서는「…을 향하다, …쪽을 향해 방향을 돌리다」의 뜻.
【諾(락)】: [대답, 동의를 표하는 소리] 예, 응, 그래, 좋아.

8 約束旣布, 乃設鈇鉞, 卽三令五申之。於是鼓之右, 婦人大笑。→ 기율을 선포한 후, 곧 형구(刑具)를 설치하고, 바로 이어서 기율을 여러 차례 반복하여 설명해 주었다. 그리하여 북을 울리고 『우향우』라고 명령을 내리자, 여자들이 큰 소리로 깔깔대며 웃었다.
【約束(약속)】: 기율.

申令不熟, 將之罪也。」復三令五申而鼓之左, 婦人復大笑。[9] 孫子曰:「約束不明, 申令不熟, 將之罪也; 旣已明而不如法者, 吏士之罪也。」乃欲斬左右隊長。[10] 吳王從臺上觀, 見且斬愛姬, 大駭, 趣使使下令曰:「寡人已知將軍能用兵矣。寡人非此二姬, 食不甘味, 願勿斬也。」[11] 孫子曰:「臣旣已受命爲將, 將在軍, 君命有所不受。」[12] 遂

【旣布(기포)】: 선포한 후, 선포하고 나서.
【乃(내)】: 곧, 즉시, 바로.
【鈇鉞(부월)】: 도끼. ※ 옛날 군법을 집행할 때 사용하던 형구(刑具)의 일종.
【三令五申(삼령오신)】: 기율을 여러 차례 반복하여 분명히 설명하다.
【於是(어시)】: 이에, 그리하여.
【鼓之右(고지우)】: 북을 쳐서 우측을 향하도록 명령하다. 〖鼓〗: [동사] 북을 울리다. 〖右〗: [동사용법] 우측을 향하도록 명하다

9 孫子曰:「約束不明, 申令不熟, 將之罪也。」復三令五申而鼓之左, 婦人復大笑。→ 손자가 말했다:「(병사들이) 기율을 이해하지 못하고, 명령을 숙지하지 못하면, 그것은 장수의 잘못이다.」그리고 다시 여러 차례 반복해서 설명한 후 북을 울려『좌향좌』라고 명령을 내리니, 여자들이 다시 큰 소리로 깔깔대며 웃었다.
【申令(신령)】: 명령을 내리다.
【罪(죄)】: 잘못, 과오.

10 孫子曰:「約束不明, 申令不熟, 將之罪也; 旣已明而不如法者, 吏士之罪也。」乃欲斬左右隊長。→ 손자가 말했다:「(병사들이) 기율을 이해하지 못하고, 명령을 숙지하지 못하는 것은, 장수의 잘못이고; 이미 기율을 이해하고 나서도 명령대로 이행하지 않는 것은, 대장의 잘못이다.」그리하여 좌·우 대장을 참수하려 했다.
【旣已(기이)】: 이미.
【不如法(불여법)】: 명령대로 하지 않다.
【吏士(이사)】: 여기서는「팀장, 대장」을 가리킨다.
【乃(내)】: 이에, 그리하여.
【欲(욕)】: …하고자 하다, …하려 하다.
【斬(참)】: 참수하다, 목을 베다.

11 吳王從臺上觀, 見且斬愛姬, 大駭, 趣使使下令曰:「寡人已知將軍能用兵矣。寡人非此二姬, 食不甘味, 願勿斬也。」→ 오왕이 대(臺) 위에서 관람하다가, (손자가) 애첩을 참수하려는 것을 보고, 몹시 놀라, 황급히 사자를 보내 명령을 하달했다:「과인은 이미 장군께서 용병에 능하다는 것을 알았소. 과인은 이 두 애첩이 없으면, 음식을 먹어도 맛을 모르오. 원컨대 그들을 참수하지 말아 주시오.」
【且(차)】: 곧 …하려 하다.

斬隊長二人以徇。用其次爲隊長, 於是復鼓之。[13] 婦人左右前後跪起, 皆中規矩繩墨, 無敢出聲。[14]

번역문

손자(孫子)가 군율(軍律)을 엄히 지키다

손무(孫武)는 제(齊)나라 사람으로 병법을 가지고 오왕(吳王) 합려(闔廬)를 접견했다.

합려가 물었다.

「선생의 병법 13편을 내가 모두 읽었는데 한번 시험 삼아 군대를 조련해볼 수 있겠소?」

【愛姬(애희)】: 총희, 애첩.
【趣(취)】: 황급히.
【使使(사사)】: 사자(使者)를 파견하다. ※앞의 「使」는 「파견하다, 보내다」의 뜻이고, 뒤의 「使」는 명사로 「使者」의 뜻.
【寡人(과인)】: 과덕지인(寡德之人)이란 뜻으로 임금이 자신을 낮추어 부르는 말.
【勿(물)】: …하지 말다.

12 孫子曰 : 「臣旣已受命爲將, 將在軍, 君命有所不受。」 → 손자가 말했다 : 「신은 이미 왕명을 받아 장군이 되었습니다. 장군은 군대를 지휘하고 있는 상황에서, 임금의 명령을 받지 않습니다.」
【臣(신)】: 신, 저. ※군주에 대한 신하나 백성의 자칭.
【將在軍(장재군)】: 장수가 군을 통솔하고 있을 때.

13 遂斬隊長二人以徇。用其次爲隊長, 於是復鼓之。→ 끝내 대장 두 사람을 참수하여 여러 사람들에게 보이고, 그 다음 서열로 대장을 삼았다. 그리하여 다시 북을 울려 조련했다.
【遂(수)】: 끝내, 마침내.
【徇(순)】: 여러 사람에게 보이다.
【用(용)】: …로, …로써.
【於是(어시)】: 그리하여.

14 婦人左右前後跪起, 皆中規矩繩墨, 無敢出聲。→ 여자들은 좌향좌 · 우향우 · 앞으로 · 뒤로 돌아 · 꿇어 · 일어서 등의 동작이, 모두 규정에 부합하고, 감히 소리를 내는 자가 없었다.
【中規矩繩墨(중규구승묵)】: 규정에 부합하다.

손무가 대답했다.

「할 수 있습니다.」

합려가 물었다.

「여자들로 시험할 수도 있소?」

손무가 대답했다.

「할 수 있습니다.」

그리하여 (합려가) 이를 허락하고 궁중의 미녀들을 호출하여 모두 백팔십 명을 집합시켰다. 손무는 (이들을) 두 대(隊)로 나누어 왕의 총희 두 명을 각기 대장(隊長)으로 삼고 모두 창을 지니도록 했다.

(손무가) 그들에게 명령을 내렸다.

「너희들은 너희들 자신의 가슴과 왼손 · 오른손 · 등을 아는가?」

여자들이 대답했다.

「압니다.」

손자가 말했다.

「『앞으로』라고 명령을 내리면 가슴 쪽을 향하고, 『좌향좌』라고 명령을 내리면 왼손 쪽을 향해 방향을 돌리고, 『우향우』라고 명령을 내리면 오른손 쪽을 향해 방향을 돌리고, 『뒤로 돌아』라고 명령을 내리면 등 쪽을 향해 방향을 돌린다.」

부녀자들이 대답했다.

「예.」

기율을 선포한 후 곧 형구(刑具)를 설치하고 바로 이어서 기율을 여러 차례 반복하여 설명해 주었다. 그리하여 북을 울리고 『우향우』라고 명령을 내리자 여자들이 큰 소리로 깔깔대며 웃었다.

손자가 말했다.

「(병사들이) 기율을 이해하지 못하고 명령을 숙지하지 못하면, 그것은 장수의 잘못이다.」

그리고 다시 여러 차례 반복해서 설명한 후 북을 울려 『좌향좌』라고 명령을 내리니 여자들이 다시 큰 소리로 깔깔대며 웃었다.

손자가 말했다.

「(병사들이) 기율을 이해하지 못하고 명령을 숙지하지 못하는 것은 장수의 잘못이고, 이미 기율을 이해하고 나서도 명령대로 이행하지 않는 것은 대장의 잘못이다.」

그리하여 좌 · 우 대장을 참수하려 했다. 오왕이 대(臺) 위에서 관람하다가 (손자가) 애첩을 참수하려는 것을 보고 몹시 놀라, 황급히 사자를 보내 명령을 하달하여 말했다.

「과인은 이미 장군께서 용병에 능하다는 것을 알았소. 과인은 이 두 애첩이 없으면 음식을 먹어도 맛을 모르오. 원컨대 그들을 참수하지 말아 주시오.」

손자가 말했다.

「신은 이미 왕명을 받아 장군이 되었습니다. 장군은 군대를 지휘하고 있는 상황에서 임금의 명령을 받지 않습니다.」

끝내 대장 두 사람을 참수하여 여러 사람들에게 보이고 그 다음 서열로 대장을 삼았다. 그리하여 다시 북을 울려 조련했다. 여자들은 좌향좌 · 우향우 · 앞으로 · 뒤로 돌아 · 꿇어 · 일어서 등의 동작이 모두 규정에 부합하고, 감히 소리를 내는 자가 없었다.

해설

손자(孫子)는 오왕(吳王) 합려(闔廬)의 간청에도 불구하고 왕의 총희를 처형함으로써 군율의 엄중함을 보여주었다. 유능한 장수의 자질은 해박한 군사지식과 치밀한 전략전술을 필요로 하지만, 이에 못지않게 중요한 것은 군대의 기강을 바로 잡아 명령계통이 확립되고 병사들을 장악할 수 있는 통제력을 지녀야 한다. 이를 위해서는 반드시 엄격한 군율을 강구해야 한다. 만일 장수의 명령이 통제력을 잃게 되면 비록 전략전술이 뛰어나고 강력한 무기를 갖추었다 해도 무용지물이 되고 말 것이다.

이 우언은 군대를 다스리는 데 있어서 군율과 더불어 이를 집행하는 장수 자질의 중요성을 강조한 것이다.

046 전기새마(田忌賽馬)

《史記 · 孫子吳起列傳》

원문 및 주석

田忌賽馬[1]

忌數與齊諸公子馳逐重射。孫子見其馬足不甚相遠, 馬有上、中、下輩。[2] 於是孫子謂田忌曰 :「君弟重射, 臣能令君勝。」[3] 田忌信然

1 田忌賽馬 → 전기(田忌)가 경마 도박을 하다
【田忌(전기)】: [인명] 제(齊)나라의 장수.
【賽馬(새마)】: 경마를 하다, 말 경주를 하다.

2 忌數與齊諸公子馳逐重射。孫子見其馬足不甚相遠, 馬有上、中、下輩。→ 전기(田忌)가 여러 차례 제(齊)나라의 공자(公子)들과 경마를 하면서 큰돈을 걸고 도박을 했다. 손자(孫子)가 그 말들의 다리를 보니 서로 큰 차이가 없고, 쌍방 모두 상 · 중 · 하 세 등급의 말을 가지고 있었다.
【數(수)】: 여러 번, 수차.
【齊(제)】: [국명] 지금의 산동성 북부와 하북성 남부 일대에 걸쳐 있던 주대(周代)의 제후국.
【馳逐(치축)】: 경마, 기마 경기.
【重射(중사)】: 큰돈을 걸고 도박을 하다.
【孫子(손자)】: [인명] 춘추시대 제(齊)나라 사람으로 성은 손(孫), 이름은 무(武), 자는 장경(長卿)이며, 당시의 저명한 군사 전략가이다. 저서로《손자병법(孫子兵法)》이 있다. 【子】: 옛날 학문과 도덕 또는 지위가 있는 남자에 대한 존칭.
【不甚相遠(불심상원)】: 서로 큰 차이가 없다.
【輩(배)】: 등급.

3 於是孫子謂田忌曰 :「君弟重射, 臣能令君勝。」→ 그리하여 손자가 전기에게 말했다 :「선생께서 돈을 얼마든지 걸면, 제가 선생으로 하여금 이기게 할 수 있습니다.」
【於是(어시)】: 이에, 그리하여.

之, 與王及諸公子逐射千金。[4] 及臨質, 孫子曰 :「今以君之下駟與彼上駟, 取君上駟與彼中駟, 取君中駟與彼下駟。」[5] 旣馳三輩畢, 而田忌一不勝而再勝, 卒得王千金。[6]

번역문

전기(田忌)가 경마 도박을 하다

전기(田忌)가 여러 차례 제(齊)나라의 공자(公子)들과 경마를 하면서 큰 돈을 걸고 도박을 했다. 손자(孫子)가 그 말들의 다리를 보니 서로 큰 차이가 없고, 쌍방 모두 상 · 중 · 하 세 등급의 말을 가지고 있었다. 그리하여

【君(군)】: [상대방에 대한 존칭] 선생.
【弟(제)】: 第(제), 단지, 다만. 즉 「얼마든지」의 뜻.
【令(령)】: …로 하여금 …하게 하다.

4 田忌信然之, 與王及諸公子逐射千金。→ 전기가 그 말을 믿고, 왕 및 여러 공자들과 경마 도박을 하고자 천금을 걸었다.
【信然(신연)】: 사실이라 믿다.
【公子(공자)】: 제후의 아들. ※ 제왕의 아들을 왕자라 하고, 제후의 아들을 공자라 한다.
【逐射(축사)】: 경마 도박을 하다.

5 及臨質, 孫子曰 :「今以君之下駟與彼上駟, 取君上駟與彼中駟, 取君中駟與彼下駟。」→ 장소에 임하여 경기를 시작하기에 이르자, 손자가 말했다 :「지금 선생의 하등 마를 가지고 그들의 상등 마를 대적하고, 선생의 상등 마를 가지고 저들의 중등 마를 대적하고, 선생의 중등 마를 가지고 저들의 하들 마를 대적하십시오.」
【及(급)】: 이르다.
【臨質(임질)】: 장소에 임하여 경기를 하다.
【駟(사)】: 말.
【與(여)】: 상대하다, 대응하다, 대적하다.

6 旣馳三輩畢, 而田忌一不勝而再勝, 卒得王千金。→ 세 등급의 말이 달리기를 끝낸 결과, 전기는 한 번을 지고 두 번을 이겨, 마침내 왕의 천금을 획득했다.
【馳(치)】: 질주하다, 달리다.
【畢(필)】: 마치다, 끝내다.
【卒(졸)】: 마침내. ※ 판본에 따라서는 「卒」을 「畢(필)」이라 했다.

손자가 전기에게 말했다.

「선생께서 돈을 얼마든지 걸면 제가 선생으로 하여금 이기게 할 수 있습니다.」

전기가 그 말을 믿고 왕 및 여러 공자들과 경마 도박을 하고자 천금을 걸었다. 장소에 임하여 경기를 시작하기에 이르자 손자가 말했다.

「지금 선생의 하등 마를 가지고 그들의 상등 마를 대적하고, 선생의 상등 마를 가지고 저들의 중등 마를 대적하고, 선생의 중등 마를 가지고 저들의 하등 마를 대적하십시오.」

세 등급의 말이 달리기를 끝낸 결과 전기는 한 번을 지고 두 번을 이겨 마침내 왕의 천금을 획득했다.

해설

전기(田忌)와 제(齊)나라 공자(公子) 쌍방이 동일한 마필을 가지고 경마 도박을 하는 상황에서 손자(孫子)는 대진 순서를 조정하는 방법을 사용하여 전기로 하여금 승리를 거두도록 했다.

사물의 질적 변화는 일반적으로 양적 증감을 통해서 일어나지만, 양적 변화가 전혀 없는 상황에서도 내부 배열과 조합의 조정을 통해서 얼마든지 일어날 수 있다.

이 우언은 경쟁하는 상황에서 피차의 상황을 면밀히 검토하여 여하히 대응하느냐에 따라 쌍방의 대등한 국면뿐 아니라 심지어 열세의 국면까지도 유리한 상황으로 변화시킬 수 있다는 이치를 설명한 것이다.

047 위위구조(圍魏救趙)

《史記 · 孫子吳起列傳》

원문 및 주석

圍魏救趙[1]

其後魏伐趙, 趙急, 請救於齊。[2] …田忌欲引兵之趙, 孫子曰:「夫解雜亂紛糾者不控捲, 救鬭者不搏撠, 批亢擣虛, 形格勢禁, 則自爲解耳。[3] 今梁、趙相攻, 輕兵銳卒必竭於外, 老弱罷於內。[4] 君不若

1 圍魏救趙 → 위(魏)나라를 포위하여 조(趙)나라를 구하다

【魏(위)】: [국명] 지금의 하남성 북부와 섬서성 동부 · 산서성 서남부 · 하북성 남부에 걸쳐 있던 주대(周代)의 제후국. 본래 진(晉)나라에 속했으나 B.C. 375년 조씨(趙氏) · 한씨(韓氏) · 위씨(魏氏)가 진(晉)의 영토를 삼분하여 각기 조(趙) · 한(韓) · 위(魏) 세 나라로 독립했다. 위(魏)나라는 최초 안읍(安邑)에 도읍을 정했다가 혜왕(惠王) 때 강대한 진(秦)나라를 두려워하여 대량(大梁)으로 천도하고 국호를 양(梁)으로 바꿨다.

【趙(조)】: [국명] 지금의 산서성 북부와 중부 및 하북성 서부와 남부 지역에 있던 주대(周代)의 제후국. ※ 주 1【魏】 참조.

2 其後魏伐趙, 趙急, 請救於齊。… → 그 후 위(魏)나라가 조(趙)나라를 공격하여, 조나라가 위급해지자, 제(齊)나라에 구원을 요청했다.…

【伐(벌)】: 공격하다.

【請救(청구)】: 구원을 요청하다.

【齊(제)】: [국명] 지금의 산동성 북부와 하북성 남부 일대에 걸쳐 있던 주대(周代)의 제후국.

3 田忌欲引兵之趙, 孫子曰:「夫解雜亂紛糾者不控捲, 救鬭者不搏撠, 批亢擣虛, 形格勢禁, 則自爲解耳。→ 제나라의 장수 전기(田忌)가 군대를 이끌고 조나라에 가려고 하자, 손자가 말했다:「대저 난잡하게 엉킨 것을 풀려면 주먹을 꼭 쥐어서는 안 되고, 싸우는 사람을 중재하려면 끼어들어 폭력을 사용해서는 안 됩니다. 적의 저항을 피해 빈틈을 공격하여, 형세

引兵疾走大梁, 據其街路, 衝其方虛, 彼必釋趙而自救。[5] 是我一擧解趙之圍而收獘於魏也。」[6] 田忌從之, 魏果去邯鄲, 與齊戰於桂陵,

상에서 적을 저지하고 견제한다면, 자연히 포위가 풀릴 것입니다.
【田忌(전기)】: [인명] 제(齊)나라의 장수.
【欲(욕)】: …하고자 하다, …하려 하다.
【之(지)】: 가다.
【孫子(손자)】: [인명] 춘추시대 제(齊)나라 사람으로 성은 손(孫), 이름은 무(武), 자는 장경(長卿)이며 당시의 저명한 군사 전략가이다. 저서로 《손자병법(孫子兵法)》이 있다. 〖子〗: 옛날 학문과 도덕 또는 지위가 있는 남자에 대한 존칭.
【夫(부)】: [발어사] 무릇, 대저.
【雜亂紛糾(잡란분규)】: 난잡하게 뒤엉키다.
【控捲(공권)】: 주먹을 꼭 쥐다. 〖控〗: 꼭 쥐다. 〖捲〗: 拳(권), 주먹.
【救鬪(구투)】: 싸움을 말리다, 싸움을 중재하다.
【搏撠(박극)】: 붙잡고 치다. 즉 「폭력을 사용하다」의 뜻.
【批亢擣虛(비항도허)】: 적의 저항을 피해 빈틈을 공격하다. 〖批〗: 피하다, 배제하다. 〖亢〗: 주력. 〖擣〗: 공격하다.
【形格勢禁(형격세금)】: 형세 상에서 적을 저지하고 견제하다.
【自爲解(자위해)】: 자연히 풀리다.

4 今梁、趙相攻, 輕兵銳卒必竭於外, 老弱罷於內。→ 지금 위나라와 조나라는 서로 전쟁 중이라, 정예병사는 필시 모두 전장에 나가고, 노약자들이 안에 남아 지쳐 있을 것입니다.
【梁(양)】: [국명] 위(魏)나라. ※주 **1**【魏】 참조.
【輕兵銳卒(경병예졸)】: 정예 병사.
【竭於外(갈어외)】: 모두 전장에 나가다. 〖竭〗: 다하다. 〖外〗: 밖. 여기서는 「전쟁터, 전장」을 가리킨다.
【罷(피)】: 疲(피), 지치다, 피로하다.

5 君不若引兵疾走大梁, 據其街路, 衝其方虛, 彼必釋趙而自救。→ 당신은 병사를 이끌고 대량(大梁)으로 달려가, 위나라의 도로를 점거하고, 위나라의 허술한 곳을 공격하여, 위나라가 반드시 조나라를 포기하고 돌아와 자신을 구하게 하는 것이 낫습니다.
【不若(불약)】: 不如(불여), …하는 것이 낫다.
【大梁(대량)】: [지명] 양(梁)나라의 도읍.
【據(거)】: 점거하다.
【其(기)】: [대명사] 그, 즉 「위나라」.
【方虛(방허)】: 방비가 허술한 곳. 〖方〗: 防(방).
【衝(충)】: 공격하다.
【釋(석)】: 버리다, 포기하다.

6 是我一擧解趙之圍而收獘於魏也。」→ 이는 우리가 일거에 조나라의 포위를 풀고 동시에 위

大破梁軍。7

번역문

위(魏)나라를 포위하여 조(趙)나라를 구하다

그 후 위(魏)나라가 조(趙)나라를 공격하여 조나라가 위급해지자 제(齊)나라에 구원을 요청했다. …제나라의 장수 전기(田忌)가 군대를 이끌고 조나라에 가려고 하자 손자가 말했다.

「대저 난잡하게 엉킨 것을 풀려면 주먹을 꼭 쥐어서는 안 되고, 싸우는 사람을 중재하려면 끼어들어 폭력을 사용해서는 안 됩니다. 적의 저항을 피해 빈틈을 공격하여 형세 상에서 적을 저지하고 견제한다면 자연히 포위가 풀릴 것입니다. 지금 위나라와 조나라는 서로 전쟁 중이라 정예 병사는 필시 모두 전장에 나가고 노약자들이 안에 남아 지쳐 있을 것입니다. 당신은 병사를 이끌고 대량(大梁)으로 달려가 위나라의 도로를 점거하고 위나라의 허술한 곳을 공격하여, 위나라가 반드시 조나라를 포기하고 돌아와 자신을 구하게 하는 것이 낫습니다. 이는 우리가 일거에 조나라의 포위를 풀고 동시에 위나라에게 폐해를 입게 하는 것입니다.」

....

나라에게 폐해를 입게 하는 것입니다.」
【收獘(수폐)】: 폐해를 입다. 〖獘〗: 弊(폐), 폐해.

7 田忌從之, 魏果去邯鄲, 與齊戰於桂陵, 大破梁軍。→ 전기가 손자의 계략을 따른 결과, 위나라는 과연 한단(邯鄲)을 떠나, 계릉(桂陵)에서 제나라와 전투를 벌였는데, (제나라가) 위나라 군사를 대파했다.
【從(종)】: 좇다, 따르다.
【果(과)】: 과연.
【去(거)】: 떠나다.
【邯鄲(한단)】: [지명] 조(趙)나라의 도읍. 지금의 하북성 한단시(邯鄲市).
【桂陵(계릉)】: [지명] 위(魏)나라의 지명. 지금의 산동성 하택현(荷澤縣) 동북쪽.

전기가 손자의 계략을 따른 결과, 위나라는 과연 한단(邯鄲)을 떠나 계릉(桂陵)에서 제나라와 전투를 벌였는데, (제나라가) 위나라 군사를 대파했다.

해설

위(魏)나라를 포위하여 조(趙)나라를 구한 계릉(桂陵) 전쟁은 중국 역사상 유명한 전사(戰史)의 하나이다. 사물 간에는 상호 연계와 상호 제약과 상호 영향이 보편적으로 존재하고 있다. 만일 이러한 연계의 주요 마디를 포착할 수 있다면 한 올의 머리카락을 당겨 온몸을 움직일 수도 있다. 예를 들어 전쟁 중 적의 주력을 피하고 약한 곳을 골라 공격하는 피실격허(避實擊虛)나, 동쪽에서 소리를 내고 서쪽을 치는 성동격서(聲東擊西)는 바로 허실과 지역의 상호 연계를 이용하여 열세를 우세로 전환함으로써 적을 제압하는 전술이다.

이 우언은 손자의 병법이론을 통해 비록 열세의 상황에 처해서도 지혜를 짜낸다면 얼마든지 열세를 우세한 국면으로 전화하여 승리를 거둘 수 있다는 전략 전술의 중요성을 설명한 것이다.

048 장의지설(張儀之舌)

《史記 · 張儀列傳》

원문 및 주석

張儀之舌[1]

張儀已學而游說諸侯。[2] 嘗從楚相飮, 已而楚相亡璧, 門下意張儀, 曰:「儀貧無行, 必此盜相君之璧。」[3] 共執張儀, 掠笞數百, 不服,

1 張儀之舌 → 장의(張儀)의 혀
【張儀(장의)】: [인명] 전국시대의 종횡가. 위(魏)나라 사람으로 진혜왕(秦惠王)의 재상을 지냈다. 처음에는 소진(蘇秦)과 함께 귀곡자(鬼谷子)에게서 종횡술(縱橫術)을 배웠으나, 후에 소진(蘇秦)의 합종(合縱)을 반대하고 연횡(連橫)을 주장했다.

2 張儀已學而游說諸侯。→ 장의(張儀)가 배우기를 끝마치고 제후들에게 유세(遊說)를 나섰다.
【已(이)】: 끝나다, 그치다.
【游說(유세)】: 유세(遊說)하다.

3 嘗從楚相飮, 已而楚相亡璧, 門下意張儀, 曰:「儀貧無行, 必此盜相君之璧。」→ 일찍이 초(楚)나라의 재상과 함께 술을 마셨는데, 얼마 지나지 않아 초나라 재상이 벽옥을 잃어버렸다. 재상 문하의 사람들이 장의를 의심하여, 말했다:「장의는 가난하고 품행이 좋지 않으니, 틀림없이 이 사람이 재상의 벽옥을 훔쳐갔을 것입니다.」
【從(종)】: 좇다, 따르다.
【楚(초)】: [국명] 지금의 호남성 · 호북성과 강서성 · 절강성 및 하남성 남부에 걸쳐 있던 주대(周代)의 제후국.
【已而(이이)】: 잠시 후, 얼마 지나지 않아.
【亡(망)】: 잃다, 분실하다.
【璧(벽)】: 벽옥. ※본래 벽(璧)은 납작한 구슬이고 옥(玉)은 둥근 구슬이다.
【意(의)】: 의심하다.
【無行(무행)】: 행실이 나쁘다, 품행이 좋지 않다.

醳之。[4] 其妻曰 :「嘻! 子毋讀書游說, 安得此辱乎?」 張儀謂其妻曰 :「視吾舌尙在不?」[5] 其妻笑曰 :「舌在也。」 儀曰 :「足矣。」[6]

번역문

장의(張儀)의 혀

장의(張儀)가 배우기를 끝마치고 제후들에게 유세(遊說)를 나섰다. 일찍이 초(楚)나라의 재상과 함께 술을 마셨는데, 얼마 지나지 않아 초나라 재상이 벽옥을 잃어버렸다. 재상 문하의 사람들이 장의를 의심하여 말했다.

「장의는 가난하고 품행이 좋지 않으니 틀림없이 이 사람이 재상의 벽옥을 훔쳐갔을 것입니다.」

이에 모두 함께 장의를 붙잡아 곤장 수백 대를 쳤다. 그러나 장의가 끝

【盜(도)】: 훔치다.
【相君(상군)】: 재상.

4 共執張儀, 掠笞數百, 不服, 醳之。→ 이에 모두 함께 장의를 붙잡아, 곤장 수백 대를 쳤다. 그러나 장의가 끝내 불복하자, 결국 그를 풀어주었다.
【共(공)】: 함께.
【執(집)】: 붙잡다, 체포하다.
【掠笞(약태)】: 볼기를 치다.
【醳(석)】: [釋(석)의 옛글자] 석방하다, 풀어주다.

5 其妻曰 :「嘻! 子毋讀書游說, 安得此辱乎?」 張儀謂其妻曰 :「視吾舌尙在不?」 → 장의의 아내가 말했다 :「아! 만일 당신이 독서와 유세를 하지 않았다면, 어찌 이러한 모욕을 당했겠어요?」 장의가 아내에게 말했다 :「내 혀가 아직 있는가 보시오.」
【嘻(희)!】: [감탄사] 아!
【子(자)】: 그대, 당신.
【毋(무)】: …하지 말다, …하지 않다.
【安(안)】: 어찌.
【尙(상)】: 아직.

6 其妻笑曰 :「舌在也。」 儀曰 :「足矣。」 → 장의의 아내가 웃으며 말했다 :「혀는 있어요.」 장의가 말했다 :「그러면 됐소.」

내 불복하자 결국 그를 풀어주었다.

장의의 아내가 말했다.

「아! 만일 당신이 독서와 유세를 하지 않았다면 어찌 이러한 모욕을 당했겠어요?」

장의가 아내에게 말했다.

「내 혀가 아직 있는가 보시오.」

장의의 아내가 웃으며 말했다.

「혀는 있어요.」

장의가 말했다.

「그러면 됐소.」

해설

세 치의 혀에 의존하여 여러 나라를 종횡하며 제후들에게 유세(遊說)하여 제후들의 환심을 얻으면 단숨에 재상의 지위를 얻고, 실패하면 빈털터리로 돌아왔다가 다시 재기를 노리는 것이 전국시대 유세객들의 활약상이다. 그들에게는 혀만 있으면 모든 것을 다 가지고 있는 것이나 다름없었다. 장의(張儀)가 초(楚)나라에서 도둑으로 의심받아 곤장을 맞는 수모를 당하고 나서 자신의 혀가 아직 존재하고 있다는 것에 크게 만족을 표한 것도 바로 그러한 현상을 보여주는 것이다.

이 우언은 진리의 궤도와 실천의 표준을 벗어나 어떤 그럴싸한 말이나 감동을 주는 논조로 사람을 기만하여 사회에 해를 끼치는 구변 만능의 시대적 풍조를 비난한 것이다.

049 변장자자호(卞莊子刺虎)

《史記 · 張儀列傳》

원문 및 주석

卞莊子刺虎[1]

莊子欲刺虎, 館豎子止之, 曰 :「兩虎方且食牛, 食甘必爭, 爭則必鬬, 鬬則大者傷, 小者死。[2] 從傷而刺之, 一擧必有雙虎之名。」[3] 卞莊子以爲然, 立須之。有頃, 兩虎果鬬, 大者傷, 小者死。[4] 莊子從傷

1 卞莊子刺虎 → 변장자(卞莊子)가 호랑이를 찌르다
【卞莊子(변장자)】: [인명] 춘추시대의 용사.

2 莊子欲刺虎, 館豎子止之, 曰 :「兩虎方且食牛, 食甘必爭, 爭則必鬬, 鬬則大者傷, 小者死。→ 변장자가 호랑이를 찌르려 하자, 관수자(館豎子)가 이를 제지하며, 말했다 :「두 마리의 호랑이가 마침 소를 잡아먹으려 하는데, 먹어보고 맛이 좋으면 반드시 (서로 차지하려고) 다투게 되고, 다투다 보면 반드시 싸우게 됩니다. 싸우면 큰 놈은 다치고, 작은 놈은 죽습니다.
【欲(욕)】: …하려고 하다, …하고자 하다.
【刺(자)】: 찌르다.
【館豎子(관수자)】: [인명].
【方且(방차)】: 마침 …하려고 하다.
【食(식)】: [동사] 먹다.

3 從傷而刺之, 一擧必有雙虎之名。」→ 다친 놈을 좇아가 찌르면, 일거에 두 마리의 호랑이를 잡았다는 명성을 얻을 수 있습니다.」
【從(종)】: 좇다, 뒤따르다.
【名(명)】: 명성, 명분.

4 卞莊子以爲然, 立須之。有頃, 兩虎果鬬, 大者傷, 小者死。→ 변장자는 그렇다고 여겨, 그곳에 서서 기다렸다. 얼마 후, 과연 두 마리의 호랑이가 싸워, 큰 놈은 다치고, 작은 놈은 죽었다.

者而刺之，一擧果有雙虎之功。[5]

번역문

변장자(卞莊子)가 호랑이를 찌르다

변장자(卞莊子)가 호랑이를 찌르려 하자 관수자(館豎子)가 이를 제지하며 말했다.

「두 마리의 호랑이가 마침 소를 잡아먹으려 하는데, 먹어보고 맛이 좋으면 반드시 (서로 차지하려고) 다투게 되고 다투다 보면 반드시 싸우게 됩니다. 싸우면 큰 놈은 다치고 작은 놈은 죽습니다. 다친 놈을 쫓아가 찌르면 일거에 두 마리의 호랑이를 잡았다는 명성을 얻을 수 있습니다.」

변장자는 그렇다고 여겨 그곳에 서서 기다렸다. 얼마 후 과연 두 마리의 호랑이가 싸워 큰 놈은 다치고 작은 놈은 죽었다. 변장자는 다친 놈을 쫓아가 찔러서 과연 일거에 두 마리를 잡는 성과를 거두었다.

해설

변장자(卞莊子)가 서로 소를 잡아먹으려 하는 두 마리의 호랑이를 찌르려 할 때 관수자(館豎子)가 만류한 까닭은, 두 마리의 호랑이가 서로 먹이를

【以爲然(이위연)】: 그렇다고 여기다. 〖以爲〗: …라고 여기다, …라고 생각하다.
【立須之(입수지)】: 그곳에 서서 기다리다. 〖須〗: 기다리다.
【有頃(유경)】: 얼마 후, 잠시 후.
【果(과)】: 과연.

5 莊子從傷者而刺之，一擧果有雙虎之功。→ 변장자는 다친 놈을 쫓아가 찔러서, 과연 일거에 두 마리를 잡는 성과를 거두었다.
【功(공)】: 성과.

다투어 싸울 경우 작은 놈은 반드시 죽고 큰 놈은 반드시 크게 다칠 것이기 때문에, 호랑이의 힘을 최대한 약화시켜 위험을 피한 다음 힘을 들이지 않고 일거에 두 마리를 잡을 수 있다는 확신이 있었기 때문이다.

이 우언은 시기를 잘 포착하여 객관적으로 존재하는 모순과 유리한 조건을 적절히 이용해야 적은 노력으로 많은 효과를 거둘 수 있다는 일거양득(一擧兩得)의 이치를 설명한 것이다.

※ 참고 : 이 고사는 본래 선진(先秦)의 《전국책(戰國策) · 진책이(秦策二)》에 보이는데, 《전국책》의 등장인물인 관장자(管莊子)와 관여(管與)를 《사기(史記)》에서는 변장자(卞莊子)와 관수자(館豎子)로 바꾸었고, 두 호랑이가 잡아먹으려는 대상도 《사기》에서는 「우(牛)」라 하고, 《전국책》에서는 「인(人)」으로 설정했다. 그러나 기본 줄거리는 서로 같다.

059 모수자천(毛遂自薦)

《史記 · 平原君虞卿列傳》

원문 및 주석

毛遂自薦[1]

秦之圍邯鄲, 趙使平原君求救, 合從於楚。[2] 約與食客門下有勇力

1 毛遂自薦 → 모수(毛遂)가 자기를 추천하다
【毛遂(모수)】: [인명] 전국시대 조(趙)나라 평원군(平原君)의 식객.

2 秦之圍邯鄲, 趙使平原君求救, 合從於楚。→ 진(秦)나라가 조(趙)나라의 도읍 한단(邯鄲)을 포위하자, 조나라는 평원군(平原君)을 초(楚)나라에 파견하여 구원을 청하고, 초나라와 합종(合從) 동맹을 체결하고자 했다.
【秦(진)】: [국명] 지금의 섬서성과 감숙성 일대에 있던 주대(周代)의 제후국이었으나, B.C. 221년 진시황(秦始皇) 때 전국을 통일하여 진왕조를 건설했다.
【邯鄲(한단)】: [지명] 조(趙)나라의 도읍. 지금의 하북성 한단시(邯鄲市).
【趙(조)】: [국명] 지금의 산서성 북부와 중부 및 하북성 서부와 남부 지역에 있던 주대(周代)의 제후국. 본래 진(晉)나라에 속했으나 B.C. 375년 조씨(趙氏) · 한씨(韓氏) · 위씨(魏氏)가 진(晉)의 영토를 삼분하여 각기 조(趙) · 한(韓) · 위(魏) 세 나라로 독립했다.
【使(사)】: 보내다, 파견하다.
【平原君(평원군)】: 전국시대 조(趙)나라의 재상. 조나라 위령왕(武靈王)의 아들로 본명은 조승(趙勝). 삼천 명의 식객을 거느렸으며, 제(齊)나라의 맹상군(孟嘗君), 초(楚)나라의 춘신군(春申君), 위(魏)나라의 신릉군(信陵君)과 더불어 전국시대 말기 사공자(四公子)로 이름을 떨쳤다.
【求救(구구)】: 구원을 요청하다.
【合從(합종)】: 합종(合縱). 연합하다, 동맹하다. ※본래 「합종(合縱)」과 「연횡(連橫)」은 서로 반대의 개념이다. 「합종」은 전국시대 효산(殽山) 동쪽에 남북으로 걸쳐 있는 여섯 나라[(연(燕) · 한(韓) · 위(魏) · 제(齊) · 초(楚) · 조(趙)]의 입장에서 종(縱) 즉 남북으로 연합하여 진(秦)나라에 대항한다는 전략이고, 「연횡」은 진(秦)나라의 입장에서 효산 서쪽에 위치한

文武備具者二十人偕。[3] 平原君曰:「使文能取勝, 則善矣。文不能取勝, 則歃血於華屋之下, 必得定從而還。士不外索, 取於食客門下足矣。」[4] 得十九人, 餘無可取者, 無以滿二十人。[5] 門下有毛遂者, 前, 自贊於平原君曰:「遂聞君將合從於楚, 約與食客門下二十人偕, 不外索。今少一人, 願君卽以遂備員而行矣。」[6] 平原君曰:「先

진나라가 효산 동쪽에 위치한 여섯 나라의 제후들과 횡(橫), 즉 동서로 연합하여, 여섯 나라를 하나하나 자기 쪽으로 끌어들이는 한편, 그들 사이를 이간시켜 각개 격파한다는 전략이다.

【楚(초)】: [국명] 지금의 호남성 · 호북성과 강서성 · 절강성 및 하남성 남부에 걸쳐 있던 주대(周代)의 제후국.

3 約與食客門下有勇力文武備具者二十人偕。→ (이에 평원군은) 문하의 식객 중에서 용기와 힘이 있고 문무(文武)를 겸한 사람 스무 명을 선발하여 함께 가기로 결정했다.

【約(약)】: 결정하다.

【備具(구비)】: 구비하다, 갖추다.

【偕(해)】: 함께하다.

4 平原君曰:「使文能取勝, 則善矣。文不能取勝, 則歃血於華屋之下, 必得定從而還。士不外索, 取於食客門下足矣。」→ 평원군이 말했다:「만약 담판으로 승리를 거둘 수 있다면, 최선의 방법이오. 만일 담판으로 승리를 거둘 수 없다면, 그들의 궁전 아래에서 삽혈(歃血)을 하더라도, 반드시 합종 동맹을 체결하고 돌아와야 합니다. 수행할 사람은 밖에서 찾지 말고, 문하의 식객 중에서 선발하면 됩니다.」

【使(사)】: 만일, 만약.

【文(문)】: 담판. ※ 무(武)와 반대 개념으로 무력이 아닌 「담판」을 의미한다.

【歃血(삽혈)】: 옛날 회맹할 때, 맹세를 다짐하는 표시로 말 · 소 · 개 · 돼지 · 닭 등의 피를 서로 나누어 마시거나 입에 바르던 일.

【華屋(화옥)】: 궁전.

【定從(정종)】: 합종(合從) 동맹을 체결하다.

【外索(외색)】: 밖에서 찾다.

5 得十九人, 餘無可取者, 無以滿二十人。→ 그리하여 열아홉 사람을 찾았으나, 나머지는 선발할 만한 사람이 없어, 스무 명을 채울 방법이 없었다.

【無以(무이)】: …할 방법이 없다.

【滿(만)】: 채우다.

6 門下有毛遂者, 前, 自贊於平原君曰:「遂聞君將合從於楚, 約與食客門下二十人偕, 不外索。今少一人, 願君卽以遂備員而行矣。」→ 이때 문하에 모수(毛遂)라는 자가 있어, 앞으로 나오더니, 평원군에게 자기를 추천하며 말했다:「저는 평원군께서 장차 초나라와 합종 동맹을

生處勝之門下幾年於此矣?」毛遂曰:「三年於此矣。」[7] 平原君曰:「夫賢士之處世也, 譬若錐之處囊中, 其末立見。[8] 今先生處勝之門下三年於此矣, 左右未有所稱誦, 勝未有所聞, 是先生無所有也。先生不能, 先生留。」[9] 毛遂曰:「臣乃今日請處囊中耳。使遂蚤得處囊中, 乃穎脫而出, 非特其末見而已。」[10] 平原君竟與毛遂偕。[11]

체결하려 하는데, 문하의 식객 스무 명과 동행하기로 결정하고, 사람을 밖에서 찾지 않는다고 들었습니다. 지금 한 사람이 부족하니, 원컨대 즉시 저를 그 자리에 충원하여 함께 떠날 수 있게 해주십시오.

【自贊(자찬)】: 자신을 추천하다.

【遂(수)】: 모수가 자신의 이름을 「저, 나」라는 의미로 사용했다.

【將(장)】: 장차 …하려 하다.

【少(소)】: 부족하다, 모자라다.

【備員(비원)】: 충원하다, 결원을 보충하다.

7 平原君曰:「先生處勝之門下幾年於此矣?」毛遂曰:「三年於此矣。」→ 평원군이 물었다:「선생은 나의 문하에 거처한 지 몇 년 되었습니까?」 모수가 대답했다:「삼 년 되었습니다.」

【勝(승)】: 평원군 조승이 자기의 이름을 「나, 저」라는 의미로 사용했다.

8 平原君曰:「夫賢士之處世也, 譬若錐之處囊中, 其末立見。→ 평원군이 말했다:「무릇 현능한 사람의 처세는, 마치 송곳이 자루 속에 있는 것과 같아, 그 끝이 바로 드러납니다.

【夫(부)】: [발어사] 대저, 무릇.

【譬若(비약)】: 마치 …같다.

【錐(추)】: 송곳.

【囊中(낭중)】: 자루 속.

【末(말)】: 끝, 끝부분.

【立見(입현)】: 바로 드러나다, 즉시 나타나다. 〖立〗: 바로, 즉시. 〖見〗: 나타나다, 드러나다.

9 今先生處勝之門下三年於此矣, 左右未有所稱誦, 勝未有所聞, 是先生無所有也。先生不能, 先生留。」→ 그런데 지금 선생은 나의 문하에 삼 년을 거처했는데도, 주변에서 칭송하는 사람이 없고, 나도 들은 바가 없습니다. 이는 선생이 재능을 지니지 못했다는 것입니다. 선생은 선발될 수 없으니, 남아 있으시오.」

【左右(좌우)】: 주변, 주변 사람.

【無所有(무소유)】: 가진 것이 없다. 즉 「재능을 지니지 못하다, 지닌 재능이 없다」의 뜻.

10 毛遂曰:「臣乃今日請處囊中耳。使遂蚤得處囊中, 乃穎脫而出, 非特其末見而已。」→ 모수가 말했다:「저는 오늘 비로소 저를 자루 속에 넣어 달라고 청했을 뿐입니다. 만일 제가 진작 자루 속에 넣어졌더라면, 즉시 뾰족한 끝이 밖으로 뚫고 나오되, (전체가 드러나지) 겨우 그 끝만 드러날 뿐이 아닙니다.」

번역문

모수(毛遂)가 자기를 추천하다

진(秦)나라가 조(趙)나라의 도읍 한단(邯鄲)을 포위하자 조나라는 평원군(平原君)을 초(楚)나라에 파견하여 구원을 청하고 초나라와 합종 동맹을 체결하고자 했다. (이에 평원군은) 문하의 식객 중에서 용기와 힘이 있고 문무(文武)를 겸한 사람 스무 명을 선발하여 함께 가기로 결정했다.

평원군이 말했다.

「만약 담판으로 승리를 거둘 수 있다면 최선의 방법이오. 만일 담판으로 승리를 거둘 수 없다면 그들의 궁전 아래에서 삽혈(歃血)을 하더라도 반드시 합종 동맹을 체결하고 돌아와야 합니다. 수행할 사람은 밖에서 찾지 말고 문하의 식객 중에서 선발하면 됩니다.」

그리하여 열아홉 사람을 찾았으나 나머지는 선발할 만한 사람이 없어 스무 명을 채울 방법이 없었다. 이때 문하에 모수(毛遂)라는 자가 있어, 앞으로 나오더니 평원군에게 자기를 추천하며 말했다.

「저는 평원군께서 장차 초나라와 합종 동맹을 체결하려 하는데 문하의 식객 스무 명과 동행하기로 결정하고 사람을 밖에서 찾지 않는다고 들었습니다. 지금 한 사람이 부족하니 원컨대 즉시 저를 그 자리에 충원하여

【乃(내)】: 앞의 「乃」는 「비로소」라는 뜻이고, 뒤의 「乃」는 「이내, 즉시, 바로」의 뜻.
【使(사)】: 만일, 만약.
【蚤(조)】: 早(조), 일찍이, 진작.
【得處(득처)】: [피동용법] 놓여지다.
【穎脫而出(영탈이출)】: 자루 속의 송곳 끝이 자루 밖으로 뚫고 나오다.
【非特(비특)】: 非但(비단), 다만 …이 아니다.
【而已(이이)】: …뿐.

11 平原君竟與毛遂偕。→ 평원군은 결국 모수와 함께 갔다.
【竟(경)】: 결국, 마침내, 드디어.

함께 떠날 수 있게 해주십시오.」

평원군이 물었다.

「선생은 나의 문하에 거처한 지 몇 년 되었습니까?」

모수가 대답했다.

「삼 년 되었습니다.」

평원군이 말했다.

「무릇 현능한 사람의 처세는 마치 송곳이 자루 속에 있는 것과 같아, 그 끝이 바로 드러납니다. 그런데 지금 선생은 나의 문하에 삼 년을 거처했는데도, 주변에서 칭송하는 사람이 없고 나도 들은 바가 없습니다. 이는 선생이 재능을 지니지 못했다는 것입니다. 선생은 선발될 수 없으니 남아 있으시오.」

모수가 말했다.

「저는 오늘 비로소 저를 자루 속에 넣어 달라고 청했을 뿐입니다. 만일 제가 진작 자루 속에 넣어졌더라면 즉시 뾰족한 끝이 밖으로 뚫고 나오되, (전체가 드러나지) 겨우 그 끝만 드러날 뿐이 아닙니다.」

평원군은 결국 모수와 함께 갔다.

해설

인재(人才)란 모종의 전공(專攻) 영역에서 보통을 초월하는 연구와 창조 능력을 지닌 사람을 가리킨다. 인재가 자기의 능력을 발휘하기 위해서는 자기의 전공과 서로 맞는 환경 조건이 필요하고 기회가 주어져야 가능하다. 그러자면 자신의 존재가 남에게 널리 알려지고 발탁되어야 하는데, 이를 위해서는 천리마가 백락(伯樂)에 의존하여 식별되는 것도 하나의 방법이지만, 모수(毛遂)처럼 스스로 자신을 천거하는 것도 매우 필요하다.

이 우언은 자신의 능력을 발휘할 수 있는 환경과 조건과 기회를 만들기 위해서는 남에게만 의존하거나 남의 의론을 두려워하지 말고 과감히 자신을 알리고 추천하는 것도 하나의 중요한 방법이 될 수 있다는 이치를 설명한 것이다.

051 부형청죄(負荊請罪)

《史記 · 廉頗藺相如列傳》

원문 및 주석

負荊請罪[1]

趙王既罷歸國, 以相如功大, 拜爲上卿, 位在廉頗之右。[2] 廉頗曰 : 「我爲趙將, 有攻城野戰之大功, 而藺相如徒以口舌爲勞, 而位居我

1 負荊請罪 → 형장(刑杖)을 지고 죄를 청하다
【負(부)】: (등에) 지다, 메다.
【荊(형)】: 형장(刑杖). ※ 죄인을 심문할 때 쓰던 가시나무로 만든 곤장.

2 趙王既罷歸國, 以相如功大, 拜爲上卿, 位在廉頗之右。→ 조왕(趙王)은 면지(澠池)의 회견을 끝내고 귀국한 후, 인상여(藺相如)의 공이 컸기 때문에, 그를 상경(上卿)에 임명하여, 지위가 염파(廉頗)의 위에 있었다.
※ 조혜왕(趙惠王)이 진소왕(秦昭王)의 요청에 따라 B.C. 279년 면지(澠池)에서 회견(會見)하는데, 진왕이 회의석상에서 여러 차례 조왕을 모욕하려 했으나, 조왕을 보필하고 있는 인상여가 기지를 발휘하여 진왕에게 굽히지 않고 강경하게 대응함으로써, 진왕이 끝내 목적을 이루지 못했다.
【既罷(기파)】: 끝내고 나서. 여기서는 「면지회견(澠池會見)을 끝낸 후」를 가리킨다. 【既】: …하고 나서, …후에. 【罷】: 끝내다.
【以(이)】: 因(인), …로 인해, …때문에.
【相如(상여)】: [인명] 인상여(藺相如). 전국시대 조(趙)나라 사람.
【拜爲(배위)】: …로 임명하다.
【上卿(상경)】: 옛날의 고위 관직.
【廉頗(염파)】: [인명] 전국시대 조(趙)나라의 장수.
【右(우)】: 상위(上位), 윗자리. ※ 진한(秦漢) 이전에는 우(右)를 상(上)으로 간주했다.

上, 且相如素賤人, 吾羞, 不忍爲之下。」[3] 宣言曰 :「我見相如, 必辱之。」相如聞, 不肯與會。[4] 相如每朝時, 常稱病, 不欲與廉頗爭列。[5] 已而相如出, 望見廉頗, 相如引車避匿。[6] 於是舍人相與諫曰 :「臣所以去親戚而事君者, 徒慕君之高義也。[7] 今君與廉頗同列, 廉君宣

....

3 廉頗曰 :「我爲趙將, 有攻城野戰之大功, 而藺相如徒以口舌爲勞, 而位居我上, 且相如素賤人, 吾羞, 不忍爲之下。」→ 염파가 말했다 :「나는 조(趙)나라의 장수로, 성을 공략하고 야외에서 전투를 벌여 큰 공을 세웠다. 인상여는 다만 입과 혀로써 수고를 했을 뿐인데, 지위가 나의 위에 있고, 더구나 상여는 본래 비천한 사람이다. 나는 창피해서, 차마 그의 아래에 있을 수가 없다.」
【攻城野戰(공성야전)】: 성을 공략하고 야외에서 전투하다.
【徒(도)】: 다만.
【居(거)】: 머물다, …에 있다.
【且(차)】: 게다가, 또한, 더구나.
【素(소)】: 본래, 원래.
【羞(수)】: 부끄럽다, 창피하다, 수치스럽다.
【不忍(불인)】: 차마 …하지 못하다.

4 宣言曰 :「我見相如, 必辱之。」相如聞, 不肯與會。→ 그리고 선언하여 말했다 :「내가 상여를 만나면, 반드시 그에게 모욕을 주겠다.」 상여는 이 말을 듣고, 염파와 만나려 하지 않았다.
【不肯(불긍)】: …하려 하지 않다, …하려 들지 않다.
【會(회)】: 만나다.

5 相如每朝時, 常稱病, 不欲與廉頗爭列。→ 상여는 매번 조회 때마다, 항상 병을 핑계 대며, 염파와 서열을 다투려 하지 않았다.
【稱病(칭병)】: 병이 있다고 핑계 대다.
【欲(욕)】: …하려 하다, …하고자 하다.
【爭列(쟁렬)】: 서열을 다투다.

6 已而相如出, 望見廉頗, 相如引車避匿。→ 얼마 후 상여가 외출하여, 멀리서 염파를 보자, 상여가 수레를 돌려 피해 숨었다.
【已而(이이)】: 얼마 후, 그 뒤.
【望見(망견)】: 멀리서 보다
【引車(인거)】: 수레를 돌리다.
【避匿(피닉)】: 피하여 숨다. 〖匿〗: 숨다.

7 於是舍人相與諫曰 :「臣所以去親戚而事君者, 徒慕君之高義也。→ 이에 (인상여의) 가신들이 함께 간했다 :「우리들이 친척을 떠나 당신을 섬기는 까닭은, 오직 당신의 고상한 절의를 흠모했기 때문입니다.
【於是(어시)】: 이에, 그리하여.

惡言而君畏匿之, 恐懼殊甚, 且庸人尙羞之, 況於將相乎! 臣等不肖, 請辭去。」[8] 藺相如固止之, 曰:「公之視廉將軍孰與秦王?」曰:「不若也。」[9] 相如曰:「夫以秦王之威, 而相如廷叱之, 辱其羣臣, 相如雖駑, 獨畏廉將軍哉?[10] 顧吾念之, 彊秦之所以不敢加兵於趙者,

【舍人(사인)】: 가신(家臣).
【相與(상여)】: 서로, 함께.
【所以(소이)】: 까닭, 이유.
【去(거)】: 떠나다.
【徒(도)】: 다만, 오직.
【高義(고의)】: 고상한 절의.

8 今君與廉頗同列, 廉君宣惡言而君畏匿之, 恐懼殊甚, 且庸人尙羞之, 況於將相乎! 臣等不肖, 請辭去。」→ 지금 당신과 염파는 같은 반열인데, 염파는 공개적으로 악담을 떠벌리고 당신은 오히려 그를 두려워하여 숨고 있으며, 두려워하는 정도가 매우 심합니다. 또한 이는 보통 사람조차도 수치를 느끼는 일인데, 하물며 장상(將相)이야 말해 무엇하겠습니까! 저희들은 못나고 어리석어, 작별을 고하고자 청합니다.」
【同列(동렬)】: 같은 반열.
【宣惡言(선악언)】: 악담을 떠벌리다. 〖宣〗: 공포하다, 떠벌리다.
【恐懼(공구)】: 두려워하다.
【殊(수)】: 특히, 매우.
【且(차)】: 그리고, 또한.
【尙(상)…況(황)】: 尙且(상차)…何況(하황), …조차도 …한데 하물며….
【庸人(용인)】: 보통 사람.
【不肖(불초)】: 불초하다, 못나고 어리석다, 현명하지 못하다.
【辭去(사거)】: 작별을 고하고 떠나다.

9 藺相如固止之, 曰:「公之視廉將軍孰與秦王?」曰:「不若也。」→ 인상여가 단호하게 그들을 만류하며, 말했다:「여러분들이 염장군을 보기에 진왕과 비교하면 어떻습니까?」(가신들이) 말했다:「(염장군이 진왕보다) 못합니다.」
【固(고)】: 단호하게.
【止(지)】: 만류하다, 제지하다.
【公(공)】: [남자에 대한 존칭] 여러분.
【孰與(숙여)…】: …와 비교해서 어떤가? …에 비해 어떤가?
【不若(불약)…】: …보다 못하다.

10 相如曰:「夫以秦王之威, 而相如廷叱之, 辱其羣臣, 相如雖駑, 獨畏廉將軍哉? → 인상여가 말했다:「대저 진왕의 그러한 위세에도, 내가 진나라 조정에서 진왕을 꾸짖고, 그의 여러 신하들을 모욕했습니다. 내가 비록 우둔하다 해도, 유독 염장군만을 두려워하겠습니까?

徒以吾兩人在也。[11] 今兩虎共鬬, 其勢不俱生。吾所以爲此者, 以先國家之急而後私讎也。」[12] 廉頗聞之, 肉袒負荊, 因賓客至藺相如門謝罪。… 卒相與驩, 爲刎頸之交。[13]

【夫(부)】: [발어사] 무릇, 대저.
【廷叱(정질)】: 조정에서 꾸짖다.
【駑(노)】: 우둔하다, 무능하다.
【獨(독)】: 유독, 다만, 오직.

11 顧吾念之, 彊秦之所以不敢加兵於趙者, 徒以吾兩人在也。→ 그러나 내가 생각건대, 강한 진나라가 감히 조나라에 대해 병력을 동원하여 도발하지 못하는 까닭은, 오직 우리 두 사람이 있기 때문입니다.
【顧(고)】: 그러나, 다만.
【彊(강)】: 强(강), 강하다.
【所以(소이)】: 까닭, 이유, 원인.
【加兵(가병)】: 병력을 동원하여 도발하다.
【徒以(도이)…】: 오직 …때문이다. 〖徒〗: 다만, 오직. 〖以〗: 因(인), …때문.

12 今兩虎共鬬, 其勢不俱生。吾所以爲此者, 以先國家之急而後私讎也。」→ 지금 두 마리의 호랑이가 서로 싸운다면, 그 세력은 공존하지 못합니다. 내가 이렇게 행동하는 것은, 나라가 위급한 것이 먼저이고 개인의 원한이 나중이기 때문입니다.」
【共(공)】: 서로, 함께.
【俱生(구생)】: 모두 살아남다, 공존하다.
【以(이)】: 因(인), …때문.
【私讎(사수)】: 개인의 원한.

13 廉頗聞之, 肉袒負荊, 因賓客至藺相如門謝罪。… 卒相與驩, 爲刎頸之交。→ 염파는 이 말을 전해 듣자, 웃옷을 벗어 상체를 드러낸 채 형장을 짊어지고, 빈객의 부축을 받아 인상여의 대문 앞에 가서 사죄했다. …그들은 마침내 서로 기뻐하며, 문경지교(刎頸之交)가 되었다.
【肉袒負荊(육단부형)】: 웃옷을 벗어 상체를 드러낸 채 형장(刑杖)을 지고 가다. ※스스로 잘못을 깨닫고 형장으로 맞아 사죄하겠다는 뜻을 나타내는 말. 〖肉袒〗: 웃통을 벗어 상체를 드러내다. 〖負〗: 지다. 〖荊〗: 형장(刑杖), 곤장.
【因(인)】: …에 의지하다. 즉 「…의 부축을 받다」의 뜻.
【卒(졸)】: 마침내.
【驩(환)】: 歡(환), 즐거워하다, 기뻐하다.
【刎頸之交(문경지교)】: 서로를 위해서라면 목이 잘린다 해도 후회하지 않을 만큼 생사를 같이할 수 있는 가까운 사이.

번역문

형장(刑杖)을 지고 죄를 청하다

조왕(趙王)은 면지(澠池)의 회견을 끝내고 귀국한 후, 인상여(藺相如)의 공이 컸기 때문에 그를 상경(上卿)에 임명하여 지위가 염파(廉頗)의 위에 있었다.

염파가 말했다.

「나는 조(趙)나라의 장수로, 성을 공략하고 야외에서 전투를 벌여 큰 공을 세웠다. 인상여는 다만 입과 혀로써 수고를 했을 뿐인데 지위가 나의 위에 있고, 더구나 상여는 본래 비천한 사람이다. 나는 창피해서 차마 그의 아래에 있을 수가 없다.」

그리고 선언하여 말했다.

「내가 상여를 만나면 반드시 그에게 모욕을 주겠다.」

상여는 이 말을 듣고 염파와 만나려 하지 않았다. 상여는 매번 조회 때마다 항상 병을 핑계 대며 염파와 서열을 다투려 하지 않았다. 얼마 후 상여가 외출하여 멀리서 염파를 보자, 상여가 수레를 돌려 피해 숨었다. 이에 (인상여의) 가신들이 함께 간했다.

「우리들이 친척을 떠나 당신을 섬기는 까닭은, 오직 당신의 고상한 절의를 흠모했기 때문입니다. 지금 당신과 염파는 같은 반열인데, 염파는 공개적으로 악담을 떠벌리고 당신은 오히려 그를 두려워하여 숨고 있으며, 두려워하는 정도가 매우 심합니다. 또한 이는 보통 사람조차도 수치를 느끼는 일인데, 하물며 장상(將相)이야 말해 무엇하겠습니까! 저희들은 못나고 어리석어, 작별을 고하고자 청합니다.」

인상여가 단호하게 그들을 만류하며 말했다.

「여러분들이 염장군을 보기에 진왕과 비교하면 어떻습니까?」

(가신들이) 말했다.

「(염장군이 진왕보다) 못합니다.」

인상여가 말했다.

「대저 진왕의 그러한 위세에도, 내가 진나라 조정에서 진왕을 꾸짖고, 그의 여러 신하들을 모욕했습니다. 내가 비록 우둔하다 해도 유독 염장군만을 두려워하겠습니까? 그러나 내가 생각건대, 강한 진나라가 감히 조나라에 대해 병력을 동원하여 도발하지 못하는 까닭은 오직 우리 두 사람이 있기 때문입니다. 지금 두 마리의 호랑이가 서로 싸운다면 그 세력은 공존하지 못합니다. 내가 이렇게 행동하는 것은 나라가 위급한 것이 먼저이고 개인의 원한이 나중이기 때문입니다.」

염파는 이 말을 전해 듣자 웃옷을 벗어 상체를 드러낸 채 형장을 짊어지고 빈객의 부축을 받아 인상여의 대문 앞에 가서 사죄했다. … 그들은 마침내 서로 기뻐하며 문경지교(刎頸之交)가 되었다.

해설

인상여(藺相如)는 나라를 안정시키고자 염파(廉頗)와의 충돌을 피하며 끝까지 인내하는 모습을 보였고, 염파는 인상여의 진의를 알고 나서 과감히 자신의 잘못을 인정하는 대범함을 보여주었다. 그리하여 호시탐탐 조(趙)나라를 노리던 진(秦)나라로 하여금 감히 조나라를 넘보지 못하게 하여 나라를 안정시켰고, 원수지간이던 두 사람 사이는 마침내 서로를 위해 목숨까지 바칠 수 있는 문경지교(刎頸之交)가 되었다.

이 우언은 인상여와 염파의 행위를 통해, 자신의 이해관계보다는 국가의 이익을 먼저 생각하는 충신의 애국정신을 찬양한 것이다.

052 지상담병(紙上談兵)

《史記 · 廉頗藺相如列傳》

원문 및 주석

紙上談兵[1]

七年, 秦與趙兵相距長平, 時趙奢已死, 而藺相如病篤, 趙使廉頗將攻秦, 秦數敗趙軍, 趙軍固壁不戰。秦數挑戰, 廉頗不肯。[2] 趙王信秦之間。秦之間言曰 :「秦之所惡, 獨畏馬服君趙奢之子趙括

1 紙上談兵 → 종이 위에서 용병(用兵)을 이야기하다
※ 전장(戰場)의 실제 상황을 무시하고 오직 병서(兵書)만을 근거로 용병(用兵)을 논하는 비현실적인 이론을 비유한 말.

2 七年, 秦與趙兵相距長平, 時趙奢已死, 而藺相如病篤, 趙使廉頗將攻秦, 秦數敗趙軍, 趙軍固壁不戰。秦數挑戰, 廉頗不肯。→ 조(趙)나라 효성왕(孝成王) 7년, 진(秦)나라와 조나라가 장평(長平)에서 대치했다. 이때 (조나라의 장수) 조사(趙奢)는 이미 죽고, 인상여(藺相如)는 병이 위독하여, 조왕은 염파(廉頗)로 하여금 군사를 거느리고 진나라를 공격하도록 했다. 진나라가 수차 조나라 군사를 격파하자, 조나라 군사는 진지를 고수하며 응전을 하지 않았다. 진나라가 수차 도발을 해도, 염파는 나서려 들지 않았다.
【七年(칠년)】: 조(趙)나라 효성왕(孝成王) 7년(B.C. 259).
【秦(진)】: [국명] 지금의 섬서성과 감숙성 일대에 있던 주대(周代)의 제후국이었으나, B.C. 221년 진시황(秦始皇) 때 전국을 통일하여 진왕조를 건설했다.
【趙(조)】: [국명] 지금의 산서성 북부와 중부 및 하북성 서부와 남부 지역에 있던 주대(周代)의 제후국. 본래 진(晉)나라에 속했으나 B.C. 375년 조씨(趙氏) · 한씨(韓氏) · 위씨(魏氏)가 진(晉)의 영토를 삼분하여 각기 조(趙) · 한(韓) · 위(魏) 세 나라로 독립했다.
【相距(상거)】: 대치하다.
【長平(장평)】: [지명] 전국시대 조(趙)나라의 읍(邑). 지금의 산서성 고평현(高平縣) 서북쪽.

爲將耳。」[3] 趙王因以括爲將, 代廉頗。… 趙括自少時學兵法, 言兵事, 以天下莫能當。[4] 嘗與其父奢言兵事, 奢不能難, 然不謂善。… 趙括既代廉頗, 悉更約束, 易置軍吏。[5] 秦將白起聞之, 縱奇兵, 詳敗

【趙奢(조사)】: [인명] 조(趙)나라의 장수.
【藺相如(인상여)】: [인명] 조(趙)나라 사람.
【病篤(병독)】: 병이 위독하다.
【使(사)】: …하여금 …하게 하다.
【廉頗(염파)】: [인명] 조(趙)나라의 장수.
【固壁(고벽)】: 진지를 고수하다.
【不肯(불긍)】: …하려 들지 않다.

3 趙王信秦之閒。秦之閒言曰:「秦之所惡, 獨畏馬服君趙奢之子趙括爲將耳。」→ (이때) 조왕은 진나라 간첩이 유포한 말을 믿었다. 진나라 간첩이 유포한 말은:「진나라가 싫어하고 두려워하는 것은, 다만 마복군(馬服君) 조사의 아들 조괄(趙括)이 장수가 되는 것뿐이다.」라는 것이었다.
【閒(간)】: 間(간), 간첩.
【惡(오)】: 싫어하다, 꺼리다.
【獨(독)】: 다만.
【馬服君(마복군)】: 조(趙)나라 혜문왕(惠文王)이 조사(趙奢)에게 내린 봉호(封號).《사기(史記)·조사전(趙奢傳)》에 의하면 진(秦)나라가 한(韓)나라를 침공하여 군대를 알여(閼與)에 주둔하고 있을 때, 조사가 진나라 군사를 대파하여 마침내 알여의 포위를 풀었다. 이에 혜문왕은 조사를 마복(馬服)에 봉하고「마복군(馬服君)」이라 했다. 【馬服】: [지명] 전국시대 조나라의 지명. 지금의 하북성 한단현(邯鄲縣) 서북쪽.
【趙括(조괄)】: [인명] 조(趙)나라 장수 조사(趙奢)의 아들.
【耳(이)】: …뿐.

4 趙王因以括爲將, 代廉頗。… 趙括自少時學兵法, 言兵事, 以天下莫能當。→ 그리하여 조왕은 조괄을 장수로 삼아, 염파를 대신했다. … 조괄은 젊어서부터 병법을 배우고, 군사를 담론하여, 천하에 자기를 당할 사람이 없다고 여겼다.
【因(인)】: 이로 인해, 그리하여.
【以(이)…爲(위)…】: …을 …로 삼다.
【以(이)】: 以爲(이위), …라고 여기다.
【莫能當(막능당)】: 비교할 수 있는 사람이 없다, 당할 사람이 없다.

5 嘗與其父奢言兵事, 奢不能難, 然不謂善。… 趙括既代廉頗, 悉更約束, 易置軍吏。→ (조괄이) 일찍이 부친 조사와 함께 군사에 관해 담론한 적이 있었다. 조사는 조괄을 난감하게 하지도 못했지만, 그러나 조괄을 능숙하다고 인정하지도 않았다. … 조괄은 염파를 대신한 이후, 군대의 규약을 모두 바꾸고, 군의 지휘관들을 교체했다.

走, 而絶其糧道, 分斷其軍爲二, 士卒離心。[6] 四十餘日, 軍餓, 趙括出銳卒自博戰, 秦軍射殺趙括。[7]

번역문

종이 위에서 용병(用兵)을 이야기하다

조(趙)나라 효성왕(孝成王) 7년, 진(秦)나라와 조나라가 장평(長平)에서 대치했다. 이때 (조나라의 장수) 조사(趙奢)는 이미 죽고 인상여(藺相如)는 병이 위독하여, 조왕은 염파(廉頗)로 하여금 군사를 거느리고 진나라를 공격하도록 했다. 진나라가 수차 조나라 군사를 격파하자 조나라 군사는 진지

【不能難(불능난)】: 난감하게 하지 못하다.
【謂(위)】: …라고 여기다, …라고 인정하다.
【善(선)】: 능숙하다, 뛰어나다.
【悉更(실경)】: 모두 바꾸다. 〖悉〗: 모두, 다. 〖更〗: 바꾸다.
【約束(약속)】: 규약.
【易置(역치)】: 배치를 바꾸다, 교체하다.
【軍吏(군리)】: 군 지휘관, 군 간부.

6 秦將白起聞之, 縱奇兵, 詳敗走, 而絶其糧道, 分斷其軍爲二, 士卒離心。→ 진나라 장수 백기(白起)가 이 말을 듣고, 기병을 풀어, 거짓으로 패주하는 척하다, 조나라의 보급로를 차단하여, 조나라 군사를 두 부분으로 갈라놓으니, 조나라 병사들은 마음이 흐트러졌다.
【白起(백기)】: [인명] 진(秦)나라의 장수.
【縱(종)】: 풀다.
【奇兵(기병)】: 적을 기습하는 군대.
【詳(양)】: 佯(양), 거짓으로 …하는 척하다.
【糧道(양도)】: 보급로.
【離心(이심)】: 마음이 흐트러지다.

7 四十餘日, 軍餓, 趙括出銳卒自博戰, 秦軍射殺趙括。→ 사십여 일이 지나, 조나라 군사들이 굶주리게 되자, 조괄은 정예병을 선발하여 친히 진나라 군사와 육박전을 벌렸는데, 진나라 군사가 조괄을 사살했다.
【出(출)】: 선발하다.
【銳卒(예졸)】: 정병, 정예병.
【博戰(박전)】: 육박전, 백병전.

를 고수하며 응전을 하지 않았다. 진나라가 수차 도발을 해도 염파는 나서려 들지 않았다. (이때) 조왕은 진나라 간첩이 유포한 말을 믿었다. 진나라 간첩이 유포한 말은 「진나라가 싫어하고 두려워하는 것은, 다만 마복군(馬服君) 조사의 아들 조괄(趙括)이 장수가 되는 것뿐이다.」라는 것이었다. 그리하여 조왕은 조괄을 장수로 삼아 염파를 대신했다. … 조괄은 젊어서부터 병법을 배우고 군사를 담론하여 천하에 자기를 당할 사람이 없다고 여겼다. (조괄이) 일찍이 부친 조사와 함께 군사에 관해 담론한 적이 있었다. 조사는 조괄을 난감하게 하지도 못했지만, 그러나 조괄을 능숙하다고 인정하지도 않았다. … 조괄은 염파를 대신한 이후 군대의 규약을 모두 바꾸고 군의 지휘관들을 교체했다. 진나라 장수 백기(白起)가 이 말을 듣고 기병을 풀어 거짓으로 패주하는 척하다 조나라의 보급로를 차단하여 조나라 군사를 두 부분으로 갈라놓으니 조나라 병사들은 마음이 흐트러졌다. 사십여 일이 지나 조나라 군사들이 굶주리게 되자 조괄은 정예병을 선발하여 친히 진나라 군사와 육박전을 벌렸는데, 진나라 군사가 조괄을 사살했다.

해설

조괄(趙括)은 장평(長平)전쟁을 참패로 몰아넣었다. 조괄의 인품이 겉만 번지르르하고 내실이 없다는 것은 세상이 다 알고 있다. 이러한 사람이 실내에서 허풍을 떨면 큰 해를 끼치지 않지만, 만일 국가 대사에 끼어든다면 낭패를 면할 수 없다. 그러나 조(趙)나라 효성왕(孝成王)은 그를 전쟁에 능하다고 여겨, 많은 사람의 반대에도 불구하고 독단을 부리다가 큰 착오를 빚어냈다. 따라서 현실성이 결여된 조괄의 허황한 병법 이론을 채택하여 나라에 누를 끼친 결정적 책임은 효성왕에게 있다.

이 우언은 탁상공론이 현실과 괴리되어 실제 문제를 해결할 수 없다는 점과 아울러 교조주의(教條主義)의 심각한 위해(危害)를 비난한 것이다.

053 이리복검(李離伏劍)

《史記 · 循吏列傳》

원문 및 주석

李離伏劍[1]

李離者, 晉文公之理也。過聽殺人, 自拘當死。[2] 文公曰:「官有貴賤, 罰有輕重。下吏有過, 非子之罪也。」[3] 李離曰:「臣居官爲長, 不

1 李離伏劍 → 이리(李離)가 칼을 들어 스스로 목숨을 끊다
【李離(이리)】: [인명] 진문공(晉文公) 때의 옥관(獄官).
【伏劍(복검)】: 칼로 자살하다, 칼을 들어 스스로 목숨을 끊다.

2 李離者, 晉文公之理也。過聽殺人, 自拘當死。→ 이리(李離)는, 진(晉)나라 문공(文公)의 옥관으로, (수하의 말을) 잘못 듣고 사람을 죽이는 바람에, (죄책감을 느껴) 자신을 옥에 가두고 마땅히 죽어야 한다고 했다.
【晉文公(진문공)】: 진(晉)나라의 군주. 성은 희(姬), 이름은 중이(重耳)이며 9년간(B.C. 636-B.C. 628) 재위했다. 제환공(齊桓公) · 진목공(秦穆公) · 초장왕(楚莊王) · 송양공(宋襄公)과 더불어 춘추오패(春秋五霸)의 하나. 『晉』: 지금의 산서성 일대에 있던 주대(周代)의 제후국. B.C. 375년 조씨(趙氏) · 한씨(韓氏) · 위씨(魏氏)가 진(晉)의 영토를 삼분하여 각기 조(趙) · 한(韓) · 위(魏) 세 나라로 독립했다.
【理(리)】: 옥관(獄官), 옥리(獄吏).
【過聽(과청)】: 말을 잘못 듣다.
【自拘(자구)】: 스스로 옥에 갇히다, 자신을 옥에 가두다.
【當(당)】: 마땅히, 당연히.

3 文公曰:「官有貴賤, 罰有輕重。下吏有過, 非子之罪也。」→ 문공이 말했다:「관직에는 귀천이 있고, 형벌에는 경중(輕重)이 있다. 아래 관리가 잘못을 저질렀으면, 그대의 죄가 아니다.」

與吏讓位; 受祿爲多, 不與下分利。今過聽殺人, 傅其罪下吏, 非所聞也。」辭不受令。[4] 文公曰 :「子則自以爲有罪, 寡人亦有罪邪?」[5] 李離曰 :「理有法, 失刑則刑, 失死則死。公以臣能聽微決疑, 故使爲理。今過聽殺人, 罪當死。」遂不受令, 伏劍而死。[6]

【過(과)】: 잘못, 과실.
【子(자)】: 그대, 당신.

4 李離曰 :「臣居官爲長, 不與吏讓位; 受祿爲多, 不與下分利。今過聽殺人, 傅其罪下吏, 非所聞也。」辭不受令。→ 이리가 말했다 :「저는 높은 관직에 있으면서, 하급 관리에게 지위를 양보하지 않았고; 많은 봉록을 받으면서, 아래 사람에게 이익을 나누어주지 않았습니다. 지금 (수하의 말을) 잘못 듣고 사람을 죽였다 하여, 그 죄를 하급 관리에게 전가하는 것은, 제가 듣던 바가 아닙니다.」 그리하여 임금의 사면령을 고사하고 받아들이지 않았다.
【居官(거관)】: 벼슬을 지내다.
【傅(부)】: 덧붙이다. 여기서는「미루다, 전가하다」의 뜻.
【辭(사)】: 고사하다, 거절하다.

5 文公曰 :「子則自以爲有罪, 寡人亦有罪邪?」→ 문공이 말했다 :「그대가 만일 스스로 죄가 있다고 여긴다면, 과인 또한 죄가 있지 않겠는가?」
【則(칙)】: 만약, 만일.
【以爲(이위)】: …라고 여기다, …라고 생각하다.
【寡人(과인)】: 과덕지인(寡德之人)이란 뜻으로 임금이 자신을 낮추어 부르는 말.

6 李離曰 :「理有法, 失刑則刑, 失死則死。公以臣能聽微決疑, 故使爲理。今過聽殺人, 罪當死。」遂不受令, 伏劍而死。→ 이리가 말했다 :「옥관은 규정이 있어, 형벌을 잘못 적용하면 자신이 형을 받아야 하고, 사람을 잘못 죽이면 자신이 죽어야 합니다. 임금님께서는 제가 능히 미미한 문제까지 잘 살펴 의혹을 해결한다고 여기시어, 저로 하여금 옥관을 맡도록 하셨습니다. 그런데 저는 지금 (수하의 말을) 잘못 듣고 사람을 죽였으니, 그 죄는 (제가) 마땅히 죽어야 합니다.」 그리하여 명령을 받아들이지 않고, 칼을 들어 스스로 목숨을 끊었다.
【法(법)】: 법도, 규정.
【失刑(실형)】: 형벌을 잘못 적용하다.
【失死(실사)】: 사람을 잘못 죽이다.
【公(공)】: [남자에 대한 존칭] 여기서는「군주」를 가리킨다.
【以(이)】: 以爲(이위), …라고 여기다, …라고 생각하다.
【聽微決疑(청미결의)】: 미세한 것을 알아들어 의혹을 해결하다.
【使(사)】: …하여금 …하게 하다.
【遂(수)】: 그리하여.

번역문

이리(李離)가 칼을 들어 스스로 목숨을 끊다

이리(李離)는 진(晉)나라 문공(文公)의 옥관으로, (수하의 말을) 잘못 듣고 사람을 죽이는 바람에 (죄책감을 느껴) 자신을 옥에 가두고 마땅히 죽어야 한다고 했다.

문공이 말했다.

「관직에는 귀천이 있고 형벌에는 경중(輕重)이 있다. 아래 관리가 잘못을 저질렀으면 그대의 죄가 아니다.」

이리가 말했다.

「저는 높은 관직에 있으면서 하급 관리에게 지위를 양보하지 않았고, 많은 봉록을 받으면서 아래 사람에게 이익을 나누어주지 않았습니다. 지금 (수하의 말을) 잘못 듣고 사람을 죽였다 하여, 그 죄를 하급 관리에게 전가하는 것은 제가 듣던 바가 아닙니다.」

그리하여 임금의 사면령을 고사하고 받아들이지 않았다. 문공이 말했다.

「그대가 만일 스스로 죄가 있다고 여긴다면 과인 또한 죄가 있지 않겠는가?」

이리가 말했다.

「옥관은 규정이 있어 형벌을 잘못 적용하면 자신이 형을 받아야 하고, 사람을 잘못 죽이면 자신이 죽어야 합니다. 임금님께서는 제가 능히 미미한 문제까지 잘 살펴 의혹을 해결한다고 여기시어 저로 하여금 옥관을 맡도록 하셨습니다. 그런데 저는 지금 (수하의 말을) 잘못 듣고 사람을 죽였으니 그 죄는 (제가) 마땅히 죽어야 합니다.」

그리하여 명령을 받아들이지 않고 칼을 들어 스스로 목숨을 끊었다.

해설

진문공(晉文公)의 옥관인 이리(李離)는 수하의 잘못된 보고를 믿고 오판하여 사람을 사형에 처했다. 이 일을 놓고 진문공과 이리가 책임 소재에 대한 논쟁을 벌였다. 이리는 오판의 책임을 하급관리에게 전가하지 않고 자신의 잘못으로 돌려 자신을 처형해야 한다고 주장했고, 진문공은 관직의 고하에 따라 형벌 또한 차등이 있어, 아래 사람의 잘못에 대한 책임을 윗사람이 질 필요가 없다고 했다. 그러나 이리는 끝내 왕명을 따르지 않고 자신의 목숨을 끊어 책임을 다하는 모습을 보여주었다.

이 우언은 이리의 준법정신을 통해 모든 잘못을 아래 사람에게 전가하며 책임질 줄 모르는 전제사회 통치계층의 모순을 비판하는 동시에 법 앞에서 누구나 평등해야 한다는 이치를 강조한 것이다.

054 후래거상(後來居上)

《史記 · 汲鄭列傳》

원문 및 주석

後來居上[1]

始黯列爲九卿, 而公孫弘、張湯爲小吏。[2] 及弘、湯稍益貴, 與黯同位, 黯又非毁弘、湯等。[3] 已而弘至丞相, 封爲侯; 湯至御史大夫; 故

1 後來居上 → 뒤에 와서 윗자리를 차지하다

2 始黯列爲九卿, 而公孫弘、張湯爲小吏。→ 당초 급암(汲黯)이 구경(九卿)의 반열에 있을 때, 공손홍(公孫弘)과 장탕(張湯)은 하급 관리였다.
【始(시)】: 처음, 당초.
【黯(암)】: [인명] 급암(汲黯). 한경제(漢景帝) 때 태자세마(太子洗馬)를 지냈고, 무제(武帝) 때 알자(謁者)를 지냈다.
【列爲九卿(열위구경)】: 구경의 반열에 들다. 〖九卿〗: 아홉 대신. 주대(周代)에 최고의 대신(大臣)으로 소사(少師) · 소부(少傅) · 소보(少保) · 총재(冢宰) · 사도(司徒) · 종백(宗伯) · 사마(司馬) · 사구(司寇) · 사공(司空) 등이 있었다.
【公孫弘(공손홍)】: [인명] 한(漢)나라 설(薛) 사람으로 젊어서 옥리를 지내다가 죄를 지어 파면 당했으나, 나이 마흔에 춘추잡설(春秋雜說)을 배워 무제(武帝) 초기에 박사가 되었고, 후에 승상에 올라 평진후(平津侯)에 봉해졌다.
【張湯(장탕)】: [인명] 한무제(漢武帝) 때 어사대부(御史大夫)를 지냈다.

3 及弘、湯稍益貴, 與黯同位, 黯又非毁弘、湯等。→ 공손홍과 장탕이 점차 승진하여, 급암과 같은 직위에 이르자, 급암은 또 공손홍과 장탕 등을 비방했다.
【稍(초)】: 점차, 점점.
【益貴(익귀)】: 더욱 귀하게 되다. 즉 「승진하다」의 뜻.
【非毁(비훼)】: 비난하다, 비방하다.

黯時丞相史皆與黯同列, 或尊用過之。[4] 黯褊心, 不能無少望, 見上, 前言曰 :「陛下用羣臣如積薪耳, 後來者居上。」上默然。[5]

번역문

뒤에 와서 윗자리를 차지하다

당초 급암(汲黯)이 구경(九卿)의 반열에 있을 때 공손홍(公孫弘)과 장탕(張湯)은 하급 관리였다. 공손홍과 장탕이 점차 승진하여 급암과 같은 직위

4 已而弘至丞相, 封爲侯; 湯至御史大夫; 故黯時丞相史皆與黯同列, 或尊用過之。→ 얼마 후 공손홍이 승상이 되어, 평진후(平津侯)에 봉해지고; 장탕이 어사대부에 오르니, 예전 급암의 수하였던 군승(郡丞)과 서사(書史)가 모두 급암과 같은 반열이거나, 혹은 중용되어 급암을 초월했다.
【已而(이이)】: 얼마 후.
【侯(후)】: [작위] 후작. 여기서는 공손홍이 봉해진 「평진후」를 가리킨다.
【御史大夫(어사대부)】: [관직].
【故(고)】: 예전, 과거.
【丞相史(승상사)】: 「丞, 史」의 오류로 보인다. 《한서(漢書) · 급암전(汲黯傳)》과 《사기(史記)》 회주본(會注本)에는 모두 「相」자가 없다. 〖丞, 史〗: 군(郡)의 관직인 군승(郡丞)과 서사(書史).
【同列(동렬)】: 같은 반열.
【尊用(존용)】: 중용되다.
【過(과)】: 능가하다, 초월하다.

5 黯褊心, 不能無少望, 見上, 前言曰 :「陛下用羣臣如積薪耳, 後來者居上。」上默然。→ 급암은 마음이 편협하여, 어느 정도 원한이 없을 수가 없었다. 그리하여 왕을 보자, 앞으로 가서 말했다 :「폐하께서 신하들을 기용하는 방식은 마치 장작을 쌓는 것과 같아, 뒤에 온 사람이 윗자리에 있습니다.」 임금은 묵묵히 대꾸하지 않았다.
【褊心(편심)】: 마음이 편협하다.
【少(소)】: 다소, 어느 정도.
【望(망)】: 원한, 원망.
【陛下(폐하)】: 황제나 황후에 대한 존칭.
【用(용)】: 기용하다.
【如(여)】: 마치 …같다.
【積薪(적신)】: 장작을 쌓다. 〖薪〗: 장작, 땔나무.
【默然(묵연)】: 묵묵히 말이 없는 모양.

에 이르자 급암은 또 공손홍과 장탕 등을 비방했다. 얼마 후 공손홍이 승상이 되어 평진후(平津侯)에 봉해지고 장탕이 어사대부에 오르니 예전 급암의 수하였던 군승(郡丞)과 서사(書史)가 모두 급암과 같은 반열이거나 혹은 중용되어 급암을 초월했다. 급암은 마음이 편협하여 어느 정도 원한이 없을 수가 없었다. 그리하여 왕을 보자 앞으로 가서 말했다.

「폐하께서 신하들을 기용하는 방식은 마치 장작을 쌓는 것과 같아 뒤에 온 사람이 윗자리에 있습니다.」

임금은 묵묵히 대꾸하지 않았다.

해설

봉건시대의 인재(人才) 기용은 자격을 따지고 서열을 중시했으나 한무제(漢武帝)는 이러한 관행을 타파했다. 급암(汲黯)은 마음이 편협하여 후발주자가 윗자리에 올 수 있다는 것을 이해하지 못하고 한무제에 대해 불만을 품었다.

모든 사물은 신진대사를 거쳐야 발전한다는 필연적인 규율을 지니고 있어 발전과 낙후는 결코 고정불변하는 것이 아니다. 따라서 인재의 발탁과 기용에 있어서 자격을 따지고 서열을 중시하는 것은 결코 옳은 방법이 아니다.

이 우언은 인재의 발탁과 기용에 있어서 연공서열(年功序列)을 타파하고 자질과 능력을 중시한 한무제의 통치방법을 통해, 인재 선발 제도에 대한 개혁의 필요성을 강조한 것이다.

055 소욕자사(所欲者奢)

《史記 · 滑稽列傳》

원문 및 주석

所欲者奢[1]

威王八年, 楚大發兵加齊。[2] 齊王使淳于髡之趙請救兵, 齎金百斤, 車馬十駟。淳于髡仰天大笑, 冠纓索絕。[3] 王曰 :「先生少之乎?」

……………

1 所欲者奢 → 바라는 바가 지나치다
【欲(욕)】: 바라다, 원하다.
【奢(사)】: 많다, 과분하다, 지나치다.

2 威王八年, 楚大發兵加齊。→ 제(齊)나라 위왕(威王) 8년에, 초(楚)나라가 대거 병력을 동원하여 제(齊)나라를 침공했다.
【威王八年(위왕팔년)】: 제(齊)나라 위왕(威王) 8년(B.C. 378).
【楚(초)】: [국명] 지금의 호남성 · 호북성과 강서성 · 절강성 및 하남성 남부에 걸쳐 있던 주대(周代)의 제후국.
【發兵(발병)】: 출병하다, 병력을 동원하다.
【加(가)】: 공격하다, 침공하다.
【齊(제)】: [국명] 지금의 산동성 북부와 하북성 남부 일대에 걸쳐 있던 주대(周代)의 제후국.

3 齊王使淳于髡之趙請救兵, 齎金百斤, 車馬十駟。淳于髡仰天大笑, 冠纓索絕。→ 제왕(齊王)이 순우곤(淳于髡)으로 하여금 조(趙)나라에 가서 원군을 요청토록 하고, 황금 백 근과, 대당 네 마리의 말이 끄는 수레 열 대를 선물하도록 했다. 이에 순우곤이 하늘을 쳐다보며 크게 웃다가, 갓끈이 다 끊어졌다.
【使(사)】: …하여금 …하게 하다.
【淳于髡(순우곤)】: [인명] 성은 순우(淳于), 이름은 곤(髡)이며, 제(齊)나라 사람으로 익살스럽고 말재간이 좋아, 여러 차례 사신으로 나가 제후들을 방문했지만 한 번도 굴욕을 당한 적이 없었다.

髡曰 :「何敢!」 王曰 :「笑豈有說乎?」[4] 髡曰 :「今者臣從東方來, 見道傍有禳田者, 操一豚蹄, 酒一盂, 祝曰 :『甌窶滿篝, 汙邪滿車, 五穀蕃熟, 穰穰滿家。』 臣見其所持者狹而所欲者奢, 故笑之。」[5] 於是,

---

【之(지)】: 가다.

【趙(조)】: [국명] 지금의 산서성 북부와 중부 및 하북성 서부와 남부 지역에 있던 주대(周代)의 제후국. 본래 진(晉)나라에 속했으나 B.C. 375년 조씨(趙氏) · 한씨(韓氏) · 위씨(魏氏)가 진(晉)의 영토를 삼분하여 각기 조(趙) · 한(韓) · 위(魏) 세 나라로 독립했다.

【救兵(구병)】: 원군, 구원병.

【齎(재)】: 선물하다.

【駟(사)】: 한 대당 4마리의 말이 끄는 수레.

【冠纓(관영)】: 갓끈.

【索(삭)】: 모두, 다.

4 王曰 :「先生少之乎?」 髡曰 :「何敢!」 王曰 :「笑豈有說乎?」 → 위왕이 물었다 :「선생은 그것을 적다고 생각하시오?」 순우곤이 대답했다 :「어찌 감히 적다하겠습니까!」 위왕이 물었다 :「웃은 것은 어찌 할 말이 있어서가 아니겠소?」

【少(소)】: [동사용법] 적다고 여기다.

【豈(기)】: 어찌.

5 髡曰 :「今者臣從東方來, 見道傍有禳田者, 操一豚蹄, 酒一盂, 祝曰 :『甌窶滿篝, 汙邪滿車, 五穀蕃熟, 穰穰滿家。』 臣見其所持者狹而所欲者奢, 故笑之。」 → 순우곤이 말했다 :「오늘 제가 동쪽에서 오다가, 길가에서 전신(田神)에게 풍작을 비는 사람을 보았는데, 돼지 발굽 하나와 술 한 주전자를 들고, 축원하길 :『고지(高地)의 좁은 땅에서는 광주리에 가득 차고, 저습한 밭에서는 수레에 가득 차고, 오곡이 무성하고 잘 익어, 풍성한 수확이 집안에 가득하게 해주옵소서!』라고 빌고 있었습니다. 저는 그가 손에 들고 있는 것은 적은데, 바라는 바가 지나친 것을 보았기 때문에, 그래서 웃었습니다.」

【臣(신)】: 신, 저. ※군주에 대한 백성이나 신하의 자칭.

【禳田者(양전자)】: 전신(田神)에게 풍작을 비는 사람. 〖禳〗: 빌다, 기도하다.

【操(조)】: 들다, 잡다.

【豚蹄(돈제)】: 돼지 발굽.

【盂(우)】: 주전자.

【甌窶(구루)】: 지대가 높고 좁은 땅, 고지(高地)의 좁은 땅.

【篝(구)】: 광주리.

【汙邪(오사)】: 지세가 저습한 밭.

【蕃熟(번숙)】: 무성하고 잘 익다.

【穰穰(양양)】: 풍성한 수확.

【狹(협)】: 少(소), 적다.

齊威王乃益齎黃金千溢, 白璧十雙, 車馬百駟。[6] 髡辭而行, 至趙。趙王與之精兵十萬, 革車千乘。楚聞之, 夜引兵而去。[7]

번역문

바라는 바가 지나치다

제(齊)나라 위왕(威王) 8년에 초(楚)나라가 대거 병력을 동원하여 제(齊)나라를 침공했다. 제왕(齊王)이 순우곤(淳于髡)으로 하여금 조(趙)나라에 가서 원군을 요청토록 하고 황금 백 근(斤)과 대당 네 마리의 말이 끄는 수레 열 대를 선물하도록 했다. 이에 순우곤이 하늘을 쳐다보며 크게 웃다가 갓끈이 다 끊어졌다.

위왕이 물었다.

「선생은 그것을 적다고 생각하시오?」

순우곤이 대답했다.

6 於是, 齊威王乃益齎黃金千溢, 白璧十雙, 車馬百駟。→ 그리하여, 제위왕은 곧 황금 천 일(鎰)과 백옥 열 쌍과, 대당 네 마리의 말이 끄는 수레 백 대를 추가하여 보냈다.
【於是(어시)】: 이에, 그리하여.
【乃(내)】: 곧, 바로.
【益齎(익재)】: 추가하여 보내다
【溢(일)】: [중량 단위] 鎰(일), 20량 또는 24량. ※판본에 따라서는 「溢」을 「鎰」이라 했다.

7 髡辭而行, 至趙。趙王與之精兵十萬, 革車千乘。楚聞之, 夜引兵而去。→ 순우곤이 작별을 고하고 떠나, 조나라에 이르자, 조왕이 순우곤에게 정병 십만과 혁거(革車) 천 대를 주었다. 초나라는 이 소식을 듣고 나서, 밤중에 군사를 이끌고 철수해 버렸다.
【辭(사)】: 작별을 고하다.
【與之(여지)…】: 순우곤에게 …을 주다. 「之」: [대명사] 그, 즉 순우곤.
【革車(혁거)】: 가죽으로 만든 병거.
【乘(승)】: [양사] 대, 량.
【去(거)】: 철수하다.

「어찌 감히 적다하겠습니까!」

위왕이 물었다.

「웃은 것은 어찌 할 말이 있어서가 아니겠소?」

순우곤이 말했다.

「오늘 제가 동쪽에서 오다가 길가에서 전신(田神)에게 풍작을 비는 사람을 보았는데, 돼지 발굽 하나와 술 한 주전자를 들고 축원하길 『고지(高地)의 좁은 땅에서는 광주리에 가득 차고, 저습한 밭에서는 수레에 가득 차고, 오곡이 무성하고 잘 익어 풍성한 수확이 집안에 가득하게 해주옵소서!』라고 빌고 있었습니다. 저는 그가 손에 들고 있는 것은 적은데 바라는 바가 지나친 것을 보았기 때문에, 그래서 웃었습니다.」

그리하여 제위왕은 곧 황금 천 일(鎰)과 백옥 열 쌍과 대당 네 마리의 말이 끄는 수레 백 대를 추가하여 보냈다. 순우곤이 작별을 고하고 떠나 조나라에 이르자, 조왕이 순우곤에게 정병 십만과 혁거(革車) 천 대를 주었다. 초나라는 이 소식을 듣고 나서 밤중에 군사를 이끌고 철수해 버렸다.

해설

사람의 소망은 반드시 자신의 노력과 서로 부응해야 하고, 계획은 반드시 현재의 조건과 서로 호응해야 한다. 공을 들이지 않거나 적게 들이고 어떤 숭고한 이상이나 거대한 계획이 하루아침에 실현되기를 기도한다면, 그것이야말로 순우곤(淳于髡)이 말하는 「손에 들고 있는 것은 적은데 바라는 바가 지나친 것」이다.

이 우언은 상응하는 노력이나 투자 없이 불로소득을 바라는 불성실한 사람의 몰염치한 망상을 풍자한 것이다.

056 초왕장마(楚王葬馬)

《史記 · 滑稽列傳》

원문 및 주석

楚王葬馬[1]

優孟, 故楚之樂人也。長八尺, 多辯, 常以談笑諷諫。[2] 楚莊王之時, 有所愛馬, 衣以文繡, 置之華屋之下, 席以露牀, 啗以棗脯。[3] 馬

1 楚王葬馬 → 초왕(楚王)이 말을 장사지내다
【楚(초)】: [국명] 지금의 호남성 · 호북성과 강서성 · 절강성 및 하남성 남부에 걸쳐 있던 주대(周代)의 제후국.

2 優孟, 故楚之樂人也。長八尺, 多辯, 常以談笑諷諫。→ 우맹(優孟)은 옛날 초(楚)나라의 예인(藝人)으로, 신장이 8척인데, 말재간이 뛰어나, 항상 담소하는 방식으로 완곡하게 간했다.
【優孟(우맹)】: 「우인(優人) 맹(孟)」이라는 뜻. 우맹은 골계에 매우 뛰어났다. 〖優〗: 옛날 음악 또는 연기를 생업으로 하던 예인(藝人).
【故(고)】: 옛날, 예전.
【樂人(악인)】: 예인(藝人).
【多辯(다변)】: 말재간이 뛰어나다.
【諷諫(풍간)】: 완곡한 표현으로 간하다.

3 楚莊王之時, 有所愛馬, 衣以文繡, 置之華屋之下, 席以露牀, 啗以棗脯。→ 초(楚)나라 장왕(莊王) 때, 왕의 애마(愛馬)가 있었는데, 무늬를 수놓은 옷을 입히고, 화려한 집에 살게 하고, 장막이 없는 침상으로 잠자리를 만들어주고, 설탕에 절여 만든 대추를 먹였다.
【楚莊王(초장왕)】: 춘추시대 초(楚)나라의 군주로 23년간(B.C. 613-B.C. 591) 재위했으며, 제환공(齊桓公) · 진목공(秦穆公) · 진문공(晉文公) · 송양공(宋襄公)과 더불어 춘추오패(春秋五霸)의 하나.
【衣(의)】: [동사] (옷을) 입히다.
【文繡(문수)】: 무늬를 수놓은 옷.

病肥死, 使群臣喪之, 欲以棺槨大夫禮葬之。左右爭之, 以爲不可。[4] 王下令曰 :「有敢以馬諫者, 罪至死。」優孟聞之, 入殿門, 仰天大哭。[5] 王驚而問其故, 優孟曰 :「馬者, 王之所愛也, 以楚國堂堂之大, 何求不得? 而以大夫禮葬之, 薄, 請以人君禮葬之。」[6] 王曰 :「何

【置(치)】: 놓다, 두다. 여기서는 「살게 하다」의 뜻.
【席(석)】: [동사용법] 자리를 만들어 주다.
【露牀(노상)】: 장막이 없는 침상.
【啗(담)】: 먹이다.
【棗脯(조포)】: 설탕에 절여 말린 대추.

4 馬病肥死, 使群臣喪之, 欲以棺槨大夫禮葬之。左右爭之, 以爲不可。→ 이로 인해 말이 살찌는 병이 들어 죽었다. (장왕은) 여러 신하들로 하여금 상을 치르게 하면서, 관곽(棺槨)을 사용하여 대부(大夫)의 예로써 장례를 치르고자 했다. 주변 사람들은 이에 대해 논쟁을 벌이며, 이렇게 하면 안 된다고 여겼다.
【病肥(병비)】: 살찌는 병이 들다.
【使(사)】: …로 하여금 …하게 하다.
【喪(상)】: [동사] 상을 치르다.
【欲(욕)】: …하고자 하다, …하기를 바라다.
【棺槨(관곽)】: 시체를 넣는 속 널을 「棺」이라 하고 겉 널을 「槨」이라 한다.
【葬(장)】: 매장하다, 장사지내다.
【左右(좌우)】: 측근, 주변 사람들.
【以爲(이위)】: …라고 여기다, …라고 생각하다.

5 王下令曰 :「有敢以馬諫者, 罪至死。」優孟聞之, 入殿門, 仰天大哭。→ 장왕이 명령을 내렸다 :「감히 말의 장례를 가지고 간하는 자가 있으면, 사형에 처할 것이다.」우맹이 이 말을 듣고, 궁전으로 들어가, 하늘을 우러러보며 큰 소리로 통곡했다.
【罪至死(죄지사)】: 죄로 죽음에 이르다. 즉 「사형에 처하다」의 뜻.
【殿門(전문)】: 궁전문, 궁전.
【仰天(앙천)】: 하늘을 우러러보다.

6 王驚而問其故, 優孟曰 :「馬者, 王之所愛也, 以楚國堂堂之大, 何求不得? 而以大夫禮葬之, 薄, 請以人君禮葬之。」→ 장왕이 놀라 그 까닭을 물으니, 우맹이 대답했다 :「(죽은) 말은 임금님께서 가장 사랑했는데, 초나라의 강대한 힘에 의존하면, 무엇인들 못하겠습니까? 대부의 예로써 장례를 치른다면, 격이 낮으니, 청컨대 군주의 예로써 장례를 치르시기 바랍니다.」
【故(고)】: 연고, 까닭.
【堂堂之大(당당지대)】: 당당하고 큰 모양, 강대한 모양.
【薄(박)】: 엷다. 여기서는 「격이 낮다, 빈약하다」의 뜻.

如?」對曰:「臣請以彫玉爲棺, 文梓爲椁, 楩楓豫章爲題湊,[7] 發甲卒爲穿壙, 老弱負土, 齊趙陪位於前, 韓魏翼衛其後, 廟食太牢, 奉以萬戶之邑。[8] 諸侯聞之, 皆知大王賤人而貴馬也。」[9] 王曰:「寡人之

---

7 王曰:「何如?」對曰:「臣請以彫玉爲棺, 文梓爲椁, 楩楓豫章爲題湊, → 장왕이 물었다:「어떻게 하면 되겠소?」 우맹이 대답했다:「저는 조각한 옥으로 관(棺)을 만들고, 무늬를 새긴 가래나무로 곽(槨)을 만들고, 편나무와 단풍나무와 예장나무로 영구(靈柩)를 안치하는 곽실(槨室)을 만들고,
【以(이)…爲(위)…】: …을 가지고 …을 만들다.
【彫玉(조옥)】: 조각한 옥.
【文梓(문재)】: 무늬를 새긴 가래나무.
【椁(곽)】: 槨(곽), 겉 널.
【楩楓豫章(편풍예장)】: 녹나무[楩]·단풍나무[楓]·예장나무[豫章].
【題湊(제주)】: 영구(靈柩)를 안치하는 곽실(槨室).

8 發甲卒爲穿壙, 老弱負土, 齊趙陪位於前, 韓魏翼衛其後, 廟食太牢, 奉以萬戶之邑。→ 병사들을 파견하여 말을 위해 묘혈을 파고, 노인과 아이들은 흙을 져 날라 무덤을 쌓고, 제(齊)나라와 조(趙)나라의 사절(使節)은 앞에서 모시고, 한(韓)나라와 위(魏)나라 사절은 뒤에서 호위하고, 사당의 제사 음식은 태뢰(太牢)를 사용하고, 만 호의 읍(邑)으로 봉양할 것을 청합니다.
【發(발)】: 파견하다.
【甲卒(갑졸)】: 무장한 병사.
【穿壙(천광)】: 묘혈(墓穴)을 파다.
【老弱(노약)】: 노인과 어린아이.
【齊(제)】: [국명] 지금의 산동성 북부와 하북성 남부 일대에 걸쳐 있던 주대(周代)의 제후국.
【趙(조)】: [국명] 지금의 산서성 북부와 중부 및 하북성 서부와 남부 지역에 있던 주대(周代)의 제후국. 본래 진(晉)나라에 속했으나 B.C. 375년 조씨(趙氏)·한씨(韓氏)·위씨(魏氏)가 진(晉)의 영토를 삼분하여 각기 조(趙·한(韓)·위(魏) 세 나라로 독립했다.
【陪位(배위)】: 모시다, 수행하다
【韓(한)】: [국명] 지금의 하남성 중부와 산서성 동남부에 있던 주대(周代)의 제후국. ※주 8【趙(조)】 참조.
【魏(위)】: [국명] 지금의 하남성 북부와 섬서성 동부·산서성 서남부·하북성 남부에 걸쳐 있던 주대(周代)의 제후국. ※주 8【趙(조)】 참조. 위나라는 최초 안읍(安邑)에 도읍을 정했다가 혜왕(惠王) 때 대량(大梁)으로 천도하여 국호를 양(梁)이라 했다.
【翼衛(익위)】: 호위하다.
【廟食(묘식)】: 사당(祠堂)의 제사 음식.
【太牢(태뢰)】: 제사의 제물로 소·양·돼지를 통째로 바치는 일.
【奉(봉)】: 봉양하다.

9 諸侯聞之, 皆知大王賤人而貴馬也。」→ 각국의 제후들이 이 이야기를 들으면, 모두가 대왕

過一至此乎! 爲之柰何?」[10] 優孟曰:「請爲大王六畜葬之。以壟竈爲椁, 銅歷爲棺, 齎以薑棗, 薦以木蘭, 祭以糧稻, 衣以火光, 葬之於人腹腸。」[11]

번역문

초왕(楚王)이 말을 장사지내다

우맹(優孟)은 옛날 초(楚)나라의 예인(藝人)으로 신장이 8척인데 말재간이 뛰어나 항상 담소하는 방식으로 완곡하게 간했다. 초(楚)나라 장왕(莊

께서 사람을 천시하고 말을 귀하게 여긴다는 것을 알 것입니다.」

10 王曰:「寡人之過一至此乎! 爲之柰何?」→ 왕이 말했다:「과인의 잘못이 마침내 이러한 지경에까지 이르렀구려! 이를 어떻게 처리하면 좋겠소?」
【寡人(과인)】: 과덕지인(寡德之人)이란 의미로 임금이 자신을 낮추어 부르는 말.
【過(과)】: 허물, 잘못.
【一(일)】: 마침내, 결국.
【柰何(내하)】: 어찌하다, 어떻게 하다.

11 優孟曰:「請爲大王六畜葬之。以壟竈爲椁, 銅歷爲棺, 齎以薑棗, 薦以木蘭, 祭以糧稻, 衣以火光, 葬之於人腹腸。」→ 우맹이 말했다:「청컨대 대왕을 위해 가축을 대하는 방식으로 장례를 치르십시오. (말하자면) 흙을 쌓아 만든 부뚜막으로 곽(椁)을 삼고, 구리로 만든 가마솥으로 관을 삼고, 생강과 대추로 조리하고, 목란을 바닥에 깔고, 쌀로 제물(祭物)을 만들고, 불로 푹 삶아서, 그것을 사람들의 뱃속에 매장하는 것입니다.」
【六畜(육축)】: 말·소·양·닭·개·돼지 등 여섯 종류의 가축. 여기서는 「가축」을 가리킨다.
【壟竈(농조)】: 흙을 쌓아 만든 부뚜막.
【銅歷(동력)】: 구리로 만든 가마솥.
【齎(제)】: 劑(제), 배합하다, 조제하다. 여기서는 「조리하다, 맛을 내다」의 뜻.
【薑棗(강조)】: 생강과 대추.
【薦(천)】: (바닥에) 깔다.
【木蘭(목란)】: 목란.
【糧稻(양도)】: 쌀.
【衣以火光(의이화광)】: 불로 옷을 만들어 입히다. 즉 「불을 때서 삶다」의 뜻.
【腹腸(복장)】: 뱃속의 창자.

王) 때 왕의 애마(愛馬)가 있었는데, 무늬를 수놓은 옷을 입히고, 화려한 집에 살게 하고, 장막이 없는 침상으로 잠자리를 만들어주고, 설탕에 절여 만든 대추를 먹였다. 이로 인해 말이 살찌는 병이 들어 죽었다. (장왕은) 여러 신하들로 하여금 상을 치르게 하면서 관곽(棺槨)을 사용하여 대부(大夫)의 예로써 장례를 치르고자 했다. 주변 사람들은 이에 대해 논쟁을 벌이며 이렇게 하면 안 된다고 여겼다.

장왕이 명령을 내렸다.

「감히 말의 장례를 가지고 간하는 자가 있으면 사형에 처할 것이다.」

우맹이 이 말을 듣고 궁전으로 들어가 하늘을 우러러보며 큰 소리로 통곡했다. 장왕이 놀라 그 까닭을 물으니 우맹이 대답했다.

「(죽은) 말은 임금님께서 가장 사랑했는데, 초나라의 강대한 힘에 의존하면 무엇인들 못하겠습니까? 대부의 예로써 장례를 치른다면 격이 낮으니 청컨대 군주의 예로써 장례를 치르시기 바랍니다.」

장왕이 물었다.

「어떻게 하면 되겠소?」

우맹이 대답했다.

「저는 조각한 옥으로 관(棺)을 만들고, 무늬를 새긴 가래나무로 곽(槨)을 만들고, 편나무(楩)와 단풍나무(楓)와 예장나무(豫章)로 영구(靈柩)를 안치하는 곽실(槨室)을 만들고, 병사들을 파견하여 말을 위해 묘혈을 파고, 노인과 아이들은 흙을 져 날라 무덤을 쌓고, 제(齊)나라와 조(趙)나라의 사절(使節)은 앞에서 모시고, 한(韓)나라와 위(魏)나라 사절은 뒤에서 호위하고, 사당의 제사 음식은 태뢰(太牢)를 사용하고, 만 호의 읍(邑)으로 봉양할 것을 청합니다. 각국의 제후들이 이 이야기를 들으면 모두가 대왕께서 사람을 천시하고 말을 귀하게 여긴다는 것을 알 것입니다.」

왕이 말했다.

「과인의 잘못이 마침내 이러한 지경에까지 이르렀구려! 이를 어떻게 처리하면 좋겠소?」

우맹이 말했다.

「청컨대 대왕을 위해 가축을 대하는 방식으로 장례를 치르십시오. (말하자면) 흙을 쌓아 만든 부뚜막으로 곽(槨)을 삼고, 구리로 만든 가마솥으로 관을 삼고, 생강과 대추로 조리하고, 목란을 바닥에 깔고, 쌀로 제물(祭物)을 만들고, 불로 푹 삶아서, 그것을 사람들의 뱃속에 매장하는 것입니다.」

해설

봉건전제 사회에서는 군주에게 직설적으로 간하다가 군주의 노여움을 사서 불운을 겪는 경우가 매우 흔하다. 그리하여 우맹(優孟)은 초왕(楚王)의 뜻에 적극 영합하는 척하면서 역으로 간하는 방법을 채택하여 겉으로 보기에는 마치 초왕을 두둔하는 것 같지만 실제로는 초왕의 행위가 황당무계하고 피해가 막대하다는 것을 지적하여 초왕으로 하여금 잘못을 깨닫도록 했다.

이 우언은 윗사람의 그릇된 인식을 바꾸도록 간할 경우, 최선의 효과를 거두기 위해서는 상대방의 오해를 야기하지 않으면서 상대방으로 하여금 쉽게 받아들일 수 있는 방법을 찾는 것이 무엇보다도 중요하다는 이치를 설명한 것이다.

《신서新序》 우언

유향(劉向 : B.C. 77-B.C. 6)은 본명이 경생(更生), 자가 자정(子政)이며, 패(沛)[지금의 강소성 패현(沛縣)] 사람으로 한고조(漢高祖) 유방(劉邦)의 배다른 아우인 초원왕(楚元王) 유교(劉交)의 4세손이자 서한(西漢) 후기의 저명한 경학가 · 문학가이다.

유향은 성제(成帝) 때 광록대부(光祿大夫)에 임명되어 고적(古籍)을 교열하는 책임을 맡아 중국 최초의 도서 분류 목록인 《별록(別錄)》을 지었고, 이밖에도 《상서홍범오행전론(尙書洪範五行傳論)》《신서(新序)》《설원(說苑)》《열녀전(列女傳)》 등 많은 저술을 남겼다.

현재 전하는 《신서》 10권은 순(舜) · 우(禹)로부터 주(周) · 진(秦)이래 옛사람들의 가언(嘉言)과 선행(善行)에 관한 170여 개의 고사를 수록한 설화집으로 체제가 《설원》과 비슷하며 내용이 심오한 교훈적 의미를 지니고 있다.

057 매양두사(埋兩頭蛇)

《新序・雜事一》

원문 및 주석

埋兩頭蛇[1]

孫叔敖爲嬰兒之時, 出遊, 見兩頭蛇, 殺而埋之, 歸而泣。[2] 其母問其故, 叔敖對曰 :「吾聞見兩頭蛇之者死, 嚮者吾見之, 恐去母而死也。」[3] 其母曰 :「蛇今安在?」曰 :「恐他人又見, 殺而埋之矣。」[4] 其母

1 埋兩頭蛇 → 머리가 둘 달린 뱀을 땅에 묻다
【埋(매)】: 땅에 묻다, 매장하다.
【兩頭蛇(양두사)】: 머리가 둘 달린 뱀. ※이 뱀을 본 사람은 죽는다는 전설이 있다.

2 孫叔敖爲嬰兒之時, 出遊, 見兩頭蛇, 殺而埋之, 歸而泣。→ 손숙오(孫叔敖)가 어린아이 시절, 밖에 나가서 놀다가, 머리가 둘 달린 뱀을 보고, 그것을 죽여 땅에 묻어버리고, 집에 돌아와 흐느껴 울었다.
【孫叔敖(손숙오)】: [인명] 초(楚)나라의 저명한 정치가로 초장왕(楚莊王) 때 영윤(令尹)을 지냈다.
【嬰兒(영아)】: 어린아이. ※현대 한어의 「갓난아이」라는 의미와 다르다.

3 其母問其故, 叔敖對曰 :「吾聞見兩頭蛇之者死, 嚮者吾見之, 恐去母而死也。」→ 어머니가 그 까닭을 물으니, 숙오가 대답했다 :「저는 머리가 둘 달린 뱀을 본 사람은 죽는다고 들었는데, 방금 제가 그것을 봐서, 어머니 곁을 떠나 죽을까봐 두렵습니다.」
【故(고)】: 연고, 까닭.
【嚮者(향자)】: 방금.
【恐(공)】: 두려워하다.
【去(거)】: 떠나다.

4 其母曰 :「蛇今安在?」曰 :「恐他人又見, 殺而埋之矣。」→ 어머니가 말했다 :「뱀이 지금 어

曰 :「吾聞有陰德者, 天報之以福, 汝不死也。」[5] 及長, 爲楚令尹, 未治, 而國人信其仁也。[6]

번역문

머리가 둘 달린 뱀을 땅에 묻다

손숙오(孫叔敖)가 어린아이 시절, 밖에 나가서 놀다가 머리가 둘 달린 뱀을 보고 그것을 죽여 땅에 묻어버리고 집에 돌아와 흐느껴 울었다. 어머니가 그 까닭을 물으니 숙오가 대답했다.

「저는 머리가 둘 달린 뱀을 본 사람은 죽는다고 들었는데, 방금 제가 그것을 봐서 어머니 곁을 떠나 죽을까봐 두렵습니다.」

어머니가 말했다.

「뱀이 지금 어디에 있느냐?」

················

디에 있느냐?」(숙오가) 대답했다 :「다른 사람이 또 볼까봐 두려워, 그 뱀을 죽여 땅에 묻었습니다.」
【安(안)】: 어디.

5 其母曰 :「吾聞有陰德者, 天報之以福, 汝不死也。」→ 어머니가 말했다 :「내가 듣건대 음덕(陰德)을 쌓은 사람은, 하늘이 복을 내려 보답한다고 하니, 너는 죽지 않는다.」
【陰德(음덕)】: 남의 눈에 띄지 않게 행하는 덕행.
【汝(여)】: 너, 당신.

6 及長, 爲楚令尹, 未治, 而國人信其仁也。→ (숙오는) 장성하여, 초(楚)나라의 영윤(令尹)이 되었는데, 아직 (부임하여) 다스리기도 전에, 나라 사람들이 그의 인덕(仁德)을 신뢰하고 복종했다.
【及(급)】: …에 이르다.
【楚(초)】: [국명] 지금의 호남성 · 호북성과 강서성 · 절강성 및 하남성 남부에 걸쳐 있던 주대(周代)의 제후국.
【令尹(영윤)】: 초(楚)나라의 최고 행정장관. 재상에 해당하는 직책.
【未治(미치)】: 아직 다스리기 이전.
【信其仁(신기인)】: 그의 인덕(仁德)을 신뢰하고 복종하다. 〖信〗: 신복(信服)하다, 믿고 복종하다.

(숙오가) 대답했다.

「다른 사람이 또 볼까봐 두려워, 그 뱀을 죽여 땅에 묻었습니다.」

어머니가 말했다.

「내가 듣건대 음덕(陰德)을 쌓은 사람은 하늘이 복을 내려 보답한다고 하니 너는 죽지 않는다.」

(숙오는) 장성하여 초(楚)나라의 영윤(令尹)이 되었는데, 아직 (부임하여) 다스리기도 전에 나라 사람들이 그의 인덕(仁德)을 신뢰하고 복종했다.

해설

손숙오(孫叔敖)는 사람이 머리가 둘 달린 뱀을 보면 죽는다는 말을 믿고, 그러한 뱀을 보자마자 죽여 땅에 묻어버렸다. 다른 사람이 보고 피해를 당할 것을 우려했기 때문이다. 피해는 자기 하나로 끝내고 남에게 피해가 가지 않도록 하려는 어린아이의 마음씨가 가상하고 갸륵하다.

이 우언은 비록 미신의 요소가 내재되어 있기는 하지만 손숙오의 아름다운 미덕을 찬양하고 사람들의 선행을 고취한 것이다.

058 족기자망(足己者亡)

《新序 · 雜事一》

원문 및 주석

足己者亡[1]

昔者, 魏武侯謀事而當, 群臣莫能逮, 朝退而有喜色。[2] 吳起進曰 : 「今者有以楚莊王之語聞者乎?」[3] 武侯曰 : 「未也。莊王之語奈何?」[4]

1 足己者亡 → 자기에 대해 만족하는 자는 멸망한다
【足己(족기)】: 자기에 대해 만족하다.

2 昔者, 魏武侯謀事而當, 群臣莫能逮, 朝退而有喜色。→ 예전에, 위무후(魏武侯)는 일을 꾀함에 있어서 매우 타당하여, 여러 신하들 가운데 자기를 능가하는 사람이 없자, 조회가 끝나 신하들이 물러간 후, 희색이 만면했다.
【魏武侯(위무후)】: 전국시대 위(魏)나라의 군주로 16년간(B.C. 386-B.C. 371) 재위했다.
【謀事(모사)】: 일을 꾀하다.
【當(당)】: 타당하다, 합당하다.
【莫能(막능)】: …할 수가 없다.
【逮(체)】: 미치다, 따라잡다, 능가하다.
【朝退(조퇴)】: 퇴조하다, 조회가 끝나고 신하들이 물러나다. ※ 원본에는 본래 「退」자가 없으나, 《순자(荀子) · 요문(堯問)》과 《여씨춘추(呂氏春秋)》 · 교자(驕恣)》에 모두 「朝退」라 하여, 여기서는 이를 근거로 고쳤다.

3 吳起進曰 : 「今者有以楚莊王之語聞者乎?」 → 오기(吳起)가 들어가 물었다 : 「오늘 (임금님께) 초장왕(楚莊王)의 말을 들려준 사람이 있었습니까?」
【吳起(오기)】: [인명] 본래 위(衛)나라 사람으로 용병에 능하여 노(魯) · 위(魏)나라의 장군을 역임했는데, 후에 초(楚)나라 영윤(令尹)이 되어 변법(變法)을 시행하다가 초나라 귀족에게 살해되었다. 손무(孫武)와 함께 고대 중국의 저명한 군사전략가로 알려져 있다.
【楚莊王(초장왕)】: 초(楚)나라의 군주로 23년간(B.C. 613-B.C. 591) 재위했다. 제환공(齊桓

吳起曰：「楚莊王謀事而當，群臣莫能逮，朝退而有憂色。[5] 申公巫臣進曰：『君朝退有憂色，何也?』[6] 楚王曰：『吾聞之，諸侯自擇師者王，自擇友者霸，足己而群臣莫之若者亡。[7] 今以不穀之不肖而議於朝，且群臣莫能逮，吾國其幾於亡矣，是以有憂色也。』[8] 莊王之所

公)·진목공(秦穆公)·진문공(晉文公)·송양공(宋襄公)과 더불어 춘추오패(春秋五霸)의 하나. 【楚】: 지금의 호남성·호북성과 강서성·절강성 및 하남성 남부에 걸쳐 있던 주대(周代)의 제후국.

【以(이)】: …을.

【聞(문)】: [사동용법] 들려주다.

4 武侯曰：「未也。莊王之語奈何?」 → 무후가 말했다：「없었소. 장왕의 말이 어쨌다는 것이요?」

【奈何(내하)】: 어찌하다, 어떻게 하다.

5 吳起曰：「楚莊王謀事而當，群臣莫能逮，朝退而有憂色。 → 오기가 말했다：「초장왕은 일을 꾀함에 있어서 매우 타당하여, 여러 신하들 가운데 자기를 능가하는 사람이 없자, 조회가 끝나 신하들이 물러간 후, 걱정하는 기색이 역력했습니다.

【憂色(우색)】: 걱정하는 기색.

6 申公巫臣進曰：『君朝退有憂色，何也?』 → 그래서 신공무신(申公巫臣)이 들어가：『임금님께서는 퇴조하고 나서 걱정하는 기색이 역력하신데, 무슨 까닭입니까?』라고 물었습니다.

【申公巫臣(신공무신)】: [인명] 초(楚)나라 신읍(申邑)의 대부.

7 楚王曰：『吾聞之，諸侯自擇師者王，自擇友者霸，足己而群臣莫之若者亡。 → 초왕이 대답하길：『내가 듣건대, 제후로서 스스로 스승을 선택하는 자는 제왕(帝王)이 될 수 있고, 스스로 친구를 선택하는 자는 패자(霸者)가 될 수 있고, 신하들이 자기보다 못한데 자기에 대해 만족하는 자는 망한다고 했소.

【王(왕)】: [동사용법] 제왕이 되다.

【霸(패)】: 패자가 되다, 재패하다.

【莫之若(막지약)】: [莫若之의 도치형태] 자기만 못하다. 즉 「신하가 군주 자신보다 못하다」의 뜻.

8 今以不穀之不肖而議於朝，且群臣莫能逮，吾國其幾於亡矣，是以有憂色也。』 → 지금 나와 같은 불민함을 가지고 조정에서 정사를 상의하는데, 또 여러 신하들 가운데 나를 능가할 수 있는 사람이 없으니, 우리나라가 아마도 곧 망할 것 같소. 그래서 걱정하는 기색이 있는 것이오.』라고 했습니다.

【不穀(불곡)】: 나. ※군주가 「곡식처럼 백성을 공양하지 못한다」라는 뜻으로 자신을 낮추어 부르는 호칭.

【不肖(불초)】: 불초하다, 불민하다.

【議(의)】: 상의하다, 논의하다.

以憂, 而君獨有喜色, 何也?」[9] 武侯逡巡而謝曰 :「天使夫子振寡人之過也, 天使夫子振寡人之過也。」[10]

번역문

자기에 대해 만족하는 자는 멸망한다

예전에, 위무후(魏武侯)는 일을 꾀함에 있어서 매우 타당하여 여러 신하들 가운데 자기를 능가하는 사람이 없자 조회가 끝나 신하들이 물러간 후 희색이 만면했다. 오기(吳起)가 들어가 물었다.

「오늘 (임금님께) 초장왕(楚莊王)의 말을 들려준 사람이 있었습니까?」

무후가 말했다.

「없었소. 장왕의 말이 어쨌다는 것이요?」

오기가 말했다.

「초장왕은 일을 꾀함에 있어서 매우 타당하여 여러 신하들 가운데 자기

【且(차)】: 또, 또한, 게다가, 더욱이.
【其(기)】: 아마도.
【幾於(기어)】: 거의 …하다. 즉 「곧 …하려고 하다」의 뜻.
【是以(시이)】: 이로 인해, 그래서.

9 莊王之所以憂, 而君獨有喜色, 何也?」→ 장왕이 근심하고 있는 일을, 임금님께서는 홀로 희색이 만면하시니, 무슨 까닭입니까?」
【所以憂(소이우)】: 근심하는 바.
【獨(독)】: 유독, 홀로.

10 武侯逡巡而謝曰 :「天使夫子振寡人之過也, 天使夫子振寡人之過也。」→ 무후는 (이 말을 듣고) 뒤로 몇 걸음 물러서 (오기에게) 감사하며 말했다 :「하늘이 선생을 보내 과인의 잘못을 구제하여 주셨습니다, 하늘이 선생을 보내 과인의 잘못을 구제하여 주셨습니다.」
【逡巡(준순)】: 뒤로 몇 걸음 물러서다.
【使(사)】: 보내다, 파견하다.
【夫子(부자)】: [존칭] 선생(님).
【振(진)】: 구제하다, 구휼하다.
【寡人(과인)】: 과덕지인(寡德之人)이란 의미로 임금이 자신을 낮추어 부르는 말.

를 능가하는 사람이 없자, 조회가 끝나 신하들이 물러간 후 걱정하는 기색이 역력했습니다. 그래서 신공무신(申公巫臣)이 들어가 『임금님께서는 퇴조하고 나서 걱정하는 기색이 역력하신데 무슨 까닭입니까?』라고 물었습니다. 초왕이 대답하길 『내가 듣건대 제후로서 스스로 스승을 선택하는 자는 제왕(帝王)이 될 수 있고, 스스로 친구를 선택하는 자는 패자(霸者)가 될 수 있고, 신하들이 자기보다 못한데 자기에 대해 만족하는 자는 망한다고 했소. 지금 나와 같은 불민함을 가지고 조정에서 정사를 상의하는데, 또 여러 신하들 가운데 나를 능가할 수 있는 사람이 없으니 우리나라가 아마도 곧 망할 것 같소. 그래서 걱정하는 기색이 있는 것이오.』라고 했습니다. 장왕이 근심하고 있는 일을 임금님께서는 홀로 희색이 만면하시니 무슨 까닭입니까?」

무후는 (이 말을 듣고) 뒤로 몇 걸음 물러서 (오기에게) 감사하며 말했다.

「하늘이 선생을 보내 과인의 잘못을 구제하여 주셨습니다. 하늘이 선생을 보내 과인의 잘못을 구제하여 주셨습니다.」

해설

위무후(魏武侯)처럼 나라의 정사를 타당하게 처리하여 대신들이 따라오지 못할 정도라면 매우 고무적이고 기뻐할 만한 일이다. 그러나 오기(吳起)는 이로 인해 희색이 만면한 위무후의 태도로부터 자만심이 장차 위기를 불러오리라는 것을 간파했다. 그리하여 초장왕(楚莊王)이 한 말을 인용하여 위문후로 하여금 자만(自滿)의 위험성을 인식하도록 했다.

이 우언은 자만하면 손해를 보고 겸손하면 이익을 본다는 이치를 설명한 것이다.

059 핵여취(翮與毳)

《新序 · 雜事第一》

원문 및 주석

翮與毳[1]

晉平公浮西河, 中流而歎曰 : 「嗟乎! 安得賢士與共此樂乎?」[2] 船人固桑進對曰 : 「君言過矣。夫劍產于越, 珠產于江漢, 玉產于昆山, 此三寶者, 皆無足而至。今君苟好士, 則賢士至矣。」[3] 平公曰 :

1 翮與毳 → 깃털과 솜털
【翮(핵)】: 깃, 깃털.
【毳(취)】: 솜털. 새나 짐승의 배 밑에 나는 가늘고 보드라운 털.

2 晉平公浮西河, 中流而歎曰 : 「嗟乎! 安得賢士與共此樂乎?」 → 진(晉)나라 평공(平公)이 배를 타고 황하(黃河)에서 노닐다가, 강의 한복판에 이르자 감탄하며 말했다 : 「아! 어찌해야 어진 선비를 얻어 이 즐거움을 함께 할 수 있는가?」
【晉平公(진평공)】: 춘추시대 진(晉)나라의 군주로 이름은 표(彪)이며, 26년간(B.C. 557－B.C. 532) 재위했다. 〖晉〗: 지금의 산서성 일대에 있던 주대(周代)의 제후국. B.C. 375 년 조씨(趙氏) · 한씨(韓氏) · 위씨(魏氏)가 진(晉)의 영토를 삼분하여 각기 조(趙) · 한(韓) · 위(魏) 세 나라로 독립했다.
【浮(부)】: 떠돌다, 둥둥 뜨다. 여기서는 강에서 배를 타고 떠돌아다니며 노니는 것을 말한다.
【西河(서하)】: 황하(黃河). 산서성과 섬서성 일대 북쪽에서 남쪽으로 향하는 일단으로, 진(晉)나라의 서쪽에 있기 때문에 「서하」라 불렀다.
【中流(중류)】: 강의 중간.
【嗟乎(차호)!】: [감탄사] 아!
【安(안)】: 어찌, 어떻게.
【與共(여공)】: 함께하다.

3 船人固桑進對曰 : 「君言過矣。夫劍產于越, 珠產于江漢, 玉產于昆山, 此三寶者, 皆無足而至。

「固桑, 來! 吾門下食客三千餘人, 朝食不足, 暮收市租; 暮食不足, 朝收市租, 吾尙可謂不好士乎?」[4] 固桑對曰 : 「今夫鴻鵠高飛冲天, 然其所恃者六翮耳。[5] 夫腹下之毳, 背上之毛, 增去一把, 飛不爲高

今君苟好士, 則賢士至矣。」 → 뱃사람 고상(固桑)이 (이 말을 듣고) 앞으로 나아가 평공에게 말했다 : 「임금님의 말씀은 틀렸습니다. 대저 검(劍)은 월(越)나라에서 나고, 진주는 장강(長江)과 한수(漢水)에서 나고, 옥은 곤륜산(崑崙山)에서 나는데, 이 세 가지 보물은, 모두 다리가 없어도 임금님의 신변에 이르렀습니다. 지금 임금님께서 만일 선비를 좋아하신다면, 어진 선비가 임금님을 찾아올 것입니다.」

【固桑(고상)】 : [인명].

【過(과)】 : 틀리다, 잘못이다.

【夫(부)】 : [발어사] 대저, 무릇.

【越(월)】 : [국명] 지금의 절강성 항현(杭縣) 남쪽에 있던 춘추시대의 제후국.

【江漢(강한)】 : [강 이름] 장강(長江)과 한수(漢水). ※두 강 일대의 수역에서 방주(蚌珠)가 많이 난다.

【昆山(곤산)】 : [산 이름] 곤륜산(崑崙山). 중국 서쪽에 있는 영산(靈山). ※아름다운 옥이 많이 나고 서왕모(西王母)가 살았다는 전설이 있다.

【苟(구)】 : 만일, 만약.

【好(호)】 : [동사] 좋아하다.

4 平公曰 : 「固桑, 來! 吾門下食客三千餘人, 朝食不足, 暮收市租; 暮食不足, 朝收市租, 吾尙可謂不好士乎?」 → 평공이 말했다 : 「고상, 너 이리 와! 나의 문하에 식객 삼천 명이 있다. 아침에 양식이 부족하면, 저녁에 시장세를 거두어오고; 저녁에 양식이 부족하면, (이튿날) 아침에 시장세를 거두어오는데, 그래도 내가 선비를 좋아하지 않는다고 말할 수 있느냐?」

【市租(시조)】 : 시장세. 시장에서 거래할 때 내는 세금.

【尙(상)】 : 그래도.

【可謂(가위)】 : …라 말할 수 있다.

5 固桑對曰 : 「今夫鴻鵠高飛冲天, 然其所恃者六翮耳。 → 고상이 대답했다 : 「고니는 높이 날아 하늘로 치솟지만, 그러나 고니가 의지하는 것은 여섯 개의 깃털뿐입니다.

【今夫(금부)】 : [발어사] 구의 첫머리에 쓰여 사실을 전술한 기초 위에서 바로 다음 문구를 이어주는 역할을 한다. 번역할 필요가 없다.

【鴻鵠(홍곡)】 : [새 이름] 고니, 백조. ※홍(鴻)은 본래 큰기러기를 가리키고 곡(鵠)은 고니를 가리키는데 형상이 비슷하다. 그래서 주준성(朱駿聲)의 《설문통훈정성(說文通訓定聲)》은 홍(鴻)과 곡(鵠)이 이어져 있을 경우 곡(鵠)을 가리키는 것이라 했다.

【冲天(충천)】 : 하늘 높이 치솟다.

【恃(시)】 : 믿다, 의지하다.

6 夫腹下之毳, 背上之毛, 增去一把, 飛不爲高下。 → 대저 배 밑의 솜털이나, 등 위의 가느다란

下。[6] 不知君之食客六翮耶? 將腹背之毳也?」 平公默默而不應焉。[7]

번역문

깃털과 솜털

진(晉)나라 평공(平公)이 배를 타고 황하(黃河)에서 노닐다가 강의 한복판에 이르자 감탄하며 말했다.

「아! 어찌해야 어진 선비를 얻어 이 즐거움을 함께 할 수 있는가?」

뱃사공 고상(固桑)이 (이 말을 듣고) 앞으로 나아가 평공에게 말했다.

「임금님의 말씀은 틀렸습니다. 대저 검(劍)은 월(越)나라에서 나고, 진주는 장강(長江)과 한수(漢水)에서 나고, 옥은 곤륜산(崑崙山)에서 나는데, 이 세 가지 보물은 모두 다리가 없어도 임금님의 신변에 이르렀습니다. 지금 임금님께서 만일 선비를 좋아하신다면 어진 선비가 임금님을 찾아올 것입니다.」

평공이 말했다.

「고상, 너 이리 와! 나의 문하에 식객 삼천 명이 있다. 아침에 양식이 부족하면 저녁에 시장세를 거두어오고, 저녁에 양식이 부족하면 (이튿날) 아침에 시장세를 거두어오는데, 그래도 내가 선비를 좋아하지 않는다고 말할 수 있느냐?」

털은, 한 움큼을 늘이거나 없애버려도, 날면서 높낮이를 조절하는 데 영향을 주지 않습니다.
【增去(증거)】: 증감하다, 늘이거나 제거하다. 〖去〗: 제거하다, 없애다.
【一把(일파)】: 한 줌, 한 움큼.
【不爲高下(불위고하)】: 높낮이를 조절하는 데 영향을 주지 않다.

7 不知君之食客六翮耶? 將腹背之毳也?」 平公默默而不應焉。→ 임금님의 식객이 여섯 개의 깃털인지, 아니면 배 밑의 솜털인지 모르겠습니다.」 평공은 묵묵히 대답을 하지 않았다.
【將(장)】: 아니면, 그렇지 않으면.

고상이 대답했다.

「고니는 높이 날아 하늘로 치솟지만, 그러나 고니가 의지하는 것은 여섯 개의 깃털뿐입니다. 대저 배 밑의 솜털이나 등 위의 가느다란 털은 한 움큼을 늘이거나 없애버려도, 날면서 높낮이를 조절하는 데 영향을 주지 않습니다. 임금님의 식객이 여섯 개의 깃털인지 아니면 배 밑의 솜털인지 모르겠습니다.」

평공은 묵묵히 대답을 하지 않았다.

해설

진평공(晉平公)은 어진 선비를 얻어 함께 정사(政事)를 도모하고자 갈망하는데, 자기 문하에 삼천 명의 식객이 있지만 어진 선비가 없는 것을 한탄했다. 이에 뱃사람 고상(固桑)이 고니의 깃털과 솜털을 비유하여 그 원인을 밝혔다. 즉, 진평공 문하의 식객 삼천 명은 마치 고니의 배 밑에 자란 솜털이 고니가 날면서 높낮이를 조절하는 데 전혀 영향을 주지 않듯이, 진평공이 정사를 도모하는 데 도움이 되지 않는다는 것이다.

이 우언은 선비를 좋아한다는 것이 어려운 일이 아니라, 진정한 선비를 발굴하여 적재적소에 기용하기가 어렵다는 것을 비유한 것이다.

060 곡고화과(曲高和寡)

《新序 · 雜事第一》

원문 및 주석

曲高和寡[1]

楚威王問於宋玉曰 : 「先生其有遺行耶? 何士民衆庶不譽之甚也?」[2] 宋玉對曰 : 「唯, 然, 有之。願大王寬其罪, 使得畢其辭。[3] 客有

1 曲高和寡 → 곡조가 고상하면 따라 부르는 자가 적다
【和(화)】: 따라 부르다.
【寡(과)】: 적다.

2 楚威王問於宋玉曰 : 「先生其有遺行耶? 何士民衆庶不譽之甚也?」 → 초위왕(楚威王)이 송옥(宋玉)에게 물었다 : 「선생은 아마도 실덕(失德)한 모양이지요? 어째서 사인(士人)과 백성들이 당신을 그토록 심하게 비난합니까?」
【楚威王(초위왕)】: 전국시대 초(楚)나라의 군주로 11년간(B.C. 339 - B.C. 329) 재위했다. 〖楚〗: 지금의 호남성 · 호북성과 강서성 · 절강성 및 하남성 남부에 걸쳐 있던 주대(周代)의 제후국.
【其(기)】: 아마도.
【遺行(유행)】: 덕을 잃다, 실덕(失德)하다.
【士民(사민)】: 사인(士人).
【衆庶(중서)】: 백성.
【不譽之甚(불예지심)】: 매우 비난하다. 〖譽〗: 칭찬하다. 〖甚〗: 매우, 몹시.

3 宋玉對曰 : 「唯, 然, 有之。願大王寬其罪, 使得畢其辭。→ 송옥이 대답했다 : 「예, 그렇습니다, 그런 일이 있습니다. 대왕께서 저의 죄를 너그럽게 용서하시고, 저로 하여금 말을 다 하도록 허락해 주십시오.
【唯(유)】: [대답하는 소리] 예.
【然(연)】: 그렇다.
【寬(관)】: 관대하게 용서하다.

歌於郢中者, 其始曰《下里》、《巴人》, 國中屬而和者數千人;[4] 其爲《陽陵》、《採薇》, 國中屬而和者數百人;[5] 其爲《陽春》、《白雪》, 國中屬而和者數十人而已也;[6] 引商刻角, 雜以流徵, 國中屬而和者不過數人。是其曲彌高者, 其和彌寡。」[7]

【使(사)】: …로 하여금 …하게 하다.
【畢(필)】: 다하다, 끝내다.
【辭(사)】: 말.

4 客有歌於郢中者, 其始曰《下里》、《巴人》, 國中屬而和者數千人; → 나그네로 영(郢)에서 노래하는 자가 있었는데, 그가 처음에 《하리(下里)》와 《파인(巴人)》을 부르자, 도성(都城)에 모여 따라 부르는 자가 수천 명에 달했고;
【郢(영)】: [지명] 초(楚)나라의 도읍. 지금의 호북성 강릉(江陵) 동북쪽.
【《下里(하리)》、《巴人(파인)》】: 초(楚)나라 민간에서 유행하던 가곡 이름.
【國(국)】: 도읍, 도성.
【屬(촉)】: 모이다, 운집하다.

5 其爲《陽陵》、《採薇》, 國中屬而和者數百人; → 그 다음에 《양릉(陽陵)》과 《채미(採薇)》를 부르자, 도성에 모여 따라 부르는 자가 수백 명에 달했고;
【《陽陵(양릉)》、《採薇(채미)》】: 초(楚)나라의 비교적 고상하고 수준 있는 가곡 이름.

6 其爲《陽春》、《白雪》, 國中屬而和者數十人而已也; → 그 다음에 《양춘(陽春)》과 《백설(白雪)》을 부르자, 도성에 모여 따라 부르는 자가 수십 명뿐이었고;
【《陽春(양춘)》、《白雪(백설)》】: 초(楚)나라의 비교적 고상하고 수준 있는 가곡 이름.
【而已(이이)】: …뿐이다.

7 引商刻角, 雜以流徵, 國中屬而和者不過數人。是其曲彌高者, 其和彌寡。」 → 상성(商聲)을 길게 끌고 우성(羽聲)을 짧게 줄이며, 중간에 억양이 유동하는 치성(徵聲)을 섞자, 도성에 모여 따라 부르는 자가, 몇 사람에 불과했습니다. 이는 그 곡조가 고상할수록, 따라 부르는 자가 줄어든다는 것을 뜻합니다.」
※ 고대에는 「궁(宮)・상(商)・각(角)・치(徵)・우(羽)」의 오성(五聲)이 있는데, 오늘날의 「도레미파」 음계와 같은 것이다.
【引商刻角(인상각각)】: 상성(商聲)을 길게 끌고 각성(角聲)을 짧게 줄이다. 〖引〗: 길게 끌다. 〖商〗: 상성(商聲). 오성(五聲)의 하나로 소리가 빠르다. 〖刻〗: 짧게 줄이다. 〖角〗: 각성(角聲). 오성(五聲)의 하나로 소리가 낮고 평탄하다.
【雜以流徵(잡이류치)】: 중간에 억양이 유동하는 치성을 섞다. 〖雜以〗: …을 섞다. 〖流徵〗: 치성(徵聲). 오성(五聲)의 하나로 억양이 이리저리 유동하기 때문에 「流徵(유치)」라 했다.
【彌(미)…彌(미)…】: …할수록 점점 …하다.
【高(고)】: 고상하다, 고아하다.
【寡(과)】: 적어지다, 줄어들다.

번역문

곡조가 고상하면 따라 부르는 자가 적다

초위왕(楚威王)이 송옥(宋玉)에게 물었다.

「선생은 아마도 실덕(失德)한 모양이지요? 어째서 사인(士人)과 백성들이 당신을 그토록 심하게 비난합니까?」

송옥이 대답했다.

「예, 그렇습니다. 그런 일이 있습니다. 대왕께서 저의 죄를 너그럽게 용서하시고 저로 하여금 말을 다 하도록 허락해 주십시오. 나그네로 영(郢)에서 노래하는 자가 있었는데, 그가 처음에 《하리(下里)》와 《파인(巴人)》을 부르자 도성(都城)에 모여 따라 부르는 자가 수천 명에 달했고, 그 다음에 《양릉(陽陵)》과 《채미(採薇)》를 부르자 도성에 모여 따라 부르는 자가 수백 명에 달했고, 그 다음에 《양춘(陽春)》과 《백설(白雪)》을 부르자, 도성에 모여 따라 부르는 자가 수십 명뿐이었고, 상성(商聲)을 길게 끌고 각성(角聲)을 짧게 줄이며 중간에 억양이 유동하는 치성(徵聲)을 섞자 도성에 모여 따라 부르는 자가 몇 사람에 불과했습니다. 이는 그 곡조가 고상할수록 따라 부르는 자가 줄어든다는 것을 뜻합니다.」

해설

본문은 초위왕(楚威王)이 송옥(宋玉)에게 사인(士人)과 백성들이 송옥을 비난하는 까닭을 물어 송옥이 악곡의 연주를 비유하여 대답한 것이다. 즉, 곡조가 고아(高雅)한 단계로 갈수록 따라 부를 수 있는 사람의 수가 줄어들듯이, 자신의 뛰어난 사상과 범상을 초월하는 비범한 행동이 마치 곡조의 마지막 연주 단계와 같아 속세의 사람들이 자신을 이해하지 못하는 것이라고 해명한 것이다.

이 우언은 깊은 도리는 처음부터 모든 사람에게 받아들여지기 어렵고, 걸출한 인물은 처음부터 모든 사람들이 이해하기 어렵다는 이치를 비유적으로 설명한 것이다.

※ 참고 : 이 고사는 선진(先秦)의 《송옥부(宋玉賦)》에도 보이는데, 《신서》와 다른 점은 《송옥부》의 「초양왕(楚襄王)」을 《신서》에서는「초위왕(楚威王)」으로 바꾸었고, 《송옥부》의 「《양아(陽阿)》와 《해로(薤露)》」를 《신서》에서는 「《양릉(陽陵)》과 《채미(採薇)》」라 바꾸었으며, 나머지 부분은 양자가 거의 일치한다.

061 신공무신수하희지진(申公巫臣隨夏姬之晉)

《新序 · 雜事第一》

원문 및 주석

申公巫臣隨夏姬之晉[1]

楚莊王既討陳靈公之賊, 殺夏徵舒, 得夏姬而悅之, 將近之。[2] 申

1 申公巫臣隨夏姬之晉 → 신공무신(申公巫臣)이 하희(夏姬)를 따라 진(晉)나라로 달아나다.
【申公巫臣(신공무신)】: [인명] 초(楚)나라의 대부.
【隨(수)】: 좇다, 따르다.
【夏姬(하희)】: 정(鄭)나라 목공(穆公)의 딸로, 진(陳)나라의 대부 어숙(御叔)의 아내이자, 하징서의 어머니이다. 미모가 매우 뛰어났다.
【之(지)】: 가다. 여기서는 「달아나다」의 뜻.
【晉(진)】: [국명] 지금의 산서성 일대에 있던 주대(周代)의 제후국. B.C. 375년 조씨(趙氏) · 한씨(韓氏) · 위씨(魏氏)가 진(晉)의 영토를 삼분하여 각기 조(趙) · 한(韓) · 위(魏) 세 나라로 독립했다.

2 楚莊王既討陳靈公之賊, 殺夏徵舒, 得夏姬而悅之, 將近之。→ 초장왕(楚莊王)이 진영공(陳靈公)의 역적을 토벌한 후, 하징서(夏徵舒)를 죽이고, 하희(夏姬)를 얻자 그녀를 좋아하여, 가까이 하려 했다.
※ 진(陳)나라의 대부 하징서가 자기 어머니 하희와 사통했다는 이유로 자기의 군주인 진령공을 살해하자, 초장왕이 하징서를 토벌하여 죽이고 하희를 붙잡았는데, 초장왕이 그녀의 미모에 반해 그녀를 가까이 하려 했다.
【楚莊王(초장왕)】: 춘추시대 초(楚)나라의 군주로 23년간(B.C. 613-B.C. 591) 재위했다. 제환공(齊桓公) · 진목공(秦穆公) · 진문공(晉文公) · 송양공(宋襄公)과 더불어 춘추오패(春秋五霸)의 하나. 〖楚〗: 지금의 호남성 · 호북성과 강서성 · 절강성 및 하남성 남부에 걸쳐 있던 주대(周代)의 제후국.
【既(기)】: …한 이후, …하고 나서.
【陳靈公(진령공)】: 진(陳)나라의 군주. 〖陳〗: 지금의 하남성 개봉시(開封市) 동쪽에서 안휘성

公巫臣諫曰:「此女亂陳國, 敗其群臣, 嬖女不可近也。」 莊王從之。[3] 令尹又欲取, 申公巫臣諫, 令尹從之。[4] 後襄尹取之。至恭王與晉戰于鄢陵, 楚兵敗, 襄尹死, 其尸不反, 數求, 晉不與。[5] 夏姫請如晉求尸, 楚方遣之, 申公巫臣將使齊, 私說夏姫與謀。[6] 及夏姫行, 而申公

……………

호현(毫縣) 북쪽에 걸쳐 있던 춘추시대의 제후국.

【賊(적)】: 역적, 반역자.

【夏徵舒(하징서)】: 진(陳)나라의 대부. 후에 진령공을 시해했다.

【悅(열)】: 좋아하다.

【將(장)】: (장차) …하려고 하다.

3 申公巫臣諫曰:「此女亂陳國, 敗其群臣, 嬖女不可近也。」 莊王從之。→ (이에) 신공무신이 간했다:「이 여자는 진(陳)나라를 어지럽히고, 여러 신하들을 망가뜨렸습니다. 폐녀(嬖女)는 가까이 하면 안 됩니다.」 장왕은 그의 말에 따랐다.

【敗(패)】: 망치다, 망가뜨리다.

【嬖女(폐녀)】: 비위를 잘 맞추어 총애를 받는 여자.

【從(종)】: 따르다, 좇다.

4 令尹又欲取, 申公巫臣諫, 令尹從之。→ 영윤(令尹)이 또 그녀를 취하려 하자, 신공무신이 간하여, 영윤도 그의 말에 따랐다.

【令尹(영윤)】: 초나라의 최고 행정장관. 재상에 상당하는 직책.

5 後襄尹取之。至恭王與晉戰于鄢陵, 楚兵敗, 襄尹死, 其尸不反, 數求, 晉不與。→ 최후에 양윤(襄尹)이 그녀를 취했다. (초나라) 공왕(恭王) 때에 이르러, 초나라와 진(晉)나라가 언릉(鄢陵)에서 전쟁을 벌였는데, 초나라 군사가 패전하고, 양윤이 죽었다. (초나라는) 그의 시신을 돌려받지 못해, 여러 차례 요구했으나, 진나라가 돌려주지 않았다.

【襄尹(양윤)】: [인명] 양(襄)은 성, 윤(尹)은 관직명.

【恭王(공왕)】: 초나라의 군주. 초장왕(楚莊王)의 아들로 31년간(B.C. 590-B.C. 560) 재위했다.

【鄢陵(언릉)】: [지명] 지금의 하남성 허창현(許昌縣) 동북쪽.

【反(반)】: 返(반), 돌아오다.

【不與(불여)】: 돌려주지 않다.

6 夏姫請如晉求尸, 楚方遣之, 申公巫臣將使齊, 私說夏姫與謀。→ 하희가 진나라에 가서 시체를 찾아오겠다고 청하여, 초나라가 마침 그녀를 파견하려고 했다. 이때 신공무신도 곧 제나라에 사신으로 나가려는 참이었는데, 신공무신이 몰래 하희에게 자기와 함께 공모할 것을 권했다.

【如(여)】: 往(왕), 가다.

【遣(견)】: 파견하다.

【使(사)】: 사신으로 가다.

巫臣廢使命, 隨夏姬之晉。[7]

번역문

신공무신(申公巫臣)이 하희(夏姬)를 따라 진(晉)나라로 달아나다

초장왕(楚莊王)이 진영공(陳靈公)의 역적을 토벌한 후 하징서(夏徵舒)를 죽이고 하희(夏姬)를 얻자 그녀를 좋아하여 가까이 하려 했다.

(이에) 신공무신(申公巫臣)이 간했다.

「이 여자는 진(陳)나라를 어지럽히고 여러 신하들을 망가뜨렸습니다. 폐녀(嬖女)는 가까이 하면 안 됩니다.」

장왕은 그의 말에 따랐다. 영윤(令尹)이 또 그녀를 취하려 하자 신공무신이 간하여 영윤도 그의 말에 따랐다. 최후에 양윤(襄尹)이 그녀를 취했다. (초나라) 공왕(恭王) 때에 이르러 초나라와 진(晉)나라가 언릉(鄢陵)에서 전쟁을 벌였는데, 초나라 군사가 패전하고 양윤이 죽었다. (초나라는) 그의 시신을 돌려받지 못해 여러 차례 요구했으나 진나라가 돌려주지 않았다. 하희가 진나라에 가서 시체를 찾아오겠다고 청하여 초나라가 마침 그녀를 파견하려고 했다. 이때 신공무신도 곧 제나라에 사신으로 나가려는 참이었는데, 신공무신이 몰래 하희에게 자기와 함께 공모할 것을 권했다. 하희가 출발할 때가 되자 신공무신은 자기의 사명을 포기하고 하희를 따

....

【齊(제)】: [국명] 지금의 산동성 북부와 하북성 남부 일대에 걸쳐 있던 주대(周代)의 제후국.
【私說(사설)】: 몰래 권하다.
【與謀(여모)】: 함께 공모하다.

7 及夏姬行, 而申公巫臣廢使命, 隨夏姬之晉。→ 하희가 출발할 때가 되자, 신공무신은 자기의 사명을 포기하고, 하희를 따라 진나라로 달아났다.
【及(급)】: …에 이르러.
【之晉(지진)】: 진나라로 도망가다. 【之】: 가다. 여기서는 「달아나다, 도망치다」의 뜻.

라 진나라로 달아났다.

해설

신공무신(申公巫臣)은 요염한 여색을 보고도 전혀 요동하지 않고 유달리 군자의 모습을 보이며 남을 충고했지만, 일단 자기에게 기회가 오자 즉시 평소의 거짓 탈을 벗어던지고 본색을 드러냈다.

이 우언은 겉으로는 말끝마다 인의도덕(仁義道德)을 외치면서 뱃속은 도둑이나 창부의 마음으로 가득 찬 신공무신의 행위를 통해 표리부동한 사이비 군자의 형상을 풍자한 것이다.

062 어자헌어(漁者獻魚)

《新序·雜事二》

원문 및 주석

漁者獻魚[1]

楚人有獻魚楚王者，曰：「今日漁獲，食之不盡，賣之不售，棄之又惜，故來獻也。」[2] 左右曰：「鄙哉！辭也。」[3] 楚王曰：「子不知漁者仁人也。蓋聞囷倉粟有餘者，國有餓民；後宮多幽女者，下民多曠夫；[4] 餘衍之蓄，聚於府庫者，境內多貧困之民；皆失君人之道。[5] 故

1 漁者獻魚 → 어부가 물고기를 바치다
【漁者(어자)】: 어부.
【獻(헌)】: 바치다, 헌상하다.

2 楚人有獻魚楚王者，曰：「今日漁獲，食之不盡，賣之不售，棄之又惜，故來獻也。」→ 어느 초(楚)나라 사람이 초왕(楚王)에게 물고기를 바치고, 말했다:「오늘의 어획은, 먹자니 다 먹지 못하고, 팔자니 팔리지 않고, 버리자니 또 아깝기 때문에, 그래서 바치러 온 것입니다.」
【楚(초)】: [국명] 지금의 호남성·호북성과 강서성·절강성 및 하남성 남부에 걸쳐 있던 주대(周代)의 제후국.
【食(식)】: [동사] 먹다.
【不盡(부진)】: 다 먹지 못하다.
【售(수)】: 賣(매), 팔다.

3 左右曰：「鄙哉！辭也。」→ 왕의 측근 사람들이 말했다:「말버릇이 너무 저속합니다!」
【鄙(비)】: 저속하다, 상스럽다.
【辭(사)】: 언사, 말버릇.

4 楚王曰：「子不知漁者仁人也。蓋聞囷倉粟有餘者，國有餓民；後宮多幽女者，下民多曠夫；→

庖有肥魚, 廄有肥馬, 民有餓色。是以亡國之君, 藏於府庫。寡人聞之久矣, 未能行也。[6] 漁者知之, 其以比喩寡人也, 且今行之。」[7] 於是乃遣使恤鰥寡而存孤獨, 出倉粟, 發幣帛而振不足, 罷去後宮不御

초왕이 말했다 : 「그대들은 어부가 인자한 사람이라는 것을 모르고 있소. 듣건대 곡간의 양식이 여유가 있으면, 나라에 굶주린 백성이 있고; 후궁에 유폐된 궁녀가 많으면, 백성들 중에 아내 없는 남자가 많고;
【子(자)】 : 그대(들), 당신(들).
【蓋(개)】 : [어기사] 구의 첫머리에 놓여 어기를 표시한다. 번역할 필요가 없다.
【囷倉(균창)】 : 곡간, 곡식 창고.
【粟(속)】 : 조. 여기서는 「양식, 곡식」을 가리킨다.
【幽女(유녀)】 : 유폐된 여자, 연금된 여자. 여기서는 「후궁에 유폐되어 있는 궁녀」를 가리킨다.
【下民(하민)】 : 하층민. 여기서는 「백성」을 가리킨다.
【曠夫(광부)】 : 아내 없는 남자.

5 餘衍之蓄, 聚於府庫者, 境內多貧困之民; 皆失君人之道。→ 쓰고 남아 모아둔 재물이, 나라의 창고에 모이면, 나라 안에 빈곤한 백성이 많아진다는데, 이 모두가 사람을 다스리는 도리를 잃는 것이오.
【餘衍之蓄(여연지축)】 : 여축(餘蓄), 쓰고 남아 모아둔 재물. 〖餘衍〗 : 여유(餘裕).
【聚(취)】 : 모이다.
【府庫(부고)】 : 나라의 창고.
【君人之道(군인지도)】 : 사람을 다스리는 도리.

6 故庖有肥魚, 廄有肥馬, 民有餓色。是以亡國之君, 藏於府庫。寡人聞之久矣, 未能行也。→ 그래서 부엌에 살찐 물고기가 있고, 마구간에 살찐 말이 있으면, 백성들이 굶주린 기색이 있는 것이오. 그러므로 나라를 망치는 임금이, 나라의 창고에 재물을 저장해 두는 것이오. 과인은 이러한 도리를 오래 전에 들었지만, 아직 실행을 못했을 뿐이오.
【庖(포)】 : 부엌, 주방.
【廄(구)】 : 마구간.
【是以(시이)】 : 이로 인해, 그래서.
【寡人(과인)】 : 과덕지인(寡德之人)이란 의미로 임금이 자신을 낮추어 부르는 말.

7 漁者知之, 其以比喩寡人也, 且今行之。」→ 어부는 그것을 알고, 물고기를 바치는 방법으로써 과인을 비유한 것이오. 나는 지금 곧 시행할 것이오.」
【以(이)】 : …로써. 즉 「물고기를 바치는 방법으로써」의 뜻.
【比喩(비유)】 : 비유하다, 풍자하다, 암시하다.
【且今(차금)】 : 이제 곧, 지금 바로.

者, 出以妻鰥夫。[8] 楚民欣欣大悅, 鄰國歸之。故漁者一獻餘魚, 而楚國賴之, 可謂仁智矣。[9]

번역문

어부가 물고기를 바치다

어느 초(楚)나라 사람이 초왕(楚王)에게 물고기를 바치고 말했다.

「오늘의 어획은 먹자니 다 먹지 못하고, 팔자니 팔리지 않고, 버리자니

8 於是乃遣使恤鰥寡而存孤獨, 出倉粟, 發幣帛而振不足, 罷去後宮不御者, 出以妻鰥夫。→ 그리하여 곧 사자(使者)를 파견하여 홀아비와 과부를 무휼(撫恤)하고 고아와 늙어서 자식 없는 사람을 위문하는가 하면, 창고의 곡식을 꺼내, 재물을 나누어 주어 부족한 백성을 구제하고, 직책이 없는 후궁의 궁녀들을 해고하여, 밖으로 나아가 홀아비에게 시집가도록 했다.
【於是(어시)】: 그리하여.
【乃(내)】: 곧.
【使(사)】: 사자(使者).
【恤(휼)】: 무휼(撫恤)하다, 위로하고 물질적으로 돕다.
【鰥寡(환과)】: 홀아비와 과부.
【存(존)】: 위문하다.
【孤獨(고독)】: 고아와 늙어서 자식 없는 사람.
【發(발)】: 나누어주다.
【幣帛(폐백)】: 재물.
【振(진)】: 賑(진), 구제하다.
【罷去(파거)】: 해고하다.
【不御(불어)】: 할 일이 없는, 직책이 없는.
【妻(처)】: [동사] 시집보내다.
【鰥夫(환부)】: 홀아비.

9 楚民欣欣大悅, 鄰國歸之。故漁者一獻餘魚, 而楚國賴之, 可謂仁智矣。→ 초나라 백성들은 매우 기뻐했고, 이웃나라 사람들은 (초나라로) 귀순해 왔다. 그래서 어부가 남은 물고기를 바쳐, 초나라 백성들이 혜택을 입은 것은, 가히 인자하고 지혜로운 행동이라고 말할 수 있다.
【欣欣(흔흔)】: 기뻐하는 모양.
【歸(귀)】: 귀순해 오다.
【賴(뢰)】: 힘입다, 덕을 보다, 혜택을 입다.
【可謂(가위)】: 가히 …라 말할 수 있다.

또 아깝기 때문에, 그래서 바치러 온 것입니다.」

왕의 측근 사람들이 말했다.

「말버릇이 너무 저속합니다!」

초왕이 말했다.

「그대들은 어부가 인자한 사람이라는 것을 모르고 있소. 듣건대 곡간의 양식이 여유가 있으면 나라에 굶주린 백성이 있고, 후궁에 유폐된 궁녀가 많으면 백성들 중에 아내 없는 남자가 많고, 쓰고 남아 모아둔 재물이 나라의 창고에 모이면 나라 안에 빈곤한 백성이 많아진다는데, 이 모두가 사람을 다스리는 도리를 잃는 것이오. 그래서 부엌에 살찐 물고기가 있고 마구간에 살찐 말이 있으면 백성들이 굶주린 기색이 있는 것이오. 그러므로 나라를 망치는 임금이 나라의 창고에 재물을 저장해 두는 것이오. 과인은 이러한 도리를 오래 전에 들었지만 아직 실행을 못했을 뿐이오. 어부는 그것을 알고 물고기를 바치는 방법으로써 과인을 비유한 것이오. 나는 지금 곧 시행할 것이오.」

그리하여 곧 사자(使者)를 파견하여 홀아비와 과부를 무휼(撫恤)하고 고아와 늙어서 자식 없는 사람을 위문하는가 하면, 창고의 곡식을 꺼내 재물을 나누어 주어 부족한 백성을 구제하고, 직책이 없는 후궁의 궁녀들을 해고하여 밖으로 나아가 홀아비에게 시집가도록 했다. 초나라 백성들은 매우 기뻐했고 이웃나라 사람들은 (초나라로) 귀순해 왔다. 그래서 어부가 남은 물고기를 바쳐 초나라 백성들이 혜택을 입은 것은 가히 인자하고 지혜로운 행동이라고 말할 수 있다.

해설

어부는 물고기를 바치는 방법을 통해 나라를 망치는 임금이 나라의 창고에 재물을 저장해 둔다는 것을 암시했다. 그리하여 초왕은 그러한 이치를 깨달아 빈곤한 백성들에게 재물을 나누어 주어 구제하는가 하면, 궁녀들을 해고하여 집으로 돌아가 아내가 없는 남자들에게 시집을 가도록 했다.

이 우언은 생산되는 물자란 반드시 일정한 한계가 있기 때문에, 그것이 국가에 집중되면 자연히 백성들이 곤궁해지고 백성들이 곤궁해지면 나라가 망한다는 이치를 통해 통치자의 올바른 통치를 권계한 것이다.

063 반구부추(反裘負芻)

《新序 · 雜事二》

원문 및 주석

反裘負芻[1]

魏文侯出遊, 見路人反裘而負芻。[2] 文侯曰 :「胡爲反裘而負芻?」 對曰 :「臣愛其毛。」[3] 文侯曰 :「若不知其裡盡而毛無所恃耶?」[4]

1 反裘負芻 → 가죽옷을 뒤집어 입고 꼴을 메다
【反裘(반구)】: 가죽옷을 뒤집어 입다. 〖裘〗: 가죽옷.
【負(부)】: 짊어지다, 메다.
【芻(추)】: 꼴. 말이나 소에게 먹이는 풀.

2 魏文侯出遊, 見路人反裘而負芻。 → 위문후(魏文侯)가 외출하여 유람하다가, 길에서 가죽옷을 뒤집어 입고 꼴을 짊어지고 있는 사람을 보았다.
【魏文侯(위문후)】: 전국시대 위(魏)나라의 건립자. 38년간(B.C. 445-B.C. 396) 재위했다.

3 文侯曰 :「胡爲反裘而負芻?」 對曰 :「臣愛其毛。」 → 위문후가 물었다 :「어째서 가죽옷을 뒤집어 입고 꼴을 짊어지고 있는가?」 그 사람이 대답했다 :「저는 가죽옷의 털을 아낍니다.」
【胡爲(호위)】: 왜, 어째서.
【臣(신)】: 저, 신. ※군주에 대한 신하나 백성의 자칭.

4 文侯曰 :「若不知其裡盡而毛無所恃耶?」 → 위문후가 물었다 :「만일 가죽옷의 안쪽 바닥이 다 닳아버리면 털이 의지할 곳이 없다는 것을 모르는가?」
【若(약)】: 만일, 만약.
【裡(리)】: 안, 안쪽. 즉「안쪽 바닥」을 가리킨다.
【盡(진)】: 다 닳다.
【恃(시)】: 기대다, 의지하다.

번역문

가죽옷을 뒤집어 입고 꼴을 메다

위문후(魏文侯)가 외출하여 길에서 가죽옷을 뒤집어 입고 꼴을 짊어지고 있는 사람을 보았다.

위문후가 물었다.

「어째서 가죽옷을 뒤집어 입고 꼴을 짊어지고 있는가?」

그 사람이 대답했다.

「저는 가죽옷의 털을 아낍니다.」

위문후가 물었다.

「만일 가죽옷의 안쪽 바닥이 다 닳아버리면 털이 의지할 곳이 없다는 것을 모르는가?」

해설

가죽옷의 털이 손상되는 것을 우려하여 옷을 뒤집어 입고 꼴을 짊어지고 간다. 가죽의 바닥이 없으면 털이 어디에 의지하겠는가?

이 우언은 가죽옷을 뒤집어 입고 꼴을 짊어진 사람과 위문후(魏文侯)의 대화를 통해, 근본이 부분보다 더욱 중요하다는 이치를 설명한 것이다.

064 주공설벽(朱公說璧)

《新序 · 雜事第四》

원문 및 주석

朱公說璧[1]

梁王…召朱公而問曰 :「梁有疑獄, 獄吏半以爲罪, 半以爲不當罪, 雖寡人亦疑, 吾子決是奈何?」[2] 朱公曰 :「臣, 鄙民也, 不知當

1 朱公說璧 → 주공(朱公)이 벽옥(璧玉)을 말하다

【朱公(주공)】: 범려(范蠡). 춘추시대 월(越)나라의 공신으로 자는 소백(少伯)이다. 월왕(越王) 구천(句踐)을 도와 오왕(吳王) 부차(夫差)를 격파했으나, 후에 벼슬을 그만두고 제(齊)나라를 거쳐 도(陶)지방[지금의 산동성 정도현(定陶縣)]에 들어가 스스로 주공(朱公)이라 칭하고 상업에 종사하여 큰 부자가 되었는데 사람들이 그를 도주공(陶朱公)이라 불렀다.

【璧(벽)】: 벽옥.

2 梁王…召朱公而問曰 :「梁有疑獄, 獄吏半以爲罪, 半以爲不當罪, 雖寡人亦疑, 吾子決是奈何?」→ 양왕(梁王)이 … 주공(朱公)을 불러 물었다 :「양(梁)나라에 의심스런 소송 사건이 있는데, 옥리의 절반은 죄가 있다고 여기고, 절반은 죄가 없다고 여기고 있소. 비록 과인도 의심이 가지만, 그대는 이를 어떻게 판결하겠소?」

【梁王(양왕)】: 위왕(魏王). 위(魏)나라는 지금의 하남성 북부와 섬서성 동부 · 산서성 서남부 · 하북성 남부에 걸쳐 있던 주대(周代)의 제후국. 본래 진(晉)나라에 속했으나 B.C. 375년 조씨(趙氏) · 한씨(韓氏) · 위씨(魏氏)가 진(晉)의 영토를 삼분하여 각기 조(趙) · 한(韓) · 위(魏) 세 나라로 독립했다. 위나라는 본래 안읍(安邑)에 도읍을 정했다가 혜왕(惠王) 때 대량(大梁)으로 천도하여 국호를 양(梁)이라 했다.

【疑獄(의옥)】: 의심스러운 소송 사건. 【獄】: 송사, 소송 사건.

【以爲(이위)】: …라고 여기다, …라고 생각하다.

【不當罪(부당죄)】: 죄를 부당하게 여기다. 즉「죄가 없다」의 뜻.

【寡人(과인)】: 과덕지인(寡德之人)이라는 의미로 임금이 자신을 낮추어 부르는 말.

獄。[3] 雖然, 臣之家有二白璧, 其色相如也, 其徑相如也, 其澤相如也。[4] 然其價一者千金, 一者五百金。」[5] 王曰 :「徑上色澤相如也, 一者千金, 一者五百金, 何也?」[6] 朱公曰 :「側而視之, 一者厚倍, 是以千金。」 梁王曰 :「善。」[7] 故獄疑則從去, 賞疑則從與, 梁國大悅。[8]

【吾子(오자)】: 그대. ※상대방에 대한 친근한 호칭.
【決是奈何(결시내하)?】: 이를 어떻게 판결하겠는가?, 이에 대한 판결을 어찌하겠는가? 【奈何】: 어떻게 하다, 어찌하다.

3 朱公曰 :「臣, 鄙民也, 不知當獄。→ 주공이 말했다 :「저는, 비천한 사람이라, 사건을 판결할 줄 모릅니다.
【鄙民(비민)】: 비천한 사람, 식견이 부족한 사람.
【當獄(당옥)】: 안건을 판결하다, 소송 사건을 판결하다.

4 雖然, 臣之家有二白璧, 其色相如也, 其徑相如也, 其澤相如也。→ 비록 그렇기는 하지만, (다른 한가지 경우를 참고로 말씀드릴 수 있습니다.) 저의 집에 흰색의 벽옥 두 개가 있는데, 색깔이 서로 같고, 길이가 서로 같고, 광택이 서로 같습니다.
【徑(경)】: 지름, 직경. 여기서는 「길이, 치수」를 가리킨다.
【澤(택)】: 광택.

5 然其價一者千金, 一者五百金。」→ 그런데 그 값을 보면 하나는 천 금이 나가고, 다른 하나는 오백 금이 나갑니다.」

6 王曰 :「徑上色澤相如也, 一者千金, 一者五百金, 何也?」→ 양왕이 말했다 :「길이와 색깔과 광택이 서로 같은데, 하나는 천 금이 나가고, 다른 하나는 오백 금이 나가는 것은, 무슨 까닭이오?」
【上(상)】: 판본에 따라서는 「上」을 「與(여)」라 했다.

7 朱公曰 :「側而視之, 一者厚倍, 是以千金。」梁王曰 :「善。」→ 주공이 말했다 :「그것을 측면에서 보면, 하나는 두께가 (다른 하나의) 두 배입니다. 그래서 천 금이 나가는 것입니다.」 양왕이 말했다 :「훌륭하오.」
【厚倍(후배)】: 두께가 두 배이다.
【是以(시이)】: 그래서, 이로 인해.

8 故獄疑則從去, 賞疑則從與, 梁國大悅。→ 그래서 송사(訟事)가 의심스러우면 사면하는 쪽을 따르고, 포상이 의심스러우면 주는 쪽을 따르니, 양나라 사람들이 매우 좋아했다.
【去(거)】: 면제하다, 사면하다.
【與(여)】: 주다.
【大悅(대열)】: 매우 좋아하다, 매우 기뻐하다.

번역문

주공(朱公)이 벽옥(璧玉)을 말하다

양왕(梁王)이 … 주공(朱公)을 불러 물었다.

「양(梁)나라에 의심스런 소송 사건이 있는데, 옥리(獄吏)의 절반은 죄가 있다고 여기고 절반은 죄가 없다고 여기고 있소. 비록 과인도 의심이 가지만, 그대는 이를 어떻게 판결하겠소?」

주공이 말했다.

「저는 비천한 사람이라 사건을 판결할 줄 모릅니다. 비록 그렇기는 하지만 (다른 한가지 경우를 참고로 말씀드릴 수 있습니다.) 저의 집에 흰색의 벽옥 두 개가 있는데, 색깔이 서로 같고 길이가 서로 같고 광택이 서로 같습니다. 그런데 그 값을 보면 하나는 천금이 나가고 다른 하나는 오백 금이 나갑니다.」

양왕이 말했다.

「길이와 색깔과 광택이 서로 같은데 하나는 천금이 나가고 다른 하나는 오백 금이 나가는 것은 무슨 까닭이오?」

주공이 말했다.

「그것을 측면에서 보면 하나는 두께가 (다른 하나의) 두 배입니다. 그래서 천금이 나가는 것입니다.」

양왕이 말했다.

「훌륭하오.」

그래서 송사(訟事)가 의심스러우면 사면하는 쪽을 따르고, 포상(褒賞)이 의심스러우면 주는 쪽을 따르니, 양나라 사람들이 매우 좋아했다.

해설

두 개의 옥을 비교했을 때 색깔과 길이와 광택이 서로 같은 것은 확인이 되었지만 두께가 다르다는 것은 보지 못했다. 이로 인해 큰 착오가 발생한 것이다.

이 우언은 단편적이나 표면적으로 하나의 사물을 보지 말고 전체를 고루 살펴야 정확하고 공정하게 판단할 수 있다는 이치를 설명한 것이다.

065 의호사석(疑虎射石)

《新序·雜事四》

원문 및 주석

疑虎射石[1]

昔者, 楚熊渠子夜行, 見寢石以爲伏虎, 關弓射之, 滅矢飮羽。[2] 下視, 知石也。卻復射之, 矢摧無跡。[3]

1 疑虎射石 → 호랑이로 의심하여 돌에 화살을 쏘다

2 昔者, 楚熊渠子夜行, 見寢石以爲伏虎, 關弓射之, 滅矢飮羽。→ 예전에, 초(楚)나라의 웅거자(熊渠子)가 밤길을 걷다가, 누워있는 돌을 보고 엎드려 있는 호랑이라 여겨, 활을 당겨 쏘았다. 화살이 깊이 박혀 화살에 달린 깃털조차 보이지 않았다.

【楚(초)】: [국명] 지금의 호남성 · 호북성과 강서성 · 절강성 및 하남성 남부에 걸쳐 있던 주대(周代)의 제후국.

【熊渠子(웅거자)】: [인명] 초(楚)나라 사람으로 활을 잘 쏘았다.

【寢石(침석)】: 옆으로 누워있는 돌.

【以爲(이위)】: …라고 여기다, …라고 생각하다.

【伏虎(복호)】: 엎드려 있는 호랑이.

【關弓(관궁)】: 활을 당기다.

【滅矢飮羽(멸시음우)】: 화살이 깊이 박혀 화살에 달린 깃털조차 보이지 않다. 〖飮〗: 은몰(隱沒)하다, 없어지다, 사라져 보이지 않다.

3 下視, 知石也。卻復射之, 矢摧無跡。→ 내려가 보고 나서, (그것이) 돌이라는 것을 알았다. 뒤로 물러나 다시 그것을 쏘니, 화살은 부러지고 (돌에는) 아무 흔적이 없었다.

【卻(각)】: 뒤로 물러나다.

【復(부)】: 다시.

【摧(최)】: 부러지다.

번역문

호랑이로 의심하여 돌에 화살을 쏘다

예전에 초(楚)나라의 웅거자(熊渠子)가 밤길을 걷다가 누워있는 돌을 보고 엎드려 있는 호랑이라 여겨 활을 당겨 쏘았다. 화살이 깊이 박혀 화살에 달린 깃털조차 보이지 않았다. 내려가 보고 나서 (그것이) 돌이라는 것을 알았다. 뒤로 물러나 다시 그것을 쏘니, 화살은 부러지고 (돌에는) 아무 흔적이 없었다.

해설

웅거자(熊渠子)가 밤길에 누워있는 돌을 엎드려 있는 호랑이로 간주하여, 긴장한 나머지 정신을 집중하여 활을 쏘니 화살이 깊이 박혀 화살에 달린 깃털조차 보이지 않을 정도였다. 그러나 그것이 돌이었다는 사실을 알고 나서 다시 활을 쏘니 화살이 부러지고 돌에 아무런 흔적도 없었다.

이 우언은 주의력을 고도로 집중하다 보면 왕왕 의외의 효과를 거둘 수 있다는 이치를 설명한 것이다. 그런데 이는 후세에 전하는 과정에서 활을 잘 쏘기로 이름난 서한(西漢)의 명장 이광(李廣)의 고사로 변했다.

066 홍곡여계(鴻鵠與鷄)

《新序 · 雜事五》

원문 및 주석

鴻鵠與鷄[1]

田饒事魯哀公而不見察。[2] 田饒謂哀公曰 :「臣將去君而鴻鵠擧矣。」 哀公曰 :「何謂也?」[3] 田饒曰 :「君獨不見夫雞乎? 頭戴冠者,

1 鴻鵠與鷄 → 고니와 닭

【鴻鵠(홍곡)】: [새 이름] 고니, 백조. 홍(鴻)은 본래 큰기러기를 가리키고 곡(鵠)은 고니를 가리키는데 형상이 비슷하다. 그래서 주준성(朱駿聲)의 《설문통훈정성(說文通訓定聲)》은 「鴻鵠(홍곡)」처럼 홍과 곡의 글자가 이어져 있을 경우 곡(鵠)을 가리키는 것이라 했다.

2 田饒事魯哀公而不見察。→ 전요(田饒)는 노(魯)나라 애공(哀公)을 섬겼으나 인정을 받지 못했다.

【田饒(전요)】: [인명] 생애사적 미상.

【事(사)】: 섬기다.

【魯哀公(노애공)】: 노나라의 군주로 27년간(B.C. 494-B.C. 468) 재위했다. 〖魯〗: 지금의 산동성 일대에 있던 주대(周代)의 제후국.

【不見察(불견찰)】: 눈에 들지 못하다, 인정을 받지 못하다, 중시되지 못하다.

3 田饒謂哀公曰 :「臣將去君而鴻鵠擧矣。」 哀公曰 :「何謂也?」 → 전요가 애공에게 말했다 : 「저는 장차 임금님을 떠나 고니처럼 높이 날아갈 것입니다.」 애공이 물었다 : 「그 말은 무슨 뜻인가?」

【臣(신)】: 신, 저. ※군주에 대한 신하나 백성의 자칭.

【去(거)】: 떠나다.

【擧(거)】: 높이 날다.

【何謂也(하위야)】: 무슨 뜻인가?

文也; 足傅距者, 武也;[4] 敵在前敢鬪者, 勇也; 見食相呼, 仁也; 守夜不失時, 信也。[5] 雞雖有此五者, 君猶日瀹而食之, 何則? 以其所從來近也。[6] 夫鴻鵠一擧千里, 止君園池, 食君魚鼈, 啄君菽粟, 無此五者, 君猶貴之, 以其所從來遠也。臣請鴻鵠擧矣。」[7] 哀公曰 :「止,

4 田饒曰 :「君獨不見夫雞乎? 頭戴冠者, 文也; 足傅距者, 武也; → 전요가 말했다 :「임금님께서 설마 수탉을 못 보신 것은 아니겠지요? 머리에 관을 쓴 것은, 우아함을 나타낸 것이고; 다리 뒤에 예리한 발톱이 달린 것은, 무기이고;

【獨(독)…乎(호)?】: 설마 …은 아니겠지? 그래 …란 말인가?

【夫(부)】: [어조사] 구의 중간에 쓰여 보어(補語)를 끌어들이고 어기(語氣)를 완화하는 작용을 한다. 구체적으로 번역할 필요가 없다.

【戴(대)】: (관, 모자 등을) 쓰다.

【文(문)】: 우아하다.

【傅距(부거)】: 예리한 발톱을 달다. 〖傅〗: 附(부), 달다, 부착하다. 〖距〗: (수탉, 꿩 등의) 며느리 발톱. 여기서는「예리한 발톱」을 가리킨다.

5 敵在前敢鬪者, 勇也; 見食相呼, 仁也; 守夜不失時, 信也。→ 면전에서 적과 마주하여 과감히 싸우는 것은, 용기이고; 먹이를 보고 서로 부르는 것은, 인애(仁愛)이고; 밤을 지켜 때를 놓치지 않고 새벽을 알리는 것은, 신의(信義)입니다.

6 雞雖有此五者, 君猶日瀹而食之, 何則? 以其所從來近也。→ 닭이 비록 이 다섯 가지 덕행을 구비하고 있지만, 임금님께서는 여전히 날마다 그것을 삶아 먹습니다. 왜 그렇겠습니까? 원인은 닭의 생활 영역이 신변 가까이 있기 때문입니다.

【猶(유)】: 여전히.

【瀹(약)】: 煮(자), 삶다.

【以(이)】: 因(인), …때문.

【所從來(소종래)】: 출처. 여기서는「서식처, 생활 영역」을 가리킨다.

7 夫鴻鵠一擧千里, 止君園池, 食君魚鼈, 啄君菽粟, 無此五者, 君猶貴之, 以其所從來遠也。臣請鴻鵠擧矣。」→ 고니는 한 번 날았다 하면 천 리를 날아와, 임금님의 전원과 연못에 머물러, 임금님 연못의 물고기와 자라를 잡아먹고, 임금님 전원의 콩과 조를 쪼아 먹는데, (고니는) 이 다섯 가지 덕행을 갖추지 못했지만, 임금님께서는 여전히 그것을 귀하게 여기고 계십니다. 원인은 고니의 생활 영역이 신변에서 멀리 떨어져 있기 때문입니다. 그래서 저는 (임금님을 떠나) 고니처럼 높이 날아갈 것입니다.」

【止(지)】: 머물다.

【鼈(별)】: 자라.

【菽(숙)】: 콩의 일종.

【貴(귀)】: 귀하게 여기다, 중시하다.

【請(청)】: [겸어] 실제로는 자기의 의지에 따라 행하면서 겉으로는 마치 상대방의 허락이나

吾書子之言也。」[8] 田饒曰：「臣聞食其食者不毁其器；蔭其樹者不折其枝。有士不用，何書其言爲?」[9] 遂去，之燕，燕立爲相。三年，燕之政太平，國無盜賊。[10] 哀公聞之，慨然太息，爲之避寢三月，抽損上服，曰：「不愼其前，而悔其後，何可復得?」[11]《詩》曰：「逝將去

동의를 청하는 듯한 중국인의 언어표현 방식.

8 哀公曰：「止，吾書子之言也。」→ 애공이 말했다 : 「가지 말게, 내가 그대의 말을 기록해 두겠네.」
【止(지)】: 멈추다. 여기서는 「가지 말라」의 뜻.
【書(서)】: 쓰다, 기록하다.

9 田饒曰：「臣聞食其食者不毁其器；蔭其樹者不折其枝。有士不用，何書其言爲?」→ 전요가 말했다 : 「제가 듣건대 남의 음식을 먹는 자는 남의 그릇을 부수지 않고; 남의 수목 아래에서 햇빛을 가리는 사람은 그 가지를 꺾지 않는다고 했습니다. (임금님께서는) 현능한 선비가 있어도 기용하지 않으면서, 왜 그 말을 기록합니까?」
【蔭(음)】: 햇빛을 가리다.
【何(하)…爲(위)?】: 왜 …을 하는가? 어째서 …을 하는가?
【毁(훼)】: 부수다, 파괴하다, 훼손하다.
【折(절)】: 꺾다. ※판본에 따라서는 「折」을 「析(석)」이라 했다.

10 遂去，之燕，燕立爲相。三年，燕之政太平，國無盜賊。→ (전요가) 끝내 (노나라를) 떠나, 연(燕)나라에 가니, 연나라에서 그를 재상으로 임명했다. 삼 년이 지나자, 연나라의 정치는 매우 안정되고, 나라에는 도적이 없었다.
【遂(수)】: 끝내, 마침내.
【之(지)】: 가다.
【燕(연)】: [국명] 지금의 하북성 북부와 요녕성 남부에 있던 주대(周代)의 제후국.
【太平(태평)】: 매우 안정되다.

11 哀公聞之，慨然太息，爲之避寢三月，抽損上服，曰：「不愼其前，而悔其後，何可復得?」→ 애공은 이 소식을 듣고, 개탄하며 깊이 탄식하더니, 이로 인해 석 달 동안 침대에서 잠을 자지 않고, 고의로 화려한 옷을 훼손하여 후회하는 마음을 표하며, 말했다 : 「사전에 신중하지 못하고, 사후에 후회한들, 어찌 다시 얻을 수 있겠는가?」
【慨然(개연)】: 개탄하는 모양.
【太息(태식)】: 깊이 탄식하다.
【爲之(위지)】: 因之(인지), 이로 인해, 이로 말미암아.
【避寢(피침)】: 침상을 피하다. 즉 「침상에서 잠을 자지 않다」의 뜻.
【抽損上服(추손상복)】: 화려한 옷을 훼손하여 후회하는 마음을 표시하다. 〖抽損〗: 훼손하다. 〖上服〗: 화려한 의복.

汝, 適彼樂土; 適彼樂土, 爰得我所?」[12]《春秋》曰:「少長於君, 則君輕之。」此之謂也。[13]

번역문

고니와 닭

전요(田饒)는 노(魯)나라 애공(哀公)을 섬겼으나 인정을 받지 못했다.

전요가 애공에게 말했다.

「저는 장차 임금님을 떠나 고니처럼 높이 날아갈 것입니다.」

애공이 물었다.

「그 말은 무슨 뜻인가?」

전요가 말했다.

「임금님께서 설마 수탉을 못 보신 것은 아니겠지요? 머리에 관을 쓴 것은 우아함을 나타낸 것이고, 다리 뒤에 예리한 발톱이 달린 것은 무기이고, 면전에서 적과 마주하여 과감히 싸우는 것은 용기이고, 먹이를 보고 서로 부르는 것은 인애(仁愛)이고, 밤을 지켜 때를 놓치지 않고 새벽을 알리는

【愼(신)】: 신중하다

【何可(하가)?】: 어찌 …할 수 있는가?

12 《詩》曰:「逝將去汝, 適彼樂土; 適彼樂土, 爰得我所。」→《시경(詩經)》에 말하길:「당신을 떠나, 저 즐거운 나라로 가리라. 저 즐거운 나라로 가서, 나의 안식처를 얻으리라.」라고 한 것이나,

※ 이 말은《시경(詩經)·위풍(魏風)·석서(碩鼠)》에 보이는데, 원문은「逝將去女, 適彼樂土; 樂土樂土, 爰得我所?」라고 되어 있다.

13 《春秋》曰:「少長於君, 則君輕之。」此之謂也。→《춘추(春秋)》에 말하길:「어려서부터 군주의 신변에서 성장하여, 군주가 그를 경시할 것이다.」라고 한 것은, 바로 이러한 경우를 두고 한 말이다.

※ 이 말은《춘추곡량전(春秋穀梁傳)·희공이년(僖公二年)》에 보인다.

것은 신의(信義)입니다. 닭이 비록 이 다섯 가지 덕행을 구비하고 있지만 임금님께서는 여전히 날마다 그것을 삶아 먹습니다. 왜 그렇겠습니까? 원인은 닭의 생활 영역이 신변 가까이 있기 때문입니다. 고니는 한 번 날았다 하면 천 리를 날아와 임금님의 전원과 연못에 머물러 임금님 연못의 물고기와 자라를 잡아먹고, 임금님 전원의 콩과 조를 쪼아 먹는데, (고니는) 이 다섯 가지 덕행을 갖추지 못했지만 임금님께서는 여전히 그것을 귀하게 여기고 계십니다. 원인은 고니의 생활 영역이 신변에서 멀리 떨어져 있기 때문입니다. 그래서 저는 (임금님을 떠나) 고니처럼 높이 날아갈 것입니다.」

애공이 말했다.

「가지 말게. 내가 그대의 말을 기록해 두겠네.」

전요가 말했다.

「제가 듣건대 남의 음식을 먹는 자는 남의 그릇을 부수지 않고, 남의 수목 아래에서 햇빛을 가리는 사람은 그 가지를 꺾지 않는다고 했습니다. (임금님께서는) 현능한 선비가 있어도 기용하지 않으면서 왜 그 말을 기록합니까?」

(전요가) 끝내 (노나라를) 떠나 연(燕)나라에 가니 연나라에서 그를 재상으로 임명했다. 삼 년이 지나자 연나라의 정치는 매우 안정되고 나라에는 도적이 없었다.

애공은 이 소식을 듣고 개탄하며 깊이 탄식하더니, 이로 인해 석 달 동안 침대에서 잠을 자지 않고 고의로 화려한 옷을 훼손하여 후회하는 마음을 표하며 말했다.

「사전에 신중하지 못하고, 사후에 후회한들, 어찌 다시 얻을 수 있겠는가?」

《시경(詩經)》에 말하길 「당신을 떠나 저 즐거운 나라로 가리라. 저 즐거운 나라로 가서 나의 안식처를 얻으리라.」라고 한 것이나, 《춘추(春秋)》에 말하길 「어려서부터 군주의 신변에서 성장하여 군주가 그를 경시할 것이다.」라고 한 것은 바로 이러한 경우를 두고 한 말이다.

해설

전요(田饒)는 노애공(魯哀公)이 자신의 능력을 홀시하여 기용하지 않자, 수탉과 고니를 예로 들어 자신이 애공을 떠나야 하는 이유를 설명한 후 멀리 연나라로 가서 재상이 되었고, 이 소식을 들은 애공은 자신의 신중하지 못한 행동을 몹시 후회하며 한탄하는 모습을 보였다.

이 우언은 능력의 유무를 떠나 먼 곳에서 온 인재(人才)를 중시하고 신변 가까이 있는 인재를 홀시하는 노애공의 비정상적인 인재 기용을 통해, 사리를 헤아리지 않고 귀원천근(貴遠賤近)을 신봉하는 통치자의 그릇된 사고방식을 풍자한 것이다.

067 섭공호룡(葉公好龍)

《新序 · 雜事五》

원문 및 주석

葉公好龍[1]

<u>葉公子高</u>好龍, 鉤以寫龍, 鑿以寫龍, 屋室雕文以寫龍。[2] 於是天龍聞而下之, 窺頭於牖, 拖尾於堂。[3] <u>葉公</u>見之, 棄而還走, 失其魂

1 葉公好龍 → 섭공(葉公)이 용을 좋아하다
【葉公(섭공)】: 초(楚)나라의 귀족으로 성은 심(沈), 이름은 제량(諸梁)이며, 자는 자고(子高)이다. 섭(葉)[지금의 하남성 섭현(葉縣)]에 봉해져 「섭공」이라 했다. ※「葉」은 지명으로 쓰일 경우 「섭」으로 발음한다.
【好(호)】: [동사] 좋아하다.

2 葉公子高好龍, 鉤以寫龍, 鑿以寫龍, 屋室雕文以寫龍。→ 섭공(葉公) 자고(子高)는 용을 좋아하여, 옷의 장식품에 용을 그려 넣고, 술잔에 용을 새겨 넣는가 하면, 방이나 침실 등 무늬를 조각할 수 있는 모든 곳에 용을 그리거나 새겨 넣었다.
【葉公子高(섭공자고)】: 주 1【葉公】 참조.
【鉤(구)】: 의복에 다는 일종의 장식품.
【寫(사)】: 그리다. 여기서는 그리거나 새기는 것을 말한다.
【鑿(착)】: 술잔. 爵(작)의 가차자.
【屋室雕文(옥실조문)】: 방이나 침실 등 무늬를 조각할 수 있는 곳. 【文】: 紋(문), 무늬.

3 於是天龍聞而下之, 窺頭於牖, 拖尾於堂。→ 그리하여 하늘에 있는 용이 (이 소문을) 듣고 섭공이 사는 곳으로 내려와, 머리는 창문에서 엿보고, 꼬리는 대청에 늘어뜨려 끌고 있었다.
【於是(어시)】: 이에, 그리하여.
【下之(하지)】: 그곳으로 내려오다. 즉 섭공이 사는 곳으로 내려오다.
【窺(규)】: 엿보다, 살피다.

魄, 五色無主。[4] 是葉公非好龍也, 好夫似龍而非龍者也。[5]

번역문

섭공(葉公)이 용을 좋아하다

섭공(葉公) 자고(子高)는 용을 좋아하여 옷의 장식품에 용을 그려 넣고 술잔에 용을 새겨 넣는가 하면 방이나 침실 등 무늬를 조각할 수 있는 모든 곳에 용을 그리거나 새겨 넣었다. 그리하여 하늘에 있는 용이 (이 소문을) 듣고 섭공이 사는 곳으로 내려와, 머리는 창문에서 엿보고 꼬리는 대청에 늘어뜨려 끌고 있었다.

섭공은 이를 보자 모든 것을 포기하고 몸을 돌려 달아나는데, 혼비백산하여 얼굴색이 파랗게 변하며 어찌할 줄을 몰랐다. 이는 섭공이 진짜 용을 좋아한 것이 아니라 사이비 용을 좋아한 것이다.

【牖(유)】: 창문.
【拖(타)】: 늘어뜨리다, (바닥에 닿아) 끌리다.
【堂(당)】: 대청.

4 葉公見之, 棄而還走, 失其魂魄, 五色無主。→ 섭공은 이를 보자, 모든 것을 포기하고 몸을 돌려 달아나는데, 혼비백산하여, 얼굴색이 파랗게 변하며 어찌할 줄을 몰랐다.
【棄(기)】: 버리다, 포기하다.
【還走(환주)】: 몸을 돌려 달아나다. 〖還〗: 轉(전), 돌리다. 〖走〗: 달아나다.
【失其魂魄(실기혼백)】: 혼비백산하다.
【五色無主(오색무주)】: 공포에 사로잡혀 안색이 여러 가지로 변하다, 즉「낯빛이 파랗게 질려 어쩔 줄을 모르다」의 뜻. 〖五色〗: 청(青)·황(黃)·적(赤)·백(白)·흑(黑). 여기서는 감각기관이 반응하여 붉으락푸르락 얼굴에 나타나는 낯빛을 가리킨다. 〖無主〗: 스스로 제어하지 못하다, 자제력을 잃다, 어찌할 줄을 모르다.

5 是葉公非好龍也, 好夫似龍而非龍者也。→ 이는 섭공이 진짜 용을 좋아한 것이 아니라, 사이비 용을 좋아한 것이다.
【是(시)】: 이, 이것.
【夫(부)】: [지시대명사] 그, 저.
【似龍而非龍者(사룡이비룡자)】: 용 같으면서도 용이 아닌 것, 즉「사이비 용」.

해설

섭공(葉公)은 자기 주변에 있는 모든 물건에 용을 그리거나 새겨 넣고 용의 형상이 없는 물건은 사용하지 않을 정도로 용을 좋아했으나, 막상 실제로 용이 나타나자 혼비백산하여 달아나며 어쩔 줄을 몰랐다. 이는 진정으로 용을 좋아하지 않고 사이비(似而非) 용을 좋아한 것이다.

이 우언은 바로 표리부동(表裏不同)한 사람의 위선적(僞善的) 행위를 풍자한 것이다.

※ 참고 : 이 고사는 본래 선진(先秦)의 《신자(申子)》 일문(佚文) 중의 일부로 송(宋) 설거(薛據)의 《공자집어(孔子集語)》에 수록되어 있고, 또 《태평어람(太平御覽)》 권37을 출처로 밝힌 청(淸) 마국한(馬國翰)의 《옥함산방집일서(玉函山房輯佚書)》에도 수록되어 있는데, 《옥함산방집일서》의 일문은 《공자집어》나 《신서(新序)》와 비교할 때 기본 내용은 같고 문자상에서 다소 차이가 있다.

068 중천대(中天臺)

《新序 · 刺奢》

원문 및 주석

中天臺[1]

魏王將起中天臺, 令曰:「敢諫者死。」[2] 許綰負蔂操鍤入, 曰:「聞大王將起中天臺, 臣願加一力。」[3] 王曰:「子何力有加?」 綰曰:「雖

1 中天臺 → 높이가 중천(中天)에 이르는 누대
【中天(중천)】: 하늘 높이의 절반.

2 魏王將起中天臺, 令曰:「敢諫者死。」→ 위왕(魏王)이 장차 중천대(中天臺)를 세우고자, 명령을 발포하고 말했다:「감히 간하는 자는 사형에 처할 것이다.」
【魏(위)】: [국명] 지금의 하남성 북부 · 섬서성 동부 · 산서성 서남부 및 하북성 남부에 걸쳐 있던 주대(周代)의 제후국. 본래 진(晉)나라에 속했으나 B.C. 375년 조씨(趙氏) · 한씨(韓氏) · 위씨(魏氏)가 진(晉)의 영토를 삼분하여 각기 조(趙) · 한(韓) · 위(魏) 세 나라로 독립했다. 위나라는 본래 안읍(安邑)에 도읍을 정했다가 혜왕(惠王) 때 대량(大梁)으로 천도하여 국호를 양(梁)이라 했다.
【將(장)】: (장차) …하려 하다.
【起(기)】: 세우다, 짓다.
【死(사)】: [사동용법] 사형에 처하다.

3 許綰負蔂操鍤入, 曰:「聞大王將起中天臺, 臣願加一力。」→ 허관(許綰)이 삼태기를 메고 가래를 들고 들어가, 말했다:「대왕께서 장차 중천대를 세우려 하신다는 말을 들었습니다. 제가 미력이나마 보태고 싶습니다.」
【許綰(허관)】: [인명] 위양왕(魏襄王) 때 사람.
【負(부)】: 메다, 지다.
【蔂(류)】: 삼태기.
【操(조)】: 잡다, 들다.

無力, 能商臺。」[4] 王曰 : 「若何?」 曰 : 「臣聞天與地相去萬五千里, 今王因而半之, 當起七千五百里之臺。[5] 高旣如是, 其趾須方八千里, 盡王之地, 不足以爲臺趾。[6] 古者堯舜建諸侯, 地方五千里, 王必起此臺, 先以兵伐諸侯, 盡有其地猶不足, 又伐四夷, 得方八千里乃足以爲臺趾。[7] 材木之積, 人徒之衆, 倉廩之儲, 數以萬億度。[8] 八

【鍤(삽)】: 가래.

4 王曰 : 「子何力有加?」 綰曰 : 「雖無力, 能商臺。」 → 위왕이 말했다 : 「그대가 무슨 보탤 힘이 있는가?」 허관이 말했다 : 「비록 힘은 없지만, 중천대를 세우는 일에 대해 상의드릴 수 있습니다.」
【商(상)】: 상의하다.

5 王曰 : 「若何?」 曰 : 「臣聞天與地相去萬五千里, 今王因而半之, 當起七千五百里之臺。 → 위왕이 말했다 : 「어떻게 상의한다는 말인가?」 허관이 말했다 : 「저는 하늘과 땅 사이의 거리가 만 오천 리라고 들었습니다. 지금 임금님께서 이로 인해 그 절반을 생각하신다면, 마땅히 칠천오백 리 높이의 누대를 세워야 합니다.
【若何(약하)】: 어떻게.
【相去(상거)】: 거리, 간격.
【因而(인이)】: 이로 인해.
【當(당)】: 마땅히 …해야 한다.

6 高旣如是, 其趾須方八千里, 盡王之地, 不足以爲臺趾。 → 높이가 이미 이 정도라면, 그 지반은 사방 팔천 리가 필요하여, 임금님의 땅을 다 합쳐도, 누대의 지반으로 삼기에 부족합니다.
【如是(여시)】: 이와 같다. 즉 「이 정도」의 뜻.
【趾(지)】: 지면, 지반(地盤).
【方(방)】: 사방.
【盡(진)】: 모두 다 사용하다.
【足以(족이)】: 충분히 …할 수 있다, …하기에 족하다.

7 古者堯舜建諸侯, 地方五千里, 王必起此臺, 先以兵伐諸侯, 盡有其地猶不足, 又伐四夷, 得方八千里乃足以爲臺趾。 → 예전에 요(堯) · 순(舜)이 제후국을 세울 때는, 토지의 사방이 오천 리였습니다. 임금님께서 반드시 이 누대를 세우려 하신다면, 먼저 무력으로 제후들을 정벌하여, 그 땅을 다 소유해도 여전히 부족함으로, 다시 사방의 오랑캐를 정벌하여 사방 팔천 리를 얻어야 비로소 누대의 지반으로 삼기에 족할 것입니다.
【堯舜(요순)】: 상고시대 당(唐)의 요임금과 우(虞)의 순임금.
【猶(유)】: 여전히, 그래도.
【乃(내)】: 비로소.

千里以外，當盡農畝之地，足以奉給王之臺者，臺具以備，乃可以作。」[9] 魏王默然無以應，乃罷起臺。[10]

번역문

높이가 중천(中天)에 이르는 누대

위왕(魏王)이 장차 중천대(中天臺)를 세우고자 명령을 발포하고 말했다.

「감히 간하는 자는 사형에 처할 것이다.」

허관(許綰)이 삼태기를 메고 가래를 들고 들어가 말했다.

「대왕께서 장차 중천대를 세우려 하신다는 말을 들었습니다. 제가 미력이나마 보태고 싶습니다.」

....

8 材木之積，人徒之衆，倉廩之儲，數以萬億度。→(이밖에도) 필요한 재목을 축적해야 하고, 수많은 인력을 동원해야 하고, 곳간의 양식을 비축해야 하는데, 그 수량은 억만 단위로 헤아려야 합니다.

【人徒(인도)】: 인력, 인부.

【倉廩(창름)】: 곳간, 곳집, 창고.

【億(억)】: 고대에는 십만(十萬)을 억(億)이라 했다.

【度(탁)】: 헤아리다, 계산하다.

9 八千里以外，當盡農畝之地，足以奉給王之臺者，臺具以備，乃可以作。」→ 팔천 리 이외에도, 마땅히 농지를 모두 사용해야, 임금님의 누대에 충분히 공급할 수 있으며, 누대를 위한 조건이 모두 갖추어져야, 비로소 지을 수 있습니다.」

【農畝之地(농무지지)】: 농지, 농토.

【足以(족이)】: 족히 …할 수 있다, …하기에 충분하다.

【奉給(봉급)】: 공급하다.

【乃(내)】: 비로소.

10 魏王默然無以應，乃罷起臺。→ 위왕은 묵묵히 대답을 할 수가 없어, 마침내 누대를 세우려던 일을 포기했다.

【默然(묵연)】: 묵묵히 말이 없는 모양.

【無以(무이)】: …할 수가 없다, …할 도리가 없다.

【乃(내)】: 마침내.

【罷(파)】: 그만두다, 포기하다.

위왕이 말했다.

「그대가 무슨 보탤 힘이 있는가?」

허관이 말했다.

「비록 힘은 없지만 중천대를 세우는 일에 대해 상의드릴 수 있습니다.」

위왕이 말했다.

「어떻게 상의한다는 말인가?」

허관이 말했다.

「저는 하늘과 땅 사이의 거리가 만 오천 리라고 들었습니다. 지금 임금님께서 이로 인해 그 절반을 생각하신다면 마땅히 칠천오백 리 높이의 누대를 세워야 합니다. 높이가 이미 이 정도라면 그 지반은 사방 팔천 리가 필요하여 임금님의 땅을 다 합쳐도 누대의 지반으로 삼기에 부족합니다. 예전에 요(堯)·순(舜)이 제후국을 세울 때는, 토지의 사방이 오천 리였습니다. 임금님께서 반드시 이 누대를 세우려 하신다면, 먼저 무력으로 제후들을 정벌하여, 그 땅을 다 소유해도 여전히 부족함으로, 다시 사방의 오랑캐를 정벌하여 사방 팔천 리를 얻어야 비로소 누대의 지반으로 삼기에 족할 것입니다. (이밖에도) 필요한 재목을 축적해야 하고, 수많은 인력을 동원해야 하고, 곳간의 양식을 비축해야 하는데, 그 수량은 억만 단위로 헤아려야 합니다. 팔천 리 이외에도 마땅히 농지를 모두 사용해야 임금님의 누대에 충분히 공급할 수 있으며, 누대를 위한 조건이 모두 갖추어져야 비로소 지을 수 있습니다.」

위왕은 묵묵히 대답을 할 수가 없어, 마침내 누대를 세우려던 일을 포기했다.

해설

위왕(魏王)은 높이가 중천(中天)에 이르는 누대를 세우기로 작정하고 이에 대해 이의를 제기하는 자를 사형에 처하겠다고 명령을 발포했다. 그럼에도 불구하고 허관(許綰)은 이를 두려워하지 않고, 위왕의 황당한 생각을 더욱 과장하는 수법으로 위왕을 설득하여 마침내 위왕으로 하여금 누대의 건립을 포기하도록 했다.

이 우언은 위왕의 전횡과 어리석음을 풍자하는 동시에 선의(善意)의 과장법을 채택하여 도리를 설명함으로써 직간(直諫)으로 인한 반감(反感)이나 위험을 피하고 왕으로 하여금 잘못을 깨닫도록 한 허관의 재치를 통해, 설득 방법의 중요성을 설명한 것이다.

069 자한사옥(子罕辭玉)

《新序 · 節士》

원문 및 주석

子罕辭玉[1]

宋人有得玉者, 獻諸司城子罕, 子罕不受。[2] 獻玉者曰 : 「以示玉人, 玉人以爲寶, 故敢獻之。」[3] 子罕曰 : 「我以不貪爲寶, 爾以爲寶。若與我者, 皆喪寶也, 不若人有其寶。」[4] 故宋國之長者曰 : 「子罕非

1 子罕辭玉 → 자한(子罕)이 옥을 사양하다
【子罕(자한)】: [인명] 송(宋)나라의 현신(賢臣).
【辭(사)】: 사양하다.

2 宋人有得玉者, 獻諸司城子罕, 子罕不受。→ 송(宋)나라 사람으로 옥을 얻은 자가 있었는데, 이 옥을 사성(司城) 자한(子罕)에게 바치자, 자한이 받지 않았다.
【宋(송)】: [국명] 지금의 하북성 상구현(商邱縣) 일대에 있던 주대(周代)의 제후국.
【諸(제)】: 之於(지어)의 합음.
【司城(사성)】: [관직] 사공(司空). 춘추시대에 두었던 관직이나, 선왕인 송무공(宋武公)의 이름이 사공(司公)이기 때문에 기휘(忌諱)하여 사공(司公)을 사성(司城)으로 개칭했다.

3 獻玉者曰 : 「以示玉人, 玉人以爲寶, 故敢獻之。」 → 옥을 바친 자가 말했다 : 「이것을 옥장이에게 보여주니, 옥장이가 보물이라 여겨, 감히 바치는 것입니다.」
【獻(헌)】: 바치다, 헌상하다.
【以(이)】: 以之(이지), 이를, 이것을.
【玉人(옥인)】: 옥장이.
【以爲(이위)】: …라고 생각하다, …라고 여기다.

4 子罕曰 : 「我以不貪爲寶, 爾以爲寶。若與我者, 皆喪寶也, 不若人有其寶。」 → 자한이 말했다 : 「나는 재물을 탐하지 않는 것을 보물로 여기고, 당신은 옥을 보물로 여깁니다. 만일 그것

無寶也, 所寶者異也。[5] 今以白金與摶黍以示兒子, 兒子必取摶黍矣;[6] 以和氏之璧與百金以示鄙人, 鄙人必取百金矣, 以和氏之璧與道德之至言以示賢者, 賢者必取至言矣。[7] 其知彌精, 其取彌精; 其知彌觕, 其取彌觕。子罕之所寶者至矣。」[8]

을 나에게 준다면, (우리 두 사람) 모두 보물을 잃는 것이니, 각자 자기의 보물을 소유하는 것만 못합니다.」

【以(이)…爲(위)…】: …을 …로 여기다.

【爾(이)】: 너, 당신.

【若(약)】: 만일, 만약.

【與(여)】: 주다, 증여하다.

【不若(불약)】: …만 못하다, …이 낫다.

【人有其寶(인유기보)】: 각자 자기의 보물을 소유하다.

5 故宋國之長者曰 :「子罕非無寶也, 所寶者異也。→ 그래서 송나라의 나이가 지긋하고 덕망 있는 사람들이 모두 말했다 :「자한은 보물이 없는 것이 아니라, 보물로 여기는 대상이 다르다.

【長者(장자)】: 나이가 지긋하고 덕망이 있는 사람.

【所寶者(소보자)】: 보물로 여기는 대상.

6 今以白金與摶黍以示兒子, 兒子必取摶黍矣; → 지금 백금과 단서(摶黍)를 가지고 아이에게 보여주면, 아이는 반드시 단서를 취할 것이고;

【摶黍(단서)】: 기장을 뭉쳐서 동그랗게 만든 음식. 〖摶〗: 손으로 둥글게 만들다.

【兒子(아자)】: 아이.

7 以和氏之璧與百金以示鄙人, 鄙人必取百金矣, 以和氏之璧與道德之至言以示賢者, 賢者必取至言矣。→ 화씨벽(和氏璧)과 백금을 가지고 시골 사람에게 보여주면, 시골 사람은 반드시 백금을 취할 것이며, 화씨벽과 도덕의 지언(至言)을 가지고 현인에게 보여주면, 현인은 반드시 지언을 취할 것이다.

【和氏之璧(화씨지벽)】: 화씨벽(和氏璧). 춘추시대 초(楚)나라 사람 변화(卞和)가 발견한 벽옥. ※ 화씨벽(和氏璧)에 관한 고사는《한비자(韓非子) · 화씨和氏)》에 보인다.

【鄙人(비인)】: 시골 사람.

【至言(지언)】: 지당한 말, 가장 정확하고 가치 있는 말.

8 其知彌精, 其取彌精; 其知彌觕, 其取彌觕。子罕之所寶者至矣。」→ 지식이 정통하면 정통할수록, 선택도 정통하고; 지식이 천박하면 천박할수록, 선택도 천박하다. 자한이 보물로 여기는 것이 최상의 보물이다.」

【彌(미)…彌(미)…】: 愈(유)…愈(유)…, …하면 할수록 더욱 …하다.

【精(정)】: 정밀하다.

【觕(추)】: 粗(조), 천박하다.

번역문

자한(子罕)이 옥을 사양하다

송(宋)나라 사람으로 옥을 얻은 자가 있었는데, 이 옥을 사성(司城) 자한(子罕)에게 바치자 자한이 받지 않았다.

옥을 바친 자가 말했다.

「이것을 옥장이에게 보여주니, 옥장이가 보물이라 여겨, 감히 바치는 것입니다.」

자한이 말했다.

「나는 재물을 탐하지 않는 것을 보물로 여기고 당신은 옥을 보물로 여깁니다. 만일 그것을 나에게 준다면 (우리 두 사람) 모두 보물을 잃는 것이니 각자 자기의 보물을 소유하는 것만 못합니다.」

그래서 송나라의 나이가 지긋하고 덕망 있는 사람들이 모두 말했다.

「자한은 보물이 없는 것이 아니라 보물로 여기는 대상이 다르다. 지금 백금과 단서(摶黍)를 가지고 아이에게 보여주면 아이는 반드시 단서를 취할 것이고. 화씨벽(和氏璧)과 백금을 가지고 시골 사람에게 보여주면 시골 사람은 반드시 백금을 취할 것이며, 화씨벽과 도덕의 지언(至言)을 가지고 현인에게 보여주면 현인은 반드시 지언을 취할 것이다. 지식이 정통하면 정통할수록 선택도 정통하고, 지식이 천박하면 천박할수록 선택도 천박하다. 자한이 보물로 여기는 것이 최상의 보물이다.」

【所寶者(소보자)】: 보물로 여기는 것.
【至(지)】: 최고. 여기서는 「최고의 보물」을 가라킨다.

해설

보물에 대한 인식은 사람에 따라 그 형태가 천차만별이다. 어떤 사람은 옥을 보물로 여기는가 하면 어떤 사람은 재물을 탐하지 않는 청렴하고 검소한 정신을 보물로 여긴다.

이 우언은 군자(君子)와 속인(俗人)이 추구하는 가치가 달라 보물에 대한 관점이 서로 다르다는 이치를 설명한 것이다.

《설원說苑》 우언

유향(劉向 : B.C. 77－B.C. 6)은 본명이 경생(更生), 자가 자정(子政)이며 패(沛)[지금의 강소성 패현(沛縣)] 사람으로 한고조(漢高祖) 유방(劉邦)의 배다른 아우인 초원왕(楚元王) 유교(劉交)의 4세손이자 서한(西漢) 후기의 저명한 경학자 · 문학가이다.

유향은 성제(成帝) 때 광록대부(光祿大夫)에 임명되어 고적(古籍)을 교열하는 책임을 맡아 중국 최초의 도서 분류 목록인 《별록(別錄)》을 지었고, 이밖에도 《상서홍범오행전론(尙書洪範五行傳論)》《신서(新序)》《설원(說苑)》《열녀전(列女傳)》 등 많은 저술을 남겼다.

현재 전하는 《설원》 20권은 고대의 제후 · 현인들의 행적이나 일화 · 우언 등 400여 개의 고사를 수록한 설화집으로 체제가 《신서》와 비슷하며, 전서(全書)의 내용이 심오한 교훈적 의미를 지니고 있다.

070 국유삼불상(國有三不祥)

《說苑 · 君道》

원문 및 주석

國有三不祥[1]

齊景公出獵, 上山見虎, 下澤見蚍。[2] 歸召晏子而問之曰:「今日寡人出獵, 上山則見虎, 下澤則見蚍, 殆所謂之不祥也。」[3] 晏子曰:「國有三不祥, 是不與焉。夫有賢而不知, 一不祥; 知而不用, 二不

1 國有三不祥 → 나라에 세 가지 상서롭지 못한 일이 있다

2 齊景公出獵, 上山見虎,下澤見蚍。→ 제(齊)나라 경공(景公)이 사냥을 나갔는데, 산에 올라가 호랑이를 보고, 못으로 내려와 뱀을 보았다.

【齊景公(제경공)】: 춘추시대 제(齊)나라의 군주로 58년간(B.C. 547-B.C. 490) 재위했다.

〖齊〗: 지금의 산동성 북부와 하북성 남부 일대에 걸쳐 있던 주대(周代)의 제후국.

【出獵(출렵)】: 사냥을 나가다.

【蚍(사)】: 蛇(사), 뱀.

3 歸召晏子而問之曰:「今日寡人出獵, 上山則見虎, 下澤則見蚍, 殆所謂之不祥也。」→ 사냥을 마치고 돌아와 안자(晏子)를 불러 물었다:「오늘 과인이 사냥을 나가, 산에 올라가서는 호랑이를 보고, 못으로 내려와서는 뱀을 보았소. 아마도 사람들이 말하는 상서롭지 못한 징조인 듯하오.」

【晏子(안자)】: [인명] 안영(晏嬰). 성은 안(晏), 이름은 영(嬰), 자는 중(仲), 시호는 평(平)이며,「안자」는 존칭이다. 역사에서는 안평중(晏平仲)이라 칭한다. 제(齊)나라의 대부로 영공(靈公)·장공(莊公)·경공(景公) 삼대에 걸쳐 재상을 지냈다. 유능하고 근면 검소한 인품으로 세상에 널리 알려졌는데, 후인들이 그의 행적과 간언(諫言)을 모아《안자춘추(晏子春秋)》를 펴냈다.

【寡人(과인)】: 과덕지인(寡德之人)이란 의미로 임금이 자신을 낮추어 부르는 호칭.

祥; 用而不任, 三不祥也。[4] 所謂不祥乃若此者也。今山上見虎, 虎之室也; 下澤見蛇, 蛇之穴也。[5] 如虎之室, 如蛇之穴而見之, 曷爲不祥也?」[6]

번역문

나라에 세 가지 상서롭지 못한 일이 있다

제(齊)나라 경공(景公)이 사냥을 나갔는데, 산에 올라가 호랑이를 보고, 못으로 내려와 뱀을 보았다.

사냥을 마치고 돌아와 안자(晏子)를 불러 물었다.

【殆(태)】: 아마도.

4 晏子曰:「國有三不祥, 是不與焉。夫有賢而不知, 一不祥; 知而不用, 二不祥; 用而不任, 三不祥也。→ 안자가 대답했다:「나라에는 상서롭지 못한 일이 세 가지가 있는데, 이는 그 안에 포함되지 않습니다. 무릇 현인이 있어도 이를 알지 못하는 것이, 첫 번째 상서롭지 못한 일이고; 알면서도 기용하지 않는 것이, 두 번째 상서롭지 못한 일이며, 기용하고도 신임하지 않는 것이, 세 번째 상서롭지 못한 일입니다.
【是(시)】: 이것, 즉「호랑이와 뱀을 본 것」.
【不與(불여)】: 포함되지 않다.
【夫(부)】: [발어사] 대저, 무릇.
【用(용)】: 기용하다, 임용하다.
【任(임)】: 신임하다.

5 所謂不祥乃若此者也。今山上見虎, 虎之室也; 下澤見蛇, 蛇之穴也。→ 이른바 상서롭지 못하다는 것은 바로 이와 같은 일입니다. 오늘 산 위에서 호랑이를 보신 것은, 산이 호랑이의 서식처이기 때문이고; 못으로 내려와 뱀을 보신 것은, 못이 뱀의 서식처이기 때문입니다.
【乃(내)】: 바로, 곧.
【若此(약차)】: 如此(여차), 이와 같다.
【室(실)】: 집. 여기서는「사는 곳, 서식처」를 가리킨다.
【穴(혈)】: 굴. 여기서는「사는 곳, 서식처」를 가리킨다.

6 如虎之室, 如蛇之穴而見之, 曷爲不祥也?」→ 호랑이가 사는 곳에 가서 호랑이를 보고, 뱀이 사는 곳에 가서 뱀을 보았는데, 어째서 상서롭지 못합니까?」
【如(여)】: 往(왕), 가다.
【曷爲(갈위)】: 어째서, 왜.

「오늘 과인이 사냥을 나가, 산에 올라가서는 호랑이를 보고, 못으로 내려와서는 뱀을 보았소. 아마도 사람들이 말하는 상서롭지 못한 징조인 듯하오.」

안자가 대답했다.

「나라에는 상서롭지 못한 일이 세 가지가 있는데, 이는 그 안에 포함되지 않습니다. 무릇 현인이 있어도 이를 알지 못하는 것이 첫 번째 상서롭지 못한 일이고, 알면서도 기용하지 않는 것이 두 번째 상서롭지 못한 일이며, 기용하고도 신임하지 않는 것이 세 번째 상서롭지 못한 일입니다. 이른바 상서롭지 못하다는 것은 바로 이와 같은 일입니다. 오늘 산 위에서 호랑이를 보신 것은 산이 호랑이의 서식처이기 때문이고, 못으로 내려와 뱀을 보신 것은 못이 뱀의 서식처이기 때문입니다. 호랑이가 사는 곳에 가서 호랑이를 보고, 뱀이 사는 곳에 가서 뱀을 보았는데, 어째서 상서롭지 못합니까?」

해설

경공(景公)이 사냥을 나가 산과 못에서 호랑이와 뱀을 보고 상서롭지 못한 일로 여겨 걱정을 하자, 안자(晏子)는 나라에 현인이 있어도 이들을 발탁할 줄 모르거나, 알면서도 기용하지 않거나, 기용하고도 신임하지 못하는 것을 들어 상서롭지 못한 일이라 하고, 산과 못에서 호랑이와 뱀을 본 것은 산과 못이 본래 호랑이와 뱀이 사는 곳이기 때문에 당연한 현상이라는 말로 경공의 우려를 불식시켰다.

이 우언은 안자가 속언(俗諺)을 믿고 우려하는 군주의 그릇된 판단을 바로잡아 군주로 하여금 현명한 인재를 기용하여 나라의 안정을 위해 전념하도록 권계한 것이다.

071 윤작애군지과(尹綽愛君之過)

《說苑·臣術》

원문 및 주석

尹綽愛君之過[1]

簡子有臣尹綽、赦厥。[2] 簡子曰:「厥愛我, 諫我必不於衆人中; 綽也不愛我, 諫我必於衆人中。」[3] 尹綽曰:「厥也愛君之醜而不愛君之過也; 臣愛君之過而不愛君之醜。」[4]

1 尹綽愛君之過 → 윤작(尹綽)이 임금의 잘못을 중시하다
【尹綽(윤작)】: [인명] 조간자(趙簡子)의 신하.
【愛(애)】: 중시하다, 중요하게 여기다.
【過(과)】: 잘못, 허물.

2 簡子有臣尹綽、赦厥。→ 조간자(趙簡子)의 신하 중에 윤작(尹綽)과 사궐(赦厥)이 있었다.
【簡子(간자)】: 조간자(趙簡子). 춘추시대 말기 진(晉)나라의 대부. 성은 조(趙), 이름은 앙(鞅).
【赦厥(사궐)】: [인명] 조간자의 신하.

3 簡子曰:「厥愛我, 諫我必不於衆人中; 綽也不愛我, 諫我必於衆人中。」→ 조간자가 말했다: 「사궐은 나를 사랑하여, 반드시 여러 사람들 앞에서 나에게 간하지 않고; 윤작은 나를 사랑하지 않아, 반드시 여러 사람들 앞에서 나에게 간한다.」
【諫(간)】: 간하다.

4 尹綽曰:「厥也愛君之醜而不愛君之過也; 臣愛君之過而不愛君之醜。」→ 윤작이 말했다: 「사궐은 임금님이 여러 사람들 앞에서 창피당하는 것을 중시하고 임금님의 잘못을 중시하지 않으며; 저는 임금님의 잘못을 중시하고 임금님이 여러 사람들 앞에서 창피당하는 것을 중시하지 않습니다.」
【愛君之醜而不愛君之過(애군지추이불애군지과)】: 임금이 창피당하는 것을 중시하고 임금의 잘못을 중시하지 않다.

번역문

윤작(尹綽)이 임금의 잘못을 중시하다

조간자(趙簡子)의 신하 중에 윤작(尹綽)과 사궐(赦厥)이 있었다.

조간자가 말했다.

「사궐은 나를 사랑하여 반드시 여러 사람들 앞에서 나에게 간하지 않고, 윤작은 나를 사랑하지 않아 반드시 여러 사람들 앞에서 나에게 간한다.」

윤작이 말했다.

「사궐은 임금님이 여러 사람들 앞에서 창피당하는 것을 중시하고 임금님의 잘못을 중시하지 않으며, 저는 임금님의 잘못을 중시하고 임금님이 여러 사람들 앞에서 창피당하는 것을 중시하지 않습니다.」

해설

옛날의 통치자들은 자신의 결점이 폭로되는 것을 싫어하여 통치자의 허물을 지적하는 신하들이 피해를 당하는 경우가 많았다. 윤작(尹綽)은 조간자(趙簡子)가 싫어한다는 것을 알면서도 감히 여러 사람들 앞에서 조간자의 허물을 지적했다.

이 우언은 통치자의 소인배적 자질을 폭로하는 동시에 통치자에게 아첨하지 않고 자신이 옳다고 여기는 바를 감히 충간할 줄 아는 군자의 올곧은 형상을 찬양한 것이다.

072 안자축고료(晏子逐高繚)

《說苑 · 臣術》

원문 및 주석

晏子逐高繚[1]

高繚仕於晏子, 晏子逐之, 左右諫曰:「高繚之事夫子三年, 曾無以爵位, 而逐之, 其義可乎?」[2] 晏子曰:「嬰仄陋之人也, 四維之然後能直, 今此子事吾三年, 未嘗弼吾過, 是以逐之也。」[3]

1 晏子逐高繚 → 안자(晏子)가 고료(高繚)를 해고하다

【晏子(안자)】: [인명] 안영(晏嬰). 성은 안(晏), 이름은 영(嬰), 자는 중(仲), 시호는 평(平)이며, 「안자」는 존칭이다. 역사에서는 안평중(晏平仲)이라 칭한다. 제(齊)나라의 대부로 영공(靈公) · 장공(莊公) · 경공(景公) 삼대에 걸쳐 재상을 지냈다. 유능하고 근면 검소한 인품으로 세상에 널리 알려졌는데, 후인들이 그의 행적과 간언(諫言)을 모아 《안자춘추(晏子春秋)》를 펴냈다.

【逐(축)】: 내쫓다, 쫓아내다, 축출하다, 해고하다.

【高繚(고료)】: 안자의 가신(家臣).

2 高繚仕於晏子, 晏子逐之, 左右諫曰:「高繚之事夫子三年, 曾無以爵位, 而逐之, 其義可乎?」 → 고료(高繚)가 안자(晏子) 밑에서 벼슬살이를 하는데, 안자가 그를 해고하자, 안자의 측근들이 간했다:「고료는 삼 년 동안 선생님을 섬겼는데, 일찍이 작위를 주지도 않고, 오히려 그를 해고하는 것이, 도의상 가당한 일입니까?」

【仕(사)】: 벼슬하다, 벼슬살이하다.

【事(사)】: 섬기다.

【夫子(부자)】: [존칭] 선생님.

【曾(증)】: 일찍이.

3 晏子曰:「嬰仄陋之人也, 四維之然後能直, 今此子事吾三年, 未嘗弼吾過, 是以逐之也。」 →

번역문

안자(晏子)가 고료(高繚)를 해고하다

고료(高繚)가 안자(晏子) 밑에서 벼슬살이를 하는데 안자가 그를 해고하자 안자의 측근들이 간했다.

「고료는 삼 년 동안 선생님을 섬겼는데 일찍이 작위를 주지도 않고 오히려 그를 해고하는 것이 도의상 가당한 일입니까?」

안자가 말했다.

「나는 미천한 사람이라 사유(四維)를 거친 연후에 비로소 올곧을 수 있는데, 지금 이 사람은 나를 삼 년간 섬기면서 나의 잘못을 바로잡아 준 적이 없습니다. 그래서 그를 해고한 것입니다.」

해설

안자(晏子)는 항상 자신을 미흡한 사람으로 생각하고 자신에 대해 엄격한 잣대를 적용하여 다른 사람이 자기의 결점과 잘못을 지적하는 것을 환영했다. 그리하여 이러한 역할을 수행하지 못하는 자기 수하(手下)의 무골호인에 대해서는 단호하게 징벌하여 용납하지 않는 태도를 보였다.

안자가 말했다 : 「나는 미천한 사람이라, 사유(四維)를 거친 연후에 비로소 올곧을 수 있는데, 지금 이 사람은 나를 삼 년간 섬기면서, 나의 잘못을 바로잡아 준 적이 없습니다. 그래서 그를 해고한 것입니다.」

【嬰(영)】: 안영(晏嬰)이 「나, 저」라는 의미로 자신의 이름을 사용한 것.

【仄陋(측루)】: 비천하다, 미천하다.

【四維(사유)】: 치국(治國)의 네 가지 강령인 예(禮) · 의(義) · 염(廉) · 치(恥).

【此子(차자)】: 이 사람. 즉 고료.

【未嘗(미상)】: …한 적이 없다.

【弼(필)】: 바로잡다.

【是以(시이)】: 그래서.

이 우언은 남의 충고를 기꺼이 받아들여 자신을 성찰하려는 안자의 겸손하고 올곧은 인품을 통해, 「양약고구이어병(良藥苦口利於病), 충언역이이어행(忠言逆耳利於行) : 좋은 약은 입에 쓰나 병에는 이롭고, 충고하는 말은 귀에 거슬리나 행하는 데 이롭다.」의 이치를 강조하는 동시에, 자신의 주장만을 고집하는 독단적 사고방식을 경계한 것이다.

073 병촉이학(炳燭而學)

《說苑 · 建本》

원문 및 주석

炳燭而學[1]

晉平公問於師曠曰 :「吾年七十欲學, 恐已暮矣。」師曠曰 :「何不炳燭乎?」[2] 平公曰 :「安有爲人臣而戲其君乎?」[3] 師曠曰 :「盲臣安敢戲其君乎? 臣聞之, 少而好學, 如日出之陽;[4] 壯而好學, 如日中

1 炳燭而學 → 촛불을 밝혀 배우다
【炳燭(병촉)】: 촛불을 들다. 즉 「촛불을 밝히다」의 뜻. 〖炳〗: 秉(병), 들다, 잡다, 쥐다.

2 晉平公問於師曠曰 :「吾年七十欲學, 恐已暮矣。」師曠曰 :「何不炳燭乎?」→ 진(晉)나라 평공(平公)이 사광(師曠)에게 물었다 :「내가 나이 칠십에 배우고 싶지만, 아마도 너무 늦은 것 같소.」그러자 사광이 말했다 :「어찌 촛불을 밝히지 않으십니까?」
【晉平公(진평공)】: 진나라의 군주로 26년간(B.C. 557-B.C. 532) 재위했다. 〖晉〗: 지금의 산서성과 하북성 남부 및 하남성 서북부와 섬서성 중부 일대에 걸쳐 있던 주대(周代)의 제후국. B.C. 375년 조씨(趙氏) · 한씨(韓氏) · 위씨(魏氏)가 진(晉)의 영토를 삼분하여 각기 조(趙) · 한(韓) · 위(魏) 세 나라로 독립했다.
【師曠(사광)】: [인명] 진평공 때의 유명한 악사(樂師). ※ 당시의 악사는 대개 장님이 맡았다.
【欲(욕)】: …하고자 하다, …하고 싶어 하다, …하기를 바라다.
【恐(공)】: 아마도.
【已(이)】: 너무.

3 平公曰 :「安有爲人臣而戲其君乎?」→ 평공이 말했다 :「어디 신하가 되어 자기 임금을 희롱하는 자가 있는가?」
【安(안)】: 어디.
【戲(희)】: 희롱하다.

4 師曠曰 :「盲臣安敢戲其君乎? 臣聞之, 少而好學, 如日出之陽; → 사광이 말했다 :「눈먼 신

之光; 老而好學, 如炳燭之明。[5] 炳燭之明, 孰與昧行乎?」 平公曰 : 「善哉!」[6]

번역문

촛불을 밝혀 배우다

진(晉)나라 평공(平公)이 사광(師曠)에게 물었다.

「내가 나이 칠십에 배우고 싶지만 아마도 너무 늦은 것 같소.」

그러자 사광이 말했다.

「어찌 촛불을 밝히지 않으십니까?」

평공이 말했다.

「어디 신하가 되어 자기 임금을 희롱하는 자가 있는가?」

사광이 말했다.

「눈먼 신하가 어찌 감히 임금님을 희롱하겠습니까? 제가 듣건대 젊어서 배우기를 좋아하는 것은 마치 떠오르는 해의 양광과 같고, 장년에 배우기를 좋아하는 것은 마치 정오의 햇빛과 같고, 노년에 배우기를 좋아하는

하가 어찌 감히 임금님을 희롱하겠습니까? 제가 듣건대, 젊어서 배우기를 좋아하는 것은, 마치 떠오르는 해의 양광과 같고;
【好(호)】: [동사] 좋아하다.
【如(여)】: 마치 …같다.
【陽(양)】: 양광, 햇빛.

5 壯而好學, 如日中之光; 老而好學, 如炳燭之明。→ 장년에 배우기를 좋아하는 것은, 마치 정오의 햇빛과 같고; 노년에 배우기를 좋아하는 것은, 마치 촛불의 밝기와 같다고 했습니다.
【日中(일중)】: 중천의 해, 정오의 해.

6 炳燭之明, 孰與昧行乎?」 平公曰 : 「善哉!」 → 촛불의 밝기를, 어둠속에서 걷는 것과 비교하면 어느 것이 낫겠습니까?」 평공이 말했다 : 「훌륭하오.」
【孰與(숙여)…】: …과 비교하여 어떤가? …에 비해 어떠한가?
【昧行(매행)】: 어둠속에서 길을 더듬어 가다.

것은 마치 촛불의 밝기와 같다고 했습니다. 촛불의 밝기를 어둠속에서 걷는 것과 비교하면 어느 것이 낫겠습니까?」

평공이 말했다.

「훌륭하오.」

해설

진(晉)나라 평공(平公)이 나이 칠십에 배우고 싶은 마음이 있어도 이미 너무 늦은 것을 걱정하자, 사광(師曠)은 노년기의 배움을 촛불에 비유하고 배우지 않아 무지한 것을 캄캄한 어둠속에서 길을 걷는 것에 비유하여, 노년기의 배움이 설사 시기적으로 늦었다 해도 배우지 않아 무지한 것보다 낫다는 논리를 펴서 평공의 감탄을 자아내게 했다.

이 우언은 지식을 인생의 길을 밝혀주는 빛과 같은 존재로 여겨 배움은 연령과 관계없이 평생토록 지속되어야 한다는 학습의 중요성을 강조한 것이다.

074 악양식자(樂羊食子)

《說苑 · 貴德》

원문 및 주석

樂羊食子[1]

樂羊爲魏將, 以攻中山, 其子在中山。[2] 中山縣其子示樂羊, 樂羊不爲衰志, 攻之愈急。[3] 中山因烹其子而遺之, 樂羊食之盡一杯。[4] 中

1 樂羊食子 → 악양(樂羊)이 자기 아들을 먹다
【樂羊(악양)】: [인명] 위문후(魏文侯) 때의 장수.
【食(식)】: [동사] 먹다.

2 樂羊爲魏將, 以攻中山, 其子在中山。→ 악양(樂羊)은 위(魏)나라의 장수가 되어, 중산(中山)을 공격하는데, (당시) 그의 아들이 중산에 억류되어 있었다.
【魏(위)】: [국명] 지금의 하남성 북부와 섬서성 동부 · 산서성 서남부 · 하북성 남부에 걸쳐 있던 주대(周代)의 제후국. 본래 진(晉)나라에 속했으나 B.C. 375년 조씨(趙氏) · 한씨(韓氏) · 위씨(魏氏)가 진(晉)의 영토를 삼분하여 각기 조(趙) · 한(韓) · 위(魏) 세 나라로 독립했다. 위나라는 개국 초기 안읍(安邑)에 도읍을 정했다가 혜왕(惠王) 때 대량(大梁)으로 천도하고 국호를 「양(梁)」이라 했다.
【中山(중산)】: [국명] 지금의 하북성 정현(定縣) 일대에 있던 전국시대의 나라. 후에 조(趙)나라에 멸망했다.

3 中山縣其子示樂羊, 樂羊不爲衰志, 攻之愈急。→ 중산은 악양의 아들을 매달아 악양에게 보였지만, 악양은 결코 이로 인해 의지를 굽히지 않고, 오히려 공격을 더욱 서둘렀다.
【縣(현)】: 懸(현), 매달다.
【爲(위)】: 因(인), …로 인해.
【衰志(쇠지)】: 의지를 굽히다.
【愈(유)】: 더욱.
【急(급)】: 서두르다.

山見其誠也, 不忍與之戰, 果下之, 遂爲魏文侯開地, 文侯賞其功而疑其心。[5]

번역문

악양(樂羊)이 자기 아들을 먹다

악양(樂羊)은 위(魏)나라의 장수가 되어 중산(中山)을 공격하는데 (당시) 그의 아들이 중산에 억류되어 있었다. 중산은 악양의 아들을 매달아 악양에게 보였지만 악양은 결코 이로 인해 의지를 굽히지 않고 오히려 공격을 더욱 서둘렀다. 그리하여 중산은 악양의 아들을 삶아 (일부를) 악양에게 보냈는데 악양은 그것을 먹고 국물 한 잔을 다 마셨다. 중산은 악양의 진심이 확고하다는 것을 간파하자, 차마 그와 맞서 일전을 벌이지 못했고, (악양은) 과연 중산을 함락시켜 마침내 위문후를 위해 영토를 개척했다. 문후

4 中山因烹其子而遺之, 樂羊食之盡一杯。→ 그리하여 중산은 악양의 아들을 삶아 (일부를) 악양에게 보냈는데, 악양은 그것을 먹고 국물 한 잔을 다 마셨다.
【因(인)】: 그리하여.
【烹(팽)】: 삶다, 끓이다.
【遺(유)】: 보내주다.
【盡(진)】: 다하다. 여기서는 「다 마시다」의 뜻.

5 中山見其誠也, 不忍與之戰, 果下之, 遂爲魏文侯開地, 文侯賞其功而疑其心。→ 중산은 악양의 진심이 확고하다는 것을 간파하자, 차마 그와 맞서 일전을 벌이지 못했고, (악양은) 과연 중산을 함락시켜, 마침내 위문후를 위해 영토를 개척했다. 문후는 그의 공을 포상했으나 그의 (잔인한) 본심에 대해서는 의심을 품었다.
【見(견)】: 알다, 간파하다.
【誠(성)】: 진심. 여기서는 「진심이 확고하다」의 뜻.
【不忍(불인)】: 차마 …하지 못하다.
【下(하)】: 공략하다, 함락시키다.
【之(지)】: [대명사] 그것, 즉 「중산」.
【遂(수)】: 마침내.
【開地(개지)】: 영역을 넓히다, 영토를 개척하다.

는 그의 공을 포상했으나 그의 (잔인한) 본심에 대해서는 의심을 품었다.

해설

악양(樂羊)은 본래 중산국(中山國) 사람이나 위(魏)나라로 귀순해 장수가 된 후, 위문후(魏文侯)를 도와 중산국을 멸망시켰다. 악양이 중산국과의 대치상황에서 아들의 인육(人肉)을 먹고 국물을 마신 것은 위문후의 환심을 얻기 위해 충성심을 보인 것이지만 결과는 오히려 위문후의 의심을 초래했다.

모든 사물의 발전은 일정한 한계가 있어 그 한계를 벗어나면 자기가 바라는 바와 역행하게 된다. 이렇게 볼 때 악양이 아들의 인육을 먹고 국물을 마신 것은 인지상정으로 보아 실로 지나친 행동이다. 따라서 악양이 비록 위문후를 위해 큰 전공을 세우기는 했지만, 위문후가 볼 때 악양은 분명 인정을 나눌 수 없는 두려운 인물이다. 어찌 의심하고 꺼리지 않을 수 있겠는가?

이 우언은 악양의 지나친 행위를 통해 「과유불급(過猶不及)」의 이치를 설명한 것이다.

075 멸촉절영(滅燭絶纓)

《說苑 · 復恩》

원문 및 주석

滅燭絶纓[1]

楚莊王賜群臣酒, 日暮酒酣, 燈燭滅, 乃有人引美人之衣者。[2] 美人援絶其冠纓, 告王曰 :「今者燭滅, 有引妾衣者, 妾援得其冠纓持之, 趣火來上, 視絶纓者。」[3] 王曰 :「賜人酒, 使醉失禮, 奈何欲顯婦

1 滅燭絶纓 → 촛불을 끄고 갓끈을 끊다
【滅(멸)】: (불을) 끄다.
【絶(절)】: 끊다.
【纓(영)】: 갓끈.

2 楚莊王賜群臣酒, 日暮酒酣, 燈燭滅, 乃有人引美人之衣者。→ 초(楚)나라 장왕(莊王)이 여러 신하들에게 술을 하사했다. 날이 저물고 모두 술이 거나하게 올랐을 때, 등촉이 갑자기 꺼지자, 바로 미인의 옷을 끌어당기는 자가 있었다.
【楚莊王(초장왕)】: 초(楚)나라의 군주로 13년간(B.C. 613 - B.C. 591) 재위했다. 제환공(齊桓公) · 진문공(晉文公) · 진목공(秦穆公) · 송양공(宋襄公)과 더불어 춘추오패(春秋五覇)의 하나.
〖楚〗: 지금의 호남성 · 호북성과 강서성 · 절강성 및 하남성 남부에 걸쳐 있던 주대(周代)의 제후국.
【賜(사)】: 주다, 하사하다.
【酒酣(주감)】: 술이 거나하게 오르다, 취기가 돌다.
【乃(내)】: 곧, 바로.
【美人(미인)】: 아름다운 여인. 여기서는 「왕의 총희」를 가리킨다.

3 美人援絶其冠纓, 告王曰 :「今者燭滅, 有引妾衣者, 妾援得其冠纓持之, 趣火來上, 視絶纓者。」→ 미인은 그 사람의 갓끈을 잡아당겨 끊고, 왕에게 고했다 :「지금 촛불이 꺼지자, 저

人之節而辱士乎?」[4] 乃命左右曰:「今日與寡人飮, 不絶冠纓者不懽。」[5] 群臣百有餘人, 皆絶去其冠纓而上火, 卒盡懽而罷。[6] 居三年, 晉與楚戰, 有一臣常在前, 五合五奮, 首却敵, 卒得勝之。[7] 莊王怪而問曰:「寡人德薄, 又未嘗異子, 子何故出死不疑如是?」[8] 對曰:

의 옷을 끌어당기는 자가 있어, 제가 그의 갓끈을 잡아당겨 가지고 있으니, 빨리 불을 밝혀, 갓끈이 끊어진 자를 살펴보아 주십시오.」

【援絶(원절)】: 잡아당겨 끊다.

【趣(촉)】: 促(촉), 급히, 빨리.

4 王曰:「賜人酒, 使醉失禮, 奈何欲顯婦人之節而辱士乎?」→ 왕이 말했다:「(내가) 사람들에게 술을 하사하여, 취해 실례를 범하게 했는데, 어찌 부인(婦人)의 절조를 드러내 보이고자 선비를 욕되게 하겠는가?」

【使(사)】: …하게 하다, …하도록 시키다.

【奈何(내하)】: 어찌, 어떻게.

【欲(욕)】: …하고자 하다, …하려고 하다.

【顯(현)】: 현시하다, 드러내 보이다.

5 乃命左右曰:「今日與寡人飮, 不絶冠纓者不懽。」→ 그리하여 좌우 측근들에게 명했다:「오늘 과인과 함께 술을 마시면서, 갓끈을 끊지 않는 자는 즐겁지 않다는 표시이다.」

【乃(내)】: 그리하여.

【懽(환)】: 歡(환), 즐거워하다.

6 群臣百有餘人, 皆絶去其冠纓而上火, 卒盡懽而罷。→ 백여 명 되는 신하들이, 모두 갓끈을 끊어버리고 불을 밝혀, 마침내 모두가 즐겁게 연회를 마쳤다.

【上火(상화)】: 불을 켜다, 불을 밝히다.

【卒(졸)】: 마침내, 드디어.

【盡(진)】: 모두.

【罷(파)】: 마치다, 끝내다.

7 居三年, 晉與楚戰, 有一臣常在前, 五合五奮, 首却敵, 卒得勝之。→ 삼 년이 지나, 진(晉)나라와 초(楚)나라가 전쟁을 하는데, (초나라의) 어느 신하가 항상 선두에 나서, 다섯 번을 맞닥뜨려 다섯 번을 분전하며, 가장 먼저 적을 물리쳐, 마침내 승리를 거두었다.

【居(거)】: 지나다, 경과하다.

【合(합)】: 옛날 전쟁에서 교전의 회수(回數).

【奮(분)】: 분투하다, 분발하다.

【首(수)】: 가장 먼저.

【却(각)】: 물리치다, 퇴각시키다.

【卒(졸)】: 마침내.

8 莊王怪而問曰:「寡人德薄, 又未嘗異子, 子何故出死不疑如是?」→ 장왕이 이상히 여겨 그

「臣當死, 往者醉失禮, 王隱忍不加誅也; 臣終不敢以蔭蔽之德而不顯報王也。[9] 常願肝腦塗地, 用頸血湔敵久矣。臣乃夜絶纓者。」[10] 遂敗晉軍, 楚得以强, 此有陰德者必有陽報。[11]

에게 물었다 : 「과인은 덕이 부족하고, 또 그대를 특별히 대해 준 적이 없는데, 그대는 무슨 까닭으로 이와 같이 의심을 하지 않고 죽음의 길에 나섰는가?」

【怪(괴)】: 이상히 여기다.

【薄(박)】: 박하다, 부족하다.

【未嘗(미상)】: …한 적이 없다.

【異(이)】: 특별히 대하다.

【何故(하고)】: 무슨 까닭으로, 어째서.

【出死不疑(출사불의)】: 죽음의 길에 나서며 의심을 하지 않다.

【如是(여시)】: 이와 같이.

9 對曰 : 「臣當死, 往者醉失禮, 王隱忍不加誅也; 臣終不敢以蔭蔽之德而不顯報王也, → 그 신하가 대답했다 : 「저는 마땅히 죽어야 합니다. 지난 날 술에 취해 실례를 범했을 때, 임금님께서 꾹 참고 벌하지 않으셨습니다. (그 후) 저는 시종 감히 은덕(隱德)으로 드러내지 않고 임금님께 보답을 하지 못하여,

【往者(왕자)】: 지난 날.

【隱忍(은인)】: 꾹 참다.

【加誅(가주)】: 벌을 가하다, 징벌하다.

【終(종)】: 시종, 끝까지.

【蔭蔽之德(음폐지덕)】: 은덕(隱德), 음덕(陰德), 남이 모르게 베푸는 덕행.

【不顯(불현)】: 드러내지 않다, 감추다.

10 常願肝腦塗地, 用頸血湔敵久矣。臣乃夜絶纓者。」→ 오래전부터 항상 나라를 위해 기꺼이 목숨을 바쳐 목에서 흐르는 피를 적에게 뿌리길 원했습니다. 제가 바로 그날 밤 갓끈이 끊겼던 자입니다.」

【肝腦塗地(간뇌도지)】: 본래는 「간장과 뇌수로 땅을 칠하다」라는 뜻으로 「전장에서 참혹하게 죽는 모습」을 가리켰으나, 후에는 「나라를 위해 기꺼이 목숨을 바치다」라는 뜻으로 사용했다.

【用頸血湔敵(용경혈전적)】: 목에서 흐르는 피를 적에게 뿌리다.

【乃(내)】: 바로 …이다.

11 遂敗晉軍, 楚得以强, 此有陰德者必有陽報。→ 그리하여 진(晉)나라 군사를 물리치고, 초(楚)나라가 강성해질 수 있었으니, 이는 바로 남이 모르게 덕을 쌓은 사람은 반드시 그 보답을 받는다는 사실을 보여준 것이다.

【遂(수)】: 그리하여.

【得以(득이)】: 능(能), …할 수 있다.

【有陰德者必有陽報(유음덕자필유양보)】: 음덕이 있는 자는 반드시 양보가 있다. 즉 「남이

번역문

촛불을 끄고 갓끈을 끊다

초(楚)나라 장왕(莊王)이 여러 신하들에게 술을 하사했다. 날이 저물고 모두 술이 거나하게 올랐을 때 등촉이 갑자기 꺼지자 바로 미인의 옷을 끌어당기는 자가 있었다. 미인은 그 사람의 갓끈을 잡아당겨 끊고 왕에게 고했다.

「지금 촛불이 꺼지자 저의 옷을 끌어당기는 자가 있어 제가 그의 갓끈을 잡아당겨 가지고 있으니 빨리 불을 밝혀 갓끈이 끊어진 자를 살펴보아 주십시오.」

왕이 말했다.

「(내가) 사람들에게 술을 하사하여 취해 실례를 범하게 했는데 어찌 부인(婦人)의 절조를 드러내 보이고자 선비를 욕되게 하겠는가?」

그리하여 좌우 측근들에게 명했다.

「오늘 과인과 함께 술을 마시면서 갓끈을 끊지 않는 자는 즐겁지 않다는 표시이다.」

백여 명 되는 신하들이 모두 갓끈을 끊어버리고 불을 밝혀 마침내 모두가 즐겁게 연회를 마쳤다.

삼 년이 지나 진(晉)나라와 초(楚)나라가 전쟁을 하는데 (초나라의) 어느 신하가 항상 선두에 나서 다섯 번을 맞닥뜨려 다섯 번을 분전하며 가장 먼저 적을 물리쳐 마침내 승리를 거두었다. 장왕이 이상히 여겨 그에게 물었다.

....

모르게 덕을 쌓은 사람은 반드시 그 보답을 받는다.」라는 뜻. 【陰德】: 남이 모르게 행하는 덕행. 【陽報】: 분명한 보답, 눈에 보이는 보답.

「과인은 덕이 부족하고 또 그대를 특별히 대해 준 적이 없는데 그대는 무슨 까닭으로 이와 같이 의심을 하지 않고 죽음의 길에 나섰는가?」

그 신하가 대답했다.

「저는 마땅히 죽어야 합니다. 지난 날 술에 취해 실례를 범했을 때 임금님께서 꾹 참고 벌하지 않으셨습니다. (그 후) 저는 시종 감히 은덕(隱德)으로 드러내지 않고 임금님께 보답을 하지 못하여, 오래전부터 항상 나라를 위해 기꺼이 목숨을 바쳐 목에서 흐르는 피를 적에게 뿌리길 원했습니다. 제가 바로 그날 밤 갓끈이 끊겼던 자입니다.」

그리하여 진(晉)나라 군사를 물리치고 초(楚)나라가 강성해 질 수 있었으니, 이는 바로 남이 모르게 덕을 쌓은 사람은 반드시 그 보답을 받는다는 사실을 보여준 것이다.

해설

초(楚)나라 장왕(莊王)이 관용을 베풀어 결과적으로 불리한 상황을 유리하게 만들었다. 잘못을 범한 사람에 대한 처리를 관대하게 하든 엄중하게 하든 그 목적은 이전의 잘못을 경계하여 후환이 없도록 대비하려는 것이다.

이 우언은 초나라 장왕이 총희(寵姬)의 요구를 묵살하고 신하에게 관용을 베풀어 훗날 신하로 하여금 전쟁에서 목숨을 돌보지 않고 충성할 수 있도록 한 사례를 통해, 사람을 다스리는 방법에 있어서 관대한 것이 겉으로 보기에 마치 일종의 양보처럼 보이지만 실제로는 모순을 유리한 조건으로 전화하는 적극적인 방법이 될 수 있다는 이치를 설명한 것이다.

076 우공지곡(愚公之谷)

《說苑 · 政理》

원문 및 주석

愚公之谷[1]

齊桓公出獵, 逐鹿而走入山谷之中, 見一老公而問之曰:「是爲何谷?」對曰:「爲愚公之谷。」[2] 桓公曰:「何故?」對曰:「以臣名之。」[3] 桓公曰:「今視公之儀狀, 非愚人也, 何爲以公名?」[4] 對曰:

1 愚公之谷 → 어리석은 노인의 계곡
【愚公(우공)】: 어리석은 노인.

2 齊桓公出獵, 逐鹿而走入山谷之中, 見一老公而問之曰:「是爲何谷?」對曰:「爲愚公之谷。」→ 제(齊)나라 환공(桓公)이 사냥을 나가, 사슴을 뒤쫓다가 깊은 산골짝이로 빠져 들어가, 한 노인을 만나 물었다:「이곳이 무슨 계곡이요?」노인이 대답했다:「우공지곡(愚公之谷)입니다.」
【齊桓公(제환공)】: 춘추시대 제(齊)나라의 군주. 제희공(齊僖公)의 아들로 이름은 소백(小白)이며, 43년간(B.C. 685-B.C. 643) 재위했다. 진문공(晉文公) · 진목공(秦穆公) · 송양공(宋襄公) · 초장왕(楚莊王)과 더불어 춘추오패(春秋五覇)의 하나. 〖齊〗: 지금의 산동성 북부와 하북성 남부 일대에 걸쳐 있던 주대(周代)의 제후국.
【出獵(출렵)】: 사냥을 나가다.
【逐(축)】: 좇다, 뒤쫓다.

3 桓公曰:「何故?」對曰:「以臣名之。」→ 환공이 물었다: (우공지곡이라 한 것은)「무슨 까닭이오?」노인이 대답했다:「저로 말미암아 그렇게 이름을 붙인 것입니다.」
【何故(하고)】: 무슨 까닭.
【以(이)】: …로 인해, …로 말미암아.
【臣(신)】: 신, 저. ※군주에 대한 신하나 백성의 자칭.

「臣請陳之。臣故畜牸牛, 生子而大, 賣之而買駒。[5] 少年曰 : 『牛不能生馬。』遂持駒去。傍鄰聞之, 以臣爲愚, 故名此谷爲『愚公之谷』。」[6] 桓公曰 : 「公誠愚矣, 夫何爲而與之?」桓公遂歸。[7] 明日朝, 以告管仲, 管仲正衿再拜曰 : 「此夷吾之愚也。[8] 使堯在上, 咎繇爲理, 安有

4 桓公曰 : 「今視公之儀狀, 非愚人也, 何爲以公名?」 → 환공이 물었다 : 「지금 당신의 모습을 보니, 어리석은 사람이 아닌데, 어째서 당신으로 인해 그렇게 이름을 붙였다는 것이오?」
【儀狀(의상)】: 용모, 모습.
【何爲(하위)】: 왜, 어째서.
【以(이)】: …으로 인해, …때문에.

5 對曰 : 「臣請陳之。臣故畜牸牛, 生子而大, 賣之而買駒? → 노인이 대답했다 : 「제가 그것을 말씀드리겠습니다. 저는 본래 암소를 길렀는데, 새끼를 낳아 자라서, 그 놈을 팔아 망아지를 샀습니다.
【請(청)】: [상대방에 대한 겸어] 실제로는 자기의 뜻대로 행하면서 형식적으로는 마치 상대방의 윤허를 청하는 듯한 방식의 중국인 화법.
【陳(진)】: 진술하다, 설명하다.
【故(고)】: 본래, 원래.
【牸牛(자우)】: 암소.
【駒(구)】: 망아지.

6 少年曰 : 『牛不能生馬。』遂持駒去。傍鄰聞之, 以臣爲愚, 故名此谷爲『愚公之谷』。」 → 그런데 한 소년이 : 『소는 말을 낳지 못합니다.』라고 말하더니, 곧 망아지를 끌고 가버렸습니다. 이웃 사람들이 이 말을 듣고, 저를 어리석다고 여겨, 그래서 이 계곡을 『우공지곡』이라고 이름 지었습니다.」
【遂(수)】: 곧, 바로.
【傍鄰(방린)】: 이웃 사람들.
【以(이)…爲(위)…】: …을 …로 여기다.

7 桓公曰 : 「公誠愚矣, 夫何爲而與之?」 桓公遂歸。 → 환공이 말했다 : 「당신은 정말로 어리석구려. 어째서 망아지를 그에게 주었소?」 (말하고 나서) 환공은 곧 궁으로 돌아갔다.
【誠(성)】: 정말.
【夫(부)】: 「발어사」. ※ 번역할 필요가 없다.
【與(여)】: 주다.

8 明日朝, 以告管仲, 管仲正衿再拜曰 : 「此夷吾之愚也。 → 다음날 아침, 이를 관중(管仲)에게 말하자, 관중이 옷깃을 여미고 재배한 후 말했다 : 「이는 저 이오(夷吾)가 어리석은 것입니다.
【明日(명일)】: 다음날, 이튿날.
【管仲(관중)】: [인명] 춘추시대 제환공(齊桓公)의 재상으로, 성은 관(管), 자는 중(仲), 이름은 이오(夷吾). 제환공을 보필하여 환공으로 하여금 제후의 맹주가 되게 했다. 환공은 그를

取人之駒者乎? 若有見暴如是, 叟者又必不與也。[9] 公知獄訟之不正, 故與之耳。請退而修政。」[10]

번역문

어리석은 노인의 계곡

제(齊)나라 환공(桓公)이 사냥을 나가 사슴을 뒤좇다가 깊은 산골짝이로 빠져 들어가 한 노인을 만나 물었다.

「이곳이 무슨 계곡이요?」

노인이 대답했다.

「우공지곡(愚公之谷)입니다.」

존중하여 「중부(仲父)」라 불렀다.

【正衿(정금)】: 옷깃을 여미다.

【夷吾(이오)】: [인명] 관중(管仲)의 이름. ※ 앞의 주) 【管仲(관중)】 참조.

9 使堯在上, 咎繇爲理, 安有取人之駒者乎? 若有見暴如是, 叟者又必不與也。→ 만일 요(堯)임금이 윗자리에 있고, 고요가 법관의 직책을 맡았다면, 어찌 남의 망아지를 탈취하는 자가 있었겠습니까? 만일 이와 같이 횡포를 당했다 해도, 노인 또한 반드시 주지 않았을 것입니다.

【使(사)】: 만일, 만약.

【堯(요)】: 상고시대 당(唐)의 요임금.

【咎繇(고요)】: [인명] 요임금 시대의 법관.

【理(리)】: 형옥을 다스리는 관직, 법관.

【安(안)】: 어찌.

【若(약)】: 만일, 만약.

【見暴(견포)】: 횡포를 당하다. ※ 見+동사=피동형.

【叟(수)】: 노인, 늙은이.

10 公知獄訟之不正, 故與之耳。請退而修政。」→ 노인은 소송 사건의 처리가 공정하지 않다는 것을 알기 때문에, 그래서 망아지를 소년에게 주었을 뿐입니다. 청컨대 저로 하여금 물러가 정치제도를 수정할 수 있도록 허락해 주십시오.」

【獄訟(옥송)】: 소송 사건.

【耳(이)】: …일 뿐.

【修政(수정)】: 정치제도를 손질하다.

환공이 물었다.

「(우공지곡이라 한 것은) 무슨 까닭이오?」

노인이 대답했다.

「저로 말미암아 그렇게 이름을 붙인 것입니다.」

환공이 물었다.

「지금 당신의 모습을 보니 어리석은 사람이 아닌데 어째서 당신으로 인해 그렇게 이름을 붙였다는 것이오?」

노인이 대답했다.

「제가 그것을 말씀드리겠습니다. 저는 본래 암소를 길렀는데 새끼를 낳아 자라서 그 놈을 팔아 망아지를 샀습니다. 그런데 한 소년이 『소는 말을 낳지 못합니다.』라고 말하더니 곧 망아지를 끌고 가버렸습니다. 이웃 사람들이 이 말을 듣고 저를 어리석다고 여겨, 그래서 이 계곡을 『우공지곡』이라고 이름 지었습니다.」

환공이 말했다.

「당신은 정말로 어리석구려. 어째서 망아지를 그에게 주었소?」

(말하고 나서) 환공은 곧 궁으로 돌아갔다. 다음날 아침 이를 관중(管仲)에게 말하자 관중이 옷깃을 여미고 재배한 후 말했다.

「이는 저 이오(夷吾)가 어리석은 것입니다. 만일 요(堯)임금이 윗자리에 있고 고요가 법관의 직책을 맡았다면 어찌 남의 망아지를 탈취하는 자가 있었겠습니까? 만일 이와 같이 횡포를 당했다 해도 노인 또한 반드시 주지 않았을 것입니다. 노인은 (현재) 소송 사건의 처리가 공정하지 않다는 것을 알기 때문에, 그래서 망아지를 소년에게 주었을 뿐입니다. 청컨대 저로 하여금 물러가 정치제도를 수정할 수 있도록 허락해 주십시오.」

해설

노인이 소년에게 망아지를 빼앗긴 것에 대해, 일반 사람들은 물론 심지어 군주인 제환공(齊桓公)까지 노인을 어리석다고 했다. 그러나 관중(管仲)은 이 표면적인 현상을 통해 당시 사회에서 소송사건의 처리가 불공정하다는 것을 간파하여 잘못을 깨닫고 불합리한 제도를 고치고자 했다. 따라서 어리석은 사람은 망아지를 빼앗긴 노인이 아니라 제(齊)나라의 통치계층이다.

이 우언은 통치자들이 마땅히 조그만 일로부터 모든 것을 꿰뚫어 보아 스스로 반성하고 자책할 줄 알아야 나라의 정치가 순탄하고 백성이 평안할 수 있다는 이치를 설명한 것이다.

077 사요순목양(使堯舜牧羊)

《說苑 · 政理》

원문 및 주석

使堯舜牧羊[1]

楊朱見梁王, 言治天下如運諸掌然。[2] 梁王曰 :「先生有一妻一妾不能治, 三畝之園不能芸, 言治天下如運諸手掌何以?」[3] 楊朱曰 :

1 使堯舜牧羊 → 요(堯)와 순(舜)으로 하여금 양을 방목하게 하다
【使(사)】: …로 하여금 …하게 하다, …에게 …하도록 시키다.
【堯舜(요순)】: 상고시대 당(唐)의 요임금과 우(虞)의 순임금.

2 楊朱見梁王, 言治天下如運諸掌然。→ 양주(楊朱)가 양왕(梁王)을 알현하고, 천하를 다스리는 것을 마치 손바닥에 올려놓고 마음대로 부리는 것처럼 쉽다고 말했다.
【楊朱(양주)】: [인명] 위(衛)나라 사람으로 전국시대의 철학자. 혹자는 그가 노자(老子)에게 배웠다고도 하고, 혹자는 묵자(墨子)보다 후세 사람이라고도 한다. 그의 저서는 전하는 것이 없고, 다만 그에 관한 기록이 《열자(列子)》《맹자(孟子)》《한비자(韓非子)》 등에 간간히 보일 뿐이다. 그는 「위아(爲我)」를 주장하여 「터럭 하나를 뽑아서 천하가 이롭다 해도 하지 않는다(拔一毛而利天下不爲也)」라고 하여, 묵자의 겸애설(兼愛說)과 극명한 대조를 보이고 있다.
【梁(양)】: [국명] 위(魏)나라. 위나라는 지금의 하남성 북부와 섬서성 동부 · 산서성 서남부 · 하북성 남부에 걸쳐 있던 주대(周代)의 제후국으로, 본래 진(晉)나라에 속했으나 B.C. 375년 조씨(趙氏) · 한씨(韓氏) · 위씨(魏氏)가 진(晉)의 영토를 삼분하여 각기 조(趙) · 한(韓) · 위(魏) 세 나라로 독립했다. 위(魏)나라는 당초 안읍(安邑)에 도읍을 정했다가 혜왕(惠王) 때 대량(大梁)으로 천도하여 국호를 양(梁)이라 했다.
【如運諸掌然(여운제장연)】: 마치 손바닥에 놓고 마음대로 부리는 것처럼 쉽다. 〖運〗: 움직이다. 여기서는 「마음대로 부리다」의 뜻. 〖諸〗: 之於(지어)의 합음.

3 梁王曰 :「先生有一妻一妾不能治, 三畝之園不能芸, 言治天下如運諸手掌何以?」→ 양왕이

「臣有之, 君不見夫羊乎? 百羊而群, 使五尺童子荷杖而隨之, 欲東而東, 欲西而西。[4] 君且使堯牽一羊, 舜荷杖而隨之, 則亂之始也。」[5]

번역문

요(堯)와 순(舜)으로 하여금 양을 방목하게 하다

양주(楊朱)가 양왕(梁王)을 알현하고 천하를 다스리는 것을 마치 손바닥에 올려놓고 마음대로 부리는 것처럼 쉽다고 말했다.

양왕이 말했다.

「선생은 처 하나 첩 하나가 있어도 다스리지 못하고 삼 무(畝)의 밭조차 김을 매주지 못하면서 천하를 다스리는 것을 마치 손바닥에 올려놓고 마음대로 부리는 것처럼 쉽다고 말하는 것은 무슨 까닭이오?」

말했다 : 「선생은 처 하나 첩 하나가 있어도 다스리지 못하고, 삼 무(畝)의 밭조차 김을 매주지 못하면서, 천하를 다스리는 것을 마치 손바닥에 올려놓고 마음대로 부리는 것처럼 쉽다고 말하는 것은 무슨 까닭이오?」

【畝(무)】 : [면적 단위] 5평방 척(尺)을 1보(步), 240평방 보(步)를 1무(畝)라 했다.

【芸(운)】 : 耘(운), 김매다.

【何以(하이)】 : 무슨 까닭, 어째서.

4 楊朱曰 : 「臣有之, 君不見夫羊乎? 百羊而群, 使五尺童子荷杖而隨之, 欲東而東, 欲西而西。 → 양주가 말했다 : 「저는 이유가 있습니다. 임금님께서는 그 양떼를 보지 못하셨습니까? 백 마리의 양떼를, 어린 동자로 하여금 막대기를 들고 뒤를 따르게 할 경우, 동쪽으로 가고 싶으면 동쪽으로 가고, 서쪽으로 가고 싶으면 서쪽으로 갑니다.

【有之(유지)】 : 이유가 있다.

【夫(부)】 : [지시대명사] 그.

【使(사)】 : …로 하여금 …하게 하다, …에게 …하도록 시키다.

【荷杖(하장)】 : 나무막대를 가지다. 【荷】 : 지다, 메다. 여기서는 「들다, 가지다」의 뜻.

5 君且使堯牽一羊, 舜荷杖而隨之, 則亂之始也。」 → 임금님께서 만일 요(堯)로 하여금 앞에서 한 마리의 양을 끌게 하고, 순(舜)으로 하여금 막대기를 들고 양떼를 따르게 한다면, 바로 혼란이 시작될 것입니다.」

【且(차)】 : 만일, 만약.

양주가 말했다.

「저는 이유가 있습니다. 임금님께서는 그 양떼를 보지 못하셨습니까? 백 마리의 양떼를 어린 동자로 하여금 막대기를 들고 뒤를 따르게 할 경우, 동쪽으로 가고 싶으면 동쪽으로 가고 서쪽으로 가고 싶으면 서쪽으로 갑니다. 임금님께서 만일 요(堯)로 하여금 앞에서 한 마리의 양을 끌게 하고, 순(舜)으로 하여금 뒤에서 막대기를 들고 양떼를 따르게 한다면 바로 혼란이 시작될 것입니다.」

해설

양주(楊朱)는 백성 다스리는 일을 목동이 양치는 일에 비유하여 군주의 통치 방법을 제시했다. 목동이 한 무리의 양떼를 능히 관리할 수 있는 것은 목동이 양을 부리는 방법을 터득하고 있기 때문이지만, 요(堯)와 순(舜)은 비록 성현이라 해도 양을 치는 일에는 서투르다. 그리고 두 사람이 각기 앞과 뒤에서 서로 견제하면 지휘가 한결같지 않아 한 마리도 관리할 수가 없다. 만일 전문가들이라 해도 각자 자기의 주장을 고집하고 의견이 갈라져 서로 견제를 일삼는다면 아래 사람은 과연 누구의 말을 따라야 할지 모른다.

이 우언은 군주와 신하 상하가 모두 능력을 갖추고 서로 조화를 이루어야 비로소 나라를 안정시킬 수 있다는 치국(治國)의 기본원칙을 설명한 것이다.

078 백룡화어(白龍化魚)

《說苑 · 正諫》

원문 및 주석

白龍化魚[1]

吳王欲從民飮酒, 伍子胥諫曰:「不可。昔白龍下淸冷之淵, 化爲魚, 漁者豫且射中其目。[2] 白龍上訴天帝, 天帝曰:『當是之時, 若安置而形?』[3] 白龍對曰:『我下淸冷之淵化爲魚。』[4] 天帝曰:『魚固人

---

1 白龍化魚 → 백룡이 물고기로 변하다
【白龍(백룡)】: 신화 전설에 나오는 천제(天帝)가 타고 다니는 용.

2 吳王欲從民飮酒, 伍子胥諫曰:「不可。昔白龍下淸冷之淵, 化爲魚, 漁者豫且射中其目。→ 오왕(吳王)이 백성들과 어울려 술을 마시고 싶어 하자, 오자서(伍子胥)가 간했다:「안 됩니다. 옛날에 백룡이 (하늘로부터) 청랭(淸冷)한 연못에 내려와, 물고기로 변해 있는데, 어부 예저(豫且)가 백룡의 눈을 쏘아 맞혔습니다.
【吳(오)】: [국명] 지금의 강소성 일대에 있던 춘추시대의 제후국.
【欲(욕)】: …하고자 하다. …하려고 하다, …하고 싶어하다.
【從民(종민)】: 백성들을 좇아, 백성들을 따라. 즉「백성들과 어울려서」의 뜻.
【伍子胥(오자서)】: [인명] 성은 오(伍), 이름은 원(員), 자는 자서(子胥). 초(楚)나라의 대부 오사(伍奢)의 둘째 아들. 아버지와 형이 초나라에서 살해되자 오(吳)나라로 달아나 대부가 되어 오왕(吳王) 합려(闔閭)가 왕위를 찬탈하도록 도와 그 공로로 신(申)[지금의 하남성 남양(南陽)]에 봉해졌다.
【豫且(예저)】: [인명] 예저. 송(宋)나라의 어부.
【射中(사중)】: 쏘아 맞히다.

3 白龍上訴天帝, 天帝曰:『當是之時, 若安置而形?』→ 백룡이 천제에게 하소연하자, 천제가:『그때 너는 어디에 있었고, 너의 모습은 어떠했느냐?』라고 물었습니다.

之所射也, 若是, 豫且何罪?』[5] 夫白龍, 天帝貴畜也; 豫且, 宋國賤臣也。白龍不化, 豫且不射。[6] 今棄萬乘之位, 而從布衣之士飮酒, 臣恐其有豫且之患矣。」王乃止。[7]

번역문

백룡이 물고기로 변하다

오왕(吳王)이 백성들과 어울려 술을 마시고 싶어 하자 오자서(伍子胥)가

....

【當是之時(당시지시)】: 당시, 그때.
【若(약)】: 너, 당신.
【安(안)】: 어디.
【置(치)】: 두다, 놓다. 여기서는「있다, 머물다」의 뜻.
【而(이)】: 너, 당신.

4 白龍對曰:『我下淸冷之淵化爲魚。』→ 백룡이:『저는 청랭한 연못에 내려가 물고기로 변해 있었습니다.』라고 대답했습니다.

5 天帝曰:『魚固人之所射也, 若是, 豫且何罪?』→ 천제가 말하길:『물고기는 본래 사람이 쏘아 잡는 것이다. 만일 그렇다면, 예저가 무슨 죄가 있겠느냐?』라고 했습니다.
【固(고)】: 본래.
【若是(약시)】: 만일 그렇다면. 【若】: 만일.

6 夫白龍, 天帝貴畜也; 豫且, 宋國賤臣也。白龍不化, 豫且不射。→ 대저 백룡은, 천제가 귀하게 여기는 동물이고; 예저는, 송(宋)나라의 비천한 신하입니다. 백룡이 물고기로 변하지 않았다면, 예저가 쏘지 않았을 것입니다.
【夫(부)】: [발어사] 무릇, 대저.
【貴畜(귀축)】: 귀하게 여기는 동물.

7 今棄萬乘之位, 而從布衣之士飮酒, 臣恐其有豫且之患矣。」王乃止。→ 지금 천자의 지위를 포기하고, 평민들과 어울려 술을 마신다면, 저는 예저와 같은 우환이 발생할까 두렵습니다.」그리하여 왕이 백성들과 어울려 술을 마시려던 생각을 그만두었다.
【萬乘(만승)】: 천자(天子). ※ 주대(周代)에 천자는 병거 1만 대를 동원할 수 있고, 제후는 병거 1천 대를 동원할 수 있어, 만승(萬乘)은 곧 천자를 가리키고 천승(千乘)은 제후를 가리킨다.
【布衣之士(포의지사)】: 평민, 백성.
【乃(내)】: 곧, 바로.

간했다.

「안 됩니다. 옛날에 백룡(白龍)이 (하늘로부터) 청랭(淸冷)한 연못에 내려와 물고기로 변해 있는데, 어부 예저(豫且)가 백룡의 눈을 쏘아 맞혔습니다. 백룡이 천제에게 하소연하자 천제가 『그때 너는 어디에 있었고 너의 모습은 어떠했느냐?』라고 물었습니다. 백룡이 『저는 청랭한 연못에 내려가 물고기로 변해 있었습니다.』라고 대답했습니다. 천제가 말하길 『물고기는 본래 사람이 쏘아 잡는 것이다. 만일 그렇다면 예저가 무슨 죄가 있겠느냐?』라고 했습니다. 대저 백룡은 천제가 귀하게 여기는 동물이고, 예저는 송(宋)나라의 비천한 신하입니다. 백룡이 물고기로 변하지 않았다면 예저가 쏘지 않았을 것입니다. 지금 천자의 지위를 포기하고 평민들과 어울려 술을 마신다면, 저는 예저와 같은 우환이 발생할까 두렵습니다.」

그리하여 왕이 백성들과 어울려 술을 마시려던 생각을 그만두었다.

해설

오왕(吳王)이 백성들과 함께 어울려 술을 마시려 하자 오자서(伍子胥)는 임금이 불상사를 당하는 일이 발생할 것을 우려하여 백룡(白龍)이 화를 당한 사례를 들어 오왕으로 하여금 경거망동한 행동을 삼가도록 간했다. 그리하여 오왕은 오자서의 권고를 받아들여 백성들과 술을 마시려는 생각을 철회했다.

이 우언은 중요한 위치에 있는 인물에 대해 자기의 신분을 망각하고 경거망동하여 불의의 사고를 당하지 않도록 각별히 주의해야 한다는 것을 지적한 것이다.

079 치망설존(齒亡舌存)

《說苑 · 敬愼》

원문 및 주석

齒亡舌存[1]

常摐有疾, 老子往問焉, 曰 : 「先生疾甚矣, 無遺敎可以語諸弟子者乎?」[2] 常摐曰 : 「子雖不問, 吾將語子。」[3] 常摐曰 : 「過故鄕而下車, 子知之乎?」[4] 老子曰 : 「過故鄕而下車, 非謂其不忘故耶?」 常摐曰 : 「嘻! 是已。」[5] 常摐曰 : 「過喬木而趨, 子知之乎?」[6] 老子曰 :

1 齒亡舌存 → 이는 없어져도 혀는 남는다

2 常摐有疾, 老子往問焉, 曰 : 「先生疾甚矣, 無遺敎可以語諸弟子者乎?」 → 상창(常摐)이 병을 앓자, 노자(老子)가 병문안을 가서, 여쭈었다 : 「선생님의 병환이 심하신데, 여러 제자들에게 일러주실 수 있는 유훈(遺訓)은 없으신지요?」
【常摐(상창)】 : [인명] 노자(老子)의 스승.
【遺敎(유교)】 : 임종 시에 남긴 교훈. 유훈.

3 常摐曰 : 「子雖不問, 吾將語子。」 → 상창이 말했다 : 「그대가 설사 묻지 않더라도, 내가 그대에게 일러주려고 했었네.」
【將(장)】 : (장차) …할 것이다.
【語(어)】 : (다른 사람에게) 말하다, 이르다.

4 常摐曰 : 「過故鄕而下車, 子知之乎?」 → 상창이 물었다 : 「고향을 지나갈 때 수레에서 내리는데, 그대는 그 까닭을 아는가?」
【過(과)】 : 지나가다.

5 老子曰 : 「過故鄕而下車, 非謂其不忘故耶?」 常摐曰 : 「嘻! 是已。」 → 노자가 말했다 : 「고향을 지나갈 때 수레에서 내리는 것은, 지난날을 잊지 않겠다는 뜻을 말하는 것이 아닙니

「過喬木而趨, 非謂敬老耶?」常摐曰:「嘻, 是已。」[7] 張其口而示老子曰:「吾舌存乎?」老子曰:「然。」[8]「吾齒存乎?」老子曰:「亡。」[9] 常摐曰:「子知之乎?」老子曰:「夫舌之存也, 豈非以其柔耶? 齒之亡也, 豈非以其剛耶?」[10] 常摐曰:「嘻! 是已。天下之事已盡矣, 無以復語子哉!」[11]

까?」상창이 말했다:「오! 그렇지.」
【忘故(망고)】: 지난날을 잊어버리다.
【非謂(비위)…耶(야)?】: …을 이르는 것이 아닌가?
【嘻(희)】: [감탄사] 아! 오!
【是已(시이)】: 그렇다. 〖已〗: [긍정을 나타내는 어기사].

6 常摐曰:「過喬木而趨, 子知之乎?」→ 상창이 물었다:「교목(喬木)을 지나갈 때 빠른 걸음으로 가는데, 그대는 그 까닭을 아는가?」
【喬木(교목)】: [식물] 줄기가 높고 위가 굽은 나무.
【趨(추)】: 빨리 가다.

7 老子曰:「過喬木而趨, 非謂敬老耶?」常摐曰:「嘻! 是已。」→ 노자가 말했다:「교목을 지나갈 때 빠른 걸음으로 가는 것은, 노인을 공경한다는 뜻을 말하는 것이 아닙니까?」상창이 말했다:「오! 그렇지.」

8 張其口而示老子曰:「吾舌存乎?」老子曰:「然。」→ (상창이) 자기 입을 벌리고 노자에게 보여주며 물었다.:「나의 혀가 있는가?」노자가 대답했다:「있습니다.」
【張(장)】: (입을) 벌리다.
【然(연)】: 그렇다. 즉 「있다」의 뜻.

9 「吾齒存乎?」老子曰:「亡。」→ (상창이) 물었다:「나의 이가 있는가?」노자가 대답했다:「없습니다.」
【亡(무)】: 無(무), 없다.

10 常摐曰:「子知之乎?」老子曰:「夫舌之存也, 豈非以其柔耶? 齒之亡也, 豈非以其剛耶?」→ 상창이 물었다:「그대는 그 까닭을 아는가?」노자가 대답했다:「혀가 남아 있는 것은, 어찌 혀가 부드럽기 때문이 아니겠습니까? 그리고 이가 빠져 없어진 것은, 어찌 이가 너무 강하기 때문이 아니겠습니까?」
【夫(부)】: [발어사].
【豈非(기비)…耶(야)?】: 어찌 …이 아니겠는가?
【以其柔(이기유)】: 혀가 부드럽기 때문. 〖以〗: 因(인), …때문. 〖其〗: [대명사] 그것, 즉 「혀」.
【剛(강)】: 강하다.

11 常摐曰:「嘻! 是已。天下之事已盡矣, 無以復語子哉!」→ 상창이 말했다:「오! 그렇지. 천하

번역문

이는 없어져도 혀는 남는다

상창(常摐)이 병을 앓자 노자(老子)가 병문안을 가서 여쭈었다.

「선생님의 병환이 심하신데 여러 제자들에게 일러주실 수 있는 유훈(遺訓)은 없으신지요?」

상창이 말했다.

「그대가 설사 묻지 않더라도 내가 그대에게 일러주려고 했었네.」

상창이 물었다.

「고향을 지나갈 때 수레에서 내리는데, 그대는 그 까닭을 아는가?」

노자가 말했다.

「고향을 지나갈 때 수레에서 내리는 것은 지난날을 잊지 않겠다는 뜻을 말하는 것이 아닙니까?」

상창이 말했다.

「오! 그렇지.」

상창이 물었다.

「교목(喬木)을 지나갈 때 빠른 걸음으로 가는데, 그대는 그 까닭을 아는가?」

노자가 말했다.

「교목을 지나갈 때 빠른 걸음으로 가는 것은 노인을 공경한다는 뜻을 말하는 것이 아닙니까?」

상창이 말했다.

의 일이 모두 이 속에 들어 있으니, 다시 그대에게 말해 줄 것이 없네.」
【已盡(이진)】: 이미 다하다. 즉 「모두 이 속에 들어 있다」의 뜻.

「오! 그렇지.」

(상창이) 자기 입을 벌리고 노자에게 보여주며 물었다.

「나의 혀가 있는가?」

노자가 대답했다.

「있습니다.」

(상창이) 물었다.

「나의 이가 있는가?」

노자가 대답했다.

「없습니다.」

상창이 물었다.

「그대는 그 까닭을 아는가?」

노자가 대답했다.

「혀가 남아 있는 것은 어찌 혀가 부드럽기 때문이 아니겠습니까? 그리고 이가 빠져 없어진 것은 어찌 이가 너무 강하기 때문이 아니겠습니까?」

상창이 말했다.

「오! 그렇지. 천하의 일이 모두 이 속에 들어 있으니 다시 그대에게 말해줄 것이 없네.」

해설

상창(常摐)은 임종에 즈음하여 유훈(遺訓)을 청하는 노자(老子)에게 자기의 입을 벌려 보여주며, 남아 있는 혀와 빠져 없어진 이를 가지고 그렇게 된 까닭을 물어, 노자로 하여금 「유자이존, 강자이절(柔者易存, 剛者易折 : 부드러운 것은 살아남기 쉬우나, 강한 것은 꺾이기 쉽다)」의 답변을 끌어냈다. 유약(柔弱)」은 바로 노자의 처세 철학이자 적을 제압하고 자신을 보전하는 책략이다.

이 우언은 상창과 노자의 대화를 통해 「수유왈강(守柔曰强 : 부드러움을 지키는 것이 강한 것이다)」의 이치를 설명한 것이다.

080 혜자선비(惠子善譬)

《說苑 · 善說》

원문 및 주석

惠子善譬[1]

客謂梁王曰:「惠子之言事也, 善譬。王使無譬則不能言矣。」王曰:「諾。」[2] 明日見, 謂惠子曰:「願先生言事則直言耳, 無譬也。」[3] 惠子曰:「今有人於此而不知彈者, 曰:『彈之狀何若?』應曰:『彈

1 惠子善譬 → 혜자(惠子)가 비유를 잘하다

【惠子(혜자)】: [인명] 성은 혜(惠), 이름은 시(施). 송(宋)나라 사람으로 일찍이 양(梁)나라의 재상을 지냈다. 명가(名家)의 대표적 인물로 장자(莊子)의 절친한 친구라고 알려져 있다.

【善譬(선비)】: 비유를 잘하다.

2 客謂梁王曰:「惠子之言事也, 善譬。王使無譬則不能言矣。」王曰:「諾。」→ 어느 빈객이 양왕(梁王)에게 말했다:「혜자(惠子)는 사리(事理)를 말할 때, 비유를 잘합니다. 임금님께서 (만일) 그에게 비유를 못하게 하면 그는 말을 할 수 없을 것입니다.」왕이 말했다:「알았네.」

【梁王(양왕)】: 위왕(魏王). 위(魏)나라는 지금의 하남성 북부와 섬서성 동부 · 산서성 서남부 · 하북성 남부에 걸쳐 있던 주대(周代)의 제후국으로, 본래 진(晉)나라에 속했으나 B.C. 375년 조씨(趙氏) · 한씨(韓氏) · 위씨(魏氏)가 진(晉)의 영토를 삼분하여 각기 조(趙) · 한(韓) · 위(魏) 세 나라로 독립했다. 위(魏)나라는 당초 안읍(安邑)에 도읍을 정했다가 혜왕(惠王) 때 대량(大梁)으로 천도하여 국호를 양(梁)이라 했다.

【使(사)】: …로 하여금 …하도록 하다, …에게 …하게 하다.

【無(무)】: 勿(물), …하지 말라, …해서는 안된다.

【諾(락)】: [동의를 나타내는 말] 예, 그래, 좋아. 여기서는「알았네, 알겠네.」정도의 뜻.

3 明日見, 謂惠子曰:「願先生言事則直言耳, 無譬也。」→ 다음날 (양왕이) 혜자에게 말했다:「선생은 사리(事理)를 말할 때 직접 말하고 비유를 하지 말기 바랍니다.」

之狀如彈。』諭乎?」王曰 : 「未諭也。」[4]「於是更應曰 : 『彈之狀如弓, 而以竹爲弦。』則知乎?」王曰 : 「可知矣。」[5] 惠子曰 : 「夫說者固以其所知, 諭其所不知, 而使人知之。今王曰無譬則不可矣。」王曰 : 「善。」[6]

【明日(명일)】: 다음날, 이튿날.
【直言(직언)】: 직접 말하다. ※ 비유의 상대 개념.
【無譬(무유)】: 비유하지 말라. 〖無〗: 勿(물), ~하지 말라.

4 惠子曰 : 「今有人於此而不知彈者, 曰 : 『彈之狀何若?』應曰 : 『彈之狀如彈。』諭乎?」王曰 : 「未諭也。」→ 그러자 혜자가 말했다 : 「지금 여기에 탄(彈)을 모르는 사람이 있습니다. 그가 『탄의 모양이 어떻게 생겼습니까?』라고 물었을 때, 『탄의 모양은 탄과 같이 생겼지.』라고 대답한다면 이해하겠습니까?」 왕이 말했다 : 「이해하지 못하오.」
【於此(어차)】: 여기에, 이 자리에.
【彈(탄)】: 탄환.
【何若(하약)】: 어떤가? 어떻게 생겼는가?
【應曰(응왈)】: 대답해 말하다.
【諭(유)】: 이해하다.

5 「於是更應曰 : 『彈之狀如弓, 而以竹爲弦。』則知乎?」王曰 : 「可知矣。」→ (혜자가 말했다) : 「여기서 방법을 바꾸어 『탄의 모양은 활과 같고, 대나무로 현을 만든다.』라고 대답하면 알 수 있겠습니까?」 왕이 말했다 : 「알 수 있소.」
【於是(어시)】: 여기서, 이러한 상황에서.
【更(경)】: 방법을 바꾸다.

6 惠子曰 : 「夫說者固以其所知, 諭其所不知, 而使人知之。今王曰無譬則不可矣。」王曰 : 「善。」→ 혜자가 말했다 : 「대저 말이란 본래 누구나 아는 것을 가지고, 사람들이 모르는 바를 설명하여, 사람들로 하여금 알게 하는 것입니다. 그런데 지금 임금님께서 비유를 하지 말라고 말씀하시면 통할 수가 없습니다.」 왕이 말했다 : 「좋소.」
【夫(부)】: [발어사] 무릇, 대저.
【固(고)】: 본래.
【以(이)】: …로써, …을 가지고.
【諭(유)】: 설명하다, 알리다.
【使(사)】: …로 하여금 …하게 하다.

번역문

혜자(惠子)가 비유를 잘하다

어느 빈객이 양왕(梁王)에게 말했다.

「혜자(惠子)는 사리(事理)를 말할 때 비유를 잘합니다. 임금님께서 (만일) 그에게 비유를 못하게 하면 그는 말을 할 수 없을 것입니다.」

왕이 말했다.

「알았네.」

다음날 (양왕이) 혜자에게 말했다.

「선생은 사리를 말할 때 직접 말하고 비유를 하지 말기 바랍니다.」

그러자 혜자가 말했다.

「지금 여기에 탄(彈)을 모르는 사람이 있습니다. 그가 『탄의 모양이 어떻게 생겼습니까?』라고 물었을 때, 『탄의 모양은 탄과 같이 생겼지.』라고 대답한다면 이해하겠습니까?」

왕이 말했다.

「이해하지 못하오.」

(혜자가 말했다.)

「여기서 방법을 바꾸어 『탄의 모양은 활과 같고 대나무로 현을 만든다.』라고 대답하면 알 수 있겠습니까?」

왕이 말했다.

「알 수 있소.」

혜자가 말했다.

「대저 말이란 본래 누구나 아는 것을 가지고 사람들이 모르는 바를 설명하여 사람들로 하여금 알게 하는 것입니다. 그런데 지금 임금님께서 비유를 하지 말라고 말씀하시면 통할 수가 없습니다.」

왕이 말했다.

「좋소.」

해설

모르는 것을 설명할 때 모두가 잘 아는 것을 들어 비유하는 것은 이해를 촉진하기 위해 필요하고도 편리한 방법이다. 양왕(梁王)은 혜자(惠子)가 사리를 설명할 때 비유를 잘한다는 빈객의 말을 듣고 혜자로 하여금 비유를 하지 말고 직접 말하도록 했다가 오히려 자신의 어리석음을 드러냈다.

이 우언은 비유의 특징과 작용을 들어 그 이점을 설명하면서, 남의 장점을 단점으로 여겨 장점을 포기하도록 강요하는 모순을 지적한 것이다.

081 안자사초(晏子使楚)

《說苑 · 奉使》

원문 및 주석

晏子使楚[1]

晏子使楚。晏子短, 楚人爲小門於大門之側而延晏子。[2] 晏子不入, 曰 :「使至狗國者, 從狗門入, 今臣使楚, 不當從此門。」[3] 儐者更

1 晏子使楚 → 안자(晏子)가 사신으로 초(楚)나라에 가다

【晏子(안자)】: [인명] 안영(晏嬰). 성은 안(晏), 이름은 영(嬰), 자는 중(仲), 시호는 평(平)이며, 「안자」는 존칭이다. 역사에서는 안평중(晏平仲)이라 칭한다. 제(齊)나라의 대부로 영공(靈公)·장공(莊公)·경공(景公) 삼대에 걸쳐 재상을 지냈다. 유능하고 근면 검소한 인품으로 세상에 널리 알려졌는데, 후인들이 그의 행적과 간언(諫言)을 모아《안자춘추(晏子春秋)》를 펴냈다.

【使(사)】: 출사하다, 사절로 나아가다, 사신으로 가다

【楚(초)】: [국명] 지금의 호남성 · 호북성과 강서성 · 절강성 및 하남성 남부에 걸쳐 있던 주대(周代)의 제후국.

2 晏子使楚。晏子短, 楚人爲小門於大門之側而延晏子。→ 안자(晏子)가 사신으로 초(楚)나라에 갔는데, 안자의 키가 작기 때문에, 초나라 사람이 대문 옆에 작은 문을 만들어 안자를 안내했다.

【短(단)】: 짧다. 여기서는 「키가 작다」의 뜻.

【爲(위)】: 만들다, 설치하다.

【側(측)】: 옆, 곁.

【延(연)】: 인도하다, 안내하다.

3 晏子不入, 曰 :「使至狗國者, 從狗門入, 今臣使楚, 不當從此門。」→ 안자가 들어가지 않고, 말했다 :「개 나라에 사신으로 왔다면, 개 문으로 들어가지만, 지금 내가 초나라에 사신으로 와서, 이 문으로 들어가는 것은 합당하지 않습니다.」

從大門入見楚王。[4] 王曰:「齊無人耶?」 晏子對曰:「齊之臨淄三百閭, 張袂成帷, 揮汗成雨, 比肩繼踵而在, 何爲無人?」[5] 王曰:「然則何爲使子?」[6] 晏子對曰:「齊命使, 各有所主, 其賢者使賢主, 不肖者使不肖主。嬰最不肖, 故宜使楚耳。」[7]

【從(종)】: …로부터.
【臣(신)】: 신, 저. ※군주에 대한 신하나 백성의 자칭.
【不當(부당)】: 부당하다, 합당하지 않다.

4 儐者更從大門入見楚王。→ 빈객을 영접하는 관리가 길을 바꾸어, 대문으로 들어가, 초왕(楚王)을 알현했다.
【儐者(빈자)】: 빈객을 영접하는 관리.
【更(경)】: 길을 바꾸다.

5 王曰:「齊無人耶?」 晏子對曰:「齊之臨淄三百閭, 張袂成帷, 揮汗成雨, 比肩繼踵而在, 何爲無人?」→ 초왕이 말했다:「제(齊)나라에는 사람이 없습니까?」 안자가 대답했다:「제나라의 도읍 임치(臨淄)에는 칠천오백 호(戶)가 있어, 옷소매를 펼치면 (해를 가려) 그늘을 이루고, 땀방울을 휘두르면 비가 내리는 듯하며, 사람들이 어깨를 잇대고 뒷사람의 발끝이 앞사람의 발꿈치와 이어집니다. 그런데 어찌 사람이 없다 하겠습니까?」
【臨淄(임치)】: [지명] 춘추시대 제(齊)나라의 도읍. 지금의 산동성 임치시(臨淄市).
【三百閭(삼백려)】: 옛날에는 25호(戶)를 1려(閭)라 하여 7,500호이나, 여기서는 인구가 많음을 뜻한다.
【張袂(장메)】: 옷소매를 펼치다. 〖張〗: 펼치다, 넓히다. 〖袂〗: 옷소매.
【成陰(성음)】: 그늘을 이루다.
【揮汗(휘한)】: 땀방울을 휘두르다. 〖揮〗: 휘두르다, 흔들다.
【成雨(성우)】: 비를 이루다. 즉「비가 내리는 듯하다」의 뜻.
【比肩繼踵(비견계종)】: 어깨를 나란히 하고 뒷사람의 발끝이 앞사람의 발뒤꿈치와 이어지다. 즉, 사람이 매우 많은 것을 비유한 말.
【何爲(하위)】: 어찌, 왜.

6 王曰:「然則何爲使子?」→ 초왕이 말했다:「그렇다면 어째서 그대를 사신으로 보냈소?」
【然則(연즉)】: 그러면, 그렇다면.
【何爲(하위)】: 어째서, 왜.
【子(자)】: 그대, 당신.

7 晏子對曰:「齊命使, 各有所主, 其賢者使賢主, 不肖者使不肖主。嬰最不肖, 故宜使楚耳。」→ 안자가 대답했다:「제나라가 사신을 임명할 때는, 각기 알맞은 대상이 있어서, 현명한 자는 현명한 군주에게 사신으로 보내고, 현명하지 못한 자는 현명하지 못한 군주에게 사신으로 보냅니다. 나 안영(晏嬰)은 가장 현명하지 못하기 때문에, 그래서 초나라에 보내는 사신으로 적합했을 뿐입니다.」

번역문

안자(晏子)가 사신으로 초(楚)나라에 가다

안자(晏子)가 사신으로 초(楚)나라에 갔는데, 안자의 키가 작기 때문에 초나라 사람이 대문 옆에 작은 문을 만들어 안자를 안내했다.

안자가 들어가지 않고 말했다.

「개 나라에 사신으로 왔다면 개 문으로 들어가지만, 지금 내가 초나라에 사신으로 와서 이 문으로 들어가는 것은 합당하지 않습니다.」

빈객을 영접하는 관리가 길을 바꾸어 대문으로 들어가 초왕(楚王)을 알현했다.

초왕이 말했다.

「제(齊)나라에는 사람이 없습니까?」

안자가 대답했다.

「제나라의 도읍 임치(臨淄)에는 칠천오백 호(戶)가 있어, 옷소매를 펼치면 (해를 가려) 그늘을 이루고 땀방울을 휘두르면 비가 내리는 듯하며, 사람들이 어깨를 잇대고 뒷사람의 발끝이 앞사람의 발뒤꿈치와 이어집니다. 그런데 어찌 사람이 없다 하겠습니까?」

초왕이 말했다.

「그렇다면 어째서 그대를 사신으로 보냈소?」

【主(주)】: 주인. 여기서는 「알맞은 대상」을 가리킨다.
【使(사)】: 보내다, 파견하다.
【不肖者(불초자)】: 현명하지 못한 자.
【嬰(영)】: 안영(晏嬰)이 자신의 이름을 「나, 저」라는 뜻으로 대신한 것.
【故(고)】: 그래서.
【宜(의)】: 합당하다, 적합하다.
【耳(이)】: …일 뿐이다.

안자가 대답했다.

「제나라가 사신을 임명할 때는 각기 알맞은 대상이 있어서, 현명한 자는 현명한 군주에게 사신으로 보내고 현명하지 못한 자는 현명하지 못한 군주에게 사신으로 보냅니다. 나 안영(晏嬰)은 가장 현명하지 못하기 때문에, 그래서 초나라에 보내는 사신으로 적합했을 뿐입니다.」

해설

초왕(楚王)은 안자(晏子)의 키가 왜소하다는 점을 꼬투리 잡아 작은 문으로 들어오게 함으로써 모욕을 주는 동시에 제(齊)나라를 깎아내리려 했다. 안자는 이를 간파하고, 작은 문은 개가 드나드는 문이기 때문에 만일 자신이 작은 문으로 들어간다면 이는 자신이 개 나라를 방문하는 것이라 했고, 또 초왕이 제나라에 인재가 없기 때문에 안자를 사신으로 보냈다고 폄하한 것에 대해, 안자는 현명한 사람을 현명한 군주의 나라에 보내고 현명하지 못한 사람을 현명하지 못한 군주의 나라로 보내는 것이 제나라의 원칙이라며, 자신은 제나라에서 가장 현명하지 못하기 때문에 초나라로 보내는 사신에 적합하다고 하여 초왕의 말문을 막아버렸다.

이 우언은 상대방의 오류를 예리하게 포착하여 추궁함으로써 상대방으로 하여금 남의 품위를 훼손하는 행위가 결코 자신에게 이익이 되지 않는다는 것을 깨닫도록 경고한 것이다.

※ 참고 : 이 고사는 본래 선진(先秦)의 《안자춘추(晏子春秋) · 내편잡하(內篇雜下)》에 보이는데, 《설원(說苑)》과 비교할 때 기본 내용은 일치하나 문자상에서 약간의 차이가 있다.

082 곡돌사신(曲堗徙薪)

《說苑 · 權謀》

원문 및 주석

曲堗徙薪[1]

客有過主人者, 見竈直堗, 傍有積薪。[2] 客謂主人曰 : 「曲其堗, 遠其積薪, 不者將有火患。」[3] 主人默然不應。居無幾何, 家果失火。[4] 鄉聚里中人哀而救之, 火幸息。[5] 於是殺牛置酒, 燔髮灼爛者在上行,

1 曲堗徙薪 → 굴뚝을 굽히고 땔감을 옮기다
【曲堗(곡돌)】: 굴뚝을 굽히다. 〖曲〗: [동사용법] 구부리다, 굽히다. 〖堗〗: 굴뚝, 연통.
【徙(사)】: 옮기다, 이전하다.
【薪(신)】: 땔감, 땔나무.

2 客有過主人者, 見竈直堗, 傍有積薪。→ 한 손님이 어느 집 주인을 방문하여, (그 집의) 아궁이를 보니 굴뚝을 곧게 설치하고, 곁에는 땔감이 쌓여 있었다.
【過(과)】: 방문하다.
【竈(조)】: 부엌. 여기서는 「아궁이」를 가리킨다.
【傍(방)】: 곁, 옆.

3 客謂主人曰 : 「曲其堗, 遠其積薪, 不者將有火患。」→ 손님이 주인에게 말했다 : 「굴뚝을 굽히고, 쌓아놓은 땔감을 멀리 옮겨야지, 그렇지 않으면 장차 화재를 당할 것입니다.」
【不者(부자)】: 그렇지 않으면.
【火患(화환)】: 화재.

4 主人默然不應。居無幾何, 家果失火。→ 주인은 묵묵히 대답을 하지 않았다. 얼마 지나지 않아, 과연 그 집에 불이 났다.
【默然(묵연)】: 묵묵히 말이 없는 모양.
【居無幾何(거무기하)】: 얼마 지나지 않다. 〖居〗: 지나다, 경과하다.

5 鄉聚里中人哀而救之, 火幸息。→ 마을 사람들이 그를 불쌍히 여겨 달려와 불을 꺼서, 다행

餘各用功次坐, 而反不錄言曲堗者。[6] 向使主人聽客之言, 不費牛酒, 終無火患。[7]

번역문

굴뚝을 굽히고 땔감을 옮기다

한 손님이 어느 집 주인을 방문하여 (그 집의) 아궁이를 보니, 굴뚝을 곧게 설치하고 곁에는 땔감이 쌓여 있었다.

손님이 주인에게 말했다.

「굴뚝을 굽히고 쌓아놓은 땔감을 멀리 옮겨야지, 그렇지 않으면 장차 화재를 당할 것입니다.」

....

히 불길이 잡혔다.

【鄕聚里中人(향취리중인)】: 마을 사람. 〖聚〗: 촌락. ※고대에는 다섯 가구를 린(鄰)이라 하고, 5린을 리(里)라 했으며, 12,500가구를 향(鄕)이라 했다.

【救之(구지)】: 불을 끄다. 〖之〗: [대명사] 그것, 즉 「불」.

【息(식)】: 熄(식), 꺼지다, 잡히다.

6 於是殺牛置酒, 燔髮灼爛者在上行, 餘各用功次坐, 而反不錄言曲堗者。→ 그리하여 소를 잡고 술상을 차려, (불을 끄다가) 두발을 태우고 살을 데어 짓무른 사람을 상석에 앉히고, 나머지는 각기 공에 따라 차례대로 앉게 했으나, 오히려 연통을 구부리도록 충고한 사람을 초청 대상에서 제외했다.

【於是(어시)】: 이에, 그리하여.

【燔髮灼爛(번발작란)】: (불에) 머리카락을 태우고 살을 데어 짓무르다.

【上行(상행)】: 상석, 윗자리.

【用(용)】: 按(안), …에 따라.

【次坐(차좌)】: 차례대로 앉게 하다.

【反(반)】: 오히려.

【不錄(불록)】: 등록하지 않다. 여기서는 「초청 대상에서 제외하다」의 뜻.

7 向使主人聽客之言, 不費牛酒, 終無火患。→ 만일 주인이 손님의 말을 들었더라면, 소와 술을 소비하지 않고, 끝내 화재도 당하지 않았을 것이다.

【向使(향사)】: 만일, 만약.

【終(종)】: 결국, 끝내.

주인은 묵묵히 대답을 하지 않았다. 얼마 지나지 않아 과연 그 집에 불이 났다. 마을 사람들이 그를 불쌍히 여겨 달려와 불을 꺼서 다행히 불길이 잡혔다. 그리하여 소를 잡고 술상을 차려 (불을 끄다가) 두발을 태우고 살을 데어 짓무른 사람을 상석에 앉히고, 나머지는 각기 공에 따라 차례대로 앉게 했으나, 오히려 연통을 구부리도록 충고한 사람을 초청 대상에서 제외했다. 만일 주인이 손님의 말을 들었더라면 소와 술을 소비하지 않고, 끝내 화재도 당하지 않았을 것이다.

해설

집주인은 아궁이의 곧은 연통을 비스듬히 구부리고 아궁이 곁에 쌓여 있는 땔감을 멀리 옮겨놓도록 충고한 손님의 말을 귀담아 듣지 않고 있다가 결국 화재를 당했다. 만일 위험을 감지하고 충고한 손님의 말에 주의를 기울였다면 화재도 당하지 않고 소를 잡아 술을 대접하는 비용도 들지 않았을 것이다.

이 우언은 남의 충고를 무시했다가 재앙을 당한 집주인의 사례를 통해 유비무환(有備無患)의 중요성을 강조한 것이다.

※ 참고 : 이 고사는 《한서(漢書) · 곽광금일제전(霍光金日磾傳)》에도 보이는데, 《설원(說苑)》과 비교할 때 약간의 문자 출입이 있으나 기본 내용은 같다.

083 초인유궁, 초인득지(楚人遺弓, 楚人得之)

《說苑 · 至公》

원문 및 주석

楚人遺弓, 楚人得之[1]

<u>楚共王</u>出獵而遺其弓, 左右請求之。[2] <u>共王</u>曰 :「止! <u>楚</u>人遺弓, <u>楚</u>人得之, 又何求焉?」[3]

1 楚人遺弓, 楚人得之 → 초(楚)나라 사람이 활을 잃고, 초나라 사람이 줍다
【楚(초)】: [국명] 지금의 호남성 · 호북성과 강서성 · 절강성 및 하남성 남부에 걸쳐 있던 주대(周代)의 제후국.
【遺(유)】: 잃다, 분실하다.
【得(득)】: 습득하다, 줍다.

2 楚共王出獵而遺其弓, 左右請求之。→ 초(楚)나라 공왕(共王)이 사냥을 나가 활을 잃어버리자, 측근 사람들이 찾을 것을 청했다.
【楚共王(초공왕)】: 초나라의 군주로 초공왕(楚共王)이라고도 하며, 31년간(B.C. 590 - B.C. 560) 재위했다. 【楚】: 지금의 호남성 · 호북성과 강서성 · 절강성 및 하남성 남부에 걸쳐 있던 주대(周代)의 제후국.
【出獵(출렵)】: 사냥을 나가다.

3 共王曰 :「止! 楚人遺弓, 楚人得之, 又何求焉?」→ 공왕이 말했다 :「그만두어라! 초나라 사람이 활을 잃으면, 초나라 사람이 습득할 텐데, 어찌 찾을 필요가 있겠느냐?」

번역문

초(楚)나라 사람이 활을 잃고 초나라 사람이 줍다

초(楚)나라 공왕(共王)이 사냥을 나가 활을 잃어버리자, 측근 사람들이 찾을 것을 청했다.

공왕이 말했다.

「그만두어라! 초나라 사람이 활을 잃으면, 초나라 사람이 습득할 텐데, 어찌 찾을 필요가 있겠느냐?」

해설

초(楚)나라 공왕(共王)은 활을 잃어버리고 나서 주변 사람들이 찾을 것을 청하자, 「초나라 사람이 잃은 활은 초나라 사람이 습득할 텐데, 어찌 찾을 필요가 있겠느냐?」라며 거절했다.

이 우언은 통치자의 입장에서 이권(利權)이 결코 다른 나라에 넘어가지 않고 자기 나라에 남아 있어 손해 볼 것이 없다는 이치를 설명한 것이다.

※ 참고 : 이 고사는 선진(先秦)의 《여씨춘추(呂氏春秋) · 귀공(貴公)》과 《공손룡자(公孫龍子 · 적부(跡府)》에도 보이는데, 《여씨춘추》는 이 고사를 이용하여 도가(道家)의 주장을 찬양했고, 《공손룡자》는 이를 이용하여 명(名)과 실(實)의 관계를 설명했다. 《설원(說苑)》과 비교할 때 「초나라 사람이 활을 잃고 초나라 사람이 줍다」라는 기본 내용은 일치하나 다만 문자의 출입이 심하다.

084 효장동사(梟將東徙)

《說苑 · 談叢》

원문 및 주석

梟將東徙[1]

梟逢鳩, 鳩曰 : 「子將安之?」 梟曰 : 「我將東徙。」[2] 鳩曰 : 「何故?」 梟曰 : 「鄕人皆惡我鳴, 以故東徙。」[3] 鳩曰 : 「子能更鳴可矣; 不能更鳴, 東徙猶惡子之聲。」[4]

1 梟將東徙 → 올빼미가 서식지를 동쪽으로 옮기려 하다
【梟(효)】: 올빼미.
【將(장)】: (장차) …하려 하다.
【東徙(동사)】: 동쪽으로 옮겨가다.

2 梟逢鳩, 鳩曰 : 「子將安之?」 梟曰 : 「我將東徙。」 → 올빼미가 비둘기를 만나자, 비둘기가 물었다 : 「너 어디를 가려고 그래?」 올빼미가 대답했다 : 「나 동쪽으로 옮겨가려구.」
【子(자)】: 너, 그대, 당신.
【安(안)】: 어디.
【之(지)】: 가다.

3 鳩曰 : 「何故?」 梟曰 : 「鄕人皆惡我鳴, 以故東徙。」 → 비둘기가 물었다 : 「왜?」 올빼미가 말했다 : 「마을 사람들 모두 나의 울음소리를 싫어해. 그래서 동쪽으로 옮겨 가려는 거야.」
【何故(하고)】: 왜, 어째서, 무슨 까닭, 무엇 때문.
【惡(오)】: 싫어하다, 증오하다.
【以故(이고)】: 因此(인차), 이로 인해, 이 때문에, 그래서.

4 鳩曰 : 「子能更鳴可矣; 不能更鳴, 東徙猶惡子之聲。」 → 비둘기가 말했다 : 「네가 울음소리를 바꿀 수 있다면 옮겨가지 않아도 되는데; 울음소리를 바꿀 수 없다면, 동쪽으로 옮겨가더라도 (사람들은) 여전히 너의 울음소리를 싫어할거야.」

번역문

올빼미가 서식지를 동쪽으로 옮기려 하다

올빼미가 비둘기를 만나자 비둘기가 물었다.

「너 어디를 가려고 그래?」

올빼미가 대답했다.

「나 동쪽으로 옮겨가려구.」

비둘기가 물었다.

「왜?」

올빼미가 말했다.

「마을 사람들 모두 나의 울음소리를 듣기 싫어해. 그래서 동쪽으로 옮겨 가려는 거야.」

비둘기가 말했다.

「네가 울음소리를 바꿀 수 있다면 옮겨가지 않아도 되는데, 울음소리를 바꿀 수 없다면 동쪽으로 옮겨가더라도 (사람들은) 여전히 너의 울음소리를 싫어할거야.」

해설

올빼미가 자신의 울음소리를 바꾸려 하지 않고 서식처를 다른 곳으로 옮기려 하자, 총명한 비둘기가 올빼미에게 울음소리를 고치지 않으면 어디를 가나 마찬가지라고 충고했다. 사람들도 왕왕 자기의 결점을 바로 보

【更鳴(경명)】: 울음소리를 바꾸다.
【可(가)】: 되다, 가하다. 즉 「옮겨가지 않아도 되다」의 뜻.
【猶(유)】: 여전히.

지 못하고 감출 방법을 강구하는 경우가 많다.

이 우언은 자신의 중대한 결점을 근본으로부터 해결하려 들지 않고 오직 모순을 회피할 생각으로 일관한다면, 영원히 문제를 해결할 수 없다는 이치를 설명한 것이다.

※ 참고 : 이 고사는 《한서(漢書) · 곽광금일제전(霍光金日磾傳)》에도 보이는데, 《설원(說苑)》과 비교할 때 문자상에서 약간의 출입이 있으나 기본 내용이 같다. 《설원》이 시대적으로 앞서기 때문에 본서에서는 《설원》을 채택하였다.

085 부수여치국(鳧水與治國)

《說苑 · 雜言》

원문 및 주석

鳧水與治國[1]

梁相死, 惠子欲之梁, 渡河而遽墮水中, 船人救之。[2] 船人曰 : 「子欲何之而遽也?」 曰 : 「梁無相, 吾欲往相之。」[3] 船人曰 : 「子居船檝

....

1 鳧水與治國 → 물에서 헤엄치는 것과 나라를 다스리는 일
【鳧水(부수)】: 물에서 헤엄치다. 【鳧】: 浮(부), 헤엄치다.

2 梁相死, 惠子欲之梁, 渡河而遽墮水中, 船人救之。→ 양(梁)나라의 재상이 죽어, 혜자(惠子)가 양나라에 가려고, 강을 건너다가 급히 서두는 바람에 강물에 빠져, 뱃사공이 그를 구해주었다.
【梁(양)】: [국명] 위(魏)나라. 위나라는 지금의 하남성 북부와 섬서성 동부 · 산서성 서남부 · 하북성 남부에 걸쳐 있던 주대(周代)의 제후국으로, 본래 진(晉)나라에 속했으나 B.C. 375년 조씨(趙氏) · 한씨(韓氏) · 위씨(魏氏)가 진(晉)의 영토를 삼분하여 각기 조(趙) · 한(韓) · 위(魏) 세 나라로 독립했다. 위나라는 당초 안읍(安邑)에 도읍을 정했다가 혜왕(惠王) 때 대량(大梁)으로 천도하여 국호를 양(梁)이라 했다.
【惠子(혜자)】: [인명] 성은 혜(惠), 이름은 시(施). 송(宋)나라 사람으로 일찍이 양(梁)나라의 재상을 지냈다. 명가(名家)의 대표적 인물로 장자(莊子)와 절친한 사이라고 알려져 있다.
【欲(욕)】: …하고자 하다, …하려고 하다.
【之(지)】: 가다.
【渡(도)】: 건너다.
【墮(타)】: 떨어지다, 추락하다.

3 船人曰 : 「子欲何之而遽也?」 曰 : 「梁無相, 吾欲往相之。」 → 뱃사공이 물었다 : 「당신은 어디를 가려고 그렇게 서두르시오?」 (혜자가) 말했다 : 「양나라에 재상이 없어서, 내가 가서 재상을 하려고 합니다.」

之間而困, 無我則子死矣, 子何能相梁乎?」[4] 惠子曰 :「子居艘楫之間則吾不如子; 至於安國家, 全社稷, 子之比我, 蒙蒙如未視之狗耳。」[5]

번역문

물에서 헤엄치는 것과 나라를 다스리는 일

양(梁)나라의 재상이 죽어 혜자(惠子)가 양나라에 가려고 강을 건너다가 급히 서두는 바람에 강물에 빠져 뱃사공이 그를 구해주었다.

뱃사공이 물었다.

「당신은 어디를 가려고 그렇게 서두르시오?」

(혜자가) 말했다.

【子(자)】: 그대, 당신.
【何之(하지)】: 어디를 가다.
【相(상)】: 앞의 「相」은 명사로 「재상」이란 뜻이고, 뒤의 「相」은 동사로 「재상을 하다」의 뜻.

4 船人曰 :「子居船檝之間而困, 無我則子死矣, 子何能相梁乎?」 → 뱃사공이 말했다 :「당신은 배 안의 좁은 공간에서도 곤욕을 치러, 내가 없었으면 죽었을 텐데, 당신이 어떻게 양나라의 재상을 할 수 있겠소?」
【居(거)】: 있다, 처하다, 거처하다, 머물다.
【船檝之間(선즙지간)】: 배와 노의 사이. 즉 「배 안의 좁은 공간」을 가리킨다.

5 惠子曰 :「子居艘楫之間則吾不如子; 至於安國家, 全社稷, 子之比我, 蒙蒙如未視之狗耳。」 → 혜자가 말했다 :「당신은 배 안의 좁은 공간에 거처하는 사람이니 (배 안의 일은) 내가 당신보다 못하지만; 나라를 안정시키고, 사직(社稷)을 보전하는 일로 말하면, 당신은 나와 비교할 때, 마치 무지몽매하여 아무것도 보지 못하는 개와 같을 뿐이오.」
【艘楫之間(소즙지간)】: 배와 노의 사이. 즉 「배 안의 좁은 공간」을 가리킨다. 주 4의 「船檝之間(선즙지간)」과 같은 뜻.
【不如(불여)】: …만 못하다.
【至於(지어)】: …에 이를 것 같으면, …로 말하면, …에 관해서는.
【蒙蒙如未視(몽몽여미시)】: 무지몽매하여 아무것도 보지 못하다.
【耳(이)】: …뿐.

「양나라에 재상이 없어서 내가 가서 재상을 하려고 합니다.」

뱃사공이 말했다.

「당신은 배 안의 좁은 공간에서도 곤욕을 치러 내가 없었으면 죽었을 텐데, 당신이 어떻게 양나라의 재상을 할 수 있겠소?」

혜자가 말했다.

「당신은 배 안의 좁은 공간에 거처하는 사람이니 (배 안의 일은) 내가 당신보다 못하지만, 나라를 안정시키고 사직(社稷)을 보전하는 일로 말하면, 당신은 나와 비교할 때 마치 무지몽매하여 아무것도 보지 못하는 개와 같을 뿐이오.」

해설

물에서 헤엄을 치는 것과 나라를 다스리는 일은 내포(內包)와 외연(外延)이 전혀 다른 두 가지 개념으로, 각기 나름대로의 규율과 방식이 있다. 따라서 서로 다른 일에 종사하자면 반드시 서로 다른 지식과 능력을 구비해야 하기 때문에, 물에서 헤엄치지 못하는 것을 가지고 나라를 다스리지 못할 것이라고 유추하는 것은 논리에 어긋나는 것이다.

이 우언은 뱃사공과 혜자(惠子)의 대화를 통해, 헤엄치는 것과 치국(治國)의 원리를 동일시하려는 무지몽매한 사람들의 어리석은 사고방식을 풍자한 것이다.

086 각유단장(各有短長)

《說苑 · 雜言》

원문 및 주석

各有短長[1]

甘戊使於齊, 渡大河。[2] 船人曰 :「河水間耳, 君不能自渡, 能爲王者之說乎?」[3] 甘戊曰 :「不然, 汝不知也。物各有短長, 謹愿敦厚, 可事主不施用兵;[4] 騏驥、騄駬足及千里, 置之宮室, 使之捕鼠, 曾不如

1 各有短長 → 각기 단점과 장점을 지니고 있다
【短長(단장)】: 단점과 장점.

2 甘戊使於齊, 渡大河。→ 감무(甘戊)가 제(齊)나라에 사신으로 가면서, (배를 타고) 큰 강을 건넜다.
【甘戊(감무)】: [인명] 「甘茂(감무)」의 잘못된 표기로 보는 견해가 많다. 감무(甘茂)는 전국시대 진(秦)나라 하채(下蔡) 사람으로 진무왕(秦武王)의 좌상(左相)을 지내다가 죄를 얻어 제(齊)나라로 도주했다.
【使於齊(사어제)】: 제(齊)나라에 사절로 나가다. 〖於〗: [개사] …에. 〖齊〗: 지금의 산동성 북부와 하북성 남부 일대에 걸쳐 있던 주대(周代)의 제후국.
【渡(도)】: (강을) 건너다.

3 船人曰 :「河水間耳, 君不能自渡, 能爲王者之說乎?」→ 뱃사공이 말했다 :「강은 다만 좁은 틈새일 뿐인데, 선생은 (이조차) 스스로 건너지 못하면서, 임금의 세객(說客) 임무를 감당할 수 있겠습니까?」
【間(간)】: 틈, 틈새. ※ 매우 좁은 것을 형용한 말.
【耳(이)】: …뿐.
【說(세)】: 세객(說客). 여기서는 「세객 임무」를 가리킨다.

4 甘戊曰 :「不然, 汝不知也。物各有短長, 謹愿敦厚, 可事主不施用兵; → 감무가 말했다 :「그

小狸;[5] 干將爲利, 名聞天下, 匠以治木, 不如斤斧。[6] 今持楫而上下隨流, 吾不如子; 說千乘之君、萬乘之主, 子亦不如戊矣。」[7]

렇지 않소. 당신은 모르오. 사물은 각기 단점과 장점을 지니고 있어서, 성실하고 돈후한 사람은, 군주를 섬길 수는 있어도 군사를 통솔하여 전쟁을 수행하지 못하고;

【謹愿(근원)】: 성실하다, 정직하고 신중하다.

【敦厚(돈후)】: 돈후하다, 인정이 두텁고 후하다.

【不施用兵(불시용병)】: 군사를 통솔하여 전쟁을 수행하지 못하다.

5 騏驥、騄駬足及千里, 置之宮室, 使之捕鼠, 曾不如小狸; → (명마인) 기기(騏驥)와 녹이(騄駬)는 족히 천 리를 달릴 수 있어도, 집안에 두고, 쥐나 잡게 한다면, 오히려 새끼 고양이만도 못하며;

【騏驥(기기)】: 명마(名馬)를 이름.

【騄駬(녹이)】: 명마 이름.

【曾不如(증불여)】: 오히려 …만 못하다.

【狸(리)】: 삵, 살쾡이. 여기서는 「고양이」를 가리킨다.

6 干將爲利, 名聞天下, 匠以治木, 不如斤斧。→ (보검인) 간장(干將)은 예리하여, 천하에 이름이 알려져 있어도, 목수가 그것을 가지고 나무를 자르자면, 도끼보다 못하오.

【干將(간장)】: 보검(寶劍) 이름. ※춘추시대 오(吳)나라의 간장(干將)이라는 장인과 그의 아내 막야(莫邪)가 오왕(吳王) 합려(闔閭)를 위해 음양(陰陽) 두 자루의 검을 만들어 양검(陽劍)을 「간장」이라 하고, 음검(陰劍)을 「막야」라 했다.

【以(이)】: 以之(이지), 이것을 가지고.

【治木(치목)】: 나무를 다스리다.

【斤斧(근부)】: 도끼.

7 今持楫而上下隨流, 吾不如子; 說千乘之君、萬乘之主, 子亦不如戊矣。」→ 지금 노를 잡고 물의 흐름을 따라 오르내리는 일은, 내가 당신보다 못하지만; 제후와 천자에게 유세하는 일은, 당신 역시 나보다 못하오.」

【楫(즙)】: 노.

【子(자)】: 그대, 당신.

【說(세)】: 유세하다.

【千乘之君(천승지군)、萬乘之主(만승지주)】: 제후와 천자. ※주대(周代)에 천자는 병거 1만 대를 동원할 수 있고, 제후는 병거 1천 대를 동원할 수 있어, 만승(萬乘)은 곧 천자를 가리키고 천승(千乘)은 제후를 가리킨다.

【戊(무)】: 감무(甘戊)가 「나」라는 의미로 자기의 이름을 사용했다.

번역문

각기 단점과 장점을 지니고 있다

감무(甘戊)가 제(齊)나라에 사신으로 가면서 (배를 타고) 큰 강을 건넜다.

뱃사공이 말했다.

「강은 다만 좁은 틈새일 뿐인데 선생은 (이조차) 스스로 건너지 못하면서 임금의 세객(說客) 임무를 감당할 수 있겠습니까?」

감무가 말했다.

「그렇지 않소. 당신은 모르오. 사물은 각기 단점과 장점을 지니고 있어서 성실하고 돈후한 사람은 군주를 섬길 수는 있어도 군사를 통솔하여 전쟁을 수행하지 못하고, (명마인) 기기(騏驥)와 녹이(騄駬)는 족히 천 리를 달릴 수 있어도 집안에 두고 쥐나 잡게 한다면 오히려 새끼 고양이만도 못하며, (보검인) 간장(干將)은 예리하여 천하에 이름이 알려져 있어도 목수가 그것을 가지고 나무를 자르자면 도끼보다 못하오. 지금 노를 잡고 물의 흐름을 따라 오르내리는 일은 내가 당신보다 못하지만, 제후와 천자에게 유세(遊說)하는 일은 당신 역시 나보다 못하오.」

해설

뱃사공은 감무(甘戊)가 스스로 강을 건너지 못한다 하여 왕을 위해 유세하는 능력조차 없는 사람으로 의심했다. 뱃사공은 개개인의 장점과 단점을 고려하지 않고 하나의 잣대를 기준으로 전체를 평가하려 한 것이다.

사물은 쓰임에 따라 알맞은 용처가 있고, 사람은 자기가 지닌 재능에 따라 적재적소가 있다. 따라서 잘하는 일도 있고 서툰 일도 있다.

이 우언은 뱃사공의 평가 기준을 통해, 자기의 장점만을 가지고 남의 단점을 비교하는 무지하고 어리석은 행위를 풍자한 것이다.

《예기禮記》 우언

《예기(禮記)》는 전국시대로부터 양한(兩漢) 간의 예제(禮制)를 기록한 책으로, 내용은 공자(孔子)와 제자들의 언론과 잡사(雜事)가 대부분을 차지하고 있다. 《예기》는 본래 오래 전부터 전해왔으나 한대(漢代)에 이르러 편수가 너무 문란하여 당시 유학자들이 정리한 후 이를 후세에 전했는데, 대덕(戴德)이 전한 것을 《대대예기(大戴禮記)》라 했고 그의 조카 대성(戴聖)이 전한 것을 《소대예기(小戴禮記)》라 했다. 《대대예기》는 이미 없어졌고 《소대예기》는 오늘날 《예기》라 불리어 전하고 있다.

087 가정맹어호(苛政猛於虎)

《禮記 · 檀弓下》

원문 및 주석

苛政猛於虎[1]

孔子過泰山側, 有婦人哭於墓者而哀。[2] 夫子式而聽之, 使子路問之, 曰 :「子之哭也, 壹似重有憂者。」[3] 而曰 :「然, 昔者吾舅死於虎,

1 苛政猛於虎 → 가혹한 정치가 호랑이보다 사납다
【苛政(가정)】: 가혹한 정치.
【猛(맹)】: 사납다.
【於(어)】: [개사] …보다, …에 비해.

2 孔子過泰山側, 有婦人哭於墓者而哀。→ 공자(孔子)가 태산(泰山) 옆을 지나가는데, 한 부인이 묘에서 울며 슬퍼하고 있었다.
【孔子(공자)】: [인명] 성은 공(孔), 이름은 구(丘), 자는 중니(仲尼). 춘추시대 사로국(斯魯國) 추읍(陬邑)[지금의 산동성 곡부(曲阜) 남쪽] 사람으로 유가(儒家) 학파의 창시자.
【過(과)】: 지나가다.
【泰山(태산)】: [산 이름] 산동성 태안현(泰安縣) 북쪽에 위치한 중국 오악(五嶽)의 하나. ※ 오악은 동악인 태산(泰山), 서악인 섬서성의 화산(華山), 남악인 호남성의 형산(衡山), 북악인 산서성의 항산(恒山), 중악인 하남성의 숭산(嵩山)을 말한다.

3 夫子式而聽之, 使子路問之, 曰 :「子之哭也, 壹似重有憂者。」→ 공자가 수레 앞 가로막이 나무에 의지하여 듣고 있다가, 자로(子路)를 시켜 그 까닭을 물어보게 하자, 자로가 물었다 :「당신이 우는 것을 보니, 틀림없이 깊은 근심이 있는 것 같군요.」
【夫子(부자)】: [옛날 스승에 대한 호칭] 선생님. 여기서는 「공자」를 가리킨다.
【式(식)】: 軾(식), 옛날 수레의 앞쪽에 기댈 수 있게 만든 횡목(橫木). 수레 앞 가로막이 나무.
【使(사)】: …하여금 …하도록 하다. …를 시켜 …하게 하다.
【子路(자로)】: [인명] 공자의 제자. 성은 중(仲), 이름은 유(由), 자는 자로(子路)이다.

吾夫又死焉, 今吾子又死焉。」[4] 夫子曰 :「何爲不去也?」曰 :「無苛政。」[5] 夫子曰 :「小子識之, 苛政猛於虎。」[6]

번역문

가혹한 정치가 호랑이보다 사납다

공자(孔子)가 태산(泰山) 옆을 지나가는데 한 부인이 묘에서 울며 슬퍼하고 있었다. 공자가 수레 앞 가로막이 나무에 의지하여 듣고 있다가 자로(子路)를 시켜 그 까닭을 물어보게 하자 자로가 물었다.

「당신이 우는 것을 보니 틀림없이 깊은 근심이 있는 것 같군요.」

부인이 곧 말했다.

【子(자)】: 그대, 당신.
【壹(일)】: 틀림없이, 반드시, 확실히.
【似(사)】: 마치 …같다.
【重有憂者(중유우자)】: 깊은 근심이 있다.

4 而曰 :「然, 昔者吾舅死於虎, 吾夫又死焉, 今吾子又死焉。」→ 부인이 곧 말했다 :「그렇습니다. 전에 저의 시아버지가 호랑이에게 물려 죽고, 저의 남편도 물려 죽고, 지금 저의 아들도 또 물려 죽었습니다.」
【而(이)】: 乃(내), 곧.
【然(연)】: [대답하는 말] 예, 맞습니다, 그렇습니다.
【舅(구)】: 시아버지. ※ 옛날에는 아내가 남편의 아버지를 부르는 호칭이었으나, 오늘날은 「외삼촌」을 말한다.

5 夫子曰 :「何爲不去也?」曰 :「無苛政。」→ 공자가 물었다 :「어째서 이곳을 떠나지 않는가요?」 부인이 대답했다 :「가혹한 정치가 없으니까요.」
【何爲(하위)】: 왜, 어째서.
【去(거)】: 떠나다.

6 夫子曰 :「小子識之, 苛政猛於虎。」→ 공자가 말했다 :「너희들은 잘 기억해 두어라, 가혹한 정치가 호랑이보다 더욱 사납다는 것을.」
【小子(소자)】: 옛날 스승이 제자들을 부르던 호칭.
【識(지)】: 기억하다.

「그렇습니다. 전에 저의 시아버지가 호랑이에게 물려 죽고, 저의 남편도 물려 죽고, 지금 저의 아들도 또 물려 죽었습니다.」

공자가 물었다.

「어째서 이곳을 떠나지 않는가요?」

부인이 대답했다.

「가혹한 정치가 없으니까요.」

공자가 말했다.

「너희들은 잘 기억해 두어라. 가혹한 정치가 호랑이보다 더욱 사납다는 것을.」

해설

부인이 시아버지로부터 남편과 아들에 이르기까지 모두 호랑이에게 물려죽은 재앙을 당하면서도 이 위험한 곳을 떠나지 못하는 까닭은, 도처에 호랑이에게 물려 죽는 것보다 더 무서운 가혹한 정치가 있기 때문이다.

이 우언은 봉건통치자가 백성들을 가혹하게 탄압하고 박탈하는 죄행을 신랄하게 폭로한 것이다.

088 불식차래지식(不食嗟來之食)

《禮記・檀弓下》

원문 및 주석

不食嗟來之食[1]

齊大饑, 黔敖爲食於路, 以待饑者而食之。有饑者蒙袂揖屨, 貿貿然來。[2] 黔敖左奉食, 右執飮, 曰 :「嗟! 來食。」[3] 揚其目而視之, 曰

1 不食嗟來之食 → 모욕감을 느끼게 베푸는 음식을 먹지 않다
【食(식)】: 앞의 「食」은 동사로 「먹다」의 뜻이고, 뒤의 「食」은 명사로 「밥, 음식」의 뜻.
【嗟來之食(차래지식)】:「嗟, 來食(어이! 와서 먹어.)」라는 어투로 모욕감을 느끼게 베푸는 음식. 〖嗟〗: [부르는 소리] 어이, 야, 여보세요.

2 齊大饑, 黔敖爲食於路, 以待饑者而食之。有饑者蒙袂揖屨, 貿貿然來。→ 제(齊)나라에 큰 기근이 발생하자, 검오(黔敖)가 길가에 음식을 준비해 놓고, 굶주린 자들을 기다렸다가 그들에게 먹였다. 어느 굶주린 자가 소매를 들어 얼굴을 가리고 신발을 질질 끌며, 몽롱한 모습으로 걸어왔다.
【齊(제)】: [국명] 지금의 산동성 북부와 하북성 남부 일대에 걸쳐 있던 주대(周代)의 제후국.
【黔敖(검오)】: [인명].
【爲食(위식)】: 음식을 준비하다, 음식을 차리다.
【待(대)】: 기다리다.
【蒙袂(몽메)】: 소매를 들어 얼굴을 가리다.
【揖屨(읍구)】: 신발을 질질 끌다.
【貿貿然(무무연)】: 흐리멍덩한 모양, 몽롱한 모양.

3 黔敖左奉食, 右執飮, 曰 :「嗟! 來食。」→ 검오가 왼손에는 음식을 받쳐 들고, 오른손에는 마실 것을 들고, 소리쳤다 :「어이, 와서 먹어!」
【奉(봉)】: 捧(봉), 받쳐 들다.
【執(집)】: 들다, 잡다.

:「予唯不食嗟來之食, 以至於斯也。」從而謝焉, 終不食而死。[4] 曾子聞之曰 :「微與? 其嗟也可去, 其謝也可食」[5]

번역문

모욕감을 느끼게 베푸는 음식을 먹지 않다

제(齊)나라에 큰 기근이 발생하자 검오(黔敖)가 길가에 음식을 준비해 놓고 굶주린 자들을 기다렸다가 그들에게 먹였다. 어느 굶주린 자가 소매를 들어 얼굴을 가리고 신발을 질질 끌며 몽롱한 모습으로 걸어왔다. 검오가 왼손에는 음식을 받쳐 들고 오른손에는 마실 것을 들고 소리쳤다.

「어이, 와서 먹어!」

(굶주린 자가) 눈을 치켜뜨고 검오를 바라보며 말했다.

....

4 揚其目而視之, 曰 :「予唯不食嗟來之食, 以至於斯也。」從而謝焉, 終不食而死。→ (굶주린 자가) 눈을 치켜뜨고 검오를 바라보며, 말했다 :「나는 오직 모욕감을 느끼게 베푸는 음식을 먹지 않아서, 이 지경에 이르렀소.」(검오가) 그를 좇아가며 사과해도, 끝내 먹지 않고 굶어 죽었다.
【揚(양)】: (눈을) 치켜뜨다.
【予(여)】: 我(아), 나.
【唯(유)】: 오직, 다만.
【至於斯(지어사)】: 이 지경에 이르다, 이 꼴이 되다. 〖於〗: [개사] …에.
【終(종)】: 결국, 끝내.

5 曾子聞之曰 :「微與? 其嗟也可去, 其謝也可食。」→ 증자(曾子)가 이 말을 듣고 말했다 :「그럴 필요가 있는가? 그가 큰소리로 불러 먹으라면 안 먹고 떠나도 되지만, 그가 사과한 후에는 먹어도 된다.」
【曾子(증자)】: [인명] 성은 증(曾), 이름은 삼(參), 자는 자여(子輿). 춘추시대 노(魯)나라 남무성(南武城) 사람으로 공자(孔子)의 제자. 효(孝)로써 이름이 나서 후세 사람들이 그를 존경하여 「종성(宗聖)」이라 불렀다. 「증자」는 존칭.
【微與(미여)】: 그럴 필요가 있는가?
【去(거)】: 떠나다.
【謝(사)】: 사죄하다, 사과하다.

「나는 오직 모욕감을 느끼게 베푸는 음식을 먹지 않아서 이 지경에 이르렀소.」

(검오가) 그를 좇아가며 사과해도 끝내 먹지 않고 굶어죽었다. 증자(曾子)가 이 말을 듣고 말했다.

「그럴 필요가 있는가? 그가 큰소리로 불러 먹으라면 안 먹고 떠나도 되지만, 그가 사과한 후에는 먹어도 된다.」

해설

검오(黔敖)가 굶주린 사람들에게 베푸는 것은 분명 선행이며 바람직한 일이다. 그러나 베푸는 자의 태도가 오만하고 어투가 모욕적이면 비록 굶주린 자들이라 해도 받아들이기 어려워 결국 자선 행위가 빛을 보지 못한다.

이 우언은 검오의 사례를 통해, 남에게 자선을 베풀고도 비난받는 역효과를 초래하지 않도록 언행에 십분 유의해야 한다는 이치를 설명한 것이다.

《법언法言》 우언

양웅(揚雄 : B.C. 53-B.C. 18)은 촉군(蜀郡) 성도(成都)[지금의 사천성 성도시(成都市)] 사람으로 자가 자운(子雲)이다. 서한(西漢)의 저명한 사상가 · 문인 · 언어학자로 성제(成帝) 때 급사황문랑(給事黃門郞)을 지냈다. 그는 사부(辭賦)에 능하여 일찍이 사마상여(司馬相如)를 모방해 《장양부(長楊賦)》《감천부(甘泉賦)》《우렵부(羽獵賦)》를 지었으나, 후에 사부를 포기하고 오경(五經)을 저술의 준칙으로 삼아야 한다고 주장하며 《논어(論語)》를 모방하여 《법언(法言)》을 짓고, 《역경(易經)》을 모방하여 《태현(太玄)》을 지었다. 이외에도 그는 각지의 방언을 수집하여 《방언(方言)》을 지었는데, 이 책은 고대 언어 연구를 위한 중요 자료로 알려져 있다.

《법언》은 모두 13권이며 양웅의 자서(自序)에 의하면 이 책을 저술한 취지는 유가(儒家)사상을 중심으로 유가의 학설을 수호하고 발양하기 위한 것이라 했다. 《법언》의 통행본으로는 송(宋) 사마광(司馬光)의 《법언집주(法言集注)》가 있고, 청(淸) 엄가균(嚴可均)의 《전상고삼대진한삼국육조문(全上古三代秦漢三國六朝文)》에 양웅의 작품 4권이 수록되어 있다.

089 양질호피(羊質虎皮)

《法言 · 吾子》

원문 및 주석

羊質虎皮[1]

羊質而虎皮。見草而悅, 見豺而戰, 忘其皮之虎矣。[2]

번역문

양의 몸에 호랑이 가죽

양 한마리가 몸에 호피를 두르고 있는데, 풀을 보면 좋아하고 승냥이를 보면 벌벌 떨며 자기의 겉모습이 호랑이라는 것을 잊고 있었다.

1 羊質虎皮 → 양의 몸에 호랑이 가죽
【質(질)】: 바탕, 몸.

2 羊質而虎皮。見草而悅, 見豺而戰, 忘其皮之虎矣。→ 양 한마리가 몸은 양인데 겉은 호피를 두르고 있었다. 풀을 보면 좋아하고, 승냥이를 보면 벌벌 떨며, 자기의 겉모습이 호랑이라는 것을 잊었다.
【悅(열)】: 좋아하다, 즐거워하다.
【豺(시)】: 승냥이.
【戰(전)】: 顫(전), 벌벌 떨다.

해설

양이 제아무리 호랑이 가죽을 두르고 있다 해도 본성을 바꿀 수는 없다. 그래서 푸른 풀을 보면 좋아하고 승냥이를 보면 두려움에 벌벌 떨게 된다.

이 우언은 겉으로 보기에는 매우 강한 것 같지만, 실제로는 매우 나약한 사이비 강자(强者)를 비유한 것이다.

《신론新論》 우언

환담(桓譚 : 약 B.C. 20-A.D. 56)은 동한(東漢) 초기의 경학자 · 철학자이자 저명한 사상가로 자는 군산(君山)이다. 광무제(光武帝) 때 의랑급사중(議郎給事中)에 임명되었으나 후에 참위신학(讖諱神學)을 반대하여 육안군승(六安郡丞)으로 폄적되었다. 음률을 좋아하고 거문고를 잘 탔으며 오경(五經)에 두루 통했다. 저서로《신론(新論)》 29편이 있으나 이미 망실되었고, 현재 청(淸) 엄가균(嚴可均)의《전상고삼대진한삼국육조문(全上古三代秦漢三國六朝文)》에 일부 잔본이 수록되어 있다.

090 도문대작(屠門大嚼)

《新論 · 祛蔽》

원문 및 주석

屠門大嚼[1]

人聞長安樂, 則出門向西而笑; 知肉味美, 則對屠門而大嚼。[2]

번역문

푸줏간을 보고 크게 입맛을 다시다

어떤 사람이 장안(長安)이 번화하다는 말을 듣고 곧 자기 집 대문을 나와 (장안이 있는) 서쪽을 향해 웃더니, 고기 맛이 좋다는 것을 알고 푸줏간을 향해 크게 입맛을 다셨다.

1 屠門大嚼 → 푸줏간을 보고 크게 입맛을 다시다
【屠門(도문)】: 푸줏간.
【大嚼(대작)】: 크게 입맛을 다시다.

2 人聞長安樂, 則出門向西而笑; 知肉味美, 則對屠門而大嚼。→ 어떤 사람이 장안(長安)이 번화하다는 말을 듣고, 곧 자기 집 대문을 나와 (장안이 있는) 서쪽을 향해 웃더니; 고기 맛이 좋다는 것을 알고, 푸줏간을 향해 크게 입맛을 다셨다.
【長安(장안)】: 서울, 수도(首都)의 범칭.

해설

목표가 아무리 분명하고 이상이 아무리 아름답다 해도 자신의 노력과 행동이 없으면 자기 욕구를 충족할 방법이 없다. 못에 가서 물고기를 탐내는 것보다는 물러나 그물을 짜는 것이 오히려 낫다.

이 우언은 목표를 향해 나아가려는 의지와 노력 없이 겉멋만 들어 헛된 일로 자기만족을 추구하는 무료한 사람을 풍자한 것이다.

091 우여기(牛與夔)

《新論・補遺》

원문 및 주석

牛與夔[1]

聲氏之牛夜亡而遇夔, 止而問焉 :「我有四足, 動而不善, 子一足而超踴, 何以然?」[2] 夔曰 :「以吾一足, 王於子矣。」[3]

1 牛與夔 → 소와 기(夔)
【夔(기)】: 신화에 등장하는 다리가 하나인 짐승.

2 聲氏之牛夜亡而遇夔, 止而問焉 :「我有四足, 動而不善, 子一足而超踴, 何以然?」 → 성(聲)씨네 소가 밤에 달아나다가 기(夔)를 만나자, 걸음을 멈추고 물었다 :「나는 다리가 넷이 있어도, 동작이 영활하지 못한데, 그대는 다리가 하나인데도 가볍게 뛰어오르니, 어째서 그런가?」
【亡(망)】: 도망치다, 달아나다.
【止(지)】: 멈추다. 여기서는「걸음을 멈추다」의 뜻.
【超踴(초용)】: 가볍게 뛰어오르다.
【何以(하이)】: 왜, 어째서.

3 夔曰 :「以吾一足, 王於子矣。」 → 기가 말했다 :「나는 다리가 하나이기 때문에, 그대를 능가하는 것이다.」
【以(이)】: 因(인), …로 인해, …때문.
【王(왕)】: 旺(왕), 왕성하다. 여기서는「추월하다, 능가하다」의 뜻.

번역문

소와 기(夔)

성(聲)씨네 소가 밤에 달아나다가 기(夔)를 만나자 걸음을 멈추고 물었다.

「나는 다리가 넷이 있어도 동작이 영활하지 못한데 그대는 다리가 하나인데도 가볍게 뛰어오르니, 어째서 그런가?」

기가 말했다.

「나는 다리가 하나이기 때문에, 그대를 능가하는 것이다.」

해설

형상이 비슷한 상황에서 하나의 다리를 가진 짐승이 네 다리를 가진 짐승보다 도약을 잘한다는 것은 상식적으로 이치에 닿지 않는다. 그러나 여럿이 조화를 이루지 못할 경우에는 오히려 단일한 것만 못할 수도 있다.

이 우언은 행위 과정에서 단일한 경우가 간혹 단일하지 못한 경우보다 원활할 수 있다는 특이한 현상을 비유한 것이다.

《논형(論衡)》 우언

왕충(王充 : 27-97)은 동한(東漢)의 저명한 사상가이자 철학가로 자가 중임(仲任)이며, 회계(會稽) 상우(上虞)[지금의 절강성] 사람이다. 젊어서 집안이 가난하여 경사(京師)로 올라와 반표(班彪)에게 사사했다. 일찍이 군공조(郡功曹)와 치중(治中) 등의 관직을 지냈으나 후에 사직하고 집에 돌아와 저술에 전념했다. 그는 종교의 신비주의나 유교(儒教)의 권위를 비판하고 언론의 자유를 주장하여 후세 유물주의철학에 많은 영향을 주었다.

《논형(論衡)》은 왕충의 대표적인 이론서로 30권(卷) 85편(篇)으로 구성되어 있으며, 내용은 역사상의 각종 이론과 생활 속의 각종 현상에 대해 평판했는데, 독자적이고 대담한 견해가 돋보인다는 평가를 받고 있다.

092 사수불우(仕數不遇)

《論衡 · 逢遇篇》

원문 및 주석

仕數不遇[1]

昔周人有仕數不遇, 年老白首, 泣涕於塗者。[2] 人或問之 : 「何爲泣乎?」 對曰 : 「吾仕數不遇, 自傷年老失時, 是以泣也。」[3] 人曰 : 「仕奈何不一遇也?」[4] 對曰 : 「吾年少之時, 學爲文。文德成就, 始欲

1 仕數不遇 → 여러 차례 벼슬을 구했으나 때를 만나지 못하다
【仕(사)】: 벼슬하다.
【數(수)】: 수차, 여러 차례.
【不遇(불우)】: 때를 만나지 못하다.

2 昔周人有仕數不遇, 年老白首, 泣涕於塗者。 → 예전에 주(周)나라 사람으로 여러 차례 벼슬을 구하다가 때를 만나지 못하고, 늙어 백발이 되어, 길거리에서 통곡하며 우는 자가 있었다.
【周(주)】: ① [국명] 주나라. ② [지명] 지금의 낙양(洛陽) 일대.
【泣涕(읍체)】: 울다.
【塗(도)】: 길.

3 人或問之 : 「何爲泣乎?」 對曰 : 「吾仕數不遇, 自傷年老失時, 是以泣也。」 → 어떤 사람이 그에게 물었다 : 「왜 울고 계십니까?」 노인이 대답했다 : 「나는 여러 차례 벼슬을 구하려 했으나 때를 만나지 못하고, 늙어 시기를 잃은 것이 슬퍼서, 우는 것입니다.」
【人或(인혹)】: 어떤 사람.
【何爲(하위)】: 왜, 어째서.
【自傷(자상)】: 스스로 슬퍼하다.
【是以(시이)】: 그래서, 이로 인해.

4 人曰 : 「仕奈何不一遇也?」 → 그 사람이 물었다 : 「벼슬을 구하려 했는데 어찌하여 때를 한

仕宦, 人君好用老。[5] 用老主亡, 後主又用武, 吾更爲武, 武節始就, 武主又亡。[6] 少主始立, 好用少年, 吾年又老。是以未嘗一遇。」[7]

번역문

여러 차례 벼슬을 구했으나 때를 만나지 못하다

예전에 주(周)나라 사람으로 여러 차례 벼슬을 구하다가 때를 만나지 못하고 늙어 백발이 되어 길거리에서 통곡하며 우는 자가 있었다.

어떤 사람이 그에게 물었다.

「왜 울고 계십니까?」

....

번도 만나지 못했습니까?」
【奈何(내하)】: 어찌, 어떻게.

5 對曰:「吾年少之時, 學爲文。文德成就, 始欲仕宦, 人君好用老。→ 노인이 대답했다:「나는 젊었을 때, 문장을 배웠습니다. 문장의 수준이 경지에 올라, 비로소 벼슬을 구하고자 했으나, 임금은 노인을 기용하길 좋아했습니다.
【文德(문덕)】: 문장의 수준.
【成就(성취)】: 성취하다. 여기서는 「경지에 오르다」의 뜻.
【欲(욕)】: …하고자 하다.
【仕宦(사환)】: 벼슬을 하다, 관리가 되다.
【好(호)】: [동사] 좋아하다.

6 用老主亡, 後主又用武, 吾更爲武, 武節始就, 武主又亡。→ (그 후) 노인을 기용하던 임금이 죽고, 뒤를 계승한 임금은 또 무인(武人)을 기용하였습니다. 나는 다시 무예를 연마하여, 무예의 수준이 막 궤도에 올랐는데, 무인을 기용하던 임금이 또 죽었습니다.
【主(주)】: 임금, 군주.
【更(경)】: 바꾸다, 고치다.
【武節(무절)】: 무예.
【武主(무주)】: 무인을 기용하던 임금.

7 少主始立, 好用少年, 吾年又老。是以未嘗一遇。」→ (지금) 젊은 임금이 막 즉위하여, 젊은 사람을 기용하길 좋아하는데, 또 내가 나이가 들어 늙어버렸습니다. 그래서 한 번도 때를 만난 적이 없습니다.」
【少主(소주)】: 젊은 임금.
【未嘗(미상)】: …한 적이 없다.

노인이 대답했다.

「나는 여러 차례 벼슬을 구하려 했으나 때를 만나지 못해 늙어 시기를 잃은 것이 슬퍼서 우는 것입니다.」

그 사람이 물었다.

「벼슬을 구하려 했는데 어찌하여 때를 한 번도 만나지 못했습니까?」

노인이 대답했다.

「나는 젊었을 때 문장을 배웠습니다. 문장의 수준이 경지에 올라 비로소 벼슬을 구하고자 했으나 임금은 노인을 기용하길 좋아했습니다. (그 후) 노인을 기용하던 임금이 죽고 뒤를 계승한 임금은 또 무인(武人)을 기용하였습니다. 나는 다시 무예를 연마하여 무예의 수준이 막 궤도에 올랐는데, 무인을 기용하던 임금이 또 죽었습니다. (지금) 젊은 임금이 막 즉위하여 젊은 사람을 기용하길 좋아하는데, 또 내가 나이가 들어 늙어버렸습니다. 그래서 한 번도 때를 만난 적이 없습니다.」

해설

옛날 봉건 통치하에서 군주가 현명한 신하의 충간을 듣지 않고 자기 마음대로 권력을 휘두를 경우, 모든 인사(人事)가 군주의 취향에 의해 좌우되었다. 노인은 매번 군주의 취향과 맞지 않아 결국 평생 동안 벼슬을 하지 못했지만, 노인이 결코 군주의 취향에 맞추려는 노력을 하지 않은 것이 아니다. 자기의 전공이 높은 수준에 도달하기 위해서는 많은 시간이 필요한데, 군주의 삶과 노인의 노력이 맞지 않은 것이다.

이 우언은 벼슬이란 때를 만나야지 억지로 추구한다 하여 얻어지는 것이 아니라는 「운명론」을 설명한 것이다.

093 피구이신(披裘而薪)

《論衡 · 書虛篇》

원문 및 주석

披裘而薪[1]

延陵季子出游, 見路有遺金。當夏五月, 有披裘而薪者。[2] 季子呼薪者曰 :「取彼地金來。」[3] 薪者投鎌於地, 瞋目拂手而言曰 :「何子居之高, 視之下, 儀貌之壯, 語言之野也?[4] 吾當夏五月披裘而薪,

1 披裘而薪 → 가죽옷을 입고 나무를 하다
【披(피)】: (옷을) 입다.
【裘(구)】: 가죽옷.
【薪(신)】: [동사용법] 나무하다.

2 延陵季子出游, 見路有遺金。當夏五月, 有披裘而薪者。→ 계찰(季札)이 외출했다가 길에서 누가 잃어버린 황금을 보았다. (무더운) 여름 오월에, 가죽옷을 입고 나무를 하는 사람이 있었다.
【延陵季子(연릉계자)】: [인명] 계찰(季札). ※ 오왕(吳王) 수몽(壽夢)의 막내아들로 이름이 찰(札)이기 때문에 막내라는 뜻의 계(季)와 이름 찰(札)을 합쳐 계찰(季札)이라 했는데, 일명 계자(季子)라고도 하며, 연릉(延陵)과 주래(州來)를 식읍으로 받았다 하여 연릉계자(延陵季子) 또는 주래계자(州來季子)라고도 한다.
【出游(출유)】: 외출하다.
【遺金(유금)】: 잃어버린 황금. 〖遺〗: 잃다, 분실하다.
【當(당)】: [개사] …에. ※ 시간이나 장소를 가리킬 때 쓰인다.

3 季子呼薪者曰 :「取彼地金來。」→ 계찰이 나무꾼을 불러 말했다 :「저 땅에 떨어진 금을 주워오게.」

4 薪者投鎌於地, 瞋目拂手而言曰 :「何子居之高, 視之下, 儀貌之壯, 語言之野也? → 나무꾼이

豈取金者哉?」 季子謝之, 請問姓字。[5] 薪者曰 :「子皮相之士也, 何足語姓名?」 遂去不顧。[6]

번역문

가죽옷을 입고 나무를 하다

계찰(季札)이 외출했다가 길에서 누가 잃어버린 황금을 보았다. (무더운) 여름 오월에 가죽옷을 입고 나무를 하는 사람이 있었다.

················

낫을 땅에 내던지더니, 눈을 부릅뜨고 손을 털며 말했다:「당신은 어째서 지위는 높은데, 보는 눈은 낮고, 용모는 훌륭한데, 말은 천합니까?
【鎌(겸)】: [도구] 낫.
【瞋目(진목)】: 눈을 부릅뜨다.
【拂手(불수)】: 손을 털다.
【子(자)】: 그대, 당신.
【居之高(거지고)】: 지위가 높다.
【視之下(시지하)】: 보는 눈이 낮다.
【儀貌(의모)】: 용모.
【壯(장)】: 건장하다, 훌륭하다, 버젓하다.
【野(야)】: 천하다, 상스럽다.

5 吾當夏五月披裘而薪, 豈取金者哉?」 季子謝之, 請問姓字。→ 내가 여름 오월에 가죽옷을 입고 나무를 하는 것이, 어찌 금을 얻자고 하는 일이겠습니까?」 이에 계찰이 사과하며, 이름을 물었다.
【豈(기)】: 어찌.
【謝(사)】: 사과하다, 사죄하다.
【姓字(성자)】: 성명, 이름.

6 薪者曰 :「子皮相之士也, 何足語姓名?」 遂去不顧。→ 나무꾼이 말했다:「당신은 겉모습만 보는 사람인데, 어찌 (나의) 이름을 (당신에게) 말할 필요가 있겠소?」 그리하여 떠나면서 (계찰을) 거들떠보지도 않았다.
【皮相之士(피상지사)】: 겉모습만 보고 판단하는 사람. 〖皮相〗: 겉모습, 겉으로 나타난 현상.
【何足(하족)】: 어찌 …할 필요가 있는가?
【遂(수)】: 그리하여.
【不顧(불고)】: 거들떠보지 않다.

계찰이 나무꾼을 불러 말했다.

「저 땅에 떨어진 금을 주워오게.」

나무꾼이 낫을 땅에 내던지더니 눈을 부릅뜨고 손을 털며 말했다.

「당신은 어째서 지위는 높은데 보는 눈은 낮고, 용모는 훌륭한데 말은 천합니까? 내가 여름 오월에 가죽옷을 입고 나무를 하는 것이 어찌 금을 얻자고 하는 일이겠습니까?」

이에 계찰이 사과하며 이름을 물었다.

나무꾼이 말했다.

「당신은 겉모습만 보는 사람인데 어찌 (나의) 이름을 (당신에게) 말할 필요가 있겠소?」 그리하여 떠나면서 (계찰을) 거들떠보지도 않았다.

해설

역사의 기록에 의하면 본래 계찰(季札)은 매우 올곧은 사람이다. 그러나 고사 속의 계찰은 겉모습만 중시하는 소인배로 묘사되어 나무꾼으로부터 「피상지사(皮相之士)」라고 매도당했다.

이 우언은 사람을 대함에 있어서 그 사람의 인품이나 자질 등 내재적인 면을 고려하지 않고 단순히 겉모습만 보고 함부로 대함으로써 사람으로 하여금 모욕감을 느끼게 하는 경거망동을 꾸짖어 경계한 것이다.

094 계견개선(雞犬皆仙)

《論衡 · 道虛》

원문 및 주석

雞犬皆仙[1]

淮南王學道, 招會天下有道之人, 傾一國之尊, 下道術之士。[2] 是以道術之士, 並會淮南, 奇方異術, 莫不爭出。[3] 王遂得道, 擧家升

1 雞犬皆仙 → 닭과 개 모두 신선이 되다
【仙(선)】: [동사용법] 신선이 되다.

2 淮南王學道, 招會天下有道之人, 傾一國之尊, 下道術之士。→ 회남왕(淮南王)이 도술을 배우는데, 천하의 도사(道士)들을 소집하여, 한 나라 제후의 존엄을 내려놓고, 도사들에게 자세를 낮추었다.
【淮南王(회남왕)】: 유안(劉安). 한고조(漢高祖) 유방(劉邦)의 서손(庶孫)이며 회남(淮南) 여왕(厲王)의 장자(長子)로 서한(西漢)의 사상가이자 문학가이다. 여왕이 역모를 꾀하다가 서촉(西蜀)으로 유배되어 객사한 후, 한문제(漢文帝)가 그 유족을 거두고 유안을 회남왕(淮南王)에 봉했다. 유안은 독서를 좋아하고 문장이 뛰어나 한무제(漢武帝)의 명을 받아《이소전(離騷傳)》을 지었고, 또 빈객과 도사(道士) 수천 명을 초치하여《홍렬(鴻烈)》을 지었는데, 이를 일러《회남홍렬(淮南鴻烈)》또는《회남자(淮南子)》라 칭했다. 【淮南】: 서한(西漢)의 제후국. 지금의 안휘성 회하(淮河) 남부, 소호(巢湖) · 비서(肥西) 북부, 당하(塘河) 동부 및 봉양(鳳陽) · 저현(滁縣) 서부 일대.
【招會(초회)】: 소집하다.
【傾(경)】: 기울다. 여기서는 「내려놓다」의 뜻.
【一國之尊(일국지존)】: 한 나라 제후의 존엄.
【下(하)】: 자세를 낮추다, 굽히다.

3 是以道術之士, 並會淮南, 奇方異術, 莫不爭出。→ 그리하여 도사들이, 모두 함께 회남(淮南)에 모여, 각종 기이한 방술을, 다투어 내놓았다.

天, 畜産皆仙, 犬吠於天上, 雞鳴於雲中。[4]

번역문

닭과 개 모두 신선이 되다

회남왕(淮南王)이 도술을 배우는데 천하의 도사(道士)들을 소집하여, 한 나라 제후의 존엄을 내려놓고 도사들에게 자세를 낮추었다. 그리하여 도사들이 모두 함께 회남(淮南)에 모여 각종 기이한 방술을 다투어 내놓았다. 회남왕은 마침내 도술을 터득하여 온 집안이 하늘로 올라가고, 기르던 가축도 모두 신선이 되어 개는 하늘에서 짖어대고 닭은 구름 속에서 울어댔다.

해설

역사의 기록에 의하면 회남왕(淮南王) 유안(劉安)은 역모를 꾀하다가 실패한 후 서촉(西蜀)으로 유배되어 객사했다. 그러나 이 고사에서는 신선이

....

【是以(시이)】: 이로 인해, 그리하여.
【並會(병회)】: 함께 모이다.
【奇方異術(기방이술)】: 기이한 방술.
【莫不(막불)…)】: …하지 않는 자가 없다, 모두 …하다.
【爭出(쟁출)】: 다투어 내놓다.

4 王遂得道, 擧家升天, 畜産皆仙, 犬吠於天上, 雞鳴於雲中。→ 회남왕은 마침내 도술을 터득하여, 온 집안이 하늘로 올라가고, 기르던 가축도 모두 신선이 되어, 개는 하늘에서 짖어대고, 닭은 구름 속에서 울어댔다.
【遂(수)】: 드디어, 결국, 마침내.
【擧家(거가)】: 온 집안.
【畜産(축산)】: 기르는 가축.
【皆仙(개선)】: 모두 신선이 되다. 〖仙〗: [동사용법] 신선이 되다.
【吠(폐)】: 짖다.

되어 하늘로 올라가고 심지어 그가 기르던 가축까지 신선이 되었다는 황당한 거짓으로 묘사되어 사실과 전혀 부합하지 않는다. 이는 아마도 작자 왕충(王充)이 누구나 다 거짓임을 아는 고사를 이용하여 당시 혹세무민(惑世誣民)하는 방사(方士)와 유생(儒生)들의 망언을 비판한 것으로 여겨진다.

이 우언은 집안에서 한 사람이 출세하면 그와 관련 있는 모든 사람들이 덩달아 득세하는 폐단을 풍자한 것으로, 후세 사람들은 이를 근거로 「一人得道, 鷄犬升天(일인득도, 계견승천 : 한 사람이 득도하면 그가 기르던 닭이나 개까지도 승천한다. 즉, 한 사람이 득세하면 주변 사람들도 그 덕을 본다.)」이란 고사성어(故事成語)를 만들어 냈다.

095 자산지간(子産知奸)

《論衡 · 非韓篇》

원문 및 주석

子産知奸[1]

鄭子産晨出, 過東匠之閭, 聞婦人之哭也, 撫其僕之手而聽之。[2] 有間, 使吏執而問之, 手殺其夫者也。[3] 翼日, 其僕問曰 : 「夫子何以

1 子産知奸 → 자산(子産)이 부정한 행위를 알다
【子産(자산)】: [인명] 공손교(公孫僑). 춘추시대 정(鄭)나라의 대부로 성은 공손(公孫), 이름은 교(僑), 자는 자산(子産)이다.
【奸(간)】: 부정한 행위.

2 鄭子産晨出, 過東匠之閭, 聞婦人之哭也, 撫其僕之手而聽之。→ 정(鄭)나라 대부 자산(子産)이 아침 일찍 외출하면서, 동장(東匠) 골목의 어귀를 지나다가, 어느 부인의 곡(哭)소리가 들리자, 마부의 손을 꽉 잡아 (수레를 멈추게 하고) 그 소리를 들었다.
【鄭(정)】: [국명] 지금의 하남성 신정현(新鄭縣) 일대에 있던 주대(周代)의 제후국.
【東匠(동장)】: [지명] 자산이 사는 마을의 골목 이름.
【閭(려)】: (마을, 골목의) 어귀.
【撫(무)】: 꽉 잡다.
【僕(복)】: 하인. 여기서는 「마부」를 가리킨다.

3 有間, 使吏執而問之, 手殺其夫者也。→ 얼마 후, 관리로 하여금 (부인을) 붙잡아 심문해 보니, 바로 자기 손으로 직접 남편을 죽인 자였다.
【有間(유간)】: 얼마 후, 조금 있다가, 얼마 지나지 않아.
【使(사)】: …로 하여금 …하게 하다, …에게 …하도록 시키다.
【執(집)】: 잡다, 붙잡다, 체포하다.
【手(수)】: 손수, 자기 손으로 직접.

知之?」[4] 子産曰 : 「其聲不慟。凡人於其所親愛也, 知病而憂, 臨死而懼, 已死而哀。[5] 今哭夫已死, 不哀而懼, 是以知其有姦也。」[6]

번역문

자산(子產)이 부정한 행위를 알다

정(鄭)나라 대부 자산(子產)이 아침 일찍 외출하면서 동장(東匠) 골목의 어귀를 지나다가 어느 부인의 곡(哭)소리가 들리자 마부의 손을 꽉 잡아 (수레를 멈추게 하고) 그 소리를 들었다. 얼마 후 관리로 하여금 (부인을) 붙잡아 심문해 보니, 바로 자기 손으로 직접 남편을 죽인 자였다.

다음 날 마부가 물었다.

「선생님께서는 어떻게 그것을 아셨습니까?」

자산이 말했다.

「그 여인의 우는 소리가 비통하지 않았다. 대저 사람은 자기가 친애하

---

4 翼日, 其僕問曰 : 「夫子何以知之?」 → 다음날, 마부가 물었다 : 「선생님께서는 어떻게 그것을 아셨습니까?」
【翼日(익일)】: 다음날, 이튿날.
【夫子(부자)】: [존칭] 선생님.
【何以(하이)】: 어떻게.

5 子産曰 : 「其聲不慟。凡人於其所親愛也, 知病而憂, 臨死而懼, 已死而哀。→ 자산이 말했다 : 「그 여인의 우는 소리가 비통하지 않았다. 대저 사람은 자기가 친애하는 사람에 대해, 병이 난 것을 알면 걱정하고, 죽음이 다가오면 두려워하고, 죽으면 몹시 슬퍼한다.
【慟(통)】: 비통해 하다, 몹시 슬퍼하다.
【於(어)】: [개사] …에 대해.
【懼(구)】: 두려워하다.

6 今哭夫已死, 不哀而懼, 是以知其有姦也。」 → 지금 (이 여인은) 남편이 죽어서 곡을 하는데, 슬퍼하지 않고 오히려 두려워하고 있다. 그래서 그 여인에게 정당하지 못한 행위가 있다는 것을 알았다.」
【是以(시이)】: 이로 인해, 그래서.

는 사람에 대해 병이 난 것을 알면 걱정하고, 죽음이 다가오면 두려워하고 죽으면 몹시 슬퍼한다. 지금 (이 여인은) 남편이 죽어서 곡을 하는데 슬퍼하지 않고 오히려 두려워하고 있다. 그래서 그 여인에게 정당하지 못한 행위가 있다는 것을 알았다.」

해설

자산(子產)은 한 여인이 곡(哭)하는 소리를 듣고, 이를 근거로 그 여인이 살인 사건을 저지른 범죄자라는 것을 밝혀냈다.

이 우언은 각종 범죄 사건에 대해 관련된 단서를 놓치지 않고 엄밀한 분석과 논리적인 추리 방법을 운용한다면 어렵지 않게 문제를 해결할 수 있다는 이치를 설명한 것이다.

《한서漢書》 우언

반고(班固 : 32-92)는 부풍(扶風) 안릉(安陵)[지금의 섬서성 함양(咸陽) 동북쪽] 사람으로 자가 맹견(孟堅)이며 동한(東漢) 초기의 저명한 사학자이자 문인이다. 부친 반표(班彪)가 《한서(漢書)》를 편찬하다가 중도에 세상을 떠나자 부친의 유지를 받들어 저술에 종사하던 중 국사(國史)를 마음대로 편찬한다고 고발을 당해 투옥되었다. 동생 반초(班超)의 상소에 힘입어 풀려나 교서랑(校書郎)에 임명되면서, 이때부터 저술에 전념하여 20여 년 만에 《한서》의 초고를 완성했으나 모친이 세상을 떠나는 바람에 벼슬을 그만 두었다. 그 후 화제(和帝) 때 대장군 두헌(竇憲)이 흉노를 정벌하러 나가면서 반고를 중호군(中護軍)으로 삼았는데, 두헌이 외척 · 환관과 권력을 다투다가 죽음을 당하자 반고도 이에 연루되어 낙양(洛陽)의 감옥에서 생을 마쳤다.

당시 《한서》는 「표(表)」 8개 조항과 「천문지(天文志)」가 아직 확정되지 않은 상황에서 반고의 유서(遺書)가 모두 흩어져, 화제(和帝)가 반고의 여동생 반소(班昭)에게 명하여 동각(東閣)의 장서(藏書)를 가지고 그 뒤를 이어 완성하도록 했다.

이처럼 반씨 삼대에 거쳐 이룩된 《한서》는 서한(西漢)의 역사를 기술한 중국 최초의 단대사(斷代史)로 사마천(司馬遷)의 《사기(史記)》와 더불어 중국의 역사에서 불후의 역작으로 전해지고 있다.

096 야랑자대(夜郎自大)

《漢書 · 西南夷兩 · 朝鮮傳》

원문 및 주석

夜郎自大[1]

(漢使)至滇, 滇王當羌乃留爲求道。[2] 四歲餘, 皆閉昆明, 莫能通。[3] 滇王與漢使言 : 「漢孰與我大?」[4] 及夜郎侯亦然。各自以一州王, 不

1 夜郎自大 → 야랑(夜郎)이 잘난 체하며 우쭐대다

【夜郎(야랑)】 : [국명] 지금의 귀주성 서북부 및 운남성 · 사천성 일부에 걸쳐 있던 오랑캐가 세운 나라.

【自大(자대)】 : 잘난 체하며 우쭐대다, 뻐기다, 뽐내다.

2 (漢使)至滇, 滇王當羌乃留爲求道。 → 한(漢)나라 사신이 전(滇)나라에 오자, 전나라 왕 당강(當羌)이 곧 그들을 머물게 한 후, 그들을 위해 신독국(身毒國)으로 가는 길을 찾아 나섰다.

【滇(전)】 : [국명] 전국시대에서 한대(漢代)에 이르는 시기에 농업 위주의 정착민인 전족(滇族)이 지금의 운남성 전지(滇池) 부근에 세운 나라.

【當羌(당강)】 : [인명] 전(滇)나라 군주의 이름.

【乃(내)】 : 곧, 바로.

【求道(구도)】 : 길을 찾다. 【道】 : 길. 여기서는 「신독국(身毒國), 즉 천축(天竺)으로 가는 길」을 말한다.

3 四歲餘, 皆閉昆明, 莫能通。 → 사 년여 동안 탐색했으나, 모두 곤명(昆明) 오랑캐에 막혀, 통행할 수가 없었다.

【閉(폐)】 : 막히다, 차단당하다.

【昆明(곤명)】 : 곤명 오랑캐. 지금의 사천성 염원현(鹽源縣) 일대에서 유목생활을 하던 소수 민족.

【莫能(막능)】 : 불능(不能), …할 수가 없다.

4 滇王與漢使言 : 「漢孰與我大?」 → 전나라 왕이 한나라 사신에게 물었다 : 「한나라와 우리나

知漢廣大。[5]

번역문

야랑(夜郞)이 잘난 체하며 우쭐대다

한(漢)나라 사신이 전(滇)나라에 오자 전나라 왕 당강(當羌)이 곧 그들을 머물게 한 후, 그들을 위해 신독국(身毒國)으로 가는 길을 찾아 나섰다. 사 년여 동안 탐색했으나 모두 곤명(昆明) 오랑캐에 막혀 통행할 수가 없었다.

전나라 왕이 한나라 사신에게 물었다.

「한나라와 우리나라는 누가 큽니까?」

한나라 사신이 야랑(夜郞)에 도착하자 야랑의 군주 역시 그렇게 물었다. (전과 야량 두 나라의 군주는) 각자 겨우 일개 주(州)만한 작은 땅을 가지고 왕 노릇을 하면서 한나라가 광대하다는 것을 알지 못했다.

해설

서한(西漢) 시기에 전(滇)과 야랑(夜郞)은 중국 서남쪽의 소수 민족이 세운 나라 중 비교적 큰 나라에 속하고, 그 주변은 모두 소국이거나 군주가

라는 누가 큽니까?」

【漢孰與我大(한숙여아대)】: 「漢與我孰大」의 도치형태.

5 及夜郎侯亦然。各自以一州王, 不知漢廣大。→ 한나라 사신이 야랑(夜郞)에 도착하자 야랑의 군주 역시 그렇게 물었다. 각자 겨우 일개 주(州)만한 작은 땅을 가지고 왕 노릇을 하면서, 한나라가 광대하다는 것을 알지 못했다.

【及(급)】: 至(지), 이르다, 도착하다. 여기서는 한나라 사신이 야랑에 도착한 것을 가리킨다.

【夜郎侯(야랑후)】: 야랑국의 군주.

【亦然(역연)】: 역시 그러하다. 즉 「역시 그렇게 물었다」의 뜻.

【王(왕)】: [동사] 왕노릇하다.

없는 유목민족이었다. 이로 인해 전과 야랑의 군주는 우쭐하여 한나라 사신에게 「한나라와 우리나라는 누가 큽니까?」라는 엉뚱한 질문을 했다.

이 우언은 큰 세상이 있다는 것을 모르고 우물 안의 개구리처럼 좁은 영역에서 꼬마대장 노릇을 하며 우쭐대는 가소로운 행위를 풍자한 것이다.

※ 참고 : 이 고사는 《사기(史記) · 서남이열전(西南夷列傳)》에도 보이는데, 《한서(漢書)》와 비교할 때 약간의 문자 출입이 있다.

097 실기고보(失其故步)

《漢書 · 敘傳上》

원문 및 주석

失其故步[1]

昔有學步於邯鄲者, 曾未得其髣彿, 又復失其故步, 遂匍匐而歸耳。[2]

번역문

자기 본래의 걸음걸이를 잃어버리다

예전에 한단(邯鄲)에 가서 걸음걸이를 배우는 자가 있었는데, 아직 한단

1 失其故步 → 자기 본래의 걸음걸이를 잃어버리다
【故步(고보)】: 본래의 걸음걸이.

2 昔有學步於邯鄲者, 曾未得其髣彿, 又復失其故步, 遂匍匐而歸耳。→ 예전에 한단(邯鄲)에 가서 걸음걸이를 배우는 자가 있었는데, 아직 한단 사람들의 걸음걸이를 비슷하게나마 익히지도 못하고, 오히려 자기 본래의 걸음걸이를 잃어버려, 결국 바닥에 엎드려 기어서 돌아왔다.
【邯鄲(한단)】: [지명] 전국시대 조(趙)나라의 도읍. 지금의 하북성 한단시(邯鄲市).
【髣彿(방불)】: 비슷하다.
【又復(우부)】: [복합허사] 다시.
【遂(수)】: 마침내, 결국, 그리하여.
【匍匐(포복)】: 바닥에 엎드려 기다, 포복하다.

사람들의 걸음걸이를 비슷하게나마 익히지도 못하고 오히려 자기 본래의 걸음걸이를 잃어버려 결국 바닥에 엎드려 기어서 돌아왔다.

해설

걸음걸이란 능히 걸을 수 있는가 없는가의 여부가 우선이고, 걷는 모습이 아름답고 아름답지 않고는 부차적인 문제이다. 한단(邯鄲) 사람들의 우아한 걸음걸이를 배우려다 배우지도 못하고 자기의 본래 걸음걸이마저 잊어버려 바닥에 엎드려 기어서 돌아왔다. 다른 사람의 장점을 배우는 것은 나의 단점을 보완하기 위한 것이다. 자기의 본연을 돌보지 않고 다른 사람의 장점만을 맹종하다가 두 가지를 모두 잃는 것은 가장 경계해야 할 일이다.

이 우언은 근본을 저버리고 허세를 부리려다가 모두를 상실한 무모하고 부질없는 행위를 풍자한 것이다.

※ 참고 : 이 고사는 본래 선진(先秦)의 《장자(莊子) · 추수(秋水)》에 보이는데 《한서(漢書)》와 비교할 때 약간의 문자 출입은 있으나 기본 내용은 같다.

《신감(申鑒)》 우언

순열(荀悅 : 148-209)은 영천(潁川) 영양(潁陽)[지금의 하남성 허창(許昌)] 사람으로 자는 중예(仲豫)이며 후한 말기의 저명한 사상가이자 사학자이다. 어려서 배우기를 좋아했으나 집안이 가난하여 남의 집에 가서 책을 읽고 이를 바로 기억하여 암송했다. 영제(靈帝) 때 환관이 멋대로 권력을 휘두르자 병을 핑계로 은거하다가, 헌제(獻帝) 때 시강금중(侍講禁中) · 비서감(秘書監) · 시중(侍中) 등의 벼슬을 지냈다. 저서로 《신감(申鑒)》 5편과 《좌전(左傳)》의 체제를 근거로 《한서(漢書)》를 개조하여 지은 《한기(漢紀)》 30편이 있다.

098 간계(趕雞)

《申鑒 · 政體》

원문 및 주석

趕雞[1]

孺子驅雞者, 急則驚, 緩則滯。[2] 方其北也, 遽要之則折而過南; 方其南也, 遽要之則折而過北。迫則飛, 疎則放。[3] 志閑則比之, 流緩

1 趕雞→닭을 몰다
【趕(간)】: 몰다.

2 孺子驅雞者, 急則驚, 緩則滯。→ 어린아이가 닭을 모는데, 급히 몰면 닭이 놀라고, 서서히 몰면 닭이 그 자리에 머물러 움직이질 않는다.
【孺子(유자)】: 어린아이.
【驅(구)】: 趕(간), (가축을) 몰다.
【緩(완)】: 서서히 하다, 느슨하다.
【滯(체)】: 멈추다, 머물다.

3 方其北也, 遽要之則折而過南; 方其南也, 遽要之則折而過北。迫則飛, 疎則放。→ 닭이 막 북쪽으로 가려고 하는데, 재빨리 닭들을 가로막으면 오히려 방향을 바꾸어 남쪽으로 가고; 닭이 막 남쪽으로 가려고 하는데, 재빨리 닭들을 가로막으면 오히려 방향을 바꾸어 북쪽으로 간다. 또 너무 가까이 다가가면 날아가 버리고, 거리를 벌리면 흩어져 버린다.
【方(방)】: 이제 막, 마침.
【遽(거)】: 재빨리, 신속하게.
【要(요)】: (길을) 가로막다.
【折(절)】: 방향을 바꾸다.
【過(과)】: (…로) 가다.
【迫(박)】: 가까이 다가가다.

而不安則食之。[4] 不驅之驅, 驅之至者也, 志安則循路而入門。[5]

번역문

닭을 몰다

어린아이가 닭을 모는데 급히 몰면 닭이 놀라고, 서서히 몰면 닭이 그 자리에 머물러 움직이질 않는다. 닭이 막 북쪽으로 가려고 하는데 재빨리 닭들을 가로막으면 오히려 방향을 바꾸어 남쪽으로 가고, 닭이 막 남쪽으로 가려고 하는데 재빨리 닭들을 가로막으면 오히려 방향을 바꾸어 북쪽으로 간다. 또 너무 가까이 다가가면 날아가 버리고, 거리를 벌리면 흩어져 버린다.

(그래서) 닭의 마음이 편안하고 한가로울 때 접근하고, 서서히 움직이며 불안해 할 때 먹이를 준다. (이렇게) 몰지 않는 것처럼 모는 것이 가장 잘 모는 방법이다. 닭은 마음이 안정되면 원래의 길을 따라 닭장 문으로 들어간다.

【疎(소)】: 소원하다. 여기서는 「거리를 벌리다」의 뜻.
【放(방)】: 흩어지다.

4 志閑則比之, 流緩而不安則食之。→ (그래서) 닭의 마음이 편안하고 한가로울 때 접근하고, 서서히 움직이며 불안해 할 때 먹이를 준다.
【志閑(지한)】: 마음이 안정되다.
【比(비)】: 접근하다.
【流緩(유완)】: 서서히 움직이다.
【食(사)】: 먹이다, 먹이를 주다.

5 不驅之驅, 驅之至者也, 志安則循路而入門。→ (이렇게) 몰지 않는 것처럼 모는 것이, 가장 잘 모는 방법이다. 닭은 마음이 안정되면 원래의 길을 따라 닭장 문으로 들어간다.
【不驅之驅(불구지구)】: 내몰지 않으면서 모는 것.
【驅之至(구지지)】: 가장 잘 모는 방법.
【循路(순로)】: 원래의 길을 따라.
【入門(입문)】: 닭장 문으로 들어가다.

해설

닭을 몰 때 다그치면서 접근하려 하면 닭들이 놀라 우왕좌왕하지만, 닭의 마음이 편안하고 한가로울 때 접근하고 불안해 할 때 먹이를 주는 방법으로 닭의 마음을 안정시키면 닭을 무리 없이 다스릴 수 있다.

강한 힘에 의존하여 다스리면 거부반응을 일으키기 쉽고, 손을 놓고 등한시하면 목표에 도달할 수가 없다.

이 우언은 닭을 모는 방법을 통해, 무슨 일을 막론하고 반드시 알맞은 방법을 강구해야 비로소 성공할 수 있다는 이치를 설명한 것이다.

099 일목지라(一目之羅)

《申鑒 · 時事》

원문 및 주석

一目之羅[1]

有鳥將來, 張羅待之, 得鳥者一目也。[2] 今爲一目之羅, 無時得鳥矣。[3]

1 一目之羅 → 그물눈이 하나 뿐인 새그물
【目(목)】: 눈. 여기서는 「그물코, 그물눈」을 가리킨다.
【羅(라)】: 새그물.

2 有鳥將來, 張羅待之, 得鳥者一目也。→ 새가 날아오려 하자, 그물을 쳐놓고 새를 기다리는데, 새를 잡는 그물눈은 겨우 한 개 뿐이다.
【將(장)】: (장차) …하려고 하다.
【張(장)】: (발이나 막 · 그물 따위를) 치다, 설치하다, 배치하다.
【得鳥者(득조자)】: 새를 잡는 것, 즉 「새를 잡는 그물의 눈」.

3 今爲一目之羅, 無時得鳥矣。→ 지금 눈이 하나 밖에 없는 그물을 짜서, 그것으로 새를 잡으려 한다면 단 한 번도 새를 잡는 때가 없을 것이다.
【爲(위)】: (그물을) 짜다, 만들다.
【無時(무시)】: …할 때가 없다.

번역문

그물눈이 하나 뿐인 새그물

새가 날아오려 하자 그물을 쳐놓고 새를 기다리는데, 새를 잡는 그물눈은 겨우 한 개 뿐이다. 지금 눈이 하나 밖에 없는 그물을 짜서, 그것으로 새를 잡으려 한다면 단 한 번도 새를 잡는 때가 없을 것이다.

해설

그물은 수많은 그물눈으로 연결되어 있고, 하나하나의 그물눈은 통일체의 일부분이다. 그물이 새를 잡을 수 있는 까닭은 바로 수많은 그물눈이 하나의 통일체를 이루고 있기 때문이다. 따라서 그물은 많은 그물눈이 서로 연결되어 있어야 비로소 그물로서의 작용을 할 수가 있고, 절대로 분리해서는 안 된다. 그런데 이 사람은 새의 머리가 하나의 그물눈에 걸린다는 것만을 생각하여 하나의 그물눈만 가지고 새를 잡으려 했다.

이 우언은 단순히 한 부분만을 보고 그 부분이 나눌 수 없는 전체의 일부분이라는 것을 이해하지 못하는 어리석은 사람을 풍자한 것이다.

《풍속통의風俗通義》 우언

응소(應劭 : 생졸연대 미상)는 여남(汝南) 남돈(南頓)[지금의 하남성 항성(項城) 서남쪽] 사람으로 자는 중원(仲遠)이며 동한(東漢) 말기의 학자이다. 헌제(獻帝) 때 태산태수(泰山太守)를 지냈으며 저서로 《한궁의(漢宮儀)》《풍속통의(風俗通義)》《한서집해음의(漢書集解音義)》 등이 있다. 《풍속통의》는 일명 《풍속통(風俗通)》이라고도 하는데, 원본은 30권(卷)이나 지금 전하는 것은 10권뿐이며, 내용은 주로 풍속 · 명물에 관해 고증 · 해석과 아울러 평론을 가한 것이다.

100 배궁사영(杯弓蛇影)

《風俗通義 · 怪神第九》

원문 및 주석

杯弓蛇影[1]

予之祖父郴爲汲令, 以夏至日請見主簿杜宣, 賜酒。[2] 時北壁上有懸赤弩, 照於杯中, 其形如蛇。[3] 宣畏惡之, 然不敢不飮。其日便得

1 杯弓蛇影 → 술잔 속의 활 그림자를 뱀으로 착각하다
【杯(배)】: 술잔.

2 予之祖父郴爲汲令, 以夏至日請見主簿杜宣, 賜酒。→ 나의 조부 응침(應郴)께서 급현(汲縣)의 현령을 지내던 시절, 어느 하지(夏至) 날에 주부(主簿) 두선(杜宣)을 초청하여, 술을 접대했다.
【予(여)】: 我(아), 나.
【郴(침)】: [인명] 응침(應郴). 《풍속통의(風俗通義)》의 작자 응소(應劭)의 할아버지.
【汲令(급령)】: 급현(汲縣)의 현령. 〖汲〗: [지명] 지금의 하남성 북부.
【以(이)】: [개사] …에.
【請見(청견)】: 면회를 청하다, 뵙기를 청하다. ※판본에 따라서는 「請」을 「詣(예)」라 했다.
【主簿(주부)】: 현령 밑에서 문서를 담당하고 인장을 관리하는 하급 관리.
【杜宣(두선)】: [인명].
【賜酒(사주)】: 술을 하사하다. 즉 「술을 접대하다」의 뜻.

3 時北壁上有懸赤弩, 照於杯中, 其形如蛇。→ 그때 북쪽 벽에 붉은색 활이 걸려 있었는데, 그것이 술잔 속에 비쳐, 그 모양이 마치 뱀과 같았다.
【懸(현)】: 걸다, 매달다.
【赤弩(적노)】: 붉은색 활. ※「활집에 넣지 않은 활」이라 풀이한 경우도 있다. 〖弩〗: [활의 일종] 쇠뇌.
【照於杯中, 其形如蛇(조어배중, 기형여사)】: 술잔 속에 비쳐, 그 모양이 마치 뱀과 같다.

胸腹痛切, 妨損飮食。大用羸露, 攻治萬端, 不爲愈。[4] 後, 郴因事過至宣家, 闚視, 問其變故, 云:「畏此蛇, 蛇入腹中。」[5] 郴還聽事, 思惟良久, 顧見懸弩, 必是也。[6] 則使門下史將鈴下侍徐扶輦載宣於故處設酒, 盃中故復有蛇。[7] 因謂宣:「此壁上弩影耳, 非有他怪。」宣

〖照〗: 비치다. 〖如〗: 마치 …같다. ※원문에는 본래「中, 其」두 글자가 없으나, 여기서는《예문류취(藝文類聚)》와《북당서초(北堂書鈔)》를 근거로 보충하였다.

4 宣畏惡之, 然不敢不飮。其日便得胸腹痛切, 妨損飮食。大用羸露, 攻治萬端, 不爲愈。→ 두선은 그것이 두렵고 싫었지만, 그러나 감히 마시지 않을 수 없었다. 그날 바로 가슴과 배에 심한 통증이 와서, 식음(食飮)에 지장을 주었다. 이로 인해 몸이 마르고 쇠약해져, 만방으로 치료했으나, 낫지 않았다.

【畏惡(외오)】: 두려워하고 싫어하다.
【然(연)】: 그러나.
【便(편)】: 곧, 바로.
【痛切(통절)】: 통증.
【妨損(방손)】: 방해하다, 지장을 주다.
【用(용)】: 이로 인해, 그래서, 때문에.
【羸露(이로)】: 몸이 마르고 쇠약해지다.
【攻治萬端(공치만단)】: 만방으로 치료하다.
【爲愈(위유)】: 낫다, 치유되다.

5 後, 郴因事過至宣家, 闚視, 問其變故, 云:「畏此蛇, 蛇入腹中。」→ 후에 응침이 어떤 일로 인해 두선의 집을 지나다가, 병문안을 하고, 병이 난 까닭을 물으니, 두선이 말했다:「(그날 술잔 속에 뱀이 들어 있어) 이 뱀을 두려워했는데, (그 술을 마셔서) 뱀이 뱃속으로 들어갔습니다.」

【過至(과지)】: 지나가다.
【闚視(규시)】: 병문안을 하다.
【變故(변고)】: 병이 난 까닭.

6 郴還聽事, 思惟良久, 顧見懸弩, 必是也。→ 응침이 청사로 돌아와, 한참을 생각하다가, 벽에 걸려있는 활을 돌아보고, 틀림없이 이것이라는 생각이 들었다.

【還(환)】: 돌아오다.
【聽事(청사)】: 관청, 청사.
【思惟(사유)】: 생각하다.
【顧見(고견)】: 돌아보다.
【是(시)】: [대명사] 이것, 즉「벽에 걸려있는 활」.

7 則使門下史將鈴下侍徐扶輦載宣於故處設酒, 盃中故復有蛇。→ 즉시 문하사(門下史)로 하여금 시종을 이끌고 두선을 부축하여 천천히 손수레에 두선을 태워 원래 술을 마시던 자리에

意遂解, 甚夷懌, 由是瘳平。[8]

번역문

술잔 속의 활 그림자를 뱀으로 착각하다

나의 조부 응침(應郴)께서 급현(汲縣)의 현령을 지내던 시절 어느 하지(夏至) 날에 주부(主簿) 두선(杜宣)을 초청하여 술을 접대했다. 그때 북쪽 벽에 붉은색 활이 걸려 있었는데 그것이 술잔에 비쳐 그 모양이 마치 뱀과 같았다. 두선은 그것이 두렵고 싫었지만 그러나 감히 마시지 않을 수 없었다. 그날 바로 가슴과 배에 심한 통증이 와서 식음(食飮)에 지장을 주었다. 이로 인해 몸이 마르고 쇠약해져 만방으로 치료했으나 낫지 않았다. 후에 응침이 어떤 일로 인해 두선의 집을 지나다가 병문안을 하고 병이 난 까닭을

와서 술잔을 배치하도록 하자, 술잔 속에 전처럼 다시 뱀의 그림자가 나타났다.
【使(사)】: …로 하여금 …하게 하다.
【門下史(문하사)】: 한대(漢代) 지방관의 예하 관리.
【將(장)】: 데리다, 거느리다.
【鈴下(영하)】: 시종.
【扶(부)】: 의지하다.
【輦(련)】: 손수레.
【故處(고처)】: 원래의 장소. 여기서는 「원래 술을 마시던 자리」를 가리킨다.

8 因謂宣:「此壁上弩影耳, 非有他怪。」宣意遂解, 甚夷懌, 由是瘳平。→ 그리하여 두선에게 말했다:「이것은 벽에 걸린 활의 그림자 일 뿐, 다른 괴물이 있는 게 아니네.」 두선은 마음속의 의혹이 마침내 풀리자, 매우 기뻐했고, 이로 인해 병도 다 나았다.
【因(인)】: 그리하여.
【意(의)】: 의중, 마음속. 여기서는 「마음속의 의혹」을 가리킨다. ※판본에 따라서는 「意」자가 없다.
【遂(수)】: 드디어, 마침내.
【夷懌(이역)】: 기뻐하다. 〖夷〗: 怡(이), 기쁘다, 기뻐하다. 〖懌〗: 기뻐하다, 즐거워하다.
【由是(유시)】: 이로 인해, 이로 말미암아.
【瘳平(추평)】: 병이 낫다.

물으니 두선이 말했다.

「(그날 술잔 속에 뱀이 들어 있어) 이 뱀을 두려워했는데 (그 술을 마셔서) 뱀이 뱃속으로 들어갔습니다.」

응침이 청사로 돌아와 한참을 생각하다가 벽에 걸려있는 활을 돌아보고 틀림없이 이것이라는 생각이 들었다. 즉시 문하사(門下史)로 하여금 시종을 이끌고 두선을 부축하여 천천히 손수레에 두선을 태워 원래 술을 마시던 자리에 와서 술잔을 배치하도록 하자, 술잔 속에 전처럼 다시 뱀의 그림자가 나타났다. 그리하여 두선에게 말했다.

「이것은 벽에 걸린 활의 그림자 일 뿐 다른 괴물이 있는 게 아니네.」

두선은 마음속의 의혹이 마침내 풀리자 매우 기뻐했고, 이로 인해 병도 다 나았다.

해설

두선(杜宣)은 술잔 속에 비친 활 그림자를 뱀으로 착각하고 그것을 마신 후 심한 병을 얻어 만방으로 치료를 해도 치유되지 않다가 나중에 진상을 알고 나서 바로 병이 나아버렸다.

사람은 왕왕 심리적 요소가 육체적 또는 정신적 건강에 상당한 영향을 주기 때문에, 어떤 미혹된 일을 만났을 경우 절대로 주저하거나 마음에 담아 두지 말고 반드시 그 내막을 확실히 밝혀 궁금증을 해소해야 한다.

이 우언은 의심이 심하여 착각을 사실로 믿고 지나치게 근심하며 허둥대는 경망한 행위를 풍자한 것이다.

101 포군신(鮑君神)

《風俗通義 · 怪神第九》

원문 및 주석

鮑君神[1]

<u>汝南鮦陽</u>有於田得麏者, 其主未往取也。[2] 商車十餘乘, 經澤中行, 望見此麏著繩, 因持去, 念其不事, 持一鮑魚置其處。[3] 有頃, 其

1 鮑君神 → 포군신(鮑君神)
【鮑君神(포군신)】: 주 **6** 참조.

2 汝南鮦陽有於田得麏者, 其主未往取也。 → 여남(汝南) 동양(鮦陽)에 밭에서 (덫으로) 노루를 잡은 사람이 있었는데, 그 사람이 노루를 그대로 두고 아직 가져가지 않았다.
【汝南(여남)】: [지명] 한대(漢代)의 군(郡) 이름. 지금의 하남성 동남부 및 안휘성 북부 일대.
【鮦陽(동양)】: [지명] 지금의 하남성 신채현(新蔡縣) 동북쪽.
【麏(균)】: 노루.
【主(주)】: 주인. 여기서는 「노루를 잡은 사람」을 가리킨다.

3 商車十餘乘, 經澤中行, 望見此麏著繩, 因持去, 念其不事, 持一鮑魚置其處。 → 이때 상인의 수레 십여 대가, 못가를 지나다가, 이 노루가 줄에 매여 있는 것을 보고, 곧 노루를 끌고 가면서, (다만) 그것을 타당하지 못한 일이라 생각하여, (대신) 소금에 절인 생선 한 마리를 가져와 노루가 매여 있던 자리에 놓고 갔다.
【乘(승)】: [양사] 대, 량.
【經(경)…行(행)】: …을 지나가다
【著繩(착승)】: [피동용법] 줄에 매이다. 〖著〗: 着(착), 붙다, 접촉하다.
【因(인)】: 바로, 곧.
【念(념)】: 생각하다, 고려하다.
【不事(불사)】: 타당하지 못한 일.
【鮑魚(포어)】: 소금에 절인 생선.

主往, 不見所得麏, 反見鮑魚。澤中非人道路, 怪其如是, 大以爲神。[4] 轉相告語, 治病求福, 多有效驗。[5] 因爲起祀舍, 衆巫數十, 帷帳鐘鼓, 方數百里皆來禱祀, 號鮑君神。[6] 其後數年, 鮑魚主來歷祠下, 尋問其故, 曰:「此我魚也, 當有何神?」[7] 上堂取之, 遂從此壞。傳曰:「物之所聚斯有神。」言人共獎成之耳。[8]

【其處(기처)】: 그곳, 즉 「노루가 매여 있던 곳」.

4 有頃, 其主往, 不見所得麏, 反見鮑魚。澤中非人道路, 怪其如是, 大以爲神。→ 얼마 후, 노루를 잡은 주인이 가보니, 잡은 노루는 보이지 않고, 오히려 소금에 절인 생선이 보였다. 못은 본래 사람들이 다니는 길이 아니기에, (노루가 있어야 할 자리에 생선이 있는) 이와 같은 현상을 이상히 여기며, 매우 신기하다고 생각했다.
【有頃(유경)】: 잠시 후, 얼마 후.
【反(반)】: 오히려.
【怪(괴)】: [동사용법] 이상히 여기다.
【大以爲(대이위)…】: 매우 …라 생각하다.

5 轉相告語, 治病求福, 多有效驗。→ 서로의 입을 통해 말이 전해지자, (사람들이 이곳에 와서) 병을 치료하고 복을 빌었는데, 매우 효험이 있었다.
【轉相告語(전상고어)】: 사람들이 서로 말을 전하다.

6 因爲起祀舍, 衆巫數十, 帷帳鐘鼓, 方數百里皆來禱祀, 號鮑君神。→ 그리하여 소금에 절인 생선을 위해 사당(祠堂)을 세우고, 수십 명의 무당들이, 휘장과 종고(鐘鼓)를 설치하니, 사방 수백 리에서 모두 찾아와 기도하고 제사를 지내며, 포군신(鮑君神)이라 존칭했다.
【因(인)】: 그리하여.
【祀舍(사사)】: 사당.
【帷帳(유장)】: 휘장.
【方(방)】: 사방.

7 其後數年, 鮑魚主來歷祠下, 尋問其故, 曰:「此我魚也, 當有何神?」→ 그 후 수년이 지나, 생선 주인이 다시 여기에 와서 사당 아래를 지나며, 그 까닭을 캐묻고 나서, 말했다:「이것은 내 생선인데, 또 무슨 신(神)이 있다는 거요?」
【歷(력)】: 지나가다.
【尋問(심문)】: 탐문하다, 캐묻다.
【故(고)】: 까닭, 이유.
【當(당)】: 또. ※분구(分句) 중에 쓰여, 상황이 이전과 같아 변화가 있을 수 없다는 뜻을 나타낸다.

8 上堂取之, 遂從此壞。傳曰:「物之所聚斯有神。」言人共獎成之耳。→ 그리고 사당에 올라가

번역문

포군신(鮑君神)

여남(汝南) 동양(鮦陽)에 밭에서 (덫으로) 노루를 잡은 사람이 있었는데, 그 사람이 노루를 그대로 두고 아직 가져가지 않았다. 이때 상인의 수레 십여 대가 못가를 지나다가 이 노루가 줄에 매여 있는 것을 보고 곧 노루를 끌고 가면서 (다만) 그것을 타당하지 못한 일이라 생각하여 (대신) 소금에 절인 생선 한 마리를 가져와 노루가 매여 있던 자리에 놓고 갔다. 얼마 후 노루를 잡은 주인이 가보니 잡은 노루는 보이지 않고 오히려 소금에 절인 생선이 보였다. 못은 본래 사람들이 다니는 길이 아니기에 (노루가 있어야 할 자리에 생선이 있는) 이와 같은 현상을 이상히 여기며 매우 신기하다고 생각했다. 서로의 입을 통해 말이 전해지자 (사람들이 이곳에 와서) 병을 치료하고 복을 빌었는데 매우 효험이 있었다. 그리하여 소금에 절인 생선을 위해 사당(祠堂)을 세우고 수십 명의 무당들이 휘장과 종고(鐘鼓)를 설치하니, 사방 수백 리에서 모두 찾아와 기도하고 제사를 지내며 포군신(鮑君神)이라 존칭했다. 그 후 수년이 지나 생선 주인이 다시 여기에 와서 사당 아래를 지나며 그 까닭을 캐묻고 나서 말했다.

「이것은 내 생선인데, 또 무슨 신(神)이 있다는 거요?」

그리고 사당에 올라가 소금에 절인 생선을 가져가버렸다. 그리하여 (사

....

소금에 절인 생선을 가져가버렸다. 그리하여 (사당은) 이때부터 쓸모가 없게 되었다. 경전(經傳)에 이르길:「각종 사물이 함께 모이면 곧바로 신(神)이 출현한다.」라고 했는데, 이는 여러 사람들이 함께 조성한 것임을 지적한 것이다.

【遂(수)】: 그리하여.

【從此(종차)】: 이때부터.

【壞(괴)】: 무너지다. 여기서는「무용지물이 되다, 쓸모가 없어지다」의 뜻.

【共(공)】: 공동으로, 함께.

【獎成(장성)】: 조성(助成)하다, 협력하여 이루어내다.

당은) 이때부터 쓸모가 없게 되었다.

경전(經傳)에 이르길 「각종 사물이 함께 모이면 곧바로 신(神)이 출현한다」라고 했는데, 이는 여러 사람들이 함께 조성(助成)한 것을 지적한 것이다.

해설

한 마디의 허풍이 구전(口傳)을 통해 급기야 소금에 절인 생선을 신격화시키고 말았다. 이러한 원인을 규명해 보면 본문의 말미에서 말했듯이 여러 사람들이 함께 조성(助成)한 것이다.

이 우언은 어떤 기회를 틈타 허장성세(虛張聲勢)를 부려 선량한 사람들을 속이고 사리(私利)를 도모하는 몰염치한 행위를 꾸짖어 풍자한 것이다.

102 성문실화, 앙급지어(城門失火, 殃及池魚)

《風俗通義 · 佚文》

원문 및 주석

城門失火, 殃及池魚[1]

宋城門失火, 因汲取池中水以沃灌之。[2] 池中空竭, 魚悉露死。[3]

번역문

성문에 불이나 재앙이 해자(垓字)의 물고기에 미치다

송(宋)나라 성문에 불이 났다. 그리하여 해자(垓字)의 물을 길어다 물을

1 城門失火, 殃及池魚 → 성문에 불이나, 재앙이 해자(垓字)의 물고기에 미치다
【殃(앙)】: 재앙.
【及(급)】: 미치다.
【池(지)】: 못. 여기서는 「해자, 성호」를 가리킨다.

2 宋城門失火, 因汲取池中水以沃灌之。→ 송(宋)나라 성문에 불이 났다. 그리하여 해자의 물을 길어다 물을 뿌려 불을 껐다.
【因(인)】: 이에, 그리하여.
【汲取(급취)】: 물을 길어오다.
【沃灌(옥관)】: 물을 뿌리다.

3 池中空竭, 魚悉露死。→ 해자의 물이 고갈되어, 물고기가 모두 드러나 말라 죽었다.
【空竭(공갈)】: 고갈되다, 소모되어 없어지다.
【悉(실)】: 모두, 다.
【露死(노사)】: 드러나 말라 죽다.

뿌려 불을 껐다. 해자의 물이 고갈되어 물고기가 모두 드러나 말라 죽었다.

해설

이 우언은 아무 까닭 없이 연루되어 손해를 입거나 재앙을 당하는 경우를 비유한 것이다.

103 동가식서가숙(東家食西家宿)

《風俗通義 · 佚文》

원문 및 주석

東家食西家宿[1]

齊人有女, 二人求之。東家子醜而富, 西家子好而貧。[2] 父母疑不能決, 問其女定所欲適 : 「難指斥言者, 偏袒令我知之。」 女便兩袒。[3] 怪問其故, 云 : 「欲東家食, 西家宿。」[4]

1 東家食西家宿 → 동쪽 집에서 밥을 먹고 서쪽 집에서 잠을 자다
【食(식)】: [동사] 먹다.

2 齊人有女, 二人求之。東家子醜而富, 西家子好而貧。→ 제(齊)나라 사람에게 딸이 있는데, 두 사람이 청혼을 해왔다. 동쪽 집 남자는 못생겼으나 집안이 부유했고, 서쪽 집 남자는 잘생겼으나 집안이 가난했다.
【齊(제)】: [국명] 지금의 산동성 북부와 하북성 남부 일대에 걸쳐 있던 주대(周代)의 제후국.
【求(구)】: 요구하다, 청하다. 여기서는 「청혼하다」의 뜻.
【醜(추)】: 추하다. 여기서는 「못생기다」의 뜻.
【好(호)】: 좋다. 여기서는 「용모가 잘생기다」의 뜻.

3 父母疑不能決, 問其女定所欲適 : 「難指斥言者, 偏袒令我知之。」 → (딸의) 부모가 주저하며 결정을 못해, 딸에게 가고 싶은 쪽을 정하도록 하고 물었다 : 「직접 지적하여 말하기 곤란하면, 어느 한쪽 소매를 걷어 올려 부모로 하여금 (너의 생각을) 알게 해다오.」
【疑(의)】: 의심하다. 여기서는 「주저하다」의 뜻.
【所欲適(소욕적)】: 가고자 하는 바. 〖欲〗: …하고자 하다. 〖適〗: 往(왕), 가다.
【指斥(지척)】: 지적하다.
【偏袒(편단)】: 한쪽 소매를 걷어 올려 팔을 드러내 보이다.
【令(령)】: …하여금 …하게 하다.

번역문

동쪽 집에서 밥을 먹고 서쪽 집에서 잠을 자다

제(齊)나라 사람에게 딸이 있는데 두 사람이 청혼을 해왔다. 동쪽 집 남자는 못생겼으나 집안이 부유했고 서쪽 집 남자는 잘생겼으나 집안이 가난했다. (딸의) 부모가 주저하며 결정을 못해 딸에게 가고 싶은 쪽을 정하도록 하고 물었다.

「직접 지적하여 말하기 곤란하면 어느 한쪽 소매를 걷어 올려 부모로 하여금 (너의 생각을) 알게 해다오.」

그러자 딸은 즉시 양 소매를 모두 걷어 올렸다. 이상히 여겨 그 까닭을 물으니 딸이 대답했다.

「동쪽 집에서는 밥을 먹고, 서쪽 집에서는 잠을 자려고 해요.」

해설

제(齊)나라 사람의 딸은 못생긴 부잣집 아들과 잘생긴 가난한 집 아들중 하나를 선택해야 하는 관행을 무시하고 두 남자를 모두 차지하겠다는 뜻을 드러내 부모를 당황하게 만들었다.

이 우언은 탐욕에 눈이 어두워 도덕이나 체면을 따지지 않고 오로지 자기 잇속만을 위해 모든 편의를 몽땅 차지하려는 파렴치한 행위를 풍자한 것이다.

4 女便兩袒。怪問其故, 云 : 「欲東家食, 西家宿。」 → 그러자 딸은 즉시 양 소매를 모두 걷어 올렸다. 이상히 여겨 그 까닭을 물으니, 딸이 대답했다 : 「동쪽 집에서는 밥을 먹고, 서쪽 집에서는 잠을 자려고 해요.」
【便(편)】: 곧, 바로, 즉시.
【兩袒(양단)】: 양 소매를 걷어 올리다.
【怪(괴)】: 이상히 여기다.
【欲(욕)】: …하고자 하다.

〖부록〗

양한(兩漢) 우언에 관하여

(1) 우언의 정의

중국의 문헌에서 우언(寓言)이란 말은 《장자(莊子)》에 최초로 보인다.

「우언(寓言)이 십 분의 구를 차지하고, 중언(重言)이 십 분의 칠을 차지하며, 치언(卮言)은 날마다 새롭게 출현하여 무궁무진한데, 모두 자연의 분계(分界)에 부합한다. 십 분의 구를 차지하는 우언은 외부 사람에게 기탁하여 논한 것이다. 친아버지는 자기의 자식을 위해 중매를 서지 않는다. 친아버지가 자기 아들을 칭찬하면 친아버지가 아닌 사람이 칭찬하는 것만 못하다.(寓言十九, 重言十七, 卮言日出, 和以天倪。寓言十九, 藉外論之。親父不爲其子媒。親父譽之, 不若非其父者也。)」[1]

진(晉) 곽상(郭象)은 《장자》의 이 말에 대해 「다른 사람에게 기탁하면 열 마디 중 아홉 마디는 신뢰를 받는다.」「말이 자기로부터 나오면 세상 사람들 대부분이 받아들이지 않기 때문에, 그래서 외부 사람에게 기탁(寄託)하는 것이다.」[2] 라고 하여 우언을 「기탁하는 말」로 보았다.

이와는 달리 오늘날 학자들의 견해는 우언의 조건을 비교적 구체적으로

1 《莊子》, 景印 文淵閣四庫全書, 臺北, 臺灣商務印書館, 1985.

2 (晉) 郭象注《莊子 · 寓言》:「寄之他人, 則十言而九見信。」,「言出於己, 俗多不受, 故借外耳。」(景印 文淵閣四庫全書, 臺北, 臺灣商務印書館, 1985.)

제시하고 있다. 몇몇 학자의 견해를 예로 들겠다.

① 진포청(陳蒲清)의 설 :

「우언은 반드시 두 가지의 기본 요소를 갖추어야 한다. 첫째는 고사의 줄거리이고, 둘째는 비유·기탁으로 말은 여기에 있고 뜻은 저기에 있다. 이 두 가지 표준을 근거로 하면 우언에 대해 비교적 명확한 범주를 설정할 수 있다. 오직 두 가지를 완전히 구비해야 비로소 우언으로 간주하여 지나치게 넓은 감을 피할 수 있고, 동시에 오직 두 가지를 구비해야 우언으로 간주하여 지나치게 좁은 감을 피할 수 있다. 이 두 가지를 근거로 하면 우언과 기타 문체를 기본적으로 나눌 수 있다. 첫 번째를 근거로 하면 우언을 일반적인 비유와 구분할 수 있고, 사물에 기탁하여 뜻을 말하는 영물시(詠物詩)·금언시(禽言詩) 및 기타 이상을 기탁한 시문(詩文)과 구분할 수 있으며, 두 번째를 근거로 하면 우언을 보통의 고사와 구분할 수 있는데, 보통의 고사는 그 의미가 스토리 자체에서 드러나는 것으로 비유의 의미가 없다. ……우언과 일반 고사의 차이는 바로 비유·기탁의 유무에 달려있다.(寓言必須具備兩條基本要素 : 第一是有故事情節; 第二是有比喩寄託, 言在此而意在彼。根據這兩條標準便可以給寓言劃出一個比較明確的範疇。只有完全具備這兩個條件, 才能算作寓言, 以避免過寬; 同時, 只要具備了這兩個條件, 就可以算作寓言, 以避免過窄。根據這兩條可以把寓言和其他文體基本上區分開 : 根據第一條, 可以使寓言和一般比喩相區別, 跟托物言志的詠物詩、禽言詩以及其他寄托理想的詩文相區別; 根據第二條可以使寓言跟一般故事相區別, 一般的故事其意義是從情節本身中顯示出來的, 沒有比喩意義。……寓言和一般故事的差別, 就在于有沒有比喩寄託。)」[3]

진포청은 우언의 범위에 대해 고사의 줄거리와 비유·기탁이라는 두 가지 조건을 들어 비유·기탁의 유무를 가지고 우언과 일반 고사를 구분했다.

3 陳蒲淸《中國古代寓言史》, 長沙, 湖南教育出版社, 1983, p2.

② 이부헌(李富軒) · 이연(李燕)의 설 :

「우언은 일반적으로 고사와 우의로 조성되어 주로 권계와 풍자에 쓰이고, 찬송(讚頌) · 서정(抒情)이나 이상(理想)의 전개 등에 쓰이는 경우가 적다. 우언의 정의에 대해서도 다만 몇 개 방면에서 종합적으로 이해할 수 있는데, 또한 마땅히 어느 정도의 모호성을 허용해야 하고 광의와 협의의 구분도 허용해야 하며, 일부 작품에 실제로 존재하는 양서성(兩棲性)을 인정하여 기계적으로 한두 가지의 표준을 가지고 모든 작품에 억지로 적용해서는 안 된다.(寓言一般有寓體[故事]和寓意造成, 主要用於勸誡諷諭, 而較少用於讚頌抒情和展現理想。對寓言的界說, 也只能從幾個方面綜合理解, 而且應該容許一定程度的摸糊性, 也應該允許有廣義和狹義之分, 應該承認一部分作品事實上存在的兩棲性而不宜機械地用一兩條標準硬套一切作品。)」[4]

이부헌 · 이연은 우언의 우의(寓意)와 범위에 대해 어떤 작품들이 비록 전형적인 우언처럼 풍유(諷諭) · 권계(勸戒)의 작용을 갖추지 못하였다 해도 우의와 기탁이 충분하다면 넓은 의미에서 우언으로 볼 수 있다고 보았다.

③ 임숙정(林淑貞)의 설 :

「우언은 문구상 우의가 있을 수 있는 것 외에도 기탁하여 비유하거나 서로 유사한 것을 비교하는 우의가 있을 수 있고, 또 모든 것을 다 포괄하여 그 안에 두 가지 우의를 동시에 함유하는 경우도 있을 수 있다.(寓言, 除了可以有字面寓意之外, 也可以有託喻或類比的寓意, 更可以兼容並蓄, 同時含攝二種寓意於其中。)」[5]

임숙정은 문구에 나타난 우의 외에도 기탁하여 비유하거나 서로 유사한

4 李富軒 · 李燕《中國古代寓言史》, 대북, 지일출판사, 1998, p4.

5 林淑貞《表意 · 示意 · 釋義--中國寓言詩析論》, 臺北, 里仁出版社, 2007, p40.

것을 비교하여 논하는 우의에 이르기까지 모든 것을 포함할 수 있다고 여겼다.

④《중국대백과전서(中國大百科全書) · 중국문학(中國文學)》의 정의 :

「문학 체제의 일종으로 풍유(諷諭)를 함유하거나 혹은 교훈의 의미를 분명히 드러낸 고사이다. 그 구조는 대부분 짤막하며 고사 줄거리를 갖추고 있다. 주인공은 사람일 수도 있고 동물일 수도 있고 무생물일 수도 있다. 대체로 차유법(借喩法)을 사용하여 고사를 통해 이것을 빌려 저것을 비유하고 작은 것을 빌려 큰 것을 비유하여 교육적 의미가 강한 주제나 심각한 도리로 하여금 간단한 고사에서 구현되도록 한다. 우언의 취지는 허구적인 고사를 통해 모종의 생활 현상·심리와 행위에 관한 작가 또는 사람들의 비평이나 교훈을 표현하는데 있다.」(文學體裁的一種。是含有諷喩或明顯教訓意義的故事。它的結構大多簡短, 具有故事情節。主人公可以是人, 可以是動物, 也可以是無生物。多用借喩手法, 通過故事借此喩彼, 借小喩大, 使富有教育意義的主題或深刻的道理, 在簡單的故事中體現出來。寓言的主旨在於通過虛構的故事, 表現作家或人民關於某種生活現象 · 心理和行爲的批評或教訓。)[6]

《중국대백과전서》는 짤막한 구조와 허구적인 고사로 풍유(諷諭)와 교훈의 기능을 지녀야 한다는 것 외에도 주인공의 대상을 사람·동물·무생물로 규정하는 등 구체적인 조건을 제시함으로써 우언의 범주를 보다 좁은 의미로 해석했다. 이는 「체제가 짧고 허구인 고사로서 대부분 동물이나 무생물을 주인공으로 하고, 고사 내용이 도덕 교훈의 기능을 지닌다.」[7] 라고 정의한 서양인들의 견해와 일맥상통한다.

이상의 여러 견해들을 근거로 볼 때, 중국인들의 관점에서 우언의 의미

6 《中國大百科全書 · 中國文學》, 北京, 中國大百科全書出版社, 1995.

는 줄거리를 갖춘 간략한 고사에 우의를 기탁하여 비유하는 방법으로 모종의 도리를 표현함으로써 권계 · 풍자 · 교훈의 작용을 하는 일종의 문학 형식이라고 정의할 수 있다.

(2) 양한(兩漢) 우언의 개황

양한(兩漢 : B.C. 206-A.D. 220)이란 서한(西漢 : B.C. 206-A.D. 25)과 동한(東漢 : 25-220)을 아울러 일컫는 말이다. 서한은 전한(前漢)이라고도 하며 고조(高祖)로부터 경시제(更始帝)까지, 동한은 후한(後漢)이라고도 하며 광무제로부터 헌제(獻帝)까지를 말한다.

한나라 이전의 진왕조(秦王朝)는 육국을 통일하고 중앙집권의 봉건전제국가를 건립했으나 불과 15년 만에 멸망하여 독자적인 문화유산이나 학술적 가치를 지닌 작품을 남기지 못했다. 《여씨춘추(呂氏春秋)》가 비록 진나라에서 나왔다고 하지만 이는 전국시대의 산물이지 진왕조가 건립된 이후의 작품이 아니다. 따라서 진대(秦代)는 우언에 관해 논할 만한 작품이 아무것도 없다.

한대(漢代)는 중국의 봉건사회가 번영을 이룩한 시대로 비교적 개화된 문화정책을 채택하고 학술을 장려하여 경학(經學)과 더불어 문학이 매우 발달했다. 한대의 문학은 시(詩) · 부(賦) · 산문(散文)이 주류를 이루고 있

7 The fable, in keeping with its simple form, is easily defined. It is a short fictitious work, either in prose or in verse, frequently (but not necessarily) using animals or even inanimate objects as actors, and having the exposition of a moral principle as a primary function.(《AESOP'S FABLES》, Introduction and Notes by D.L. Ashliman; Translated by V.S. Vernon Jones, New York : Fine Creative Media, Inc, 2003, Introduction xxiii)

는데, 시와 부는 우언과의 관계가 적고, 선진시대와 마찬가지로 산문이 우언과 밀접한 관계가 있다.

한대의 산문 중에는 가의(賈誼)의 《신서(新書)》를 비롯하여 한영(韓嬰)의 《한시외전(韓詩外傳)》, 유안(劉安)의 《회남자(淮南子)》, 사마천(司馬遷)의 《사기(史記)》, 유향(劉向)의 《신서(新序)》 및 《설원(說苑)》, 왕충(王充)의 《논형(論衡)》, 응소(應劭)의 《풍속통의(風俗通義)》 등에 비교적 많은 우언을 수록하고 있다.

(3) 양한(兩漢) 우언의 특색

양한(兩漢) 우언은 두 가지 특색을 지니고 있다.

첫째 : 권계(勸戒)의 성격이 짙다. 한대의 우언은 과거 역대 왕조의 흥망성쇠의 역사적 교훈을 중시함으로써, 통치자를 위해 나라가 태평하고 사회질서가 안정되는 방법을 강구하거나, 봉건 도덕규범을 선양하여 백성들로 하여금 봉건사회의 요구에 적응하는 방향으로 치중했다. 특히 《설원(說苑)》·《신서(新序)》는 이러한 유형의 대표적인 경우이다.

둘째 : 체제상에서 선진 우언을 많이 답습했다. 《회남자(淮南子)》는 《장자(莊子)》를 많이 답습했고, 《설원》과 《신서》는 체제와 제재에 있어서 선진의 《한비자(韓非子)》와 《여씨춘추(呂氏春秋)》를 많이 답습했다. 그리고 선진시대에 이미 출현한 고사들이 한대에서 재차 출현한 경우가 많은데, 예를 들어 《회남자》의 「왕수분서(王壽焚書)」는 《한비자(韓非子)·유로(喩老)》에 보이고, 《회남자》의 「구방연상마(九方堙相馬)」는 《열자(列子)·설부(說符)》에, 《회남자》의 「공의휴기어(公儀休嗜魚)」는 《한비자(韓非子)·외저설우하(外儲說右下)》에, 《회남자》의 「정곽군장성설(靖郭君將城薛)」은 《전국책(戰國

策)·제책일(齊策一)》에, 《회남자》의 「우결우도(牛缺遇盜)」는 《여씨춘추(呂氏春秋)·필기(必己)》에도 보이며, 《사기》의 「변장자자호(卞莊子刺虎)」는 《전국책(戰國策)·진책이(秦策二)》에 보이고, 《신서(新序)》의 「곡고화과(曲高和寡)」는 《송옥부(宋玉賦)》에, 「섭공호룡(葉公好龍)」은 《신자(申子)》 일문(佚文)에 보이고, 《설원》의 「안자사초(晏子使楚)」는 《안자춘추(晏子春秋)·내편잡하(內篇雜下)》에 보이고, 《설원》의 「초궁초득(楚弓楚得)」은 《여씨춘추(呂氏春秋)·귀공(貴公)》에 보이고, 《한서(漢書)》의 「실기고보(失其故步)」는 《장자(莊子)·추수(秋水)》에 보인다.

이밖에 같은 한대에서도 중복 출현하는 경우가 더러 있는데, 《신어(新語)》의 예를 들어 「지록위마(指鹿爲馬)」는 《사기(史記)·진시황본기(秦始皇本紀)》에 보이고, 《한시외전(韓詩外傳)》의 「당랑포선(螳螂捕蟬)」은 《설원》에 보이고, 《한시외전》의 「청화석의(請火釋疑)」는 《한서(漢書)·괴오강식부전(蒯伍江息夫傳)》에 보이고, 《설원》의 「곡돌사신(曲突徙薪)」은 《한서(漢書)·곽광금일제전(霍光金日磾傳)》에도 보인다.

양한 우언의 이러한 두 가지 특색은 당시의 정치적 배경 및 사회 사조와 밀접한 관계가 있다.

첫째 : 한(漢)이 진(秦)을 멸하고 다시 중국을 통일한 후 봉건사회는 안정과 발전의 시기로 접어들자, 문인 학자들의 사상도 현실에 안주하며 새로운 출로를 모색하기보다는 여하히 오래도록 현상을 유지할 수 있는가에 신경을 썼다. 이로 인해 이론상에서 큰 실적이 없다 보니 이론 저술에 의존하는 우언도 자연히 큰 발전이 있을 수 없었다.

둘째 : 양대 역사 사건이 문인 학자들의 사상에 대해 극히 불리한 영향을 끼쳤다. 하나는 진시황이 모든 반란의 근원을 지식이라 여기고 또 옛일을 들어 정치를 비판하는 유학자들을 대역죄로 간주하여 「분서갱유(焚書坑

儒)」를 자행한 것이고, 다른 하나는 한무제(漢武帝)가 제자백가를 배척하고 오직 유가(儒家) 만을 존숭하는 문화전제주의 정책을 채택한 것으로, 이 두 가지 사건은 마치 상서롭지 못한 거대한 음영(陰影)이 전국의 문화계를 뒤덮은 듯했고, 또 마치 무거운 멍에가 전국 문인의 사상과 언행을 억압하여 전국 지식인들로 하여금 선진과 같은 백가쟁명(百家爭鳴)의 성대한 분위기를 연출할 수 없도록 했다.

이처럼 사상이론의 위축이 우언의 발전을 가로막았을 뿐만 아니라, 진(秦)나라의 동서문자(同書文字) 시책으로 인해 언어문자의 장벽이 생겨, 문인들이 방대한 선진 전적을 정리하기 위해 많은 정력을 훈고 고증학에 전념하는 바람에 그 부작용이 문화영역의 수구(守舊) 풍조를 조장했다. 이밖에 산문의 발전이 한대에 이르러 전고를 중시하고 불완전하게 고사 줄거리를 강술함으로써 이러한 상황도 일반 이론 저작물 중의 우언 작품을 감소하게 했다.

참고문헌

1. 우언선집

中國歷代寓言選(上, 下), 周大璞 審訂, 湖北人民出版社, 1985. 7.

中國寓言[全集], 馬亞中・吳小平 主編, 北京, 新世界出版社, 2007. 12. 第1版

中國古代寓言精品賞析, 陳蒲淸, 長沙, 岳麓書社, 2008. 1. 第1版

歷代寓言選, 袁暉 主編, 北京, 中國青年出版社, 2012. 7. 第1版

新譯歷代寓言選, 黃瑞雲, 臺北, 三民書局, 2012. 10. 初版二刷

中國哲理寓言大全, 嚴北溟・嚴捷, 香港, 商務印書館, 2013. 10.

2. 원문 교감 및 참고자료

● 공총자(孔叢子) 우언

孔叢子, 孔駙撰 宋咸注, 臺北, 臺灣商務印書館 人人文庫, 民國 62年 2月 臺1版

● 신어(新語) 우언

新譯新語讀本, 王毅注譯, 黃俊郎校閱, 臺北, 三民書局, 2008年 8月 二版

● 신서(新書) 우언

新譯新書讀本, 饒東原注譯, 臺北, 三民書局, 民國 87年 5月 初版

● 한시외전(韓詩外傳) 우언

韓詩外傳今註今譯, 賴炎元註譯, 臺北, 臺灣商務印書館, 民國 75年 4月 5版

新譯韓詩外傳, 孫立堯注譯, 臺北, 三民書局

● 춘추번로(春秋繁露) 우언

春秋繁露今註今譯, 賴炎元註譯, 臺北, 臺灣商務印書館, 民國 73年 5月 初版

新譯春秋繁露, 朱永嘉・王知常注譯, 臺北, 三民書局 12年 9月 初版

- 회남자(淮南子) 우언

新譯淮南子(上,下) 熊禮匯注譯, 臺北, 三民書局, 民國 86年 2月 初版

淮南子譯注, 陳廣忠, 長春, 吉林文史出版社, 1993蝺 郢仴 2盤

淮南子今註今譯, 于大成註譯, 臺北, 臺灣商務印書館

- 사기(史記) 우언

新校本25史 史記, 國史硏究室, 臺北, 史學出版社, 民國 63年 5月

史記今註今譯, 馬持盈註譯, 臺北, 臺灣商務印書館

新譯史記, 韓兆琦注譯, 臺北, 三民書局 2008年 2月 初版

- 신서(新序) 우언

新序今註今譯, 盧元駿註譯, 臺北, 臺灣商務印書館, 民國 73年 10月 4版

新譯新序讀本, 葉幼明注譯, 黃沛榮校閱, 臺北, 三民書局 85年 8月 楚版

- 설원(說苑) 우언

說苑今註今譯, 盧元駿註譯, 臺北, 臺灣商務印書館, 民國 74年 11月 4版

新譯說苑讀本, 左松超注譯, 臺北, 三民書局 85年 8月 初版

- 예기(禮記) 우언

禮記今註今譯, 王夢鷗, 臺北, 臺灣商務印書館, 民國 66年 5月 5版

新譯禮記讀本, 姜義華注譯, 黃俊郞校閱, 臺北, 三民書局 2010年 6月 2版

- 법언(法言) 우언

法言吾子(節錄), 中國歷代文論選(上) p.63, 臺北, 木鐸出版社, 民國 74年 4月 再版

- 신론(新論) 우언

新論, 桓譚, 長春, 時代文藝出版社, 2008.

- 논형(論衡) 우언

論衡注釋, 北京大學歷史系《論衡注釋》小組, 北京, 中華書局, 1979年 10月 第1版

論衡全譯, 王充 原著, 袁華忠 方家常 譯注, 貴陽, 貴州人民出版社, 1993年 第1版

新譯論衡讀本, 蔡鎭楚注譯, 臺北, 三民書局

論衡今註今譯, 阮廷焯註譯, 臺北, 臺灣商務印書館

● 한서(漢書) 우언

新校本25史 漢書, 國史研究室, 臺北, 史學出版社, 民國 63年 5月

漢書全譯, 班固著 劉華淸等譯, 長沙, 貴州人民出版社, 1995年 5月 第1版

新譯漢書, 吳榮曾注譯, 臺北, 三民書局

● 신감(申鑒) 우언

新譯申鑒讀本, 林家驪 外, 臺北, 三民書局, 民國 82年 2月 初版

● 풍속통의(風俗通義) 우언

風俗通義, 應劭, 中華書局, 1985 北京新一版

風俗通義全譯, 趙泓, 貴陽, 貴州人民出版社, 1998年 7月 1版

중국양한우언
中 國 兩 漢 寓 言

초판 인쇄 2016년 12월 22일
초판 발행 2016년 12월 30일

역　주 | 최봉원
발행자 | 김동구
디자인 | 이명숙 · 양철민
발행처 | 명문당(1923. 10. 1 창립)
주　소 | 서울시 종로구 윤보선길 61(안국동)
우체국 010579-01-000682
전　화 | 02)733-3039, 734-4798(영), 733-4748(편)
팩　스 | 02)734-9209
Homepage | www.myungmundang.net
E-mail | mmdbook1@hanmail.net
등　록 | 1977. 11. 19. 제1~148호

ISBN 979-11-85704-96-8 (03820)
20,000원